Winged Obsession
The Price of Desire

Forbidden Wings Band 1
S. K. Hallow

AF285763

S. K. HALLOW

WINGED OBSESSION

THE PRICE OF DESIRE

DARK ROMANTASY

Bibliografische Information der Deutschen
Nationalbibliothek: Die Deutsche Nationalbibliothek
verzeichnet diese Publikation in der Deutschen
Nationalbibliografie; detaillierte bibliografische Daten sind
im Internet über dnb.dnb.de abrufbar.
Die automatisierte Analyse des Werkes, um daraus
Informationen insbesondere über Muster, Trends und
Korrelationen gemäß §44b UrhG („Text und Data Mining")
zu gewinnen, ist untersagt.
© 2024 S. K. Hallow
Freiwilliges Lektorat & Korrektorat: @jule.s_bookdream
Coverdesign: @s.k.hallow
Satz: @s.k.hallow
Bildmaterial: Canva, Midjourney
Alle Rechte vorbehalten.
Verlag: BoD · Books on Demand GmbH, In de Tarpen 42,
22848 Norderstedt
Druck: Libri Plureos GmbH, Friedensallee 273, 22763
Hamburg
ISBN: 978-3-7597-3007-7

WIDMUNG

Brave Mädchen reiten Drachen.
Böse Mädchen reiten Drachenreiter.
Was bist du, Kleine?

Hinweis & Trigger-Warnung auf
Seite 458 & 459

Palast
Montalli ◆

MORVICH

Schutzgarde ◆

KILEAD

◆ Versammlungsstätte

SOILLEIR

DHOMBOR

Brut-Stätte ◆

DER KONTINENT

N
W · O
S

Medea

◆ Drachenreiter

Tarkenemhat

◆ Heiler

Saraich

Darilorn

PLAYLIST
OF WINGED OBSESSION

FANTASY-KAPITEL:

✦ Luminary - Joel Sunny (Violin)
✦ I Wanna Be Yours - Joel Sunny (Violin)
✦ Middle of the Night - Joel Sunny (Violin)
✦ Fairytale - Joel Sunny (Violin)
✦ To Keep You from Breaking - Kelsey Woods

DARK-ROMANCE-KAPITEL:

✦ Trust Issues - The Weeknd (sped up+tiktok remix)
✦ Moth To A Flame - The Weeknd
✦ RUNRUNRUN - Dutch Melrose
✦ House Of Balloons - The Weeknd
✦ Skins - KREZUS, Surreal_dvd (03:05)

SPICY-KAPITEL:

✦ Slow Down - Chase Atlantic
✦ Often - The Weeknd
✦ Pretty Boy - Isabel LaRosa
✦ On my Own - Darci
✦ Feel it - Jaquess

MAGIE-KONZEPT: SEELENEBENEN DER DRACHENREITER

DIE VERSCHMELZUNG
✳ gegenseitige Komplettierung

DIE HARMONIE
✳ Handlungen & Gedanken nahezu synchron

DIE VEREINIGUNG
✳ Bindung wird stärker

DIE ERWACHUNG
✳ Beginn der Verbindung

»Willkommen in Darilorn, meine Kleine.«

- Cole

PROLOG

VOR DREI JAHREN

Plötzlich entgleitet mir die teure Flasche Wein aus *Medea*. Die Scherben klirren auf den Marmorboden und übertönen das laute Geschirrgeklapper in der Küche.

Fluchend beiße ich mir auf die Lippe, während eine heiße Träne meine Wange hinunter läuft.

Das Murmeln der Gespräche und das Poltern der Töpfe füllen die Luft.

»Kannst du eigentlich irgendwas, Livia?«, spottet *Lorena* und balanciert mit Leichtigkeit unzählige Kelche auf einem Tablett.

»Halt die Klappe, Lorena«, zische ich und greife nach einem Stofflappen, um die Katastrophe zu beseitigen. Meine Hände zittern, mein Gesicht brennt vor Scham. Der verschüttete Wein hat dunkle Flecken in den Marmor gefressen, mein Kleid ist durchnässt und verfärbt.

Einige Küchenangestellte werfen uns kurze Blicke zu, bevor sie weitermachen, als wäre nichts passiert.

Wie ein Engel betritt *Frau Caspian* die viel zu pompöse Küche. Die Flügeltüren schlagen krachend auf. »Ach du meine

Güte«, sagt sie, als sie die Pfütze auf dem Marmorboden entdeckt.

Marmorboden in einer Küche! Was für eine Idee! Kein Fluch der Welt kann meine Wut über diese Situation ausdrücken, aber das Bankett ist Tradition.

Im Hintergrund klirren Gläser, das Hämmern von Fleischklopfern und das Rauschen von Wasserhähnen ist zu hören. Gespräche vermischen sich zu einem unverständlichen Murmeln, der Duft von Braten und Brot erfüllt die Luft. »Lass das liegen, Livia, und hilf Lorena mit den Kelchen. Ich bringe das in Ordnung.« Sie lächelt sanft und tätschelt meine Schulter. »Es gibt Kleider in der Abstellkammer. Hol dir eins und komm zurück.«

Ich nicke dankbar, doch meine Stimme versagt. Tränen schießen mir in die Augen, als ich aus der Küche eile. Im Korridor starren mich einige Diener neugierig oder mitleidig an. Das Murmeln ihrer Gespräche und das Knarren der Holzböden begleiten meine Flucht.

Endlich erreiche ich die Abstellkammer. Ich reiße die Tür auf, schlüpfe hinein und schlage sie hinter mir zu. Alte Möbel und Kisten türmen sich, es gibt kaum Platz, um sich zu bewegen. Der muffige Geruch von Staub und alten Textilien hängt schwer in der Luft. Ich lehne mich gegen die Tür, rutsche zu Boden. Tränen strömen über mein Gesicht. Mein Make-up verläuft in bunten Schlieren. *Warum gerate ich immer in solche Situationen?* Verzweiflung überkommt mich. Ich atme tief ein, kämpfe um Beherrschung. *Jetzt brauche ich Stärke, keine Zweifel.*

Langsam stehe ich auf, wische die Tränen weg und warte, bis sich mein Kreislauf stabilisiert. Vor einem zersprungenen Spiegel richte ich mein Make-up und Haar provisorisch. Mein langes, schwarzes Haar fällt in Wellen über meine Schultern, der obere Teil ist aufwendig geflochten und hochgesteckt. Die Frisur gefällt mir. Nur für diesen Tag hat mein Vater die fähige Zofe eines Bekannten um Hilfe gebeten, nur für mich.

Leider konnte mein Vater heute nicht am Bankett teilnehmen, das jedes Jahr im Schloss der *Königsfamilie Montalli* in *Morvich* stattfindet, um den »*Tag der heilenden Hände*« zu feiern. Dieser Feiertag ehrt die legendäre Heilerin *Elyndra*, die einst das Königreich *Darilorn* vor einer verheerenden Seuche rettete. Als Heiler-Novizinnen bedienen wir die adeligen Gäste – eine Art Einführung in die Gesellschaft. Der Tag stärkt die Beziehung zwischen Heilern und Adeligen, bietet Raum für Austausch.

Trauer durchströmt mich, weil mein Vater nicht bei mir sein kann. *Doch er wäre hier, wenn er könnte.* Die Vorkehrungen für die Zofe hatte er schon vor Monaten getroffen. Damals wusste er bereits, dass er an die Grenze nach *Dhombor* einberufen werden würde. Dass die Einberufung so lange dauern würde, hätte niemand gedacht.

Zwischen den eng gepackten Kleidungsstücken wühle ich und finde endlich ein Kleid in der richtigen Größe. Schnell ziehe ich es über und lasse mein nasses Kleid achtlos auf den Dielen liegen.

Als ich mein Spiegelbild betrachte, halte ich den Atem an. Das bodenlange Kleid, das mich umhüllt, strahlt eine majestätische Schönheit aus. Das frühlings grüne Gewebe umspielt meine Figur, feminin und elegant. Der Stoff fühlt sich kostbar an, als trüge ich den Luxus der Welt auf meiner Haut. Es ist zweifellos ein teures Gewand.

Trotz des prachtvollen Anblicks spüre ich eine Schwere in meinem Herzen. Es ist nicht das Unbehagen eines schlecht sitzenden Kleidungsstücks, sondern die plötzliche Erkenntnis der Verantwortung, die dieses Kleid symbolisiert. Das Gewicht des Stoffes erinnert mich an die Herausforderungen, die vor mir liegen.

Ich verlasse die Abstellkammer, richte mich innerlich auf. Die Geräusche des Schlosses umschlingen mich erneut, aber dieses Mal fühle ich mich ruhiger.

Auf dem Weg zurück zur Küche kämpfe ich gegen mein Zittern und beruhige meinen Atem. Dienern begegne ich erneut, doch ich vermeide ihre Blicke.

Kaum zurück in der Küche empfängt mich Frau Caspian mit einem warmen Lächeln. Lorena wirft mir belustigte Blicke zu, während ich versuche, nicht rot zu werden. »Lass dich von ihr nicht ärgern, Livia«, sagt Frau Caspian und sammelt die letzten Glasscherben der Weinflasche ein. *Diese Scherben kosten dreimal so viel, wie mein zukünftiger Lohn als Heiler-Novizin.*

Ich steuere auf das vollgeladene Holztablett zu.

Zwölf schimmernde Kelche stehen darauf.

»Das schaffst du«, flüstere ich mir zu.

Seit meiner Kindheit träume ich davon, als Heilerin zu arbeiten, anderen zu helfen, Hoffnung zu bringen. In Gedanken sehe ich mich über die Kranken gebeugt, ihre Wunden verbindend. Meine Fähigkeiten sind respektiert und geschätzt. Menschen lächeln mir dankbar zu, ihre Augen voller Hoffnung.

Doch das laute Klirren von Geschirr und das Summen der Küche reißen mich wieder zurück in die Realität. Die Hektik um mich herum lässt meinen Tagtraum verblassen. Ich blinzle und finde mich in der überladenen Küche des Schlosses wieder, umgeben von hektischen Köchen und geschäftigen Dienern.

Mit einem letzten tiefen Atemzug und angespannten Schultern halte ich das schwere Tablett fest in meinen Händen. Ein entschlossenes Lächeln umspielt meine Lippen, als ich in

Richtung Ballsaal gehe. Als ich den Ballsaal betrete, stockt mir der Atem. Der Raum strahlt eine überwältigende Schönheit aus. Das Licht der Kronleuchter glitzert wie Sterne, die sich in einem Meer aus Gold und Kristall spiegeln. Für einen Moment vergesse ich alles um mich herum.

An den Wänden erzählen gewaltige Gemälde die Geschichte der *Königsfamilie Montalli*, unter mir erstreckt sich ein glänzender Marmorboden. Der Saal ist mit Heilkräutern und Blumen geschmückt, deren Duft den Raum erfüllen und an den Anlass des Festes erinnern: den Tag der heilenden Hände.

Ich fühle mich, wie in eine andere Welt versetzt, wo Eleganz und Magie jeden Winkel erfüllen. Die Kombination aus prunkvollem Glanz und der natürlichen Schönheit der Pflanzen schafft eine einzigartige Atmosphäre.

Für einen Moment überwältigt mich die Pracht des Raumes, aber ich fange mich schnell wieder. Tief durchatmend beruhige ich meine Nerven. Mit ruhiger Hand verteile ich die edlen Kelche, beobachte die adligen Gäste. Einige lächeln dankbar, während andere mich kaum beachten.

Auf einem Podest am Ende des Saals thronen der König und die Königin von Darilorn.

Meine beste Freundin *Reia Fortier* erzählt immer vom neuesten Klatsch und den Dramen, daher wundert es mich nicht, dass die *Söhne* der Königsfamilie fehlen. Ihre Namen habe ich mir nie gemerkt. Mein Interesse gilt nicht verwöhnten *Prinzen*, auch, wenn Reia von ihrer Attraktivität und Stärke als Drachenreiter schwärmt. Ich verdrehe die Augen und kehre in die Gegenwart zurück.

Die Gewänder des Königspaares sehen prachtvoll aus. *Königin Isolde Montallis* goldenes Diadem funkelt im Licht, besetzt mit tiefblauen Saphiren. Ihre Aura strahlt magische Anmut und königliche Würde aus. Neben ihr steht *König Ganmon*

Montalli, dessen durchdringender Blick die Menge mustert. Unsere Blicke kreuzen sich kurz und ich senke meinen sofort. Vorsichtig navigiere ich mich durch die Menge, verteile die schimmernden Kelche. Jeder Schritt fühlt sich an wie ein Tanz, um nicht irgendwo anzustoßen oder zu stolpern. Die Blicke der Adeligen verfolgen mich, einige freundlich, andere skeptisch. Dennoch lasse ich mich nicht ablenken und lächle jeden Gast so freundlich wie möglich an.

Plötzlich spüre ich einen unangenehmen Blick im Rücken, als ob jemand mich besonders genau *beobachtet*. Ich drehe mich um, sehe nur die prüfenden Augen der Adeligen. Ein Kribbeln der Unruhe durchfährt mich. Ich versuche, das Gefühl abzuschütteln, aber es bleibt. Immer wieder blicke ich über meine Schulter, erwarte jemanden zu entdecken, doch da ist niemand. »*Es sind nur die neugierigen Blicke der Gäste, Livia*«, sage ich mir.

Plötzlich wie aus dem Nichts, bemerke ich ihn.

Lorenzo Celestino.

Ein Kindheitsfreund, mit dem ich unzählige, gute Erinnerungen teile.

Seine Präsenz reißt mich aus meinem Gleichgewicht und ich lasse beinahe mein Tablett fallen. Ein flacher Atemzug entweicht mir, während ich das Tablett wieder stabilisiere.

Lorenzo nähert sich mir.

Seine bläulichen Augen leuchten im diffusen Licht des Ballsaals und ein vertrautes Gefühl durchströmt mich. Sein Haar, kürzer als früher, verleiht ihm eine unerwartete Härte. Seine Uniform in tiefem Indigoblau strahlt Autorität aus, die goldenen Embleme auf seiner Brust zeigen seinen Fortschritt in der *Schutzgarde*. Diese Embleme, kunstvoll in Form von Schwertklingen gestaltet, spiegeln seine Hingabe und Entschlossenheit wider.

Während er sich mir nähert, wird mir meine eigene schlichte Kleidung umso bewusster. Als Heiler-Novizin trage ich keine Embleme, keine sichtbaren Zeichen meiner Hingabe und meines Fortschritts. Unsere Erfolge sind stiller, aber ebenso bedeutungsvoll.

Ein kurzer Stich des Neids durchzuckt mich, doch der Stolz auf meinen eigenen Weg überwiegt.

Über seinem Herzen trägt Lorenzo eine goldene Rune, die in einer fast vergessenen Sprache das Wort »*Gremium*« formt. Der kronenförmige, goldene Anhänger symbolisiert seine Zugehörigkeit zum Gremium, die mächtigste Institution unseres Landes. Im Licht des Ballsaals scheint die Rune zu leuchten, als ob sie eine innere Kraft ausstrahlen würde. Mein Vater hatte mich immer davor gewarnt, den Kontakt zu Trägern dieser Rune zu suchen. Er sagte, ich solle mich von ihnen fernhalten. Doch in diesem Moment zweifle ich an den Worten meines Vaters.

»Livia«, durchbricht seine Stimme meine Gedanken. Sie ist tiefer und reifer geworden, doch sie trägt immer noch die Wärme von damals. »Du siehst umwerfend aus«, sagt er und seine Worte lassen meine Wangen erröten.

»Danke, Lorenzo. Du siehst auch nicht schlecht aus«, antworte ich charmant. Unser gemeinsames Lachen lässt mich für einen Moment alles um mich herum vergessen.

»Darf ich dich um einen Tanz bitten?«, fragt er, und ohne zu zögern, stelle ich mein Tablett zur Seite.

Lorena tanzt bereits mit einem maskulinen, schwarzhaarigen Mann. Ob sie die Enttäuschung erfährt, die ich ihr wünsche, bleibt ungewiss.

Während ich seine Hand ergreife, verdränge ich den Gedanken, dass wir eigentlich nicht tanzen dürfen, und lasse mich naiv in den Moment fallen. Lorenzo führt mich in die Mitte des

Ballsaals. Die Musik beginnt, es ist ein sanfter, melodischer Walzer. Unsere Körper finden sofort zueinander. Es fühlt sich an, als hätten wir nie aufgehört, miteinander zu tanzen. Lorenzo und ich waren lange keine Freunde mehr, aber die Erinnerungen an unsere gemeinsamen Nächte, sind unvergesslich. Gedanken an die intensiven Momente lassen mich aus dem Konzept geraten und ich trete versehentlich auf seinen Fuß.

»E-Entschuldigung«, stammele ich verlegen, doch Lorenzo zieht mich nur noch näher zu sich. Sein Duft umhüllt mich, intensiver als früher, und meine Hormone spielen verrückt.

»Schon außer Atem, Livia?«, flüstert er mir ins Ohr und nimmt dann wieder Abstand. Sein Atem an meinem Ohr lässt Hitze in mir aufsteigen. Mein Herz schlägt heftig und eine Wärme breitet sich in meinem ganzen Körper aus. Jeder Schritt, jede Drehung bringt mich ihm näher, und ich spüre, wie die Aufregung in meinem Bauch zu einem warmen, glücklichen Gefühl wird.

»Ich habe dich vermisst, Livia«, sagt Lorenzo leise, während wir uns im Takt der Musik bewegen.

»Ich dich auch«, antworte ich verträumt. Lorenzo war immer ein Teil meiner Welt, auch, wenn ich offensichtlich nicht alles über ihn wusste.

Der Tanz endet viel zu schnell. Als die Musik verstummt und der Applaus um uns herum anschwillt, halten wir inne. Unsere Blicke begegnen sich und wir wissen beide, dass dieser Abend unvergesslich bleiben wird.

Gerade als Lorenzo mich zu einem weiteren Tanz auffordern will, tritt Frau Caspian an unsere Seite. »Livia, ich brauche dich in der Küche«, sagt sie freundlich, aber bestimmt. Ihre Worte durchdringen die Magie des Augenblicks wie ein feiner Einschnitt.

»Ich muss gehen«, sage ich zu Lorenzo, meine Stimme ist leise und widerwillig.

Er lächelt sanft und drückt meine Hand. »Wir werden uns wiedersehen.«

Mit einem letzten, wehmütigen Blick folge ich Frau Caspian zurück zur Küche. Die Realität holt mich ein, das Gemurmel der Gäste und die Musik des Ballsaals dringen wieder in mein Bewusstsein.

Doch für einen Moment war ich in einer anderen Welt, nur für uns beide.

CEO

Im Gewirr der Ballgesellschaft bewege ich mich geschickt, lächle höflich und nicke den Gästen zu. Mein Äußeres ist makellos, mein Auftreten tadellos – der perfekte Gentleman unter den strahlenden Lichtern des Ballsaals.

Ein weiteres Pärchen passiert mich und ich nicke freundlich. Ich bin Teil der Kulisse, perfekt getarnt, während meine Augen ständig mein Ziel im Blick behalten. Als Livia Lorenzo begegnet, wird meine Aufmerksamkeit schärfer. Ich erkenne das leichte Erröten ihrer Wangen.

Gedanklich mache ich mir eine Notiz.

Livia und Lorenzo beginnen zu tanzen und ich folge ihnen mit meinen Augen. Der Tanz ist ein Test. Ihr Schrittfehler – ein Zeichen, dass sie von ihm beeinflusst wird. *Interessant.* Ein junger Mann lächelt mir zu, und ich erwidere höflich sein Lächeln.

Doch niemand ahnt, dass ich nicht hier bin, um zu feiern. Livia Berylla ist eine komplexe Frau. Meine Aufgabe ist es, sicherzustellen, dass ihre Macht kontrolliert bleibt.

Immer lächelnd,

immer freundlich,

immer wachsam.

KAPITEL 1

LIVIA

*I*m Herzen des sattgrünen Waldes fühle ich mich stets wie zu Hause. Es ist, als gäbe es eine unsichtbare Verbindung zwischen seinen und meinen Geheimnissen. Die Gedanken umhüllen mich wie ein vertrauter Mantel, während ich *Waldverbunden* von *Hazel Gale* mit einem Seufzen schließe.

Ich sitze in einer alten, knarrenden Kutsche und frage mich, was die anderen Heiler-Novizen wohl von mir denken. Das Buch in meinem Schoß, dessen Ledereinband die Spuren der Zeit nicht mehr verbergen kann, bewahrt Erinnerungen an einen friedlicheren Abschnitt in meinem Leben.

Eine Verbindung zu *ihm*. Ein Gedanke, der mein Herz bedrückt.

Durch das hügelige Land fahren Reia und ich mit der Kutsche. Unser Ziel ist ein kleines Dorf in der Nähe von *Tarkenemhat*.

Das rhythmische Klappern der Pferdehufe auf dem gepflasterten Weg begleitet uns. Unsere Sitze sind mit weichen Polstern überzogen und dämpfen die wackelige Fahrt.

Durch die Fenster der Kutsche strahlt das goldene Licht der Sommersonne. Reia und ich unterhalten uns lebhaft über unsere Pläne für den Markt. Die Vorfreude auf das bunte Treiben des Dorfmarktes steigt. Unsere Mission: Vorräte besorgen und vielleicht das eine oder andere Schmuckstück oder Gewürz entdecken. Die Kutsche hält mit einem leisen Quietschen der Räder an, während die ersten Sonnenstrahlen sanft die Dächer der Stadt berühren. Ein leichter Nebel liegt noch über den gepflasterten Straßen, als wir aussteigen und die kühle Morgenluft uns empfängt. Vor uns erwacht der Markt langsam zum Leben. Händler richten ihre Stände ein, ihre Hände flink und geübt.

Wir treten auf die schmalen Gassen hinaus, wo der Duft von frisch gebackenem Brot und süßen Früchten uns entgegenweht, begleitet vom kräftigen Aroma geräucherten Fisches. Die Farben der Warenstände leuchten in der klaren Luft und ziehen uns unwiderstehlich in die pulsierende Lebendigkeit des Marktes.

Während Reia und ich über den Markt schlendern, rufen Händler hinter ihren Ständen, um ihre exotischen Waren anzupreisen.

Ein älterer Mann, mit wettergegerbtem Gesicht und wildem Bart, zeigt stolz seine selbstgemachten Lederwaren. Neben ihm steht eine Frau in einem leuchtend blauen Kleid mit goldenen Stickereien, die seltene Gewürze aus fernen Ländern verkauft. Sie füllt geschickt Safran in kleine Beutel, während sie freundlich lächelt und der Duft ihrer Gewürze den Stand umhüllt.

Kinder rennen flink und lachend zwischen den Besuchern hindurch, ihre Gesichter strahlen vor Freude und Unbeschwertheit. Plötzlich rempeln mich einige Kinder an, bevor sie weiter dem Ball hinterherjagen, welcher geschickt zwischen den Füßen der Marktbesucher hin und her flitzt. Ihr fröhliches Rufen und Kichern bildet eine Melodie, die mein Herz erwärmt.

Ein junger Bäcker, dessen Ärmel hochgekrempelt sind, enthüllt mit einem stolzen Lächeln einen Korb voller frischer, goldbrauner Brote. Seine Hände sind von Mehl bestäubt und die Hitze des Ofens hat seine Wangen gerötet. Ein älteres Paar, Hand in Hand, bleibt stehen, um die Brote zu bewundern, bevor es eines auswählt. Ihr Austausch ist leise, aber ihre Zuneigung zueinander ist auch ohne Worte spürbar.

Nicht weit von ihnen entfernt zieht ein Musiker mit einer alten, aber liebevoll gepflegten Geige die Aufmerksamkeit auf sich. Die Melodien sind mal lebhaft und fröhlich, dann wieder wehmütig und tief.

Menschen bleiben stehen, einige mit geschlossenen Augen, um sich der Musik ganz hinzugeben, andere wippen mit den Füßen oder nicken im Takt. Mein Blick fällt auf den Hut vor ihm, der sich nun mit *Lirans* füllt. Unsere Währung spiegelt die Vielfalt der Natur wider.

Goldene *Solans* glänzen im Sonnenlicht. Jedes Stück geprägt mit dem majestätischen Bild eines Drachens auf der einen und dem Porträt von König Ganmon auf der anderen Seite.

Silberne *Ardans*, auf denen ein stolzer Hirsch zu sehen ist, liegen neben den kupfernen *Dunans*, die mit der robusten Eiche unseres Landes verziert sind.

Für einen kurzen Moment lasse ich meinen Blick über die Münzen schweifen und bewundere die feinen Prägungen, welche so viel mehr als nur Zahlungsmittel sind. Sie sind Zeugnisse unserer Geschichte und Kultur. Trotz der Ablenkung durch die farbenfrohe Vielfalt des Marktes und die kunstvoll gestalteten Lirans im Hut des Musikers, kehrt meine innere Unruhe zurück.

Das Bild des Marktes verblasst und die Dunkelheit holt mich wieder ein.

Ich bemühe mich inständig, in der Gegenwart zu bleiben, doch meine Gedanken driften unweigerlich ab. Immer wieder gezogen von den wiederkehrenden Bildern, die meine Sinne überfluten. Sie entführen mich in eine andere Welt, weit weg von den belebten Gassen und dem fröhlichen Lachen der Kinder.

»Livia, schau dir das an!« Reias Stimme holt mich zurück.

Ich lächle und gebe mein Bestes im Hier und Jetzt zu bleiben. Doch es ist, als würde ein Sog mich immer wieder in seinen Bann zurückziehen. Zu Beginn sind die Bilder schwach. Ein Flüstern am Rande meines Bewusstseins, das Stück für Stück anschwillt, bis es meine gesamte Aufmerksamkeit gefangen nimmt.

Ich sehe mich hoch über der Erde, getragen von einem Wesen, so majestätisch und furchteinflößend, dass es jedem den Atem rauben würde.

Unter mir breiten sich die weitläufigen Täler von Tarkenemhat aus, in winterliche Farben getaucht. Das Gefühl der Freiheit ist überwältigend. Mein Herz schlägt im Takt mit den mächtigen Flügelschlägen meines Gefährten. Ein Drache, dessen grün-schimmernde Schuppen im fahlen Mondlicht glänzen.

Doch so lebhaft diese Bilder auch sind, sie werfen Fragen auf. *Was bedeuten sie?* Warum tauchen sie immer wieder auf? Diese Gedanken verfolgen mich hartnäckig, während ich versuche, glücklich zu wirken.

»Livia, was ist los mit dir? Geht es dir gut?«, unterbricht Reias besorgte Stimme meine Gedanken. Ihre Augen durchdringen mich, und die Angst darin ist unübersehbar.

Sie weiß von den Bildern, welche mich oft schweißgebadet aufwachen lassen. Früher suchten sie mich nur nachts heim, jetzt immer öfter, auch am Tag. »Ich kann einfach nichts dagegen machen«, gestehe ich leise, meine Hände zittern trotz Reias sanfter Berührung.

Die Welt um uns scheint zu vibrieren, während ich weiter erzähle. »Die Bilder werden immer klarer und präsenter. Sie zeigen mir eine andere Welt. Es ist beängstigend und faszinierend zugleich.« Reia nickt langsam, ihre nächsten Worte wohlüberlegt. »Wir werden es gemeinsam herausfinden, Liv. Versprochen.« Angst kriecht in meine Knochen.

Die Bilder sind *nicht* normal.

Keiner kann mir erzählen, dass es normal ist, so etwas zu sehen.

Doch unsere Freundschaft ist ein unerschütterliches Band. Es ermutigt mich, tiefer zu graben. Weiterzusuchen, als ich es jemals allein gewagt hätte. Gibt mir die Kraft zu hinterfragen, warum ich nicht *normal* sein kann.

Während wir den Markt hinter uns lassen und durch die ruhigeren Gassen zurück zur *Heiler-Akademie* gehen, beginnt die Dämmerung sich über die Stadt zu senken.

Stunden, die sich anfühlten wie Minuten, vergingen auf dem Markt, da die Zeit mit Reia so schnell verfliegt.

Nun tragen wir prall gefüllte Beutel. Die letzte Kutsche ist bereits vor einigen Stunden gefahren. Die übriggebliebenen Strahlen der untergehenden Sonne färben den Himmel in sanftes Orange.

Reia wirft mir gelegentlich besorgte Blicke zu. »Livia, kam so etwas eigentlich schon einmal in deiner Familie vor?«, fragt sie schließlich. Ihre Stimme wird gedämpft von den Schatten der engen Gassen.

Ich schüttle den Kopf, während ich nachdenke. »Ich erinnere mich nicht, dass jemand in meiner Familie je von solchen Bildern erzählt hatte. Es scheint, als wäre ich die Erste.« Ich mache eine kurze Pause und verspüre das Bedürfnis, etwas zu tun, um meine Gedanken zu ordnen. Automatisch stoße ich einen Stein vor mir her, während wir weiter durch die Gassen schlendern.

Reia beobachtet prüfend meine Reaktionen auf das Gespräch. Sie weiß genau, dass es mir schwerfällt, über meine Familie zu sprechen. Besonders über meinen Vater. Gedankenverloren trete ich den Stein vor mir her und versuche, nicht allzu traurig zu wirken.

Während unserer Unterhaltung fühle ich mich erneut beobachtet. Ein unangenehmes Kribbeln im Nacken. Es ist, als ob uns jemand folgen würde. Doch wann immer ich mich umdrehe, sehe ich nur die üblichen Passanten, die in der Dämmerung nach Hause eilen.

»Da ist niemand, Livia. Du musst mal wieder ordentlich schlafen. Du bist ja total durch den Wind«, bemerkt Reia besorgt.

Für eine Weile drehe ich mich nicht mehr um. Doch dann sehe ich einen Schatten hinter der Hausecke. Einen Augenblick lang glaube ich, eine Gestalt zu erkennen, doch sie ist im nächsten Moment bereits verschwunden. »Reia, hast du das auch gesehen?«, frage ich zögerlich, während ich meine Schritte verlangsame.

Sie schaut mich verwirrt an, schüttelt dann aber den Kopf. »Was meinst du?«

Meine Finger verweilen an der Kante meines Umhangs, während ich einen letzten Blick in die Dunkelheit werfe. Die Worte bleiben mir kurz im Hals stecken, bevor ich sie leise ausspreche. »Nichts«, murmle ich schließlich und ziehe den Umhang enger um meine Schultern. *Habe ich mir die Bewegung nur eingebildet?* »Vielleicht bin ich wirklich müde.«

CEO

S cheiße!
Ich habe einen Fehler gemacht. Ein fataler Fehler,
der mich fast den Kopf gekostet hätte!

Ein Moment der Unaufmerksamkeit und ich war zu spät
um die Ecke, um die Unterhaltung zwischen Livia und Reia
vollständig mitzubekommen.

Ich höre Livia noch sprechen, während ich mich in den
Schatten drücke. Meinen Atem beruhige ich, und lausche.
Gerade noch rechtzeitig, um den entscheidenden Satz zu
hören: »Es sind diese Bilder wieder.«

Bilder? Das ist mir neu. Mein Herz schlägt schneller.
Diese Information muss so schnell wie möglich zu meinem
Auftraggeber. Doch ich darf sie nicht weiter misstrauisch
machen. Sonst fliegt meine Tarnung auf und ich bin geliefert.

Livias Visionen könnten der Schlüssel zu allem sein. Ich
muss jede Einzelheit herausfinden, doch zuerst muss ich
ihn informieren. Die Gefahr, die Macht unkontrolliert zu
lassen, ist zu groß. Mit einem letzten Blick auf Livia und
Reia verschwinde ich in der Menge. Mein nächstes Ziel fest
im Auge: mein Auftraggeber.

KAPITEL 2

LIVIA

Nachdem Reia und ich vom Markt zurückgekehrt sind, spüre ich die Nachwirkungen unseres Gesprächs. Unruhig knabbere ich an meiner Nagelhaut herum und lasse meinen Blick durch mein Zimmer schweifen.

Ich hatte das Glück, ein Einzelzimmer zu erhalten. Wahrscheinlich, weil ich die Tochter eines berüchtigten *Generals* bin. Der Gedanke an meinen Vater versetzt meinem Herzen einen schmerzhaften Stich. Ein Jahr ist vergangen und er ist nicht aus Dhombor zurückgekehrt. Unsere enge Bindung macht die Situation nur unerträglicher.

Ich zwinge mich, meinen Gedankengang zu beenden und lenke meine Aufmerksamkeit auf das, was vor mir liegt. Meine Hand streift über den glatten Holztisch, während ich die Bücher und Notizen für meine Studien ordne.

Mein Zimmer bietet durch das große Fenster einen Blick auf den angrenzenden Fluss und die üppigen Kräuterbeete, die unsere Medikamente liefern. Der Duft von frischem Basilikum und Thymian erfüllt die Luft, beruhigend und vertraut. Durch das Fenster sehe ich die Heiler-Novizen im Garten, wie sie sorgsam die Beete pflegen. Heute sind nur

Novizen des zweiten Jahres im Garten zu sehen, die des ersten Jahres bereiten sich für die Abschlussfeier in *Kilead* vor. Ich trete vom Fenster zurück und gehe zum Kleiderschrank aus Kiefer. Auf meinem Schreibtisch liegen dunkelgrüne Handtücher, welche ich ordnen muss. Während ich das tue, denke ich an das erste Jahr meiner Ausbildung, an die vielen Stunden, die ich mit dem Verbinden von Wunden und Behandeln von Drachenbissen verbracht habe. Mittlerweile beherrsche ich diese Techniken im Schlaf. Jetzt soll ich mich den inneren Heilverfahren widmen.

Während ich die Handtücher in den Schrank lege, fällt mein Blick zur Tür.

Reia steht dort, ihr schulterlanges blondes Haar schimmert im Licht. Ihre Stupsnase ist von Sommersprossen übersät und ihre Lippen, geschmückt mit einem dezenten Lippenstift, erinnern mich an die roten Veilchen hinter dem Wohnhaus der Heiler-Novizinnen. Sie trägt die gleiche grün-bräunliche Tunika wie ich.

Ich muss schmunzeln, als ich Reia betrachte. Sie war die Einzige, die sich nie über meine *ungewöhnliche* Augenfarbe lustig gemacht hat. Seit wir klein waren, haben wir zusammengespielt und über alles geredet.

»Na, du«, schmunzelt Reia frech. »Heute ist die Abschlussfeier in Kilead. Mir ist es egal, ob du zum Unterricht zu spät kommst – du weißt eh schon alles. Aber schau mich an, Liv! In Kilead werden unzählige Novizen der Schutzgarde, Heiler und *Drachenreiter* anwesend sein. Da blamierst du uns bestimmt nicht!«

»Danke, dass du mich erinnerst, Reia.« Ich richte mich auf und lächle Reia an, dieses Mal mit echter Vorfreude. »Hast du dich schon entschieden, welche Tunika du für die Abschlussfeier tragen möchtest?«, frage ich interessiert.

»Oh Mann, Liv! Ich dachte, du fragst nie!« Sie lässt sich schwungvoll auf das Bett plumpsen und zieht ihren Lederbeutel näher heran. Geschwind kramt sie die drei möglichen Ausführungen der Ausgangs-Tuniken der Heiler hervor.

Endlich habe ich die Möglichkeit, eine Ausgangs-Tunika zu tragen!

»Die hier habe ich mir ausgesucht«, funkelt sie mich an und zeigt mir eine Tunika mit ausladendem Tüllrock und verspielten goldenen Runen auf smaragdgrünem Stoff. »Und welche der zwei Ausführungen nimmst du?« Reia zwinkert mir zu und hält zwei Tuniken hoch. »Hier, du kannst dir eine davon aussuchen. Die Andere ist für mich reserviert.« Sie zeigt auf eine und lächelt schelmisch. »Ich bin mir sicher, dass dir diese Tunika unheimlich gut stehen würde. Da kommt dein Po richtig gut zur Geltung!«

»Reia!«, rufe ich empört, aber mit einem Lächeln. »Sag sowas nicht!«

Mein Augenmerk liegt auf der Tunika, welche sich durch ihre schmalere Passform hervorhebt. Sie zeigt sich in einem tieferen Grün, eine Nuance dunkler und geheimnisvoller. Die langen Ärmel haben einen Hauch von Transparenz, der herzförmige Dekolleté-Ausschnitt und das eng geschnürte Korsett betonen die Taille. Der Rock ist figurbetont und hat einen tiefen Beinschlitz.

Die andere Tunika ist aus weich fließendem, hellgrünem Stoff mit silbernen Stickereien. Sie hat weite Ärmel und einen hohen, geschlossenen Kragen mit Perlen. Der Rock ist weiter geschnitten und fällt in weichen Wellen.

»Ich denke, ich nehme diese hier.« Ich strecke mich nach der dunkleren Tunika, in welcher mein Po, nach Reias Meinung, anscheinend fantastisch aussehen wird.

»Das habe ich mir fast gedacht, Livia«, erwidert Reia und packt das andere Modell zurück. »Ich bringe die andere zu Frau Caspian und du machst dich fertig. Ich will nicht zu spät kommen.«

Ich nicke und drücke die Tunika an mich. »Ja, ich beeile mich.«

Als Reia das Zimmer verlässt, lege ich die Tunika auf mein Bett.

Der heutige Abend ist wichtig. Nicht nur wegen der Abschlussfeier, sondern auch wegen *Lorenzo.* Ich hoffe, dass wir endlich das klären können, was zwischen uns steht. Über das Jahr habe ich oft an ihn gedacht und sehne mich nach den Nächten, die wir zusammen verbracht haben.

Während ich mir die Tunika überstreife, spüre ich, wie meine Nervosität einer Mischung aus Aufregung und Vorfreude weicht.

Der Stoff gleitet kühl über meine Haut und passt sich perfekt an. Dezent betont der herzförmige Ausschnitt mein Dekolleté. Geschmeidig umfließt der Stoff meine Taille und betont die Konturen meiner Silhouette. Zufriedenheit breitet sich in mir aus.

Ich setze mich vor den Spiegel und trage ein leichtes, aber verführerisches Make-up auf, das meine Augen betont und meine Lippen dezent in Szene setzt. Der letzte Blick in den Spiegel zeigt mir, dass alles perfekt sitzt.

Plötzlich, höre ich ein leises Klopfen an der Tür. Sie öffnet sich und ich sehe Reia, die mit einem breiten Grinsen auf mich wartet. »Wow, Liv, du siehst umwerfend aus!«

»Danke, Reia. Und du siehst auch großartig aus.«

»Ich dachte, ich helfe dir mit deinem Haar, bevor wir gehen«, sagt Reia und hält einen Lockenstab hoch, »Korkenzieherlocken wären perfekt zu deinem Look.«

Fasziniert starre ich den Lockenstab in Reias Händen an. Seine Holzfassung glatt und perfekt gearbeitet, mit einem kleinen rötlich funkelnden Edelstein in der Mitte. Die abgefallene Schuppe eines *Magmafürsten* ist darin eingelassen und ich bewundere, wie sie bei Drehung des Edelsteins, den Stab aufheizt.

Solche Lockenstäbe, wie Reia ihn hat, sind unfassbar teuer. Auf einem Markt hatte ich einmal einen Ähnlichen gesehen, doch 300 Solans waren mir zu teuer. Als Reia den Edelstein dreht, beginnt der Lockenstab leise zu summen.

»Wirklich magisch«, murmele ich, während ich die feinen Details des Lockenstabs bewundere.

»Ja, nicht wahr? Es war ein Geschenk von meinem Vater zum achtzehnten Geburtstag. Aber jetzt setz dich hin, sonst schaffe ich es nicht rechtzeitig, deine Haare zu machen.«

Ich lasse mich voller Vorfreude auf den Stuhl vor dem Spiegel sinken. Reia beginnt, mein Haar Strähne für Strähne zu locken. Die sanfte Wärme des Lockenstabs und das bestimmte Ziehen an meinem Haar haben eine beruhigende Wirkung auf mich.

»Reia, ich muss mit dir über Lorenzo reden«, sage ich schließlich. »Über das Jahr bin ich ihm immer mal wieder begegnet, aber es fühlt sich an, als ob wir ständig aneinander vorbeigehen. Ich weiß einfach nicht, woran ich bei ihm bin. Außerdem kann ich ihn einfach nicht vergessen. Hinterherrennen will ich ihm aber auch nicht. Ich sehne mich nach den Nächten, die wir zusammen verbracht haben und hoffe, dass da noch einmal etwas zwischen uns passiert.«

Reia hält inne und trifft meinen Blick im Spiegel. »Hast du mit ihm darüber gesprochen? Ihm gesagt, wie du dich fühlst?«

Ich schüttle den Kopf. »Nein. Ich weiß nicht, wie ich das ansprechen soll, ohne dass es seltsam wirkt. Und was, wenn ich mich irre und ich mich wieder hineinsteigere?«

»Ich denke, du solltest ehrlich zu ihm sein. Sag ihm, was du fühlst. Wenn er ernsthaftes Interesse an dir hat, wird er es verstehen. Aber du kannst nicht ewig mit dieser Unsicherheit leben.«

Ich nicke langsam. Ihre Worte sinken tief in meine Gedanken. »Danke, Reia. Ich werde darüber nachdenken.«

»Kein Problem, Liv. Du weißt doch, dass ich immer für dich da bin«, sagt sie lächelnd, dreht den Edelstein herum und legt den Lockenstab zur Seite. »Fertig. Schau dich an, du könntest der Königin glatt die Show stehlen.«

Ich betrachte mein Spiegelbild und bin überrascht, wie elegant die Korkenzieherlocken aussehen. Sie fallen perfekt um mein Gesicht und verleihen mir einen glamourösen Touch. »Danke, Reia. Du bist wirklich talentiert.«

»Gern geschehen«, antwortet sie. »Liv, ich habe noch etwas für dich«, sagt Reia plötzlich und kramt in ihrem Rucksack. »Hier, schau mal.« Sie zieht ein kleines, silbernes Amulett hervor. »Das soll dir Glück bringen.«

Ich nehme das Amulett und betrachte es genauer. Es ist ein zierliches Schmuckstück mit einem kleinen, tief grünen Smaragd. Auf der Rückseite ist eine Inschrift eingraviert: »*Für Mut und Freundschaft*«

»Danke, Reia. Das ist wirklich schön.« Ich lege es um meinen Hals und eine kleine Freudenträne kullert über meine Wange. Es fühlt sich an, als würde mir die Kette Geborgenheit bringen.

Reia lächelt sanft und zieht ein ähnliches Amulett hervor. »Wir sind verbunden, egal was kommt.«

»Du bist die Beste«, flüstere ich und umarme sie fest.

»Ach was, du hättest bestimmt dasselbe für mich getan«, antwortet sie lächelnd. »Aber hör schon auf bei jeder Gelegenheit zu weinen«, fügte sie neckend hinzu. »Du verschmierst noch dein Make-up!«

Ihr Tonfall lässt mich lächeln und bringt mich zurück in den Moment.

»Komm, wir müssen los, sonst verpassen wir die Kutschen nach Kilead«, drängt sie mich liebevoll und reicht mir ihre Hand.

CEO

Die Dämmerung senkt sich über die karge Landschaft von Darilorn. Ich ziehe den Umhang enger um meine Schultern, während der Wind unheilvoll durch die abgestorbenen Bäume heult. Mein Ziel liegt tief verborgen in einem abgelegenen Teil des Landes. Es ist ein Ort, an dem nur die Mutigsten oder die Verzweifeltsten je einen Fuß setzen würden.

Ich betrete den Turm durch eine schwere, eiserne Tür, die sich mit einem widerwilligen Knarren öffnet. Im Inneren herrscht eine unheimliche Stille.

Vorsichtig schleiche ich durch die Korridore. Die Wände übersät von Symbolen und Runen, welche in unheimlichen Farben leuchten. Schließlich betrete ich die Kammer meines Auftraggebers. Er wartet bereits, halb im Schatten verborgen.

Meine Nachricht bleibt mir fast im Hals stecken, als ich seinem Blick ausweiche und die bedrückende Atmosphäre der Kammer auf mich wirken lasse. »Anführer«, beginne ich schließlich, bemüht, meine Stimme ruhig zu halten, »die Macht in ihr manifestiert sich. Livia hat *Visionen*. Sie weiß es noch nicht, aber es hat begonnen.«

KAPITEL 3

LIVIA

Die Kutsche rumpelt über den holprigen Weg. Die Umgebungsgeräusche verblassen allmählich. Ein unbestimmtes Gefühl der Beobachtung schleicht sich in mein Bewusstsein.

Reia lehnt sich entspannt gegen meine Schulter, ihre blonden Strähnen streifen sanft über meine Haut. Sie hat sich für die Abschlussfeier des ersten Jahres besonders herausgeputzt. Ein leises Schmunzeln entwischt mir, während ich aus dem trüben Fenster der Pferdekutsche blicke.

Die Kutsche selbst bietet keinen Luxus, den der Adel genießt. Dennoch ermöglicht sie uns eine komfortable Reise von einem Ort zum nächsten.

Ein genervtes Augenrollen kann ich mir trotzdem nicht verkneifen. Einige Adlige werden ebenfalls an der Abschlusszeremonie teilnehmen.

Ihre selbstsüchtigen Intrigen und die Verachtung der Heiler vertiefen nur meinen Hass.

Gelegentlich musste ich leider den Umgang mit einigen dieser Hochnäsigen pflegen.

Viele von ihnen haben einflussreiche Positionen im *Gremium*, welches gemeinsam mit dem König und der Königin *Darilorn* lenkt.

Das Gremium ist die höchste Entscheidungsinstanz. Es agiert als mächtiger Gegenpol zum König und zur Königin. Nur Personen, die durch außergewöhnliche Fähigkeiten, Verdienste oder ihren hohen Rang herausragen, finden Einlass in diesen exklusiven Kreis. Unter ihnen sind auch die herausragendsten Drachenreiter, deren besondere Verbindung, zu den majestätischen Kreaturen, ihnen nicht nur unglaubliche Macht verleiht, sondern auch entscheidend das Wohl unseres Landes beeinflusst. Diese ausgewählten Drachenreiter sind im Gremium besonders bedeutend, da sie aufgrund ihrer einzigartigen Fähigkeiten und ihrer strategischen Bedeutung in Kriegszeiten und bei der Verteidigung des Reiches eine zentrale Rolle spielen. Ihre Kenntnisse und Erfahrungen im Umgang mit Drachen machen sie zu unersetzlichen Beratern bei Entscheidungen, welche die Sicherheit und den Schutz Darilorns betreffen.

Leider ist mein Wissen, über die geheimnisvollen Drachenbindungen und die Seelenebenen, begrenzt. Doch ich brenne darauf, mehr darüber zu erfahren. Die Hoffnung keimt in mir auf, dass vielleicht der Unterricht bei Frau Caspian Licht in die Finsternis bringen könnte.

Im Gremium selbst findet man kaum Heiler. Eine bemerkenswerte Ausnahme stellt eine ehemalige Königin dar. Diese Tatsache unterstreicht nur die exklusive Natur des Gremiums. Die genaue Anzahl der Gremium-Mitglieder kenne ich nicht. Sie kontrollieren unsere Welt mit fester Hand. Zudem haben ihre Entscheidungen weitreichende Konsequenzen für alle Bewohner Darilorns.

In meiner Position, fernab von solcher Macht und Autorität, kann ich nur erahnen, welche Geheimnisse und Verantwortlichkeiten diese Positionen mit sich bringen. Doch die Neugierde und der Wunsch, mehr über die Welt, in der ich lebe und die Kräfte, die sie formen, zu erfahren, treiben mich an. Von ihrer Vorgehensweise bin ich jedoch alles andere als überzeugt. Dennoch kann ich nichts gegen sie unternehmen. Das wäre reiner Selbstmord und nebenbei bemerkt hätte ich auch keine Ahnung, was ich verändern würde. Meine tiefe Abneigung ist das Einzige, was ich für sie und ihre abgekarteten Intrigen übrig habe.

Verspielt drehe ich eine Korkenzieherlocke zwischen meinen Fingern, während ich erneut in Gedanken versunken bin. Das Gremium als Institution hat mich schon immer interessiert, aber immer, wenn ich es auch nur ansatzweise bei meinem Vater angesprochen habe, wechselte er das Thema. Einige Mitglieder des Gremiums musste ich jedoch wohl oder übel kennenlernen, da mein Vater als General direkt ihren Befehlen unterstand. Er pflegte somit einen regelmäßigen Kontakt zu ihnen. Das ist wohl das Einzige, was ich seit seiner Abwesenheit, *nicht* vermisse.

Ich mahle verbittert mit meinem Kiefer und überprüfe die Umgebung, welche an unserer Kutsche vorbeizieht. Mittlerweile sind wir bestimmt schon drei Stunden unterwegs und ich würde mir echt gerne mal wieder die Beine vertreten.

»Sag mal, Liv, habe ich vorhin irgendetwas gesagt, was dich verärgert hat? Du schaust die ganze Zeit nur aus dem Fenster und redest kaum mit mir?«, fragt Reia und mustert mich eindringlich. In ihren klaren Augen erkenne ich so etwas wie Sorge.

Auch, wenn das Verschwinden meines Vaters bereits ein Jahr her ist, weiß Reia ganz genau, dass meine Gedanken oft noch bei dieser schicksalhaften Zeit sind.«Ich denke über die Idioten nach, mit denen wir einen wundervollen Abend verbringen müssen«, säusle ich ironisch und richte mein Haar. Wenn ich schon so lange darauf warte, die palastähnliche Drachenreiter-Akademie zu verurteilen, sollte ich bei der Ankunft nicht aussehen, wie eine aufgescheuchte Krähe.

»Ach komm schon, es kann dir doch egal sein. Immerhin bin ich da!« Reia greift nach meiner Hand und fährt kreisend mit ihrem Daumen über meine Fingerknochen. Das macht sie schon, seit wir klein sind, immer dann, wenn sie denkt, dass ich einen kleinen mentalen Beistand gebrauchen könnte. Und gerade brauche ich ihn.

»Ey, Livia, wenn du lieber wieder in deinem Zimmer vor dich hinträumen und den halben Schlaftrakt zusammen schreien willst, kannst du gerne die Kutsche verlassen. Dann verzieht sich vielleicht diese trübe Stimmung«, schnaubt Lorena, während sie ihr viel zu dick aufgelegtes Make-up überprüft und mich durch und durch abwertend anstarrt.

Sie ist auch in der Kutsche. Hatte ich ja fast vergessen.

Nachdem sie den Spiegel, welcher mit kleinen grünen Steinchen verziert, in ihrem Busen verschwinden lässt, wendet sie sich wieder ihrer Lieblingsbeschäftigung seit drei Stunden zu: Mich anzustarren und mir mit ihren Blicken das Gefühl zu geben, dass ich der letzte Mensch auf dieser Welt bin, mit dem sie gerade in dieser Kutsche stecken will.

»Tue dir selbst einen Gefallen und überprüfe weiter deine Kriegsbemalung, anstatt uns auf die Nerven zu gehen, Lorena«, zischt Reia angespannt.

Inmitten dieser Spannung schwenkt das Gespräch unvermittelt zu *Cole* und *Dorian Montalli*.

Ihre Namen rufen in unseren Kreisen sowohl Bewunderung als auch Missfallen hervor.

Kaum, dass Lorena die Namen ausspricht, verfällt sie in Schwärmereien. »Ihr habt doch sicher von Cole und Dorian gehört, oder? Sie sollen heute Abend auch kommen. Stellt euch nur vor, was für eine Ehre es wäre, neben ihnen zu sitzen!«, sagt Lorena mit funkelnden Augen und einem Hauch von Aufregung in der Stimme.

Ich zucke gleichgültig mit den Schultern, meine Miene unbeeindruckt. »Mir ist egal, wer heute da ist. Montalli hin oder her, es ändert nichts an dem, was heute Abend wirklich zählt.« Meine Worte sind scharf, ein klarer Kontrast zu Lorenas verträumten Fantasien.

Reias Blick trifft meinen. Sie kennt meine Abneigung gegenüber dem adligen Getue und den damit verbundenen Personen nur zu gut. Trotzdem verrät mir ihr interessierter Blick, dass sie die Hoffnung, in Zukunft mit mir über Darilorns Oberschicht tratschen zu können, noch nicht endgültig aufgegeben hat.

Vielleicht ist es falsch von mir, Dorian und Cole Montalli zu verurteilen, da ich sie nie in meinem Leben getroffen oder gesehen habe.

Lediglich von Reia erfahre ich den aktuellen Klatsch, der mich einigermaßen über das Geschehen in unserem Land informiert. Darunter einige Szenarien mit den *Prinzen* Dorian und Cole. Ihr royaler Status und ihre Namen sind jedoch die einzigen Informationen, die ich als wichtig in diesen Geschichten empfand.

»Wirklich, Liv? Nicht mal ein bisschen neugierig? Die beiden Brüder sollen die reinste Augenweide sein«, neckt Reia mich.

Wieder versucht sie mich zu ihrer Tratsch-Partnerin zu machen. Das ist so typisch für Reia.

Ich erwidere nichts auf ihre Worte und lasse meinen Blick aus dem Fenster der Kutsche schweifen. Während wir uns weiter unterhalten, löst sich die anfängliche Anspannung langsam. Trotz Lorenas gelegentlicher Sticheleien und meiner Gleichgültigkeit gegenüber dem Adel bleibt die Fahrt zur Akademie ein unvergessliches Ereignis.

»Ach, und wusstet ihr, dass Cole und ich uns mal nähergekommen sind?« Lorenas Stimme durchdringt die Stille der Kutsche, plötzlich schneidend süß. Ihre Worte ziehen unsere Blicke unweigerlich auf sich.

»Ehrlich?« Reia hebt überrascht eine Augenbraue und lehnt sich interessiert vor.

»Erzähl mal«, drängt sie und fokussiert ihre gesamte Aufmerksamkeit auf Lorena.

Lorena lächelt selbstzufrieden.

»Es war letzten Sommer auf einem Ball. Er hat mich den ganzen Abend umworben und schließlich ... nun ja, wir hatten eine *gemeinsame* Nacht.«

Sie genießt sichtlich unsere Reaktionen.

Ich spüre, wie meine Abneigung gegen Cole Montalli wächst. Wenn er sich auf Lorena eingelassen hat, kann er *nicht* viel besser sein als sie. Ich halte meinen skeptischen Blick auf Lorena gerichtet, ohne etwas zu sagen.

Die Vorstädte von Kilead weichen allmählich der majestätischen Silhouette der Drachenreiter-Akademie. Ein Zeichen dafür, dass unser erstes Jahr und die damit verbundenen Erlebnisse bald einem neuen Kapitel weichen werden.

Auch Lorena hat es tatsächlich geschafft, ihr erstes Jahr als Heiler-Novizin zu bestehen. Ich frage mich, wie sie das geschafft hat.

Sie ist so selten dumm und faul, dass ich fast vermute, sie hätte den Abschluss *erschlafen*.

Oder ist es, weil ihr *Daddy* ein angesehenes Mitglied im Gremium ist?

Beide Optionen scheinen mir möglich. Sie sieht aus wie die holde, unschuldige Prinzessin aus einem Märchenbuch. Ihr goldenes Haar schimmert seidig im aufsteigenden Mondlicht. Aber was hätte man von diesem Charakter auch anderes erwartet? Während ich Lorena eingehend betrachte, bemerke ich kaum, wie wir die Vorstädte von Kilead hinter uns lassen. Erleichtert lehne ich mich gegen die weich gepolsterte Rückwand der Kutsche. Auch Reia entspannt sich. Die Pferde stampfen weiter über das Pflaster. Um uns herum erfüllen die Geräusche der Stadt die Luft. Das Rufen der Bürger, das gedämpfte Murmeln von Gesprächen und das gelegentliche Wiehern der Pferde dringt zu uns in die Kutsche. Doch unter der vertrauten Kulisse liegt ein unangenehmes Gefühl. Es ist, als ob uns jemand oder etwas beobachtet.

Ich berühre immer wieder den Smaragd des Amuletts und lasse die Worte ›Für Mut und Freundschaft‹ in meinem Kopf nachklingen.

Es ist, als hätte Reia mir ein Stück von sich selbst gegeben, um mich zu unterstützen und zu ermutigen. Dennoch kann ich das nagende Gefühl nicht abschütteln, dass etwas nicht stimmt. Je näher wir der Akademie kommen, desto stärker wird dieses beunruhigende Gefühl. Prüfend schaue ich immer wieder aus der Kutsche. Suche nach der Quelle dieser Unruhe. Doch nichts scheint anders zu sein als zuvor. Trotzdem bleibt das Gefühl bestehen.

Als die majestätische Silhouette der Drachenreiter-Akademie vor uns auftaucht, scheint die Kälte in der Luft spürbarer zu werden. Ein kalter Schauer läuft mir über den Rücken und meine Nackenhaare stellen sich auf. Mein Herz beginnt schneller zu schlagen.

»Liv, alles in Ordnung?« Reias Stimme durchdringt meine Gedanken. Ich drehe mich zu ihr um, bemüht, das unbehagliche Gefühl zu ignorieren.

»Ja, ich bin nur ein bisschen nervös«, lüge ich mit schmerzhaftem Zwang, obwohl ich weiß, dass es mehr ist als nur Nervosität. Das Gefühl, dass uns jemand beobachtet, ist zu intensiv, um es einfach zu ignorieren.

Reia legt sanft eine Hand auf meine Schulter. »Mach dir keine Sorgen. Wir schaffen das schon«, sagt sie lächelnd.

»Halte das Amulett fest, klammer dich an deine Hoffnung. Es wird dir sowieso Nichts nützen. Du entkommst mir nicht.«

- Cole

Kapitel 4

Livia

Die Kutschentür öffnet sich mit einem lauten Quietschen. Ein attraktiver Mann streckt uns seine mit Adern gezierte Hand entgegen.

»Willkommen in Kilead, die Damen.«

Seine kantigen Gesichtszüge, von kurzen, dunkelbraunen Stoppeln bedeckt.

Sie strahlen Selbstsicherheit aus. Obwohl ich momentan über ihm stehe, erkenne ich seine beachtliche Größe.

Doch etwas irritiert mich an ihm.

Seine Gesichtszüge wirken *vertraut*, als hätte ich sie schon einmal berührt.

Ich beende den unangebrachten Gedanken abrupt und konzentriere mich auf den lebendigen Mann vor mir.

Er lächelt freundlich, als hätte er meine prüfenden Blicke verstanden.

Verlegen richte ich meine Tunika.

Seine breite Statur ist von einer pechschwarzen Leder-Uniform umschmeichelt. Auf seinem rechten Schulterblatt funkeln zwei goldene Embleme und eine unscheinbare *goldene Rune* über seinem Herzen. *»Wie bei Lorenzo«*, denke ich heimlich, als ich die Rune betrachte. Ebenso aus Gold trägt er nur ein Schmuckstück. Einen klobigen, antik aussehenden Siegelring mit einer Dornen umrahmten Rose, welcher seine Adern hervorhebt. Er ist ein Drachenreiter, ein Gremium-Anwärter und unverschämt attraktiv. *Oh Vimos, stellst du gerade alle meine Prinzipien auf die Probe?*

Vimos, der allmächtige Gott unserer Welt, dessen Name in Momenten des Zweifels, oft wie ein Seufzer über meine Lippen kommt.

Eigentlich habe ich mir vorgenommen, einen wohlverdienten Männer-Urlaub zu nehmen, bis Lorenzo und ich unsere Situation geklärt haben. Doch nach der langen Kutschenfahrt will ich auch nicht riskieren, meine Ausgangs-Tunika in Erde zu zieren.

Mit einem Hauch von Zurückhaltung greife ich nach seiner Hand. Trotz der warnenden Gedanken meines gesunden Menschenverstands steige ich mit seiner Hilfe langsam aus der Kutsche. Die Tür quietscht erneut, als sie zurückschwingt.

Meine Beine sind steif und schmerzen von der langen Fahrt, doch sie sind erleichtert, sich endlich strecken zu können.

Als ich unten ankomme, wird mir bewusst, wie groß er wirklich ist: Ich reiche ihm gerade knapp über die Schulter.

Sein Geruch ist verführerisch gut. Eine angenehme Mischung aus Gardenie und frischer Minze.

Ich inhaliere tief und genieße den Duft. Plötzlich mahne ich mich selbst zur Vernunft: *Hallo, Livia? Was ist los mit dir? Es ist nicht so, als hättest du noch nie einem gut aussehenden Mann gegenübergestanden. Reiß dich zusammen, verdammt nochmal!*

»Mein Name ist *Cedric*«, sagt er freundlich lächelnd, nachdem er auch Reia aus der Kutsche geholfen hat.

Reia stellt sich neben mich und blickt Cedric mit großen Augen an, als kämen wir gerade aus einem Kloster und nicht aus der Heiler-Akademie.

Ein empörtes Schnaufen hinter uns unterbricht den Moment.

Lorena kämpft sich alleine mit ihrer viel zu üppigen Ausgangs-Tunika aus der Kutsche, die sie natürlich persönlich hat, abändern und von Papa bezahlen lassen. Ihre wackeligen Schritte zeigen deutlich, wie schwer es ihr nach der langen Fahrt fällt, nicht die Treppe runterzufallen.

Cedric betrachtet desinteressiert die Spitze seiner Lederstiefel. Er macht keinerlei Anstalten Lorena aus der Kutsche zu helfen. *Pluspunkt für ihn.* Das macht ihn gleich ein Stück sympathischer.

Entschlossen fasse ich meinen Mut und wage eine höfliche Vorstellung.

Normalerweise bin ich keine schüchterne Person, doch aus irgendeinem Grund hat Lorenzo dafür gesorgt, dass mein Charakter brüchig geworden ist.

»Ich heiße Livia Berylla und das ist meine Freundin Reia Fortier. Wir bedanken uns für den freundlichen Empfang«, sage ich und mache einen leichten Knicks, den Reia umständlich kopiert.

Manchmal vergesse ich, dass sie keine so strenge Erziehung wie ich genießen musste und eher in praktischen Tätigkeiten unterrichtet wurde. Um ehrlich zu sein, stört mich das aber kein bisschen. Wir können voneinander viel lernen.

»Heiler-Novizinnen, nehme ich an?« Cedric räuspert sich kurz und lässt dann seinen Blick langsam, vielleicht etwas zu langsam, von meinen jadegrünen Augen zu meinen Fußspitzen wandern. Sein Blick verharrt kurz auf meinem tiefen Beinschlitz.

Ich meine, ein Funkeln in seinen grauen Augen zu erkennen und muss mir ein Schmunzeln verkneifen. Den genauen

Auslöser des Funkelns kann ich nicht einschätzen, dafür bewahrt Cedric seine Fassung zu gut. Aber ich bin *nicht* abgeneigt, dem Ganzen in der Zukunft nachzugehen.

»Ja, richtig! Wir haben das erste Jahr bestanden«, triumphiert Reia stolz.

»Wir sind das erste Mal hier in Kilead zur Abschlussfeier«, ergänze ich freundlich.

»Oh, das erste Mal? Dann lasst uns keine weitere Minute hier draußen in der Einöde verbringen und die Annehmlichkeiten genießen. Lasst uns feiern!« Cedric bietet mir seinen muskulösen Arm an und ich nehme ihn an.

»Ey, *Sirius*! Geleite doch bitte die weitere entzückende Dame hinein.« Ich drehe mich zur Seite. Meine Gedanken kreisen noch immer um Cedric als ich überraschend einen weiteren Drachenreiter bemerke, welcher lässig an unserer Kutsche lehnt. *Wie lange steht er schon dort?* In meiner Cedric-vernebelten Wahrnehmung habe ich meine komplette Umgebung ignoriert. *Gewöhn dir das schleunigst ab, Livia. Das ist keine gute Eigenschaft.*

Der besagte Drachenreiter, Sirius, ist etwas kleiner als Cedric, doch in puncto Makellosigkeit steht er ihm in nichts nach. Ich mustere ihn unauffällig, während ich noch immer versuche, meinen Schock zu verbergen. Sein Haar ist etwas länger als das von Cedric, perfekt in seiner Länge und verleiht ihm ein rebellisches, doch ansprechendes Aussehen. Seine Statur ist trainiert und an ihm ist etwas, das so viel mysteriöser wirkt als an Cedric.

Interessant.

Reia, die neben mir steht, folgt meinem Blick und ihr Mund öffnet sich überrascht, als sie die Ähnlichkeit zwischen den beiden bemerkt. Sie schaltet schneller als ich.

»Sind das etwa ... *Zwillinge*?«, flüstert sie ungläubig. Ihre Augen weiten sich vor Erstaunen und sie schaut schnell zwischen Cedric und Sirius hin und her, als könne sie kaum glauben, was sie da sieht.

Ich nicke, ebenso verblüfft über diese Entdeckung. Wir wussten, dass die Drachenreiter-Fraktion für ihre Überraschungen bekannt ist, aber dass wir auf *eineiige* Zwillinge treffen würden, welche so unterschiedlich und doch ähnlich sind, hatte niemand von uns erwartet.

»Das erklärt einiges«, murmle ich erstaunt, während ich Sirius weiter mustere. Sein mysteriöses Auftreten, im Gegensatz zu Cedrics offenerem Wesen, fügt eine faszinierende Dynamik hinzu, welche meine Neugier entfacht.

Sirius Blick kreuzt meinen. Mit lässigen Schritten nähert er sich und bleibt direkt vor mir stehen, sodass der Größenunterschied zwischen ihm und Cedric kaum noch auffällt. Selbstgefällig lehnt er sich mit einem Arm über mir an die Kutsche ab und schaut mir tief in die Augen. »*Gefällt dir, was du siehst?*«, flüstert er leise und grinst mich kurz schelmisch an. Sein Atem streift meine Haut, lässt mich erschaudern.

Eine Welle von Hitze durchflutet meinen Körper und ich spüre, wie meine Wangen heiß werden. Sein Blick, so intensiv und durchdringend, hat etwas Herausforderndes, beinahe besitzergreifendes. Mein Herz schlägt schneller und ich muss tief durchatmen, um mich zu beruhigen. *Er ist zu nah, viel zu nah.* Meine Finger kribbeln und ich frage mich, wie es wäre, sie über seine Brust wandern zu lassen, die Muskeln unter der Uniform zu spüren.

»Vielleicht«, antworte ich schließlich, meine Stimme etwas rauer als beabsichtigt. »Aber ich habe noch nicht alles gesehen.«

Sein schelmisches Grinsen vertieft sich und seine Augen funkeln vor Belustigung. Dann blickt er zu Reia. »Wenn es sein muss«, knurrt er gelangweilt und macht eine abfällige Handbewegung. Mit einem gequälten Augenrollen positioniert er sich neben Reia und bietet ihr widerwillig seinen Arm an.

Reia wirkt ein wenig verunsichert und wirft mir einen fragenden Blick zu. Diesen beantworte ich mit einem knappen Nicken.

Cedric beugt sich zu mir und flüstert: »Bist du fertig, meinen Bruder anzumachen?« Ein Lächeln umspielt seine Lippen.

Ich versuche, meine Verlegenheit zu verbergen, und wir schreiten zu viert in Richtung der Drachenreiter-Akademie.

Lorena schlurft schnippisch hinter uns her. Ihre Miene verrät, dass sie alles andere als erfreut ist, uns lediglich zu folgen. Sie versucht, ihre übliche Überheblichkeit zu bewahren, doch in ihren Augen sehe ich einen Hauch von Unsicherheit.

Das Karma hat anscheinend beschlossen, ihr einen kleinen Denkzettel zu verpassen.

»Könnt ihr nicht schneller gehen?«, zischt Lorena. »Ich will nicht den ganzen Tag hier herumtrödeln.«

»Wenn es dir nicht passt, kannst du ja vorausgehen«, antworte ich kühl, bemüht, meine Geduld zu bewahren.

»Wie auch immer«, schnauft sie abfällig.

Die gewaltigen Tore der Akademie von Kilead öffnen sich majestätisch vor uns. Der Palast, der als Akademie dient, strahlt eine überwältigende Würde aus.

Mein Blick wandert gespannt umher. Ein kalter Hauch von Intrigen und uralter Macht liegt in der Luft, während die dunklen Gemäuer hoch aufragen, gekrönt von majestätischen Türmen. Die Steinstrukturen scheinen aus den Schatten selbst gemeißelt zu sein, als wären sie ein natürlicher Bestandteil der Finsternis.

»Wenn mein Vater das sehen könnte«, murmelt Lorena verächtlich, als wir durch das imposante Tor schreiten. »Er würde sofort die Architekten feuern.«

Cedric wirft ihr einen amüsierten Blick zu. »Ich denke, die Architekten haben einen guten Job gemacht. Es hat etwas Majestätisches, findest du nicht?«

Reia nickt zustimmend. »Ja, es ist beeindruckend.«

Im Inneren offenbart sich ein Anblick, der so mächtig und faszinierend ist, dass er einem den Atem raubt. Der Boden, von schimmerndem, obsidianfarbenem Stein, scheint bei jedem Schritt ein leises Echo zu erzeugen, als würde er die Geschichten der Jahrhunderte in sich tragen. Säulen mit gravierten Drachensymbolen streben gen Himmel, während gemusterte Wandteppiche mit uralten Legenden die Wände schmücken.

Reia und ich staunen, als wir durch die imposanten Korridore schreiten, flankiert von Skulpturen, die wahrscheinlich vergangene Helden und mächtige Drachen darstellen. Das Zwielicht in den Hallen trägt dazu bei, eine Atmosphäre der Mysterien und Herausforderungen zu schaffen, die bestimmt jeden Novizen zutiefst erfüllt.

»Seht euch diese Lächerlichkeit an«, spottet Lorena, als sie die kunstvollen Wandteppiche betrachtet. »Wie altmodisch.«

Sirius hebt eine Augenbraue. »Vielleicht solltest du mal ein bisschen Respekt vor der Geschichte zeigen. Scheiße, wer hat sie eigentlich mitgebracht?«

»Respekt? Für diesen alten Krempel? Und pass auf, wie du mit mir redest«, erwidert sie höhnisch.

»Wie ich rede?«, knurrt Sirius wütend, doch Cedric packt ihn am Arm und schüttelt lediglich den Kopf. Daraufhin wendet sich Sirius wieder von Lorena ab und wir gehen weiter.

Wie ich feststelle, ist die Akademie von Kilead mehr als nur eine Schule: Sie ist ein Hort der Drachenmacht. Ein Ort, an dem die Verbindung zwischen Drachenreitern und Drachen gestärkt und die uralten Lehren der Drachenreiter weitergegeben werden. Somit bestätigt sich mein Vorurteil nun doch nicht.

Cedric und Sirius führen uns schließlich zu einem prunkvollen Saal, dessen Schönheit und Größe selbst die imposantesten Ecken der Ausbildungsstätte übertrifft.

Die Decke ist wie ein funkelnder Nachthimmel gestaltet, durchzogen von leuchtenden Sternen, die denke ich, den Zauber der Drachenmächte repräsentieren.

Hohe Gewölbe, geschmückt mit leuchtenden Kristallleuchtern, tauchen den Raum in ein funkelndes, dunkles Licht, während Wandteppiche mit den Insignien der Drachenreiter, Heiler und Schutzgardisten die Wände schmücken.

Der Saal pulsiert geradezu vor Leben, Absolventen der unterschiedlichen Jahrgänge in festlichen Tuniken und Anzügen versammelt.

Der Klang von erheitertem Gelächter und Musik füllt die Luft, während die Anwesenden in freudiger Erwartung auf die bevorstehende Zeremonie warten.

Insgesamt ist die Atmosphäre durchdrungen von einem Gefühl der Gemeinschaft, des Stolzes und der Erfüllung.

Von einem Moment wird mein Herz kalt.

Nein ...

Der Reiz oder das Gefühl, was auch immer das eigentlich ist, spüre ich selbst in dieser festlichen Pracht. Aber diesmal ist es so viel klarer und intensiver, als sonst.

Das ist kein Reiz.

Bitte lass nicht die Bilder wiederkommen ... Bitte nicht jetzt.

»Was ist los mit dir?«, fragt Lorena schnippisch, als sie meine blasse Gesichtsfarbe bemerkt. »Kannst du nicht mal einen festlichen Abend genießen?«

Wieder versucht sie mich runterzumachen, doch ich habe in diesem Moment weitaus schlimmere Probleme als mich mit Lorena zu streiten.

Ich schlucke schwer und versuche, meine Gedanken zu ordnen.

Es soll niemand wissen, dass die Tochter von General Berylla, einen Knacks hat.

Bemüht nicht noch mehr Aufmerksamkeit auf mich zu ziehen, antworte ich Lorena, in der Hoffnung, dass sie mich danach in Ruhe lässt. Die Chance ist zwar gering, doch mit zwei Problemen gleichzeitig aus zukommen ist nicht meine Stärke. »Es ist nichts. Ich bin nur ein wenig überwältigt von allem.«

»Ach bitte«, stöhnt Lorena. »Versuch nicht, hier eine Szene zu machen.«

Eine Szene nennt sie es. Ich forsche in ihren geschminkten Augen, doch momentan bin ich nicht in der Lage schlagkräftig zu sein.

Cedric schaut mich besorgt an. »Bist du sicher, dass alles in Ordnung ist, Livia?«

Ich nicke entschlossen. »Ja, es wird schon gehen. Danke, Cedric.«

Lorena seufzt nur verächtlich und verschwindet in der Menschenmasse.

Endlich.

Die rosarote Wolke, in die mich Cedric gerade noch geführt hatte, verpufft. Ich ahne, dass sich in den Schatten dieses atemberaubenden Saals düstere Geheimnisse formen, bereit, ihre Bestimmungen in unerwartete Bahnen zu lenken.

Ich lasse meine Augen über den Saal gleiten. So intensiv und fordernd habe ich das Gefühl noch nie erlebt. *Warnt es mich vor etwas?*

Meine Augen entdecken in einer Nische zwei schwarz gekleidete Personen, die sich wortwörtlich verschlingen. *Nein Livia, daher kommt das Gefühl bestimmt nicht.* Es ist, als würde mich irgendetwas anziehen. Oder *irgendwer?*

Als ich mich weiter umschaue, fällt mein Blick auf den Rücken eines Mannes.

Vor einem Jahr habe ich ihn mit Lorena bei dem Bankett gesehen.

Meine Augen verharren auf ihm. Mein Puls beschleunigt, ohne, dass ich genau weiß, warum. *Ist er der Grund für dieses Gefühl? Oder ist es nur ein Reiz? Komm schon, Livia, konzentriere dich. Spürst du bei diesem Mann die Antwort auf das Gefühl, welches dich plagt, oder ist es einfach nur das Verlangen, welches dich quält?* Der Raum verschwimmt um mich herum, während ich seinen breiten Rücken betrachte. Seine Präsenz zieht mich unwiderstehlich an. Ein Kribbeln breitet sich in mir aus. Genervt massiere ich meine Stirn. *Ich hätte definitiv mit Reia und ihren Freunden hin und wieder in die Taverne gehen sollen.*

Der Mann, dem dieser verruchte Rücken gehört, steht lässig und selbstbewusst inmitten einer Frauengruppe auf einem erhöhten Podest. Als wäre es *sein* verdammtes Podest.

»Schau dir diesen Leckerbissen an«, flüstert Reia, doch ich zwinge meine Augen, wegzuschauen. Versuche, an irgendetwas anderes zu denken. Etwas, was nicht dafür sorgt, dass mein Bauch flau wird. Zumindest kann ich ausschließen, dass das heimsuchende Gefühl von diesem Mann ausgeht.

Es ist lediglich meine verbitterte Weiblichkeit.

Doch wegschauen will ich auch nicht.

Wieder fixiere ich seinen Körper und lasse meine Blicke langsam an ihm heruntergleiten. Er trägt, wie die anderen Männer, eine Uniform, die seine maskuline Statur betont. Seine ist genau, wie die von Cedric und Sirius, *pechschwarz*, genauso wie seine Haare, welche im gedämpften Licht des Saals glänzen. *»Bitte, dreh dich um«*, flehe ich in meinen Gedanken. Ich will wissen, warum genau dieser Typ ein so intensives Gefühl in mir auslöst. Bei Cedric und Sirius war es nicht so intensiv und bei ihnen wusste ich wenigstens, wie ihr Gesicht aussieht.

Ein unbeschreiblicher Schauder durchfährt meinen Körper, als ich die schwarzen Tattoos erkenne, die sich um seine muskulösen Hände und seinen Hals winden. Seine mysteriöse Ausstrahlung zieht mich unwiderstehlich an und ich spüre, wie sich meine Wangen rötlicher färben, während ich ihn betrachte. *»Verdammt, ist dieses Korsett enger geworden?«*, fluche ich in Gedanken und bereue, nicht das bequemere Modell gewählt zu haben.

In diesem Moment dreht sich der Unbekannte um und schaut mich direkt an. Zwischen all den vielen Novizen im Raum treffen sich unsere Blicke. Es ist, als hätte er meinen Schauder gespürt. Wie eine Schockwelle durch den kompletten Saal. Die Welt um mich herum verstummt. Ich registriere kaum noch, was passiert. Wie bei einem Tunnelblick starre ich ihn an, als hätte ich nie zuvor einen Mann gesehen.

Langsam wandert mein Blick zu seinem Gesicht. Mein Atem stockt. Die Luft um uns scheint plötzlich von Schatten durchtränkt, als ob unsere Blicke alleine die Dunkelheit zum Tanzen bringen könnten. Seine eiskalten, *blauen* Augen durchdringen meine Seele.

Mein Herz schlägt schneller, als wäre es das einzige Geräusch im Raum. Vor mir steht der attraktivste Mann, den ich je gesehen habe.

COLE

»Hallo, meine Kleine.«

CEO

Livias Ankunft in der Drachenreiter-Akademie ist beunruhigend. Jetzt, umgeben von Cedric und Sirius, steigt in mir Sorge auf. Ihre Attraktivität und Aura ziehen Livia an. Das macht es für mich nur noch komplizierter. Sie sind nicht nur gefährlich, sondern haben die halbe Akademie flachgelegt.

Nicht sie!

Nicht jetzt!

Ich beobachte Livia. Ihre jadegrünen Augen wandern durch den Saal und dann passiert es – sie sieht ihn. Den Mann auf dem Podest, umgeben von Huren, als wäre er der König dieser kleinen Welt.

»Verdammt, nein. Nicht er«, fluche ich gedanklich und nehme einen tiefen Schluck Wein.

Der Mann dreht sich um, als hätte er Livias Blick gespürt. Ihre Blicke treffen sich. Die Anziehungskraft zwischen ihnen ist fast greifbar.

Ich muss handeln. Dieser Mann darf nicht derjenige sein, welcher ihre verborgene Macht entfesselt.

Ich werde sie beschützen. Ob sie es will oder nicht, das spielt keine Rolle. Diese Männer werden sie für ihre eigenen Zwecke ausnutzen. Sie mögen attraktiv und charmant sein, aber sie haben keine Ahnung, mit wem sie es wirklich zu tun haben.

KAPITEL 5

LIVIA

Erschrocken wende ich meinen Blick von dem mysteriösen Mann ab, den ich gerade beinahe mit den Augen ausgezogen habe.

Reia hebt neben mir skeptisch eine Augenbraue. »Ich wollte ja, dass du dich auf der Abschlussfeier amüsierst, aber es wäre schön, wenn du dabei noch in der realen Welt bleiben würdest, Liv«, schmunzelt sie neckisch.

Leicht verlegen senke ich den Kopf, um kurz wieder die Besinnung zurückzuerlangen. *Wie lange habe ich diesen Typen gerade angeschaut? War es so lange, dass es Reia aufgefallen ist?* »Es tut mir leid, Reia. Ich werde mich kurz auf der Toilette frisch machen und dann hast du mich wieder in bester Feierlaune.«

Ich tätschele ihr behutsam den Arm und wende mich dann an Cedric, der leider immer noch genau neben mir steht. *Hat er gesehen, wie ich den Typen angehimmelt habe?* Vorsichtig lege ich meine Hand auf seinen Oberarm, um seine Aufmerksamkeit auf mich zu lenken. Der Stoff seiner Uniform fühlt sich glatt an. »*Stopp!*«, ermahne ich mich selbst.

»Entschuldigung, Cedric. Ich kenne mich hier leider nicht aus und würde gerne kurz die Toiletten aufsuchen. Könntest du mir sagen, wo sich diese befinden?«

Cedric dreht seinen Kopf in meine Richtung und blickt von oben auf mich herab. »Aber natürlich. Du musst durch die große Tür, durch die wir gekommen sind. Dann am Ende des Ganges nach rechts. Empfehlen würde ich dir die zweite Tür für die Damen. Außer eine Männerbegegnung kann nicht länger auf dich warten.« Er schmunzelt schelmisch und ich spüre die Röte in mein Gesicht schießen.

Verdammt. Er hat es mitbekommen. Aber zwei können dieses Spiel spielen.

»Danke, Cedric. Wenn ich wiederkomme, erzähle ich dir, welche Tür es geworden ist.« Ich steuere die große Flügeltür an. Cedric fängt mich ab.

»Ist das so? Nebenbei bemerkt, wenn du auf dem Rückweg direkt nach rechts gehst, findest du einige eindrucksvolle Skulpturen. Ein Rundgang, verstehst du?« Mit dem Finger deutet er einen Kreis in der Luft an, wobei sein Siegelring im Licht der Kronleuchter funkelt.

»Vielleicht schaffe ich es, darauf zurückzukommen.« Ich kämpfe gegen meine Verlegenheit und gehe entschlossen zur Tür hinaus.

Ich muss so schnell wie möglich aus dieser Menschenmasse raus. Muss meinen Kopf frei bekommen. Ansonsten wird die heutige Abschlussfeier die letzte sein auf welcher ich mich blicken lassen kann.

Diener in makellosen Uniformen bewegen sich geschickt zwischen den Gästen, balancieren Tabletts mit Getränken und Häppchen.

Ich stoße die große Flügeltür mit einem leichten Quietschen auf und trete in einen breiten Korridor, welcher mittlerweile von flackernden Fackeln erleuchtet wird. Die Geräusche der Feier hinter mir verblassen langsam. Ich kann noch das gedämpfte Lachen und die angeregten Gespräche der Gäste hören. Von der Ferne dringt das zarte Klimpern von Gläsern und das leise Summen von Musik durch die hohen Wände der Akademie.

Im Bad angekommen, spritze ich mir Wasser ins Gesicht und flüsterte, nachdem ich meine Fassung wiedergewonnen habe: *»Das tut echt gut.«*

Nach einem kurzen Blick in den Spiegel entscheide ich mich, die Abschlussfeier zu genießen. Die aufgewühlten Gefühle habe ich in einen imaginären Käfig in meinem Kopf gesperrt. *»Kopf hoch, Prinzessin«*, hallen die Worte in meinem Unterbewusstsein wider. *Ja, Vater. Ich versuche es.*

Mit hoch erhobenem Haupt verlasse ich die Toilettenräume, bereit für einen unvergesslichen Abend.

Als ich den Gang entlanglaufe, in der Hoffnung auf einen Moment der Ruhe, taucht Cedric plötzlich auf. Er lehnt lässig an der Wand, ein schiefes Lächeln auf den Lippen.

»Ich dachte, ich warte hier auf dich. Die Skulpturen können wir uns später zusammen anschauen«, sagt er schelmisch. »Oder sollte ich sagen, ich warte darauf zu erfahren, welche Tür du gewählt hast?«

Meine Wangen glühen und trotz meiner Nervosität kann ich ein kleines Lächeln nicht unterdrücken. »Du bist ein schrecklicher Stalker, weißt du das?«, erwidere ich spielerisch.

»Vielleicht«, gibt er zurück und stößt sich elegant von der Wand ab. Er kommt einen Schritt auf mich zu. »Aber nur, weil ich neugierig bin... Auf dich.« Seine Stimme sinkt zu einem sanften Flüstern und er streicht eine Strähne meines pechschwarzen Haares hinter mein Ohr.

Die Nähe überrumpelt mich.

»Cedric, wir sollten zurück zur Party... «, versuche ich, aber meine Worte verlieren sich.

Er lacht leise und schüttelt dabei den Kopf. »Ich glaube, wir haben beide eine kleine Pause verdient, oder was meinst du?« Mit diesen Worten nimmt er meine Hand und führt mich zur Badezimmertür.

Die Tür fällt hinter uns ins Schloss. Plötzlich sind wir allein in der Stille des luxuriösen Badezimmers.

Er lässt meine Hand los und tritt einen Schritt zurück, aber sein Blick weicht nicht von mir.

»Was?«, erwidere ich seinen Blick.

»Du bist hübsch«, murmelt er und tritt näher. Die Luft zwischen uns knistert vor Spannung.

»Cedric... «, beginne ich unsicher.

Doch seine Miene ändert sich. Sein Charme weicht einer dunkleren Ausstrahlung. Er presst seine Hand auf meine Lippen. »Shh, Livia. Ich habe deine Blicke vorhin gesehen. Du kannst mir viel erzählen, aber versuch jetzt keine Ausrede zu finden.« Sein Gesicht kommt näher. Mein Herz rast. *Es geht zu schnell. Viel zu schnell*«, denke ich, während ich Cedrics hungrigen Blick spüre. *Ich sollte das stoppen.*

Doch bevor ich reagieren kann, flüstert er »*Lass dich fallen*«, ergreift mich und drückt mich gegen die kalten Fliesen der Badezimmerwand.

Mit einem impulsiven Stoß entziehe ich mich seinem Griff und gebe ihm eine schallende Ohrfeige.

»Lass sofort los!«, zische ich wütend. *Was denkt er, wer er ist?!*

Ich versuche, aus dem Badezimmer zu fliehen, aber Cedrics Reflexe sind zu schnell und er drückt mich erneut gegen die Wand.

Panik steigt in mir auf. »Hilfe! Hört mi-«

Cedric presst seine Hand auf meinen Mund und lacht gefährlich. »Glaubst du, dich hört jemand, Mäuschen?«, raunt er mir zu. »Außerdem. Hast du mich gerade geschlagen?«, ergänzt er bitter.

Entschlossen beiße ich in seine Hand. »Ja, habe ich, Cedric. Du kannst mich nicht einfach gegen die Wand pressen!«

Cedric betrachtet seine Handfläche. Desinteressiert zieht er ein dunkelblaues, besticktes Seiden-Taschentuch aus seiner Anzughose und säubert seine Handfläche von meinem Speichel. Während er das tut, lässt er seinen Blick langsam wieder zu mir gleiten, und ich sehe, wie sich etwas Dunkles in seinen Augen regt. Dann steckt er das Taschentuch sorgfältig zurück in seine Tasche und tritt näher an mich heran. »Also willst du mir sagen, dass du mich nicht willst? Versteh ich dich richtig, Livia?«

Meine Gedanken poltern.

Ja.

Nein.

Ja.

Nein.

Ich bringe nicht mal einen winzigen Ton hervor.

Er beugt sich plötzlich vor, seine Hände fassen meine Arme, ziehen mich näher. Sein Blick fixiert meinen, als ob er eine Antwort erzwingen wollte, doch bevor ich etwas sagen kann, sind seine Lippen wieder auf meinen. Sein Kuss ist fordernd. Nicht vorsichtig oder zurückhaltend, wie ich es von seiner aufgelegten, charmanten Art erwartet hätte. Ich versuche, mich ihm entgegenzustellen, doch meine Gedanken wirbeln durcheinander. *Was wird Lorenzo sagen? Verbaue ich mir gerade alles? Aber was soll ich mir denn verbauen? Zwischen uns ist doch gar nichts Ernstes. Einen Moment der Kontrolle zurückzugewinnen, das ist, was ich brauche. Doch je mehr* ich es versuche, desto stärker scheint Cedrics Anziehungskraft zu werden.

»Cedric«, stoße ich zwischen seinen fordernden Küssen hervor, meine Stimme angespannt und heiser. Seine Arme umschlingen mich fester, ziehen mich unaufhaltsam näher an seinen muskulösen Körper heran. Die Wärme seiner Haut und die feste Beschaffenheit seiner Muskeln unter der Uniform rauben mir den letzten Funken Widerstand.

Verwirrt von meinen eigenen Reaktionen, merke ich, wie meine Entschlossenheit langsam schwindet. Es ist zu verführerisch, zu intensiv, um mich ganz zu entziehen. Seine Hände streichen forsch und ohne Zögern über meinen Rücken. »Gib mir kurz einen Moment«, flehe ich. Meine Gedanken wirbeln durcheinander.

Ich muss klären, was ich wirklich will, bevor ich weitergehe.

»Mir ist herzlich egal, was du willst«, erwidert er kühl, seine Stimme gefährlich nah an meinem Ohr.

Die Wut in mir brodelt auf, aber ich lasse mir nichts anmerken. Ich werde nicht einfach nachgeben.

Nicht jetzt.

Nicht jemals.

Erst muss ich mir über meine eigenen Gefühle im Klaren werden. Wenn das hier weitergeht, dann zu meinen Bedingungen.

Mit einer plötzlichen Bewegung hebt er mich hoch und drückt mich wieder gegen die Wand. Der Druck ist intensiv, fast erdrückend. Doch während seine Hände über meinen Rücken gleiten, steigt eine unerwartete Hitze in mir auf. Mein erster Impuls ist, dieses Gefühl zu hassen. Die Enge, die Machtlosigkeit. *Es sollte nicht das sein, was ich will. Nicht so. Aber, warum will ich es?*

Es ist ein Kampf zwischen Vernunft und Verlangen. Diese Nähe, diese Dominanz, es erweckt etwas in mir, das ich nicht zulassen will. Es ist falsch, aber gleichzeitig fühlt es sich so *richtig* an.

»Fick dich«, presse ich hastig hervor. Mein Verlangen kämpft gegen meinen gesunden Menschenverstand.

»Na, na«, er kommt dicht vor mein Ohr und wandert mit seiner Hand zu meiner linken Brust, »wenn, dann ficke ich *dich*, Livia.« Mit festen, bestimmten Griffen massiert Cedric meine linke Brust.

Dabei versuche ich vergeblich, mich aus seinem Griff zu winden. Es gelingt mir nicht. »Du elender Bastard.«

Er stoppt seine Erkundungstour und kommt dicht vor meine Lippen, die er bis vor kurzem noch verschlungen hat. »Wir machen einen Deal«, setzt er mit einem schelmischen Lächeln an, »Ich zeige dir, was du kriegen könntest. Gefällt es dir *nicht*, dann höre ich auf.«

»Cedric, es liegt nicht an dir«, sage ich, meine Stimme etwas brüchig. »Ich bin mir nur unsicher, weil ich eigentlich noch etwas klären wollte, bevor ich mich auf jemanden anderen einlasse.«

Cedric sieht mich direkt an, seine Augen durchbohren meine Unsicherheit. »Hast du einen Freund?«, fragt er direkt.

Ein unangenehmer Schauder kriecht mir über den Rücken. Die Frage trifft leider genau ins Mark. Ich senke den Blick und schüttle langsam den Kopf. »Nein«, antworte ich leise, fast flüsternd, »Das ist es nicht.«

Cedric nickt knapp. »Gut«, sagt er schließlich, seine Stimme ruhig. »Dann lass uns etwas Klarheit schaffen, bevor wir weitergehen.« Cedric sieht mich ungerührt an, seine Miene ausdruckslos. »Schau, dein Gefühlschaos interessiert mich nicht«, antwortet er ruhig. »Nur eine Frage, weil ich nett bin: Wie lange fühlst du dich schon so?«

Seine Worte treffen mich wie ein Schlag. Ich zögere, während ich versuche, die wirren Gedanken in meinem Kopf zu ordnen. *Wie lange? Seit Monaten? Oder schon viel länger, ohne, dass ich es mir eingestehen wollte?*

»Vielleicht ein Jahr oder so«, antworte ich schließlich leise.

Cedric ergreift mein Kinn ruckartig und hält meinen Blick fest. Für einen Moment herrscht Stille zwischen uns, bevor er mit ernster Miene spricht: »Ein Jahr hast du gewartet? Scheiße, Livia, du bist *bildhübsch*. Verschwende deine Zeit nicht an so einen Pisser!«

Seine Worte treffen mich unerwartet und rütteln an meinen tiefsten Zweifeln.

Er hat recht.

Warum mache ich mir Hoffnungen? Warum spare ich mich für Lorenzo auf, wenn doch alles zwischen uns so unklar ist?

Die ganzen Zweifel, welche sich über das Jahr hinweg in meinem Kopf eingenistet haben, werden plötzlich laut. Vielleicht ist es an der Zeit, die Realität zu akzeptieren. Ich habe so lange darauf gewartet, dass Lorenzo sich entscheidet, dass er endlich zeigt, was er wirklich will. Aber was, wenn er es nie tut? Warum sollte ich mich weiter zurückhalten?

Entschlossen greife ich nach Cedrics Hinterkopf und ziehe ihn auf meine Lippen. Einen Augenblick lang kämpfe ich noch mit den Zweifel, doch dann treffe ich eine Entscheidung. *Ja, ich will das.* Es ist meine Wahl, nicht etwas, wozu ich gezwungen werde. Meine Gedanken verschmelzen mit der Hitze des Augenblicks, alle Unsicherheiten, alle Fragen lösen sich auf.

Ich brauche das hier.

Ich verdiene das hier.

Dieser Augenblick gehört nur mir.

Die Lust übermannt mich, und für diesen Moment gebe ich mich ganz bewusst der Leidenschaft hin, ohne Rücksicht auf die Zukunft, oder die komplizierten Gefühle, die ich für Lorenzo hege.

Cedric zwingt mich nicht— es ist meine Entscheidung, jetzt und hier.

Weitere Worte zwischen uns sind nicht nötig. Cedric weiß, dass ich mich entschieden habe.

Er befeuchtet seinen linken Zeige- und Ringfinger und schaut mir tief in meine giftigen Augen. Er vergräbt seine Hand unter meiner Tunika. Allein, als Cedric meine nackte Oberschenkelinnenseite berührt, droht ein sinnlicher Schauder mich zu überkommen. Er wandert immer weiter, befördert meinen Slip zur Seite und schiebt beide Finger tief in mich.

Krampfhaft versuche ich Lorenzo aus meinem Kopf zu verbannen. Er hat es nicht verdient, dass ich ihm treu bin, ohne Interesse an mir zu zeigen. Treu bin, ohne offen zu kommunizieren, was das zwischen uns wirklich ist. Er verblasst in meinen Gedanken. Denn das, was Cedric anstellt, verdammt, es gefällt mir wirklich.

Er beschleunigt das Tempo und fingert mich mit einer Intensität, die mich verrückt macht. Ich kann ein leises Stöhnen nicht mehr unterdrücken.

Auf den Schlag stoppt er und zieht seine Finger aus mir. Als wollte er keinen einzigen Laut von mir verpassen. »Was war das, *Mäuschen*?«

»Nichts«, erwidere ich etwas außer Atem. Meine Mitte zieht sich zusammen. Sie vermisst die Reibung, die Cedric verursacht hat, und das gefällt mir nicht.

»*Bitte mich*«, sagt Cedric und seine Stimme ist plötzlich ruhig und kontrolliert.

Verblüfft schaue ich ihn an und versuche zu verstehen, was er gerade von mir verlangt. »Warum zur Hölle soll ich dich, Bastard, bitten? Du willst es doch!«

»Und du nicht?« Er grinst und seine Augen funkeln herausfordernd während er auf einen Konter wartet. Mein Herz schlägt heftig in meiner Brust. Ich bin hin- und her gerissen zwischen Wut und Verlangen. Cedrics Nähe, seine Berührungen – alles an ihm macht mich verrückt.

Ich will ihm nicht das geben, was er will.

Doch es ist das, was ich will.

»Das ist falsch«, zische ich, doch meine Stimme zittert leicht.

Cedric lehnt sich näher zu mir. Seine Lippen sind wieder nur noch einen Hauch von meinen entfernt. Ich will sie kosten. Ihn spüren. *»Wenn es so falsch ist, warum fühlt es sich dann so richtig an?«* Seine Stimme ist ein dunkles Flüstern, das durch die Stille des Badezimmers schneidet.

Ich spüre die Kühle der Fliesen hinter mir und die Hitze seines Körpers vor mir. Der Kontrast ist überwältigend. Seine Augen bohren sich in meine, als ob er direkt in meine Seele blicken könnte. Ich kann meinen Blick nicht von ihm abwenden.

»Ich werde dich nicht bitten«, erwidere ich mit fester Stimme. Meine Worte klingen weniger überzeugt, als ich es gerne hätte. »Du bist ein verdammter Bastard! Hast mich einfach ins Badezimmer gezogen.«

»Vielleicht«, sagt er mit einem selbstzufriedenen Lächeln. »Aber du weißt genau, dass du es willst.« Seine Hand gleitet wieder über meine Hüfte. Zögernd, als wolle er mir noch eine letzte Chance geben, ihn zurückzuweisen. Doch meine Beine zittern alleine bei dieser unscheinbaren Berührung. Mein Atem geht schneller und mein Widerstand schmilzt.

Belustigt schnauft Cedric und hebt seine rechte Hand hoch, die mich vor kurzem noch in den Wahnsinn getrieben hat. Er dreht sie vor meinem Gesicht langsam nach rechts und wieder nach links. Dabei schimmern sein Zeige- und Ringfinger im fahlen Licht des Badezimmers und ich verstehe, was er bezwecken will. »Du bist eine furchtbare Lügnerin.«

Er umfasst meine rechte Brustwarze und zwirbelt sie zwischen seinen Fingern. »Probieren wir das Ganze nochmal von vorne. Schau mir in die Augen Livia und sag mir, dass du es nicht willst.« Seine Berührung sendet einen atemraubenden Reiz durch meinen Körper und ich werfe den Kopf in den Nacken. Daraufhin widmet sich Cedric wieder meiner Weiblichkeit. »Sag es.«

»Vergiss es!« Er will, dass ich bettle. Er will, dass ich nachgebe. Doch das kann er vergessen.

»Sag es«, fordert er leise, sein Atem streift meine Lippen. »Sag, dass du es willst, kleines Mäuschen.«

Ich presse die Lippen zusammen, kämpfe gegen das Verlangen, das in mir aufsteigt. Aber es ist ein aussichtsloser Kampf.

»Du bist ein elender Bastard, Cedric«, flüstere ich schließlich, meine Stimme bricht.

Mein Verlangen gewinnt.

»Das reicht mir«, sagt er und sein Grinsen wird breiter. Ausgiebig liebkost er meine Halsbeuge und schickt mich in den siebten Himmel. »Du bist wirklich naiv, wenn du glaubst, dass du hier rauskommst, bevor ich dich gefickt habe«, grollt Cedric zwischen seinen Küssen. Seine Hände sind überall. Forschend und fordernd.

Mein Verlangen und meine Moral prallen in einem inneren Sturm aufeinander und ich kämpfe darum, meine Gedanken zu ordnen. Er hält mich fest. Seine Berührungen sind nun grob und rücksichtslos. *Etwas, was mir erschreckenderweise, gefällt.* Während er meine Verzweiflung genießt, höre ich das

Klicken seiner Hose und spüre, wie sie nach unten rutscht. Seine Hände vergraben sich unter meiner Tunika, er hebt mich mühelos auf seinen Schwanz und dringt tief in mich ein.

»So eng«, keucht er und vergräbt sich wieder in meiner Halsbeuge, als wäre es die Luft, die er zum Atmen braucht. Seine Stöße sind fest und kontrolliert und ich kann nicht leugnen, dass ich dieses Gefühl vermisst habe. *So unfassbar vermisst.* Mir entfährt wieder und wieder ein tiefes Stöhnen und Cedric beschleunigt seine Stöße. Drängt mich gegen die kalte Badezimmerwand.

»Stöhn weiter für mich«, keucht Cedric zwischen den Stößen.

Ich gehorche.

Immer wieder stößt er sich in mich. Treibt mich näher zum Höhepunkt.

Meine Beine beginnen zu zittern.

Mein Stöhnen wird kurzatmiger und ich treffe einen Entschluss: *Ich genieße es.*

Ich lasse mich fallen.

Genieße die Reibung, die Cedric auf meine angeschwollene Klit ausübt. Vergesse Lorenzo, welcher mich immer nur besucht hatte, wenn er die Lust dazu hatte.

Immer näher und näher zum Höhepunkt kommend genießt Cedric merklich, wie ich mein Zittern zu unterdrücken versuche. Er packt meine Kehle, schaut mir tief in die giftigen Augen und schiebt, das verbleibende Stück was uns noch trennt, in mich. »Schau mich an, wenn du kommst.«

»Träum weiter«, versuche ich ihm entgegen zuwerfen, doch meine Worte werden von meinem bebenden Stöhnen verschluckt.

Nach kurzer Zeit geht mein Stöhnen in ein regelrechtes Schreien über und ich spüre, wie mich Cedric immer mehr an die Klippe des Wahnsinns treibt.

Nach einigen weiteren harten Stößen kann ich meine Lust nicht mehr zurückhalten. Cedric scheint zu merken, wie es um mich steht und reist mein Kinn herum. Der Orgasmus kommt tief, erfüllend und ich meine für einen kurzen Moment etwas schwarz vor Augen zu sehen. Als mein Sichtfeld wieder Farbe annimmt, finde ich einen zutiefst zufrieden grinsenden Cedric vor. »Denk nicht, dass ich mit dir fertig bin«, lächelt er triumphierend. Er setzt mich auf dem Boden ab, zwingt mich in die Knie und drückt meinen Kopf tief auf seinen Schaft.

Immer noch nach Luft ringend nehme ich seinen Schwanz tief in den Mund.

Wenn er meint, er könnte mich verrückt machen, dann werde ich ihm das Ganze doppelt und dreifach zurückgeben.

Voller Konzentration und Elan nehme ich seinen Schwanz tiefer, feuchter und Cedric beginnt leise zu knurren.

»Was? Auf einmal doch belehrbar?«, zwitschert er amüsiert.

»Ich kann auch aufhören«, antworte ich schnippisch, lasse von seiner prallen Länge ab und grinse ihn von unten an.

»Wag dich«, droht er mir scharf. Er packt meinen Kopf und vergräbt sich daraufhin wieder tief in meiner Kehle.

Da habe ich wohl einen wunden Punkt getroffen.

Ich umspiele sein Glied mit meiner Zunge, wechsle das Tempo und merke, wie Cedric sich anspannt. Ich atme tief durch die Nase ein, investiere all meine verbleibende Energie und befördere Cedric zum Orgasmus.

Er stößt sein Glied tief in meinen Rachen, und sofort kämpfe ich mit einem Würgereflex. Mein Atem stockt, und für einen Moment verliere ich den Rhythmus. Doch ich halte durch, versuche, meine Atmung zu kontrollieren, während ich das beengende Gefühl in meinem Hals unterdrücke.

Schließlich ergießt er sich tief in meiner Kehle, und ich sehe, wie er seinen Kopf in den Nacken legt und zufrieden schnurrt.

Mit Mühe schlucke ich, spüre, wie meine Kehle sich kurz verkrampft, bevor ich mich wacklig erhebe.

»So viel zum Thema, du willst nicht.«

»Ach, halt die Klappe«, erwidere ich eingeschnappt.

»Rede nicht so mit mir, Schlampe!«, er greift mir in die Haare und zieht mich dicht vor sich, »Nur, weil du nicht schlecht warst, heißt das nicht, dass du frech werden darfst«, knurrt er und mustert meine Reaktion. Ich recke mein Kinn, wobei mein Haaransatz schmerzt, und erwidere seinen Blick mit derselben Tiefe. »Nenn mich nicht Schlampe und ich überlege es mir, Bastard.«

»Ein Orgasmus langt nicht, um dich zahm zu machen, was? Kein Problem«. Er macht die Anstalten wieder auf mich zu zukommen, woraufhin ich einige Schritte von ihm zurückweiche und ihn grimmig mustere.

»Große Klappe, nichts dahinter, wusste ich es doch.«

Ich betrachte Cedric, wie er am anderen Ende des Badezimmers steht und elegant seine Hose schließt. Der Sex war gut und so wie ich ihn gebraucht habe, doch etwas lässt die entstandene Situation seltsam wirken.

Und es ist sein verdammtes *Wesen*.

Mit einem Mal packt mich die Erinnerung.

Die Art und Weise, *wie* Cedric mich zum Höhepunkt gebracht hat, erinnert mich an jemanden. Das meine ich nicht im negativen Sinne, sondern eher im überraschten, positiven, Sinne. Plötzlich schaltet mein Verstand. »*Lorenzo*«, stammle ich leise vor mich hin. Ich reiße die Augen auf und betrachte intensiv die Gesichtszüge von Cedric. *Woher sollte Cedric Lorenzo kennen?*

Skeptisch hebt er die Augenbraue, versucht zu entziffern, was ich eben von mir gegeben habe. »Was hast du gesagt?«

»Nichts, nichts«, presche ich verlegen zurück und verfluche meine Gedanken, die sich ungezähmt verselbstständigt haben. Ich glaube, ich habe mir gerade mein eigenes Grab geschaufelt.

»Das war nicht nichts.« Cedrics Stimme wird tiefer, gefährlicher, als er sich auf mich zubewegt. Seine Augen bohren sich in meine, als würden darin die Antworten auf all seine Fragen stehen. »Hast du Lorenzo gesagt?«, knurrt er mir entgegen, sein Atem heiß an meinem Gesicht.

»Das geht dich nichts an!« Meine Stimme ist wütender als beabsichtigt, doch ich kann die Angst nicht ganz verbergen. *Verdammt, ich kenne Cedric nicht mal!*

»Oh, und wie mich das etwas angeht.« Er bleibt dicht vor mir stehen, seine Präsenz überwältigend und bedrohlich. Seine Augen funkeln vor Zorn und Neugier, als ob er entscheiden müsste, ob er weiter nachbohren sollte, oder es sein lässt. Hinter uns dringen die Geräusche der Abschlussfeier durch die Tür. Gelächter, angeregte Gespräche und die leise Musik des Orchesters füllen den Flur. Die Atmosphäre ist festlich und lebendig, doch in diesem kleinen Badezimmer scheint die Zeit stillzustehen.

Er scheint noch einen Moment abzuwägen, ob er weiter forschen sollte, entscheidet sich im Endeffekt aber dagegen. *Warum? Was hat ihn dazu bewegt, das Thema fallenzulassen, obwohl es ihm sichtlich etwas ausgemacht hat?*

»Komm«, sagt er verbissen und reißt mich aus meinen Gedanken. Seine Stimme hat wieder diesen selbstzufriedenen Ton angenommen, was mich zu tiefst verwirrt dreinblicken lässt »Ich habe dir doch einen Rundgang versprochen.«

Seine Worte klingen fast freundlich, aber ich kann die unterschwellige Spannung in seiner Stimme spüren. Er will das Thema Lorenzo nicht fallen lassen, das ist klar. Doch für den Moment scheint er sich damit abzufinden, dass ich nicht darüber sprechen will.

»Gut«, sage ich knapp und trete einen Schritt zurück, um Raum zwischen uns zu schaffen. Meine Gedanken rasen, während ich versuche, mein Erscheinungsbild zu richten. Cedrics Nähe, seine Berührungen und jetzt diese Konfrontation – alles wirbelt in meinem Kopf herum.

Wir verlassen das Badezimmer und treten wieder in den festlich geschmückten Flur. Gäste in eleganter Kleidung flanieren umher, halten angeregte Gespräche oder lachen über Witze, die ich nicht hören kann.

Interessiert es hier niemanden, dass ich gemeinsam mit einem Mann, aus einem Badezimmer gekommen bin?

Prüfend drehe ich mich zu Cedric, welcher die Ruhe in Person zu sein, scheint. *Wer ist er wirklich?*

Cedric führt mich durch den Flur, seine Hand fest um mein Handgelenk geschlossen. Ich kann den Rhythmus seiner Schritte spüren, die Bestimmtheit in seiner Bewegung. »Also, was genau wolltest du mir zeigen?«, frage ich, bemüht, meine Stimme neutral zu halten.

»Geduld«, antwortet er mit einem leichten Grinsen. »Du wirst es schon sehen.«

*»Doch nicht mehr so schüchtern wie damals,
Mäuschen?«*

- Lorenzo

Kapitel 6

Livia

Wir schlendern die Korridore entlang, umgeben von unzähligen Kunstwerken. Zwischen Cedric und mir ist es unangenehm.

Mein Blick bleibt an einer Skulptur hängen: Ein Drache in Flugpose, dessen fein gearbeitete, glasige Schuppen im Licht schimmern.

Eine andere stellt eine Frau dar, deren aus Marmor gemeißelte Roben so leicht und durchscheinend wirken, dass sie fast echt erscheinen.

Die Porträts fesseln mich besonders.

Eines zeigt eine junge Adlige, deren Augen mit solcher Intensität gemalt sind, dass sie lebendig wirken. Die feinen Pinselstriche ihres Kleides, angereichert mit Goldfäden, strahlen Eleganz und Macht aus.

Ich halte kurz inne.

»Wie heißt du?« Die tiefe, männliche Stimme reißt mich aus meiner Bewunderung. Vor mir steht ein Mann in dunkler Uniform, seine breiten Schultern spannen den Stoff. *Pechschwarze* Haare rahmen sein markantes Gesicht und seine Augen, kühl und unnahbar, durchbohren mich. Ein schwaches Lächeln spielt um seine Lippen.

»Ähm, Livia«, antworte ich schließlich unsicher. Die Präsenz dieses Mannes ist überwältigend und ich frage mich, wer er sein könnte. Ein Adliger? Ein Künstler? Er könnte meiner Meinung nach beides sein. Der grübelnde Blick und die teure Uniform schreien gerade so nach Adel.

»Livia«, wiederholt er. »Ein schöner Name.« Seine tief dunklen Augen mustern mich eindringlich.

»Entschuldigen Sie, ich bin mit jemandem hier...« Ich drehe mich um und bemerke zu meinem Entsetzen, dass Cedric verschwunden ist. »Er war eben noch da«, stammle ich verlegen. *Cedric?!*

»Liebes, du bist hier genau richtig. Bitte hier entlang. Ich heiße *Dorian*.« Dorian öffnet eine schwere Holztür und sofort dringen gedämpfte Geräusche und Stimmen an meine Ohren. Ein leises Murmeln, das gelegentliche Knistern von Holz im Kamin und das fast unmerkliche Lachen, als ob die Menschen darin Geheimnisse teilen, die nicht für Außenstehende bestimmt sind.

Zögernd folge ich ihm durch die kunstvoll verzierten Türen in das gedämpft beleuchtete Kaminzimmer. Seine Hand auf meinem Rücken ist warm. Durch den dünnen Stoff meiner Tunika kann ich jede seiner Bewegungen spüren.

Das Kaminzimmer ist faszinierend und bedrohlich zugleich.

Dunkle Eichenmöbel und staubige Bücherregale säumen die Wände. Die Luft riecht nach altem Holz, Rauch und einer undefinierbar schweren Süße. In der Mitte thront ein imposanter Kamin, dessen Flammen ein Spiel aus Schatten und Licht erzeugen.

Meine Blicke schweifen über die versammelten Gestalten in dunkelblauen und schwarzen Uniformen, die in gedämpfte

Gespräche vertieft sind. Zwischen ihnen flanieren elegant gekleidete Frauen, deren Augen unter schweren Lidern halb geschlossen sind. Ein leises Kichern, ein leichtes Streifen einer Hand über einen Arm – die erotische Spannung im Raum ist spürbar und lässt mein Herz schneller schlagen.

Cedric steht abseits, sein Blick unbehaglich, während er einen Schluck aus seinem Kelch nimmt.

Mit einem Mal trifft mich die Erkenntnis wie ein Schlag. Cedric wollte, dass ich hierherkomme! Ich wende meinen Blick von ihm ab. *»Wie konnte ich nur so dumm sein!«*, schimpfe ich in Gedanken.

Meine Hand ballt sich zur Faust. Dorian verstärkt seinen Griff auf meinem Rücken. Anscheinend hat er meine versteifte Haltung und die mordlustigen Blicke bemerkt. Sein fester Griff symbolisiert, dass ich in der Höhle der Löwen feststecke.

Ich bin geliefert.

Doch dann wird der Moment von einem brennenden Verlangen unterbrochen.

Ich bemerke den fremden Mann, dessen Augen wie kalte, blaue Edelsteine funkeln. Er steht am Rand des Raumes, seine Präsenz unübersehbar.

Sein schelmisches Lächeln verschwindet nicht und allein sein Anblick entfacht ein Feuer in meinem Inneren.

Er steht am anderen Ende des Raumes, umgeben von Mysterium und Anziehungskraft. Seine Gestalt tanzt im Schatten des Kamins und sein Blick durchbohrt mich mit einer Intensität, die mir den Atem raubt.

Düsterer und intensiver als vorhin.

Er wirkt, wie der mächtigste, dunkelste und verführerischste Mann im Raum. Um ihn herum peitschen Schatten, als wären sie lebendig.

Ich kann den Grund für die unheimlichen Bewegungen nicht erkennen, aber sie verstärken seine Aura der Gefahr und Macht.

»Nicht so schüchtern, Liebes, ich bin direkt hinter dir«, flüstert Dorian mir ins Ohr, und eine Gänsehaut breitet sich über meinen Körper aus.

»Die Tatsache, dass du hinter mir bist, macht die Situation nicht einfacher, Dorian!«, flüstere ich zurück, was ihm ein amüsiertes Schnaufen entlockt.

Das lästige Kribbeln in meinem Bauch wird stärker, je näher ich dem Fremden komme. Mit jedem Schritt, den ich mache, scheint die Distanz zwischen uns zu schrumpfen,. Ich spüre ein überwältigendes Verlangen in mir aufsteigen, ein Gefühl, das ich kaum unter Kontrolle halten kann.

Bei Cedric war es meine Entscheidung. Doch bei ihm, so vermute ich, wird mir keine Wahl bleiben.

Er sieht aus wie ein verdammter Drachenreiter-Fuck-Boy, und eigentlich will ich keine seiner vielen Optionen sein! Seine Präsenz ist überwältigend, und als ich endlich dicht vor ihm stehe, bemerke ich, wie seine Augen mich mustern, als ob er jeden meiner Gedanken lesen könnte. Zu mindestens, als würde er es in diesem Moment definitiv versuchen. Mir kriecht eine elende Gänsehaut über den Rücken. Sie versucht mich zu befallen, doch sie kommt nicht an mein Inneres heran.

»Du bist im ersten Jahr, oder?« Seine Stimme klingt wie dunkler Samt, und ich spüre, wie sie durch mich hindurchgeht. *»Mein Name ist Cole, merk ihn dir.«*

Seine Blicke ziehen mich aus, und ich spüre eine ungewollte Wärme in mir aufkeimen, als seine Worte in mir nachhallen. »Livia«, antworte ich knapp. Dabei bemühe ich mich, meine Stimme fest und entschlossen klingen zu lassen.

Cole lächelt. »Eine interessante Wahl, sich meinem *Bruder* Dorian anzuschließen.« Sein Blick gleitet über meinen Körper.

»Ah, deswegen hat mich Dorian an ihn erinnert«, murmle ich leise. Mein Blick schweift zu Dorian und ich kann ihm nicht umhin, einen leicht abfälligen Blick zu zuwerfen.

Bevor ich weiterdenken kann, ergreift Dorian ruckartig mein Kinn und zwingt mich, ihm ins Gesicht zu sehen. Sein Griff ist fest, aber noch nicht schmerzhaft. »Ich würde vorschlagen, du lernst deine Blicke zu bändigen, wenn du die Konsequenzen nicht tragen möchtest, *Liebes*.« Seine Augen funkeln, obwohl seine Haltung streng ist.

Provozierend recke ich mein Kinn noch ein Stück empor. »Nein danke. Ich wähle meine Blicke, wie sie mir passen, Dorian.« Ich blicke ihm tief in die Augen und er spürt meine Entschlossenheit.

Für einen Moment scheint er überrascht zu sein. Doch er lässt mit einem amüsierten Lachen von mir ab und verstaut seine Hände lässig in den Hosentaschen seiner Uniform.

Mit voller Konzentration wende ich mich wieder Cole zu, der das Schauspiel aufmerksam verfolgt hat. »Nein, ich habe nicht Dorian gewählt und selbst wenn es so wäre, was geht dich das an?« Meine Stimme ist fester, als ich mich eigentlich fühle.

Cole lächelt, als hätte meine abfällige Antwort ihm Erregung bereitet, doch sein Blick verrät mir seine eigentliche Spannung. »Neugierde, Kleine. Ich bin neugierig, wer du bist und was dich hier hergeführt hat.«

Ich schweige, meine Gedanken wirbeln wild durcheinander, doch ich lasse mir meine Verunsicherung nicht anmerken. »Freiwillig bin ich nicht hier, aber dessen bist du dir sicher bewusst.« Bei dieser Bemerkung werfe ich Cedric einen giftigen Blick über die Schulter.

Er reagiert mit einem lässigen Schulterzucken und zieht gleichzeitig eine Frau an ihrer Taille näher zu sich heran. Sein Blick ist gehässig und gleichgültig, aber ich sehe das Funkeln in seinen Augen, als er mich beobachtet. Er genießt es offensichtlich, dass ich zusehe, wie er diese braunhaarige Schönheit umgarnt. Sein Lächeln ist arrogant und selbstsicher, während sich die Frauen um ihn scharen, fasziniert von seiner Ausstrahlung.

Mein Herz rast, nicht nur vor Eifersucht, sondern auch vor einer seltsamen, prickelnden *Spannung*, die ich kaum unterdrücken kann.

In diesem Moment, umgeben von den schweren, dunklen Möbeln des Kaminzimmers, fühle ich mich wie gefangen in einem Spiel, dessen Regeln mir unbekannt sind. Jedes Wort, das wir wechseln, jede Geste scheint eine tiefere Bedeutung zu tragen, ein Schachspiel der Gefühle und Macht.

Ein dunkler Schatten huscht über Coles Gesicht, bevor er versucht, ein Lächeln aufzusetzen. Freundlichkeit liegt ihm im Gegensatz zu seinem Bruder Dorian nicht, zum Vorteil für mich. Ein Spiel zu bestreiten, dessen Feind mit offenen Karten spielt, ist umso leichter zu gewinnen.

»Du bist taffer, als ich dachte«, murmelt er amüsiert, doch ich sehe die Herausforderung in seinen Augen lodern.

Bevor ich antworten kann, spüre ich Dorians Hand auf meinem Rücken, die mich sanft zur Seite drängt. »Vielleicht ist es an der Zeit, dass wir weitergehen, Liebes. Die Zeremonie beginnt üblicherweise mit der Fraktion der Heiler«, sagt er ruhig, doch seine Worte hallen in meinem Kopf wider. Ein Plan formt sich in meinem Kopf, ein Gedanke, der mich plötzlich erfüllt.

Entschlossen lehne ich mich ein wenig näher an Dorian, meine Hand gleitet langsam und verführerisch über seine

Brust, meine Finger streifen dabei seine Haut durch das dünne Hemd. »Natürlich, Liebster«, antworte ich mit einem verführerischen Lächeln, während ich einen schnellen, provokativen Blick zu Cedric werfe, der uns beobachtet. Die Verwirrung und der Ärger in seinen Augen sind unübersehbar und ein triumphierendes Gefühl durchströmt mich.

Dorian reagiert sofort, zieht mich abrupt näher zu sich, seine Hand fest an meiner Hüfte. Sein Atem streift mein Ohr, als er leise, aber eindringlich flüstert: »Wenn du nicht aufhörst, werde ich mich nicht zurückhalten.« Die Bedrohung in seiner Stimme jagt mir eine Gänsehaut über den Rücken, während eine gefährliche Spannung zwischen uns knistert. *Habe ich es übertrieben?*

Unbeeindruckt, aber innerlich aufgewühlt, halte ich seinen Blick und lasse meine Finger spielerisch über seine Hüfte wandern. »Ist das so?«, flüstere ich herausfordernd zurück.

Dorians Lippen formen ein leichtes, gefährliches Lächeln. Seine Augen bleiben kühl und berechnend.

Bevor Dorian reagieren kann, erhebt sich Cole und kommt mit entschlossenen Schritten auf mich zu. »Mein Bruder geht Dinge anders an«, sagt er mit einem selbstgefälligen Grinsen im Gesicht. »Wenn du mit der Tür ins Haus fallen willst, bin ich dafür die *bessere* Wahl.« Mit einem festen Griff zieht er mich zu sich, sodass ich mit dem Rücken an seiner Brust stehe. Seine Lippen finden meinen Hals und er beginnt begierig meinen Hals entlang zu küssen. Ein prickelndes Gefühl durchläuft meinen Körper und ich spüre, wie meine Knie weich werden.

Während Cole mich festhält und seinen Mund weiter an meinem Hals bewegt, suche ich Cedrics Blick. Unsere Augen treffen sich und ich sehe, wie sich seine Miene verdunkelt. Die Wut und Eifersucht in seinen Augen sind unverkennbar. Sein

Gesicht verzieht sich vor Ärger und er umfasst die Mitte der Frau an seiner Seite fester, sodass sie einen quietschenden Laut von sich gibt. Cedrics Lippen verziehen sich zu einem bitteren Lächeln, doch seine Augen funkeln vor Zorn. Das Triumphgefühl in mir wächst, als ich sehe, wie sehr ihn das aus der Fassung bringt.

»Livia, komm jetzt«, ertönt Dorians Stimme. Diesmal tiefer und hungriger. Sein Tonfall lässt mich erschaudern und ich frage mich, warum er sich bisher so zurückgehalten hat. Warum er es einfach zugelassen hat, dass sein Bruder über mich herfällt.

Cole löst sich langsam von mir. Seine Finger gleiten verführerisch über meine Taille, bevor er sich zurückzieht. »Bis später, Livia«, murmelt er. Seine Stimme ein sanftes Flüstern in meinem Ohr.

Mit einem letzten, intensiven Blick verabschiedet er sich und ein schelmisches Lächeln spielt um seine Lippen.

Ich nicke knapp.

Meine Gedanken sind immer noch bei Cole und der unerklärlichen Anziehungskraft, die von ihm ausgeht. Doch ich zwinge mich, meine Emotionen zu unterdrücken, während ich dem sanften Druck von Dorians Hand nachgebe und das Kaminzimmer verlasse. Ich bin froh, aus diesem Löwenkäfig herauszukommen, denn jede Konversation fühlt sich an, wie ein Verhör auf der Strafbank. Mein Gefühl sagt mir aber irgendwie, dass dieser Moment nur der Anfang war – ein Funke, der ein Feuer entfachen konnte, das alles verzehren würde.

Als Dorian mich schließlich wegführt, spüre ich, wie die Anspannung langsam aus meinen Schultern weicht, doch die Gedanken an Cole und die unerklärliche Anziehung, die er auf mich ausübte, bleiben. Sie umschließen meinen Geist wie ein Meer aus Rosen—Stachel besetzte, wunderschöne Rosen.

Ich spüre noch immer den intensiven Blick von Cole auf meinem Rücken, als plötzlich ein leises Knarzen hinter uns die Stille durchbricht.

Ich drehe mich leicht zur Seite und sehe, wie die Tür zum Kaminzimmer langsam ins Schloss fällt.

Cedric tritt heraus, sein Blick finster, sein Gesicht von Schatten umhüllt.

Es ist offensichtlich, dass er uns gefolgt ist. Seine Schritte sind kaum zu hören, doch die Spannung, die seine Anwesenheit mit sich bringt, ist allgegenwärtig.

Die schnelle Art, wie er die Dame im Kaminzimmer verlassen hat, lässt mir keine Zweifel—er hat uns beobachtet und ist uns nachgelaufen. Mit festen Schritten gehe ich weiter. *Dieser Verräter Cedric verdient keine weitere Sekunde meiner Aufmerksamkeit! Er hat es nicht verdient, dass ich ihm noch mehr schenke.*

Doch gerade, als ich diesen Gedanken fasse, höre ich seine Stimme hinter mir.

»Livia, warte!« Cedrics Stimme zittert künstlich.

Ich drehe mich nicht um. »Lass mich in Ruhe, Cedric«, erwidere ich kühl.

Aber er gibt nicht auf. Schnelle Schritte nähern sich und ehe ich es merke, greift er nach meinem Arm und versucht, mich herumzuziehen. »Du kannst mir nicht böse sein. Ich weiß, dir hat *es* gefallen…«

»Was gefallen?« Dorians Stimme unterbricht Cedric abrupt und ich zucke erschrocken zusammen. Seine Augen bohren sich in Cedric und ich spüre die Anspannung in der Luft.

Cedric mustert Dorian, ein zufriedenes Lächeln spielt auf seinen Lippen. »*Was wohl*«, antwortet er mit einer gewissen Genugtuung.

Ich blicke zwischen den beiden Männern hin und her, mein Herz schlägt schneller.

Dorians Blick ist durchdringend, als ob er versuche, Cedrics Gedanken zu lesen. Cedric hingegen wirkt gelassen, als genieße er das Spiel.

»Lass mich los!«, fauche ich und versuche meinen Arm aus seinem festen Griff zu reißen.

In diesem Moment mischt sich Dorian ein. Er tritt mit einer Autorität auf, die keine Widersprüche duldet, und funkelt Cedric böse an. »Sie sagte, lass sie los«, spricht er ruhig, seine Stimme tief und unmissverständlich.

Cedric wirft Dorian einen düsteren Blick zu und murmelt ein knappes »Von mir aus«. Ohne weiteren Kommentar schlendert er zurück zum Kaminzimmer, wobei sein Stolz sichtlich angekratzt ist.

Ich drehe mich um, bereit, zur Abschlussfeier zurückzukehren und diesen ganzen Mist hier zu vergessen, als Dorian mir anbietet: »Ich begleite dich.«

Sein Angebot trifft auf meinen schnippischen Tonfall. »Ich brauche deine Anwesenheit genauso wenig«, antworte ich und lasse keinen Zweifel an meiner Abneigung und dem Wunsch, allein zu sein. Ich brauche eine Pause von den ganzen Männern, ansonsten drehe ich heute wirklich noch durch.

Dorian hebt verwundert eine Augenbraue, nickt dann widerwillig und tritt beiseite, um mir den Weg freizugeben.

Mit gemischten Gefühlen und entschlossen, die letzten Stunden des Abends mit Reia zu verbringen, setze ich meinen Weg fort. Das Echo meiner Schritte hallt durch den stillen Gang und betont meine Einsamkeit.

In diesem Moment empfinde ich stille Erleichterung, dass dieses Echo, mein einziger Begleiter ist. Doch irgendwo in mir lodert auch ein Funke der Entschlossenheit – ein Versprechen, dass ich mich von niemandem mehr täuschen lasse.

Für den Anfang, es wenigstens zu versuchen.

Denn vielmehr habe ich aus dem Verlauf des heutigen Abends gelernt, dass ich das Spiel der Intrigen, das Spiel der Drachenreiter, bei weiten nicht so gut verstehe, wie ich dachte. Mein Vater hat mich zwar davor gewarnt, aber ich hab es sichtlich unterschätzt.

Während sich der Klang meiner Schritte durch den stillen Korridor hallt, spüre ich eine Mischung aus Erschöpfung und Entschlossenheit in mir aufsteigen.

Die Ereignisse des Abends haben mir klargemacht, dass ich in eine Welt der Intrigen und Machtspiele getreten bin, für die ich womöglich nicht vollständig vorbereitet bin.

Cedrics Spielchen brennt noch immer in meinem Inneren, aber ich lehne es ab, ihm mehr von meiner Energie zu geben.

Vielleicht war es *naiv* von mir, zu glauben, dass ich in der Drachenreiter-Akademie einfach nur Livia sein könnte. Eine unscheinbare Novizin, wie in Tarkenemhat.

»Ich brauche niemanden, der mir den Weg weist«, murmle ich entschlossen vor mich hin, als ich die Türen zum großen Festsaal erreiche, wo die Abschlussfeier noch immer in vollem Gange ist.

Mit einem tiefen Atemzug stoße ich die Türen auf und betrete den Saal erneut. Die Geräusche der Feier, das Lachen und die Musik, umhüllen mich sofort. Und so beginnt mein Tanz durch das Labyrinth der Intrigen und Machtspiele.

»Willst du mich verarschen? Ich suche die halbe Akademie nach dir ab und du machst ein Kaffee-Kränzchen mit dem schlimmsten Shadow-Daddy der ganzen Akademie?«

- Ceo

KAPITEL 7

LIVIA

Als ich die Mitte des Saals erreiche, spüre ich die neugierigen Blicke der Heiler-, Schutzgarde- und Drachenreiter-Novizen auf mir ruhen. Ignorierend stürze ich mich zurück in die Feier, doch plötzlich verstummen die Gespräche im Raum.

Alle Augen richten sich auf die große Treppe am anderen Ende des Saals.

Ein älterer Mann mit grauem Haar und einer strenger Miene tritt hervor. Ihm folgt eine kleine Gruppe in prächtigen Gewändern.

Die Atmosphäre im Raum verändert sich augenblicklich – ein Hauch von Nervosität breitet sich aus.

»Da ist doch *Lord Celestino*, der Leiter der Drachen-Akademie«, flüstert eine vertraute Stimme plötzlich in mein Ohr.

Erschrocken zucke ich zusammen. Reia steht direkt neben mir. Ich hatte nicht bemerkt, dass sie sich genähert hatte.

»Seit wann ist er Leiter der Drachenreiter-Akademie?«, flüstere ich Reia überrascht zu.

Sie zuckt nur ahnungslos mit den Schultern.

Ich starre Lord Celestino an.

Er ist Lorenzos *Vater*.

Als Kinder hatten Lorenzo und ich viele Sommer zusammen verbracht, aber ich habe seinen Vater seit Jahren nicht mehr gesehen. Dass sein Vater ein Lord war, wusste ich, aber nicht, dass er die Drachenreiter-Akademie leitet.

Lord Celestino hebt eine Hand und die Gespräche verstummen vollständig. »Willkommen, Novizen und geschätzte Gäste«, beginnt er mit fester Stimme, die den Raum erfüllt. »Heute feiern wir nicht nur eure Ankunft, sondern auch die Traditionen und Werte, die unser Fraktionssystem ausmachen. Jeder von euch hat einen Platz in unserem System, sei es als Heiler, Schutzgardist oder Drachenreiter. Euer Rang und eure Leistungen werden bestimmen, wie weit ihr in dieser Hierarchie aufsteigen könnt.«

Dass ich nicht lache. Als Heiler hat man niemals die Chance, so weit aufzusteigen wie ein Drachenreiter oder Schutzgardist.

Während er spricht, gleiten meine Augen über die Gesichter der Anwesenden. Die meisten blicken mit einer Mischung aus Respekt und Furcht auf die Gruppe der Oberen. Hier kennt jeder seinen Platz und dieser wird nicht leichtfertig verändert.

»Ich möchte euch nun die Oberen vorstellen, die die Säulen Darilorns darstellen«, fährt Lord Celestino fort. »Zuallererst, ihre Majestäten, König Ganmon Montalli und Königin Isolde Montalli.«

Beide treten hervor und ich spüre ein leichtes Kribbeln der Ehrfurcht, als der Raum hell erleuchtet wird und das Licht von den funkelnden Kronen des Königspaares reflektiert wird. König Montalli, mit steinerner Miene und strengen Augen, tritt vor. Neben ihm schreitet seine Frau mit einem warmen Lächeln und einer freundlichen Ausstrahlung. »Willkommen, Novizen«, beginnt König Montalli mit tiefer, mürrischer

Stimme. »Möge eure Ausbildung zur Stärke unseres Königreichs beitragen.«

»Wir freuen uns, euch alle hier zu sehen«, fügt Königin Isolde mit sanfter Stimme hinzu. »Möge euer Weg von Erfolg und Weisheit geprägt sein.« Das Königspaar tritt zurück und ich beobachte ihre Bewegungen, fast hypnotisiert von ihrer graziösen Art.

Lord Celestino ergreift wieder das Wort: »König Montalli und Königin Isolde überwachen gemeinsam unser gesamtes Land und stellen sicher, dass unsere Traditionen und Werte bewahrt werden.«

Plötzlich erlischt das Licht der Kristallleuchter und ein einzelner Scheinwerfer beleuchtet die nächste Person, die vortritt. Meine Augen verengen sich instinktiv, um die neue Gestalt besser erkennen zu können. »Als Nächstes haben wir *Lady Elara von Medea*.«

Eine elegante Frau mit wunderschöner, sonnengebräunter Haut, stolzer Haltung und durchdringendem Blick schreitet durch den Lichtkegel. »Willkommen«, sagt sie mit klarer, aber kühler Stimme. »Ich führe die Schutzgarde, welche für die Sicherheit und Instandhaltung unseres Reiches zuständig ist.«

Ein kalter Windzug lässt die Fackeln flackern und ich schaue mich unruhig um, auf der Suche nach der Quelle dieses plötzlichen Wechsels.

»*Lord Thaddeus von Tarkenemhat*«, kündigt Celestino an.

Ein imposanter Mann mit scharfen Gesichtszügen und strengem Blick tritt hervor.

Ich kenne ihn.

»Disziplin und Mut sind die Grundlagen eurer Ausbildung. Ich leite die Heiler-Fraktion und sorge dafür, dass unser Wissen und unsere medizinischen Fähigkeiten stetig wachsen.«

Mein Herz macht einen Sprung bei der Erwähnung der Heiler-Fraktion. Seine Worte sind sowohl beruhigend als auch erdrückend.

Ein fernes Donnergrollen begleitet den Auftritt des nächsten Lords.

»*Lord Caius von Dhombor*«, sagt Celestino, und ein ernst aussehender Mann mit dunklen Augen und ruhigem Auftreten tritt vor.

Seine Anwesenheit verbreitet eine Aura der Bedrohung, als ob ein Sturm am Horizont aufziehen würde. »Seid gegrüßt. Meine Aufgabe ist es, den stetigen Austausch mit dem *Flammenkonzil* zu koordinieren.«

Bei der Erwähnung des Flammenkonzils geht ein Raunen durch die Menge. Gespräche flammen auf. »*Was ist das Flammenkonzil?*«, höre ich jemanden flüstern. Die Unruhe wächst und schließlich hebt Lord Celestino die Hand, um die grübelnde Menge aus Novizen zu beruhigen. Nachdenklich wendet er sich Lord Caius zu.

»Lord Caius, würdet ihr bitte das Flammenkonzil erklären?«

Lord Caius tritt vor, sein dunkler Blick durchdringt die Menge. »Das Flammenkonzil ist die höchste Entscheidungsinstanz der *Drachen*«, beginnt er mit tiefgründiger Stimme. »Es ist ein Zusammenschluss der weisesten und stärksten Drachen unseres Reiches. Diese mächtigen Wesen wachen über das Gleichgewicht der Magie und die Einhaltung der uralten Gesetze. Sie sind Hüter des Wissens und der Traditionen. Ihr Wort ist Gesetz.« Er lässt seinen Blick über die versammelten Novizen schweifen, die gespannt seinen Ausführungen lauschen, mich eingeschlossen. »Das Flammenkonzil besteht aus *fünf* Drachen, die jeweils eine der *fünf magischen Disziplinen* verkörpern:

Feuer,

Wasser,
Erde,
Licht
und *Schatten.*

Jede dieser Disziplinen repräsentiert eine grundlegende Kraft des Universums und die Drachen des Flammenkonzils sind Meister in der Kontrolle und Nutzung dieser Kräfte. Ihre Entscheidungen beeinflussen nicht nur die Drachenreiter, sondern auch alle magischen Praktiken in unserem Reich. Sie sind die letzte Instanz bei Streitigkeiten zwischen Fraktionen und ihre Weisheit hat uns durch viele Krisen geführt.«

Ein ehrfürchtiges Schweigen legt sich über den Raum, als die Bedeutung des Flammenkonzils klar wird. Diese uralten Drachen haben Macht über alles, was ich kenne – und darüber hinaus.Der Raum wird nun von einem warmen, magischen Glühen erfüllt.

»*Lady Seraphina von Kilead*«, kündigt Celestino an, und eine Frau mit mystischer Aura und durchdringenden Augen tritt vor. »Harmonie zwischen Geist und Körper ist der Schlüssel«, sagt sie, ihre Stimme weich und hypnotisch. »Ich koordiniere die allgemeine Zusammenarbeit zwischen den Fraktionen und stelle sicher, dass unser Austausch im Einklang ist.«

Die Spannung im Raum ist greifbar, als Lord Celestino sich wieder in den Mittelpunkt stellt. »Für diejenigen, die mich noch nicht kennen, ich bin Lord Celestino von *Soilleir*«, sagt er mit ernstem Blick. »Ich führe die Drachenreiter an, die das Herzstück unserer Offensive darstellen. Ich erwarte von euch allen, dass ihr euer Bestes gebt und die Werte eurer Fraktionen ehrt.«

Ich frage mich, wie es wohl ist, unter seiner streng wirkenden Führung zu stehen.

Die Bühne ist in völlige Dunkelheit getaucht. Ein sanftes, bläuliches Leuchten erscheint am Rand der Bühne.

»Und zum Schluss möchte ich euch *Andil Thornevar*, den *Gremium-Ältesten*, vorstellen.«

Ein älterer Mann mit weißem Haar und würdevollen Ausdruck tritt in das Licht. »Es ist mir eine Ehre, euch in der Gesellschaft willkommen zu heißen«, sagt Andil mit tiefer, ruhiger Stimme, die den Raum erfüllt.

Nachdem alle Obersten von Darilorn sich vorgestellt haben, übernimmt Lord Celestino wieder das Wort. »Die Lords und Ladys, welche ihr heute kennengelernt habt, spielen eine wesentliche Rolle in unserem Fraktionssystem. Sie leiten und formen die Ausbildung und Entwicklung der Novizen in ihren jeweiligen Bereichen. Jede Fraktion hat ihre eigenen Stärken und Ziele, aber alle arbeiten zusammen, um die Stärke und den Ruhm des Königreichs zu mehren.«

Er lässt seinen Blick über die versammelten Novizen schweifen. »Ihr werdet in den kommenden Monaten und Jahren viel lernen und wachsen. Nutzt diese Zeit, um eure Fähigkeiten zu schärfen und euren Platz in der Gesellschaft zu finden. Möge eure Reise erfolgreich und ehrenvoll sein.«

Die Rede endet und der Saal füllt sich langsam wieder mit Gesprächen und Aktivitäten. Die Novizen treten einzeln vor, werden vorgestellt und ihren jeweiligen Mentoren zugewiesen. Ich beobachte aufmerksam, wie sich die Dynamik im Raum verändert, je nachdem, wer aufgerufen wird und welcher Mentor sich erhebt. Einige Mentoren sind hoch angesehen und ziehen bewundernde Blicke auf sich, während andere mit weniger Begeisterung empfangen werden.

Plötzlich wird mein Name aufgerufen.

»Livia Berylla, Heilerin«, verkündet Lord Celestino und ich spüre die neugierigen Blicke der Menge auf mir.

Mit klopfendem Herzen trete ich vor.

Ein Raunen schleicht sich durch den prunkvollen Saal und augenblicklich beginnt es an jeder Ecke zu tuscheln. Mit langsamen, gewählten Schritten steige ich auf das Podium. Zu meinem Bedauern kann ich von hier oben noch viel besser wahrnehmen, dass mich unzählige Novizen aus den unterschiedlichsten Fraktionen eindringlich mustern. Die Frage, die sie sich alle stellen, steht ihnen ins Gesicht geschrieben.

»Ist das die Tochter von *General Berylla?*«

»Ja, verdammt, das bin ich. Könnt ihr bitte aufhören, mich jetzt alle so anzustarren«, fluche ich in meinen Gedanken und bitte Vimos eindringlich, dieser Tortur des Abends ein Ende zu bereiten.

Mein Alptraum scheint aber gerade erst am Anfang zu stehen. Frau Caspian, meine Lehrmeisterin, erhebt ihre Stimme, welche durch einen geheimnisvollen Zauber an Stärke gewinnt. Sie legt ihre zarte Hand unterstützend auf meine Schulter.

»Bitte nicht«, flehe ich leise zu ihr gewendet, da ich befürchte, auf was das hier hinausläuft. Ich werfe ihr so unauffällig wie möglich einen Blick zu, ihr Vorhaben nicht in die Tat umzusetzen, doch dafür ist es zu spät.

Ich möchte im Erdboden versinken.

»Ein besonderes Lob möchte ich an Livia Berylla richten. Sie ist nicht nur eine unserer lernbegierigsten Novizen in der Heiler-Fraktion, sondern auch der Maßstab dafür, dass man auch nach den schlimmsten Schicksalsschlägen stark sein kann. Also nehmt euch alle an ihr ein Vorbild und wachst über das Maß der Bequemlichkeit hinaus und entfaltet euer volles Potenzial!«

Im Saal erklingen Beifall und einige Pfiffe, wobei ich nicht deuten kann, ob diese Novizen mir wirklich gratulieren, oder das Ganze vor Sarkasmus von der meterhohen Decke trieft

»Ihr Vater wäre sehr stolz auf sie gewesen, Livia«, bestärkt mich Frau Caspian, als sie an mir vorbeigeht, um weitere Hände zu schütteln und individuelle Motivationsreden zu verteilen. Motivation und Lob hin oder her. Auf eine öffentliche Bekanntmachung hätte ich nach den jüngsten Ereignissen wirklich verzichten können.

Eine Frau mit scharfen Augen und einem strengen Gesichtsausdruck erhebt sich. »Ich bin Meisterin Helena«, sagt sie knapp zu unserer Gruppe und nickt uns zu. »Ihr werdet unter meiner Anleitung stehen.«

Ich verneige mich und trete zurück in die Sicherheit meiner Gruppe. Glücklicherweise ist Reia derselben Gruppe zugeteilt worden wie ich und drückt beruhigend meine Hand. »Wir haben Glück, Helena ist eine der besten Heilerinnen. Aber wir müssen aufpassen, sie hat hohe Erwartungen.«

Im Laufe des Abends nehme ich immer mehr Details über das Rangsystem und die Machtstrukturen in Darilorn wahr. Die Gespräche um mich herum drehen sich oft um Leistungen, Prüfungen und das Streben nach höheren Rängen. Es ist ein unaufhörliches Spiel der Macht und des Einflusses.

Später am Abend beobachte ich eine hitzige, von Alkohol befeuerte Diskussion zwischen zwei älteren Novizen. Ich stehe in der Nähe und kann die Leidenschaft in ihren Stimmen hören.

»Du weißt genau, dass der Rang der Drachenreiter der höchste ist!«, faucht der schwarz gekleidete Novize wütend. »Und trotzdem glaubt ihr Schutzgardisten, ihr könntet uns übertrumpfen!«

»Es geht nicht nur um Rang, sondern um Fähigkeiten und Wissen«, erwidert die Schutzgardistin ruhig und verschränkt die Arme vor der Brust. »Ohne uns wärt ihr Drachenreiter längst tot.«

Ich spüre die Spannung in der Luft und sehe, wie sich die anderen Novizen unruhig umblicken. Diese Diskussion zeigt mir deutlich, dass das Leben in Kilead nicht nur aus Lernen und Training besteht, sondern auch aus einem ständigen Kampf um Anerkennung und Macht. Jeder will seinen Platz sichern und, wenn möglich, verbessern. Mit einem leisen Seufzer denke ich darüber nach, wie schwer es ist, in dieser Umgebung seinen eigenen Weg zu finden. Das Streben nach Anerkennung scheint ein allgegenwärtiger Teil des Lebens hier zu sein. Ich frage mich, wie ich mich in diesem Machtspiel behaupten würde.

Als Reia und ich endlich einige Minuten für uns selbst haben, zieht sie mich rasch hinter eine verschnörkelte Säule.

»Sag mal, Liv, wo bist du denn so lange gewesen? Ich habe mir Sorgen gemacht. Du warst eine halbe Ewigkeit weg und dann ist auch noch Cedric verschwunden. Wenn du endlich mal dein Verlangen…«

Ich spüre, wie mein Gesicht heiß wird und meine Wangen beginnen zu glühen. »Reia, bitte, nicht hier«, flüstere ich hastig. »Es ist… kompliziert. Ich erzähle dir alles, aber nicht inmitten dieser Menschenmasse.«

Reia hebt interessiert eine Augenbraue, ihre Neugierde offensichtlich geweckt. »Ich habe gedacht, du verfolgst deine Prinzipien? Woher der Sinneswandel?«, hakt sie scharf nach.

Natürlich würde Reia so etwas nicht einfach im Raum stehen lassen. Sie würde wahrscheinlich, wenn Cedric mich auch nur falsch angeschaut hätte, ihm die Augen auskratzen.

Ich seufze und schaue mich im Saal um.

»Also diese Konversation nüchtern zu führen, kann ich nicht. Wie wäre es damit: Du schnappst dir von da drüben zwei Kelche mit Wein«, ich weise auf eine mit Kelchen gefüllte Anrichte dicht bei uns, »und wir treffen uns dort draußen bei der Sitzgelegenheit auf der Veranda.« Ich schlage es ihr hoffnungsvoll vor, denn eine weitere Minute in diesem Raum und ich kann nicht garantieren, dass ich meine Fassung bewahren kann.

»Wenn du sogar Alkohol für dieses Gespräch brauchst, bin ich gleich bei dir.« Reia wirft mir flüchtig ein Lächeln zu, bevor sie von der Menschenmasse verschluckt wird.

Selbst, als ich mich aus dem prunkvollen Saal zurückziehe, spüre ich die Blicke auf mir.

Sie lasten wie unsichtbare Gewichte auf meinen Schultern. Das Raunen der Menge ertönt wieder in meinen Ohren, während ich mich durch die Menschenmenge zwinge.

Das Erbe meines Vaters liegt schwer auf mir. Die neugierigen Blicke der Novizen verfolgen mich wie hungrige Schatten und die Worte von Frau Caspian hallen in meinen Ohren wider. Ich sehne mich zutiefst nach einem Moment der Stille, einem Augenblick der Einsamkeit, um meine Gedanken zu ordnen.

Endlich erreiche ich die Veranda. Ich lasse mich auf eine der eleganten Sitzgelegenheiten nieder. Der sanfte Wind streicht über meine Haut, während ich den Blick über das Gelände schweifen lasse. Im fahlen Licht des Mondes wirken die Bäume wie dunkle Wächter und der Klang der Nacht umgibt mich wie ein unsichtbarer Schleier. Ein Moment der Ruhe, den ich dringend brauche.

Selbst dieser flüchtige Augenblick kann meine innere Unruhe nicht vertreiben. Die schwere des Abends lastet auf mir und der Gedanke, wieder in den Saal zu müssen, ist unerträglich. Eine Lawine der Erschöpfung und des Widerwillens bricht über mir herein. Was ich wirklich brauche, ist Abstand – und zwar jetzt.

Mit einem entschlossenen Seufzer erhebe ich mich und gehe zurück in den Saal, um Reia zu suchen. Ich finde sie schnell, immer noch an der Anrichte, die Kelche in der Hand.

»Reia«, flüstere ich ihr zu, »Ich halte das nicht mehr aus. Ich will heim. Jetzt sofort.«

Sie schaut mich besorgt an, das Lächeln verschwindet aus ihrem Gesicht. »Was ist los, Liv?«

»Es ist einfach alles viel zu viel. Die Blicke, die Erwartungen, die Erinnerungen. Ich brauche eine Pause von all dem.« Meine Stimme ist leise, aber bestimmt.

Reia mustert mich, dann nickt sie langsam. »Okay, ich verstehe. Lass uns gehen. Wir finden eine frühere Kutsche.«

Gemeinsam verlassen wir den Saal und je weiter wir uns entfernen, desto leichter fühle ich mich. Die Kühle der Nacht umfängt uns und ich spüre, dass ich endlich zu Atem kommen kann. Auf dem Weg zur Kutsche fühle ich, wie die Anspannung von mir abfällt. Bald werde ich zu Hause sein, wo ich den nötigen Frieden finde, meine Gedanken zu sortieren.

Kurz bevor wir die Kutsche erreichen, bleibt Reia stehen und dreht sich zu mir um. »Liv, bevor wir die Kutsche nehmen... Ich muss dich etwas fragen.« Sie wirkt unsicher, was selten vorkommt.

»Was ist los?«, frage ich neugierig.

»Ich habe hier jemanden kennengelernt – einen wirklich netten Mann. Ist es für dich okay, wenn ich hierbleibe und ihn noch ein bisschen besser kennenlerne?« Ihre Augen glänzen hoffnungsvoll und ich weiß, dass sie an meiner Seite bleiben würde, wenn ich es wollen würde.

Ich lächle und nicke. »Natürlich, Reia. Ich freue mich für dich. Bleib hier und hab Spaß. Ich komme schon allein heim.«

»Bist du sicher?« Sie scheint hin- und her gerissen zwischen Sorge und Aufregung.

»Ganz sicher. Ich brauche einfach nur etwas Zeit für mich. Du genießt deinen Abend.« Ich umfasse ihre Hand kurz und drücke sie, um meine Worte zu unterstreichen.

Reia strahlt und umarmt mich schnell. »Danke, Liv! Pass auf dich auf, okay?«

»Mach ich. Und du auch.«

Mit einem letzten freundlichen Lächeln geht sie zurück zu dem Saal, während ich zur Kutsche weitergehe. Der Weg dorthin ist ruhiger und ich merke, wie die Last des Abends langsam von mir abfällt.

In der Kutsche lehne ich mich zurück und schließe die Augen, während die Landschaft draußen im Dunkeln vorüberzieht.

Endlich allein, endlich Ruhe.

Doch anstatt Erleichterung, spüre ich, wie die unterdrückten Emotionen des Abends an die Oberfläche dringen.

Die Erschöpfung und die Last, die Erwartungen und die ständigen Erinnerungen an meinen Vater – alles ist überwältigend.

Meine Augen brennen und Tränen strömen unaufhaltsam über meine Wangen. Verzweifelt trommeln meine Hände auf die Polster der Kutsche, als ob ich damit die Schatten vertreiben könnte.

»Warum muss alles so schwer sein?«, fluche ich leise.

Der Kummer und die Wut vermischen sich in meinen Tränen und ich spüre, wie die Erleichterung, die ich gesucht habe, langsam kommt – durch das Weinen, durch den Schmerz, durch die pure Freisetzung all der aufgestauten Gefühle.

Die Kutsche rollt weiter, das monotone Geräusch der Räder begleitet meine wilden Gedanken. Doch nach und nach beruhigt sich mein Herzschlag und die Tränen versiegen langsam. Ich lasse meinen Kopf gegen die Polster sinken, meine Atemzüge werden ruhiger. Irgendwo tief in mir keimt der Gedanke, dass ich stark genug bin, um das zu überstehen. Der Verlust, die Erwartungen – all das kann ich bewältigen.

Aber jetzt, in diesem Moment, erlaube ich mir endlich, *schwach* zu sein.

»Schwach sein? Ach, stimmt. Du bist ja eine Heilerin«

- Cedric

KAPITEL 8

COLE

R auch füllt den Raum, während ich das Kaminzimmer der Drachen-Akademie betrete. Jeder meiner Schritte hallt gespenstisch wider und verstärkt die düstere Atmosphäre. Das Knistern der Flammen im Kamin verstärkt die Spannung in der Luft. Irgendwoher höre ich gedämpftes Lachen und das Klirren von Gläsern, während leises Murmeln die Kulisse füllt. Der Duft von brennendem Holz verschmilzt mit dem schweren Parfüm der Anwesenden, eine feine Mischung aus Macht und Verlangen, die den Raum durchdringt.

Meine Augen durchstreifen den Raum, während ich mir nur zu bewusst bin, wie meine Anwesenheit die Atmosphäre verändert. Ich bin kein gewöhnlicher Drachenreiter, der sich in den Schatten verbirgt. Nein, ich bin der Schatten selbst – mächtig, umgarnt und verführerisch. Jede meiner Bewegungen, jeder Blick ist durchdacht und gezielt.

Ich lasse mich auf meinem Stammplatz, einer bequemen burgunderroten Leder-Couch in der Ecke des Kaminzimmers, nieder. Schon bei meiner Ankunft habe ich bemerkt, wie einige Frauen versuchen mit mir Blickkontakt aufzubauen und das Dekolleté freier legen, damit ich einen besseren Blick auf ihre

Titten bekomme. Doch mehr als ein Mittel zum Zweck sehe ich in ihnen nicht und grinse wissend, dass ich alles bekomme, was ich will. Und wenn mir eine nicht mehr nützt? Dann wartet die nächste schon lechzend auf ihren Einsatz.

Es vergeht keine Minute und die erste Frau schwingt sich in meine Richtung. Ich sollte mir eine Glocke besorgen: Es wäre amüsant, zu sehen, wie alle Frauen gleichzeitig aufspringen und zu mir eilen. In ihrer Hand hat sie einen Kelch. Mein Blick gleitet über ihre pechschwarze Uniform, welche ihre Kurven betont. Wenigstens eine Drachenreiterin. Die haben im Gegensatz zu den Schutzgardistinnen keinen Stock im Arsch. Mein Blick bleibt an ihrem Gesicht kleben.

»Die hatte ich schon mal, aber wie heißt sie noch gleich?«, überlege ich grübelnd, während sich die Frau mit gespieltem Hüftschwung auf mich zubewegt. *»Oder sieht sie nur einfach aus wie jede Andere?«*

Ihr Name ist unwichtig. Mein strahlendes Lächeln trifft auf ihre Augen. Ein Lächeln, welches noch nie eine Frau abgelehnt hat.

Sie lässt sich dicht neben mir auf der Leder-Couch nieder und reicht mir den Kelch mit teurem Wein. Ich nicke ihr gespielt dankbar zu und nehme einen kurzen Geruchstest des Weines. Niemand würde sich trauen mir etwas unterzumischen, doch Vertrauen ist gut und Kontrolle noch besser. Der Zutritt zum Kaminzimmer und damit auch zu den luxuriösen Getränken ist nur dem Adel und dem Gremium sowie deren Anwärtern gestattet. Hin und wieder verliert sich die ein oder andere ärmliche Seele, eingeladen als Gast, in unser Kaminzimmer. Das bleibt aber meistens ein einmaliges Ereignis in ihrem Leben.

Tja, wenn man einer der wenigen Glücklichen ist, welcher sowohl zum Adel, Drachenreitern und Gremium gehört, wird

man nicht mal nach einer Minute von einer Frau inklusive
Drink empfangen. Auf diesen Luxus möchte ich auf keinen
Fall mehr in meinem Leben verzichten.

Bei dem Gedanken, welche Privilegien mir wegen meines Status zuteil werden, kann ich ein Lächeln nicht unterdrücken. Sie versuchen wirklich alles, um meine Gunst zu erlangen.

Wirklich alles.

Das Mädchen neben mir kann meine Aufmerksamkeit nicht lange fesseln. Meine Gedanken wandern zu unserem wahren Triumph in dieser Akademie. Mein Bruder Dorian und ich haben uns nicht damit begnügt, lediglich Teil des Systems zu sein.

Teil der Elite von Darilorn.

Wir haben beschlossen, das vorhandene System zu unserem Vorteil zu nutzen. Es in seinen Untergründen zu beherrschen. Unser Imperium, ein Netz aus Einfluss, Macht und Verführung, durchzieht die Adern von Kilead wie ein giftiges Elixier.

Die Veins.

Alle bedeutenden Persönlichkeiten kennen unsere wahre Macht. Auch, wenn sie diese niemals beim Namen nennen. Doch das ist irrelevant, solange wir wie Puppenspieler die Fäden des Spiels kontrollieren.

Das Spiel des Lebens.

Meiner Meinung nach ist Macht süß und ihre Ausübung noch süßer.

Einmal im Halbjahr, während der »*Souls Night*«, entfaltet sich unsere Macht in ihrer ganzen dunklen Pracht. Diese Nächte sind zu unserem persönlichen Vergnügen.

Manche nennen es ein Spiel, dessen Regeln wir bestimmen und niemand sonst. Doch meiner Meinung nach ist das Wort »*Spiel*« viel zu einfallslos für das, was wir tun. Spiele sind etwas für unreife, pubertierende Jungs. So etwas wie ein

Schwanz-Vergleich. Wir hingegen veranstalten alle paar Monate, je nachdem wie wir Lust haben, eine exklusive Feier. In prächtigen Anwesen um Kilead versammeln wir uns: *Dorian, Cedric, Sirius, Lorenzo und ich.*

Die *fünf Gremium-Anwärter* von Darilorn.

Natürlich auch Gäste, welche von uns auserwählt werden. Nur Auserwählten ist es gestattet, an diesen Zusammenkünften teilzunehmen. Sie reißen sich um diese Plätze wie elendige Geier. Diese Gelegenheiten bieten die Möglichkeit zum sozialen Aufstieg. Wer würde da nicht interessiert sein?

Es ist ein Ereignis, das von außen betrachtet eine elitäre Zusammenkunft der Drachenreiter- und Schutzgarden-Novizen zu sein scheint, doch in Wahrheit ist es die ultimative Demonstration von Macht und Verführung.

Die Souls Night ist die Essenz dessen, was wir aufgebaut haben. Es ist die Nacht, in der die im Alltag verborgenen Lüste zum Vorschein kommen. Inmitten üppiger, luxuriöser Anwesen, umgeben von flackernden Kerzen, welche nur genug Licht spenden, um die Gesichter der Anwesenden in einem schaurig-schönen Glanz zu zeigen, wird jeder Teilnehmer in die Verlockung purer Macht gebracht.

Etwas was sie süchtig und nach mehr lechzen lässt. Wir trinken, wir tanzen, aber vor allem verführen wir. Jedes Wort, jeder Blick kann ein Teil eines Tests sein und nur die Geschicktesten überstehen die Nacht unbeschadet.

Für mich gibt es nichts Befriedigenderes, als die Fäden zu lenken und zu beobachten, wie sich die Anderen in unser geschickt gesponnenes Netz verirren.

Die Souls Night ist mehr als nur eine Zusammenkunft ekelhafter, verwöhnter Adeliger. Sie ist ein Beweis unserer Überlegenheit und unserer Fähigkeit, das Schicksal anderer zu lenken.

Für mich ist die Souls Night die perfekte Gelegenheit, die Schwächen und Begierden derer, die uns umgeben, zu erforschen und auszunutzen. *Ausnutzen, für meine eigenen Ziele und Ambitionen, weit entfernt von jeder Moral.*

Jede Souls Night endet für mich und die anderen mit der süßen Gewissheit, dass unser Einfluss und unsere Macht unangetastet bleiben und wir unsere dunkelsten Triebe ausleben können.

Zudem niemals allein.

Die Frau neben mir, deren Name mir entfallen ist, ist nur eine von vielen, welche in unserem Spiel eine Rolle spielen möchte.

Ich nehme einen tiefen Schluck aus dem runenverziertem Kelch und versuche zu vergessen.

Diese Augen.

Giftige, grüne Augen, welche mich durchdrungen haben, wie der schärfste Dolch.

Sie verfolgen mich, selbst hier, in der trügerischen Sicherheit des Kaminzimmers, umgeben von flüchtigen Bekanntschaften und vergänglichen Vergnügungen. Meine Gedanken wandern unweigerlich zu ihr zurück. Zu Livia. Ironisch, dass ich mir ihren Namen merken kann, wobei sie mir noch nicht mal demonstriert hat, was sie mir zu bieten hat. Einem der *Prinzen* ihres Landes. Doch was mich viel mehr interessiert ist: Wer ist sie wirklich?

Ein Gefühl der Unruhe breitet sich in meiner Brust aus, als ob ich eine unsichtbare Bedrohung spüren könnte. *Es ist verdammt nochmal nicht normal, dass ich nicht an sie herankomme.*

Es zerreißt mich.

Normalerweise habe ich die Kontrolle. Aber ihre *Augen*...
Sie haben etwas in mir geweckt, eine unbekannte Regung, welche ich nicht einschätzen kann.

Ich hasse es, die Kontrolle zu verlieren.

Doch etwas an ihr reizt mich, auf eine Weise, welche ich mir nicht erklären kann. Es ist, als ob sie eine Herausforderung darstellt. Eine Gefahr, welche mich gleichzeitig fasziniert und beunruhigt.

Ihr Anblick hat in mir eine Mischung aus Misstrauen und unerklärlicher Anziehung ausgelöst.

Schnell muss ich herausfinden, wer sie wirklich ist, bevor ihre Gefahr real wird.

Sie muss bei der Souls Night dabei sein.

Ich muss herausfinden, ob sie meine Aufmerksamkeit wirklich verdient.

Während ich in meinen Gedanken bin, entgeht mir nicht, dass die billige Nutte neben mir extra ihre Arme so positioniert, dass ihr Busen betont wird und sich dicht an meiner Seite positioniert. Bettelnd wie ein Obdachloser am Straßenrand, ringt sie um meine Aufmerksamkeit, als wäre es die lebensnotwendige Luft, welche sie zum Atmen benötigt.

»Was für eine Hure«, denke ich unverblümt, *»So einfach zu haben und ohne Reiz.«*

»Ich hatte heute einen sehr stressigen Tag, weißt du...«

Bevor ich meinen Satz beenden kann, rutscht sie noch ein Stück näher an meine Seite heran und spielt mit einem aufgesetzten, unschuldigen Blick an den schwarzen Leder-Riemen meiner Uniform herum.

Ist das langweilig.

Damit diese Tortur sich nicht länger zieht, als es muss, greife ich ihre Hand und lege sie auf meinen harten Schaft. Ich hoffe, dass ich nicht ein bitteres Wort mehr an sie verschwenden muss und sie ihre Aufgabe verstanden hat. Denn ich hasse es, wenn Frauen nicht nur unter meiner Würde, sondern auch noch dumm sind.

Es stellt sich heraus, dass sie klüger ist, als ich dachte, denn sie zieht den Reißverschluss meiner Leder-Hose herunter, und mein Schwanz kommt zum Vorschein.

Plötzlich entsteht das Gefühl der Ungewissheit. In meinem Kopf bildet sich eine einzige Frage, denn sie sieht überfordert aus: *»Sicher, dass du schon mal in meinen Genuss gekommen bist, Hure?«*, fragen sich meine Gedanken ohne falsche Scham, während ich ihre ängstliche Miene betrachte.

Als meine inneren Triebe anfangen, sichtlich ungeduldig zu werden, greife ich wuchtig in ihre dunkelbraunen Haare und ziehe ihren zierlichen Kopf auf meinen Schwanz. Mir entgeht ihr auftretendes Würgen nicht und meine Länge zuckt erwartungsvoll bei diesen wunderschönen Lauten.

Wie ich es liebe, wenn Frauen durch meine Gegebenheiten Schmerzen erleiden. Das erfüllt wenigstens ein klein wenig meine Begierden, wenn auch nicht mal annähernd.

»Braves Mädchen und jetzt lutsche ihn für mich. Machst du das für mich?«, flüstere ich ihr leise ins Ohr.

Sie beginnt endlich damit, genügsam meinen Schwanz zu blasen, und ich lehne mich zurück. Versuche mich zu entspannen und zu genießen.

Nicht mal nach zwei Minuten stelle ich fest, dass sie grottig ist. Ihre Bewegungen sind eintönig. Immer nur hoch und runter, sie benutzt ihre Zunge nicht und der ganze Blowjob ist so trocken, dass mein Schwanz leicht schmerzt. Doch immerhin besser, als es selbst zu erledigen. »Drauf spucken«, weise ich die Hure schamlos an, »Oder willst du mir weh tun?«

Erschrocken blickt sie zu mir auf und räuspert sich schüchtern und bläst meinen Schwanz nasser.

Na bitte. Geht doch.

Dass ich mitten in einem Kaminzimmer von einer Frau einen geblasen bekomme, während ich immer noch seelenruhig meinen teuren Wein schlürfe, interessiert hier niemanden.

Während ich mich so umschaue, sehe ich, dass der ein oder andere ebenfalls seine Bedürfnisse zu stillen versucht. Die Ärmsten haben wohl nicht so viel Erfolg wie ich. Amüsiert ertappe ich den einen oder anderen sogar kurzfristig dabei, einen lüsternen Blick in unsere Richtung zu werfen. Diese wehre ich aber gekonnt mit einem finsteren Blick ab und sie widmen sich wieder ihren erfolglosen Annäherungsversuchen. Sie wissen, dass sie keine Chance gegen mich haben und sie sollten es auch besser niemals versuchen.

Während das Mädchen krampfhaft versucht, ihre Aufgabe richtig zu erledigen und mich zum Kommen zu bringen, zwinge ich mich zu entspannen und lege den Kopf in den Nacken.

Verdammt. Wieso kann ich einen Blowjob nicht so genießen wie immer?

»Cole.«

Mit einem frustrierten Seufzer hebe ich meinen Blick und treffe Cedrics Augen. Seine Art nervt mich gewaltig. Neugierig und hinterlistig. Mir egal, solange ich von seinen Spielchen verschont bleibe.

Leider ist er ebenfalls ein Anwärter des Gremiums. Genauso wie seine *Brüder.* Daher muss ich mich in einem gewissen Maß nett zu ihm verhalten. Doch Freundlichkeit steht mir nicht.

Das Ganze bedeutet jedoch nicht, dass ich ihm nicht ausdrücklich zu spüren gebe, was ich von ihm halte. Wie sehr mich seine aufgesetzte Fassade nervt. Das zwischen uns kann man ungefähr wie eine männliche Hassliebe bezeichnen. Wir kennen uns seit der Kindheit. Doch unsere Wege und Begierden kreuzen sich immer an Stellen, an denen sie sich besser nicht kreuzen sollten.

»Ich habe nicht gesagt, dass du aufhören darfst«, knurre ich die Frau auf meinem Schoß ungeduldig an. Bestimmt lege ich meine Hand auf ihren Hinterkopf, um die Geschwindigkeit und den Druck zu erhöhen.

Ah, schon viel besser.

»Was gibts, Cedric? Wie du siehst, bin ich beschäftigt«, funkle ich ihn gehässig an. Dabei schenke ich ihm ein schelmisches Lächeln und nippe genüsslich an meinem Wein.

»Ich wollte dir nur sagen, dass ich es geklärt habe. Gern geschehen.« Sein Grinsen verrät mir, dass er diesen Moment vollkommen genießt. Ein bisschen zu sehr für meinen Geschmack.

Er genießt es, etwas erledigt zu haben, um was ich mich leider nicht selbst kümmern konnte. Weil es sonst meinen Plan durchkreuzt hätte. Genervt erhöhe ich den Druck auf den Kopf der Frau, bis ich mich endlich in ihrer schmalen Kehle ergieße. Dabei schaue ich Cedric tief in die Augen. Der Ausdruck, welchen ich vorfinde, gibt mir ein unsagbar geiles Gefühl von Überlegenheit.

»Willst du auch? Oder was gaffst du mich so an?«

Genervt richtet Cedric seine pechschwarze Uniform. »Nein danke, *hatte eben.*«

Seine Worte hallen in meinem Kopf wider, während ich die kleine Schlampe, zwischen meinen Beinen, nach Luft schnappen höre.

Hatte eben? Cedric war doch den ganzen Abend draußen unterwegs.

Ein unangenehmes Gefühl breitet sich in mir aus. Cedric ist oft ein Rätsel. Seine Bewegungen und Absichten sind schwer vorherzusehen. Er geht mir aus den Augen. »Wo warst du eigentlich?«, frage ich ihn, bevor er ganz verschwinden kann.

Er bleibt stehen, dreht sich langsam zu mir um und seine Augen blitzen im schwachen Licht. »Wo ich immer bin, Cole. Dort, wo die Schatten tanzen und die Stille spricht.«

»Hör auf mit diesen Spielchen«, sage ich scharf. »Was hast du wirklich gemacht?«

Ein Lächeln huscht über sein Gesicht, so schnell, dass ich mir nicht sicher bin, ob es wirklich da war. »Manche Dinge sind besser, wenn man sie nicht weiß«, antwortet er leise, fast flüsternd.

»Cedric, sei ehrlich zu mir.« Meine Worte prallen an ihm ab wie Regentropfen an einem Fenster.

Er tritt einen Schritt auf mich zu und legt seine Hand auf meine Schulter. »Keine Sorge, Cole. Manche Geheimnisse schützen mehr als sie verletzen.« Bevor ich noch etwas sagen kann, wendet er sich ab und verschwindet in der Dunkelheit des Flurs. Seine Rätsel bleiben unbeantwortet. Nachdem Cedric das Kaminzimmer verlassen hat, widme ich mich wieder dem Mädchen zwischen meinen Beinen. Gespielt sanft umkreise ich ihre Lippen mit meinem Daumen.

Ihre Pupillen werden riesig.

Sie schwebt auf Wolke sieben.

Meine Gedanken wandern, während das Mädchen mich ununterbrochen anstarrt. Cedric war draußen, nicht hier. *Mit wem könnte er gewesen sein?* Ich spüre, wie mein Drang nach Kontrolle und Wissen mich auffrisst. Jede Bewegung, jedes Gespräch innerhalb unserer Mauern sollte mir bekannt sein. *Danke Vater, für die scheiß Charaktereigenschaft.*

Ein Gedanke schleicht sich in meinen Verstand: *Könnte er vielleicht eine Heilerin gefickt haben?*

Heilerinnen sind wertvoll bei uns an der Drachenreiter-Akademie. Zudem die Einzigen, die nicht ins Kaminzimmer reinkommen.

Wir sehen sie nicht oft.

Daher sehen viele Drachenreiter und Schutzgardisten in ihnen die perfekte Affäre. Doch ihre Dienste werden auch oft von denen gesucht, welche Geheimnisse haben oder Verletzungen, die nicht öffentlich bekannt werden dürfen.

Aber was könnte Cedric benötigen, das ihn zu einer Heilerin treiben würde?

Selbst ich weiß, dass Cedric niemanden mit *niederem* Status *ohne Grund* fickt. *Eine Verletzung, die er vor mir verstecken will? Oder noch schlimmer, ein Plan, welcher er hinter meinem Rücken schmiedet?*

Ich lehne mich leicht zurück und ignoriere die Kleine, welche reglos zwischen meinen Beinen verweilt.

Cedric hat eine unerklärliche Aura um sich. Etwas, das ich bisher ignoriert habe, aber nicht mehr ignorieren *kann.* Wenn er eine Heilerin aufgesucht hat, muss ich herausfinden, warum.

Jede Information, welche mir entgeht, könnte ein Riss in meinem Imperium sein.

Meine Gedanken sind woanders, doch ich schaue auf das Mädchen hinunter, welches auf dem Massivholzboden kniet.

Sie ist nur ein Werkzeug. Ein flüchtiger Moment der Ablenkung. Cedric jedoch, er ist ein Risiko. Nichts darf meiner Aufmerksamkeit entgehen. Alles muss unter meiner Kontrolle bleiben. Das Spiel um Macht und Einfluss ist komplex und gefährlich. Auch die Souls Night rückt näher. Bis dahin werde ich sicherstellen, dass ich über alles Bescheid weiß.

Jede Bewegung in Kilead.

Jede Absicht der Novizen.

Ich nehme den letzten Schluck von meinem Wein und stelle das Glas mit einem festen Klirren auf den Tisch. Die Kleine vor mir zuckt zusammen. Die Gedanken an Cedrics mögliche Intrigen brennen in meinem Geist. Es ist Zeit, Antworten zu finden. Und ich werde sie bekommen, egal, was es kostet.

»Sauber machen«, weise ich das Mädchen grob an. Sie leckt brav meinen Schwanz sauber. Nur ein Tropfen auf der unsagbar teuren Lederuniform und sie hätte das jahrelang abarbeiten müssen.

»Ich danke dir. Werde ich nicht vergessen«, säusle ich ihr gespielt entgegen, während ich ihr Kinn mit meiner Hand umfasse. »Und jetzt verschwinde.«

Die Kleine springt hastig auf und hält sich ihren Hals. »*Oh, habe ich dir etwa weh getan?*« Genervt rolle ich meinen Kopf und stelle fest, dass mir dieser unterdurchschnittliche Blowjob nichts gebracht hat.

Pechschwarzes Haar, smaragdgrüne Augen.

Ich will sie.

Doch wie schaffe ich es, das Herz einer Heilerin zu befallen?

Meine Blicke blieben an ihr haften, als sie das Kaminzimmer betreten hat – an derjenigen, welche mein Interesse geweckt hat. Ihre beschleunigten Herzschläge waren fast greifbar, als unser Blickkontakt sich vertiefte.

Jetzt, wo ich darüber nachdenke, zuckt mein Schwanz erwartungsvoll. Der Blowjob hätte mich wenigstens ein wenig befriedigen sollen.

Hat er aber nicht.

Livias Widerstand war spürbar, doch auch sie ist meinem Bann verfallen – selbst wenn sie es nicht wollte. Das konnte ich spüren. An ihrer geröteten Haut erkennen. Das Verlangen, welches in der Luft zwischen uns vibrierte, war greifbar. Sie wollte sich meinem Willen definitiv ergeben und ich wünschte, sie hätte es getan. Es ist ein Kampf, welcher zwischen uns tobt. Ein Kampf, von dem ich jede verdammte Sekunde genießen werde. Keiner von uns will nachgeben und das macht mich verdammt gierig. Es war offensichtlich, dass sie sich meinem intensiven Blick entziehen wollte. Sie mochte schüchtern wirken, aber ich weiß, dass sie mehr ist als das. Sie ist wie ich – dunkel, geheimnisvoll und bereit, sich in den Abgrund zu stürzen. Noch ist es ihr nicht bewusst, aber ich werde sie voller eifer auf dieser spannenden Reise begleiten. Für sie bin ich bereit, Regeln zu brechen. Was das ist, wird sie noch herausfinden.

Aber eins sage ich dir, meine Kleine: Du hast mein Interesse geweckt.

Gefährlich.

»Wie lange ist Livia hier? Nicht mal einen verfickten Tag und sie wird manipuliert, gefickt und bloßgestellt?. Naja, der Sex war gut, oder?«

- Cedric

Kapitel 9

Livia

Die letzten, warmen Sonnenstrahlen fallen durch das Fenster der Halle und tauchen den Raum in ein goldenes Licht. Pollen tanzen in den Strahlen, welche sich ihren Weg durch die Fensterläden bahnen und auf die blankgeputzten Holzböden und Möbel fallen.

Mein Alltag als Heiler-Novizin hat wieder begonnen und ich genieße die vertrauten Aufgaben. Das Geräusch des Wassers, das in Schalen gegossen wird, das Klirren von Gläsern und das sanfte Rascheln von Kräutern, welche ich gründlich zerkleinere, schaffen eine beruhigende Routine.

Es ist wirklich entspannend, sich auf das Bekannte zu konzentrieren.

Doch etwas nagt an mir.

Heute ist der dritte Tag seit unserer Rückkehr von der Abschlussfeier in Kilead und ich habe Nichts von Reia gehört. Heute will ich nach ihr sehen.

Die Wände sind mit Heiligenbildern geschmückt, deren Farben, im rosigen Licht der untergehenden Sonne leuchten. Die Luft ist erfüllt von dem vertrauten Geruch nach getrockneten Kräutern und Salben.

Während ich durch die Gänge gehe, denke ich über Reia nach. *Warum hat sie sich nicht gemeldet? Ist sie krank? Oder hat es vielleicht mit dem Mann zu tun, von dem sie mir auf der Abschlussfeier erzählt hat?* Sie sprach so schwärmerisch von ihm, ihre Augen funkelten, als sie seine Aufmerksamkeit beschrieb. Ihr Lachen hallt in meinem Kopf wider, das Lachen einer Freundin, welche sich zum ersten Mal richtig verliebt hat. Könnte es Liebeskummer sein, welcher sie so mitnimmt? Oder hat er sie verletzt?

Zum Glück, lenken mich die Gedanken an Reia, von meinen eigenen Sorgen ab. Zumindest für einen Moment.

Cedric.

Was zwischen uns passiert ist, lässt mich nicht los. Seine Berührungen brennen noch immer auf meiner Haut, als wäre sein Griff noch immer da. Seine Stimme hallt in meinem Kopf wider, tief und sanft zugleich, wie ein Versprechen, das nie ausgesprochen wurde. Es war falsch und doch hat es sich so richtig angefühlt. Die Erinnerung an seine Nähe, die Spannung in der Luft, all das verfolgt mich wie ein Schatten. Auf der anderen Seite hat er meine Naivität ausgenutzt.

Doch dann denke ich an *Lorenzo*, welcher nichts von all dem weiß. Lorenzo, welcher mir so viel bedeutet, der mir vertraut. *Wo war er an der Abschlussfeier?* Er hat ein warmes Lächeln, das mich normalerweise immer tröstet und Augen, die mich mit einer solchen Zärtlichkeit ansehen, dass es wehtut.

Ich fühle mich zerrissen zwischen der Leidenschaft, die Cedric in mir entfacht hat und der tiefen Zuneigung, die ich für Lorenzo empfinde. Es ist, als würde ich ein Geheimnis in mir tragen, das jeden Moment platzen könnte und alles zerstören würde.

Und dann ist da noch *Cole*. Wenn ich ihn sehe, schnürt sich mein Magen zusammen. Seine eiskalten Augen, die Art, wie er sich bewegt – alles an ihm erinnert mich daran, dass ich stark sein muss. Er hat eine Art mich anzusehen, die mich bis ins Mark erschüttert, als könnte er meine innersten Gedanken lesen. Es ist beängstigend und aufregend zugleich. Ich weiß nicht, wie ich all diese Gefühle ordnen soll.

In den stillen Momenten, wenn ich allein war, ertappte ich mich dabei, wie ich an ihn dachte. Ich stellte mir vor, wie es wäre, wenn wir allein wären, wenn keine Augen auf uns gerichtet wären. *Würde er genauso hart sein? Oder würde er mir eine andere Seite von sich zeigen?*

Diese Gedanken lassen mein Herz schneller schlagen und schicken eine Welle der Hoffnung durch meinen Körper.

Leise klopfe ich an die Tür zu Reias Zimmer und warte einen Moment.

Ein schwaches, heiseres »Komm rein« dringt von drinnen heraus.

Behutsam öffne ich die Tür und trete ein, mein Herz beginnt schneller zu schlagen, als ich das schwache Licht im Raum sehe.

Die letzten drei Tage ohne ein Lebenszeichen von ihr haben mir schlaflose Nächte bereitet, und die Sorge hat sich tief in mein Inneres gegraben. Der Duft von Lavendel und Rosmarin liegt in der Luft und die Wände sind in beruhigenden Blau- und Grüntönen gestrichen. Überall stehen Pflanzen in Töpfen und Vasen, die dem Raum eine friedliche Atmosphäre verleihen.

Reia liegt blass und schwitzend im Bett. Ihr Atem geht flach und ihr Gesicht ist von Erschöpfung gezeichnet. Der Raum ist still, nur das leise Summen von Fliegen, welche um die Pflanzen schwirren, durchbricht die Stille.

Ich trete an ihr Bett und setze mich vorsichtig auf die Kante. Der Anblick meiner besten Freundin, so blass und schwach, lässt mir einen Kloß im Hals aufsteigen.

Ein feuchter Stofflappen liegt auf einer selbst getöpferten Schale bereit, und ich greife danach, um ihn sanft auf ihre Stirn zu drücken. Reia öffnet ihre bernsteinfarbenen Augen, doch der sonst so lebendige Glanz ist verschwunden. Ihr Blick ist trübe und müde, und als sie versucht, sich aufzurichten, wirken ihre Bewegungen schwach und zittrig.

»Du solltest liegen bleiben,« sage ich sanft und drücke sie behutsam zurück auf das weiche Kissen.

Meine Stimme bleibt ruhig und fest, wie ich es in meiner Ausbildung gelernt habe, aber innerlich brodelt es in mir. Die Sorge in meinen Augen kann ich nicht verbergen, und mein Herz zieht sich zusammen bei dem Anblick ihrer Erschöpfung.

Reia seufzt und schließt die Augen. »Ich muss die Heilkräuter im Wald sammeln«, murmelt sie und versucht, wieder aufzustehen. Ihre Stimme ist kaum mehr als ein Flüstern und jeder Atemzug scheint ihr Mühe zu bereiten.

»Ich übernehme das gerne für dich«, biete ich an.

Erleichterung huscht über ihr Gesicht. Sie sinkt zurück ins Bett, ihre Augen fallen zu und ein leises Seufzen entweicht ihren Lippen.

Doch ich kann nicht einfach gehen, ohne zu verstehen, was mit ihr los ist. »Reia«, sage ich sanft. »Was ist los? Warum geht es dir so schlecht?« Ich halte ihre Hand und streiche sanft darüber, versuche ihr etwas Trost zu spenden.

Sie öffnet die Augen wieder, ihr Blick ist leer. »Es ist nichts, wirklich. Ich habe einfach nur zu viel gearbeitet, denke ich.« Ihre Stimme klingt schwach, fast hoffnungslos.

Ich schüttle den Kopf. »Das glaube ich dir nicht. Du bist stark und widerstandsfähig. So etwas haut dich nicht so schnell um. Bitte, Reia, ich mache mir Sorgen um dich.«

Sie zieht ihre Hand weg und schaut zur Decke. »Es ist kompliziert, Livia. Es ist nicht nur die Arbeit.« Ein tiefer

Seufzer entfährt ihr und sie wirkt, als würde sie mit sich ringen, ob sie mir mehr erzählen soll.

»Der Mann, von dem du mir auf der Abschlussfeier erzählt hast...«, beginne ich zögernd, »hat er etwas damit zu tun?« Reia bleibt still, ihre Gesichtszüge verhärten sich ein wenig. Sie dreht den Kopf weg und starrt aus dem Fenster. »Vielleicht«, sagt sie schließlich. »Ich habe ihn nur einmal gesehen, Livia. Er war so anders als alle anderen. Seine Augen... Sie haben mich so durchdringend angesehen, als könnte er in meine Seele blicken.«

Ihre Stimme bricht und ich sehe, wie schwer es ihr fällt, weiterzusprechen.

»Und dann... Ist er einfach verschwunden. Ohne ein Wort. Ich habe gewartet, gehofft, aber er kam nicht zurück. Es war, als ob er *nie* da gewesen wäre.« Tränen sammeln sich in ihren Augen und sie wischt sie hastig weg. »Ich fühle mich so dumm, Livia. Als ob ich mir alles nur eingebildet hätte.«

Ich rücke näher und lege eine Hand auf ihre Schulter. »Oh Reia, das tut mir so leid. Du hast nichts falsch gemacht. Manchmal sind Menschen einfach nicht das, was sie zu sein scheinen. Aber das heißt nicht, dass deine Gefühle nicht echt sind.«

Reia atmet tief ein und aus, als würde sie versuchen, die Kontrolle über ihre Gefühle zurückzugewinnen. »Aber warum fühlt sich dann alles so leer an?«, murmelt sie, ihre Stimme kaum mehr als ein Hauch. »Es ist, als ob ich *krank* geworden bin, weil mein Herz so sehr schmerzt. Ich kann kaum schlafen, kaum essen. Alles erinnert mich an ihn.«

Ich streiche ihr sanft über das Haar und versuche, ihr Trost zu spenden. »Das klingt nach mehr, als nur nach einer einfachen Enttäuschung. Vielleicht hat dich diese Begegnung mehr mitgenommen, als du zugeben möchtest. Es ist in Ordnung, verletzt zu sein. Aber du musst auch auf dich selbst achten, Reia.«

Sie schließt die Augen und atmet langsam ein und aus. »Es fällt mir so schwer«, flüstert sie. »Ich fühle mich so verloren.« »Du bist nicht allein«, sage ich entschlossen. »Ich bin hier und ich werde immer für dich da sein. Aber du musst mir sagen, was du brauchst. Wie kann ich dir helfen?«

Reia öffnet langsam die Augen, und als sie mich anschaut, huscht ein schwaches Lächeln über ihr Gesicht. In ihren Augen sehe ich einen Funken von Erleichterung und Dankbarkeit, der mein Herz wärmt. »Es tut so gut, dich hier zu haben«, flüstert sie mit brüchiger Stimme, ihre Hand tastet nach meiner und drückt sie schwach. »Allein deine Anwesenheit ist schon eine große Hilfe.« Sie hält kurz inne und sieht mich mit einem flehenden Blick an. »Und... wenn du die Kräuter für mich sammeln könntest, wäre das wunderbar. Ich weiß, dass ich mich auf dich verlassen kann.«

Ich runzele leicht die Stirn. »Welche Kräuter genau brauchst du?«

Reia holt tief Luft und erklärt mit schwacher Stimme: »Es gibt besondere Kräuter, die nur in der Nähe der alten Eiche am Fluss wachsen. Sie sind wichtig für unsere Heilmittel... vor allem jetzt.«

Sie pausiert kurz, um Kraft zu schöpfen und erklärt mir dann, welche Kräuter sie benötigt. Ihre Worte sind sanft, aber voller Vertrauen, und ich spüre, wie tief die Verbindung zwischen uns wirklich ist. Für mich ist es selbstverständlich, dass ich meine beste Freundin unterstütze.

Ich lächle zurück und nicke. »Natürlich, Reia. Ich kümmere mich darum, keine Sorge. Und du, erhol dich.«

Sie nickt schwach. »Ich werde es versuchen. Danke, Liv.«

Ich stehe auf und streiche ihr sanft über die Stirn. »Schlaf jetzt«, flüstere ich, bevor ich den Raum verlasse.

Den kleinen, geflochtenen Korb fest in der Hand haltend, mache ich mich auf den Weg in den Wald. Es gibt besondere Kräuter, welche nur dort wachsen können und die wir für unsere Heilmittel benötigen.

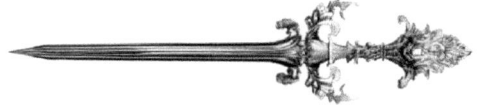

Während ich durch den Wald spaziere, drehen sich meine Gedanken immer wieder um Reia. Ich spüre die Last ihrer Enttäuschung und die Tiefe ihrer Einsamkeit. Ich schwöre mir, alles zu tun, um ihr zu helfen, diese schwere Zeit zu überstehen.

Die Luft ist frisch und das Zwitschern der Vögel begleitet mich, obwohl es bereits spät am Abend ist.

Der schmale Pfad windet sich durch den dichten Wald und ich halte Ausschau nach den Kräutern, die ich brauche. Die Bäume werfen lange Schatten auf den Weg und das letzte Licht der untergehenden Sonne bricht sich in den Blättern, die im sanften Abendwind rascheln.

Es ist nicht ungewöhnlich, dass ich zu dieser späten Stunde unterwegs bin.

Einige der Heilpflanzen zeigen ihre wahre Pracht erst in der Dunkelheit.

Das *goldgelbe Johanniskraut* leuchtet schwach im Dämmerlicht und ist somit leichter zu finden. *Baldrian*, mit seinen zarten weißen Blüten, reflektiert das Mondlicht und hebt sich deutlich von den dunklen Blättern ab. Weiter vorne entdecke ich die leuchtend blauen Blüten des *Eisenkrauts*, das bei Nacht besonders intensiv leuchtet. Diese Hinweise machen es einfacher, die Pflanzen im Dunkeln zu finden. Man muss lediglich nur wissen, auf was man achten muss. Vorsichtig pflücke ich die Pflanzen, achte darauf, die Wurzeln nicht zu beschädigen, damit sie nachwachsen können.

Der Wald ist still, nur das leise Rascheln der Blätter und das gelegentliche Zirpen einer Grille durchbrechen die Ruhe.

Während ich mich bücke, um die Kräuter zu pflücken, höre ich plötzlich ein leises Weinen. Ich blicke auf und sehe ein kleines Mädchen, das an einem Baumstamm lehnt. Sie hat lockiges, braunes Haar und trägt ein einfaches, weißes Spitzenkleid. Ihr Gesicht ist verschmiert von Tränen und ihre kleinen Schultern zucken vor Schluchzen.

»Hallo, was ist denn los?«, frage ich sanft und gehe auf sie zu. Meine Stimme ist weich, beruhigend, wie ich es von den älteren Heilerinnen gelernt habe.

Doch als ich näher komme, weicht sie zurück und verschwindet hinter einem Baum. Ein Hauch von Panik erfasst mich. *Was macht ein kleines Mädchen hier ganz allein im Wald?* Meine Schritte beschleunigen sich, als ich ihr folge. Die Erinnerung an meine eigene Angst treibt mich an, ihr zu helfen.

»Warte, ich will dir nur helfen!«, rufe ich und laufe hinter ihr her.

Das Mädchen rennt flink durch das Unterholz, ihre kleinen Füße scheinen jeden Stein und Ast zu kennen. Ich habe Mühe, ihr zu folgen, weiche tief hängenden Ästen aus und springe über Wurzeln, die aus dem Boden ragen. Das Mondlicht, das durch die dichten Blätter fällt, wirft unheimliche Schatten und erschwert es mir, den Überblick zu behalten.

»Bitte, bleib stehen!«, rufe ich erneut, aber meine Worte verhallen im nächtlichen Wald. Die Dunkelheit scheint sich zu verdichten und das Zwitschern der Vögel verstummt, als ob der Wald selbst den Atem anhält.

Das Mädchen dreht sich kurz um, ihre Augen spiegeln Angst wider, doch sie rennt weiter.

Ihre weißen Kleid Zipfel verschwinden immer wieder hinter den Bäumen, tauchen auf und verschwinden erneut. Ich versuche, schneller zu laufen. Meine Atmung wird schwerer und mein Herz schlägt wild in meiner Brust.

Meine Füße finden auf den glitschigen Blättern keinen halt, doch ich fange mich, bevor ich stürze, und eile voran. Der Wald wirkt nun fremd und bedrohlich. Die vertraute Umgebung verwandelt sich in ein Labyrinth aus Schatten und Geräuschen. Ein Flüstern und Knacken wird vom Wind herangetragen, jedes Geräusch fährt mir durch Mark und Bein. »Ich will dir wirklich nur helfen!«, rufe ich, meine Stimme ist nun lauter, verzweifelter. Doch das Mädchen scheint unerreichbar, ihre Schritte sind schnell und sicher, als ob sie von einer unsichtbaren Kraft getrieben wird.

Plötzlich bleibt sie stehen, zögert einen Moment und schaut mich mit weit aufgerissenen Augen an. Für einen kurzen Augenblick glaube ich, sie habe sich beruhigt, doch dann rennt sie weiter, schneller als zuvor. Mein Atem geht stoßweise und meine Beine beginnen zu schmerzen, doch ich kann nicht aufgeben. Ich muss sie erreichen, bevor sie noch tiefer in den Wald vordringt. Der Pfad wird steiler und das Unterholz dichter. Der Gedanke, das kleine Mädchen ganz allein in der Dunkelheit zu lassen, gibt mir die nötige Kraft, weiterzumachen. Ihre schluchzenden Geräusche führen mich tiefer in den Wald hinein, weg von den bekannten Pfaden.

Plötzlich hört das Schluchzen auf. Ich halte an und drehe mich panisch um. »Wo bist du?«, frage ich verzweifelt, meine Stimme hallt durch die Bäume, doch nur die Stille antwortet mir. Mein Herz rast und ich versuche, das Mädchen im Dickicht zu finden, doch die Schatten verschlucken jede Bewegung. Panik erfasst mich. *Habe ich sie verloren?* Das Unterholz scheint dichter zu werden, die Äste greifen wie Finger nach mir. »Bitte, komm zurück! Ich will dir helfen!« Es kommt keine Antwort zurück. Nur das Rascheln der Blätter im Wind und das entfernte Zirpen der Grillen sind zu hören. Ich gehe weiter, tiefer in den Wald hinein, meine Augen suchen verzweifelt in der Dunkelheit nach einem Hinweis, einer Spur. Der dichte Wald wirkt bedrohlich und die Schatten scheinen sich zu bewegen. Meine Atmung wird schwerer und mein Herz rast. Instinktiv klammere ich mich an meinen Korb mit Kräutern und Reias Amulett, als ob sie mir Sicherheit geben könnten.

»Wo bist du?«, rufe ich, meine Stimme zittert vor Angst. Doch nur die Geräusche des nächtlichen Waldes antworten mir. Meine Hände umklammern den Korb fester und ich spüre, wie die Kanten des geflochtenen Korbs sich in meine Haut drücken. Meine Schritte sind nun unsicherer und ich suche verzweifelt nach dem kleinen Mädchen. Die Dunkelheit des Waldes umschließt mich. Jeder Schritt scheint mich tiefer in eine unbekannte, bedrohliche Welt zu führen.

»Bitte, komm zurück! Ich will dir helfen!«, rufe ich erneut, doch meine Worte bleiben unbeantwortet. Nur die Stille des Waldes. Während ich mich panisch im Kreis drehe, halte ich das Amulett von Reia fest an meine Brust gedrückt, als ob es mich vor der drohenden Dunkelheit schützen könnte.

Meine Schritte werden langsamer. Die Erschöpfung macht sich bemerkbar. Jeder Ast, jeder Schatten scheint mich verhöhnen zu wollen. »Verdammt«, murmele ich vor mich hin, kämpfe gegen die aufkommende Verzweiflung an.

Gerade, als ich daran denke aufzugeben, spüre ich plötzlich einen feuchten Stoff auf meiner Nase. Ein scharfer, betäubender Geruch steigt mir in die Nase. Panik erfasst mich, und ich versuche, mich zu wehren. Meine Hände klammern sich verzweifelt an die Arme des Angreifers. Doch bevor ich weiter reagieren kann, verschwimmen meine Sinne, und die Welt um mich herum beginnt zu schwanken.

Das Letzte, was ich sehe, ist der dunkle Wald, der sich über mir schließt, bevor alles in Dunkelheit versinkt.

CEO

Während Livia die Heilkräuter pflückt, halte ich mich im Schatten eines großen Baumstamms verborgen. Als sie sich bückt, um eine besonders seltene Pflanze zu ernten, sehe ich meine Chance kommen.

Der Wald ist still, nur das leise Rascheln der Blätter und das Zwitschern der Vögel sind zu hören. Sie scheint sich unwohl zu fühlen. Die Einsamkeit und die Ruhe des Waldes scheinen ihr nicht den Frieden zu geben, den sie sucht.

Armes Mäuschen.

Sie wirkt angespannt, ihre Augen wandern suchend umher. Suchen nach dem kleinen Mädchen, welches *nie* existiert hat.

Der abgelegene Wald bietet mir die ideale Gelegenheit, meine Pläne in die Tat umzusetzen.

Leise bewege ich mich durch das Unterholz. Ich beobachte, wie Livia alleine weitergeht, tiefer in den Wald hinein, um das Mädchen zu finden. *Da kann sie lange suchen.*

Der Sonnenschein wirft ein sanftes Licht auf ihr Gesicht und ich kann die Anspannung in ihren Augen sehen. Sie sucht nach Ruhe, nach einem Moment der Erholung.

KAPITEL 10

COLE

Ich nippe an meinem vierten Wein und lasse meine Gedanken schweifen.

Die *Souls Night* rückt näher und alles muss perfekt sein. Nicht nur für mich, sondern auch für Dorian, Cedric und die anderen.

Wir haben viel investiert, um an diesen Punkt zu kommen und Nichts und niemand wird uns aufhalten.

Ein leises Klopfen unterbricht meine Gedanken.

Die schwere Tür des Kaminzimmers öffnet sich knarrend, und Dorian tritt ein. Sein Gesicht ist wie immer eine Maske aus Selbstbeherrschung und Charme, aber ich erkenne die Spannung in seinen Augen.

Die Frau, die zuvor vor mir gekniet hat, steht hastig auf, und verlässt das Zimmer.

Dorian verfolgt sie mit einem abschätzenden Blick, bevor er sich wieder mir zuwendet. »Amüsierst du dich?«, fragt er mit einem erzwungenen Lächeln.

»Immer«, antworte ich trocken und hebe mein Glas. »Wie laufen die Vorbereitungen?«

»Alles verläuft nach Plan«, sagt er und setzt sich in den Ledersessel gegenüber von mir. »Cedric hat mir berichtet, dass du einige Schwierigkeiten hattest.«

Verdammte Petze.

Ich lehne mich gelassen vor, der Abstand zwischen uns schwindet. »Und Cedric hat mir erzählt, dass du eifersüchtig bist? Hast du eine neue Charaktereigenschaft entdeckt, Bruder?« Cedric hatte mir von dem Gespräch berichtet. Er erzählte, wie Dorian Livia verteidigt hatte. Dass Cedric sie *gefickt* hat, habe ich immer noch nicht verarbeitet. *Die Kleine soll mir gehören, zu einem Montalli, nicht mit einem Celestino herumhängen.*

Dorian senkt den Blick, seine Augen huschen durch den Raum und bleiben kurz an einer wunderschönen, rothaarigen Teufelin hängen, die von einem mickrigen Drachenreiter verschlungen wird.

»Cedric redet viel«, verteidigt sich Dorian. »Aber wir sollten aufpassen. Er könnte gefährlich werden, wenn er sich zu sicher fühlt.«

»Das weiß ich«, stimme ich widerwillig zu, meine Stimme härter als beabsichtigt.

Dorian lehnt sich zurück. Seine Finger spielen nervös mit einem Buchrücken.

»Aber jetzt erzähl mir, was wirklich los ist, Dorian. Was verschweigst du mir? Du hasst das Kaminzimmer. Nicht mal betrunken kommst du hier freiwillig rein.«

Dorian betrachtet mich schweigend. Seine Augenbrauen ziehen sich zusammen. »Es gibt Gerüchte«, beginnt er langsam. »Über das Gremium. Neue Regeln, die eingeführt werden sollen. Sie wollen ihre Kontrolle verstärken.«

Meine Muskeln spannen sich an. »Die Kontrolle über uns? Scheißen die sich jetzt etwa komplett ein?« Meine Stimme schneidet durch die Stille des Raumes. »Das werden wir nicht zulassen.«

Dorian trommelt nachdenklich auf die Armlehne. »Natürlich nicht. Aber wir müssen vorsichtig sein. Unsere Macht ist groß, aber nicht unantastbar. Ich lege es nicht darauf an, wegen Hochverrat gegrillt zu werden.«

Ein Funken Zorn lodert in mir auf. »Lass sie kommen«, knurre ich. »Ich bin bereit.«

Dorian nickt langsam. »Das weiß ich. Aber wir müssen auch klug sein. Die Souls Night wird die Gelegenheit sein, unsere Macht wieder einmal zu demonstrieren. Wir müssen sicherstellen, dass alles perfekt verläuft. Es ist immerhin die *erste* Souls Night, die wir als Gremium-Anwärter halten. Vielleicht sollten wir im Vergleich zur letzten Souls Night noch eine Schippe drauflegen.«

»Dann sorgen wir dafür, dass es noch besser wird«, sage ich entschlossen.

Dorian nickt und wir sind uns einig.

Der Rauch des Kamins windet sich, wie ein lebendiges Wesen durch den Raum, ein ständiger Begleiter unserer Gespräche. Schatten, tiefer und dunkler als die Nacht selbst, scheinen von mir auszugehen.

Es ist die *Essenz*, die ich durch die Bindung mit *meinem* Drachen erhalten habe. Eine dunkle Fähigkeit, welche mir mehr Macht gibt und meine Präsenz noch mehr verstärkt. Nicht, dass ich es nötig hätte, doch ich beschwere mich nicht über eine weitere Möglichkeit der Überlegenheit.

Durch die Bindung mit unseren Drachen können wir Drachenreiter die unterschiedlichsten *Essenzen* erhalten.

Diese Essenzen verstärken sich abhängig von der *Seelenebene*, die wir mit unserem Drachen erreichen. Sie können gefährlicher, weitläufiger oder sogar tödlicher werden.

Auch sind sie stark vom Charakter des Drachenreiters und dem entsprechenden Drachen abhängig. Kein Wunder also, dass meine Essenz den *Nachtseelen* und der magischen Disziplin der *Schatten* zugeordnet ist.

Ein weiteres Vermächtnis meiner Familie.

Doch meine Schatten sind nicht nur metaphorisch.

Sie fließen und bewegen sich, reagieren auf meine Gedanken und Gefühle. Wenn ich es will, breiten sie sich aus, füllen den Raum und machen die Atmosphäre noch bedrückender.

Nachdem ich mit meinem Drachen zur zweiten Seelenebene aufgestiegen bin, entdeckte ich die neue Fähigkeit, die Gedanken von Menschen zu berühren. Eine beunruhigende Macht. Ich kann Ängste, Zweifel und Verlangen verstärken. Nur *bei Livia nicht*, was mich rasend macht.

Der Gedanke an Cedric und sie lässt meine Unruhe weiter wachsen. Der Schatten reagiert darauf, zieht sich zusammen und wird dichter.

Ich erhebe mich von der Leder Couch und der Schatten folgt mir, windet sich um meine Füße wie eine lebendige Kreatur. Mit jedem Schritt breitet er sich weiter aus, verschmilzt mit den anderen Schatten im Raum und vergrößert meine Präsenz. Die flüsternden Stimmen verstummen. Alle Augen richten sich auf mich und die Schwächlinge spüren instinktiv die Macht, welche von mir ausgeht. Ich genieße ihre ängstlichen Blicke.

In Dorians glühenden Augen spiegelt sich eine seltsame Mischung aus Vorfreude und Dunkelheit wider.

»*Fehler leisten sich die Montallis nicht*«, hallt die Stimme unseres Vaters in meinem Kopf nach. Er hat ausnahmsweise Mal recht. Jetzt, wo wir so nah an unserem Ziel sind, können wir keine Fehler machen.

»Ich werde dafür sorgen, dass alles reibungslos läuft«, sagt Dorian mit fester Stimme. »Cedric und die anderen werden sich um die Gäste kümmern. Unsere Aufgabe ist es, die Kontrolle zu behalten.«

Ich nicke zustimmend. »Gut. Wir dürfen nichts dem Zufall überlassen. Jeder Schritt muss durchdacht sein.«

»Aber Cole, wir müssen noch an die Gäste-«

Ein leises Klopfen an der Tür unterbricht unser Gespräch. Diesmal tritt Sirius ein. Sein Gesicht verrät, dass er schlechte Nachrichten bringt. *Scheiße.* Er nähert sich uns, bleibt kurz vor uns stehen, bevor er spricht.

»Dorian, Cole«, beginnt er, seine Stimme kratzig. »Es gibt ein Problem. Ein Bastard hat versucht sich Zugang zu unseren Unterlagen zu verschaffen. Er wurde von unseren Wachen erwischt, aber wir müssen entscheiden, was wir mit ihm machen.«

Ich mustere Sirius genauer.

Er hat frische Wunden im Gesicht und seine Kleidung ist an einigen Stellen zerrissen und blutig – deutliche Zeichen einer Prügelei. Ein scharfer Schnitt über seiner Wange und ein geschwollenes Auge sprechen Bände über den Widerstand, den er geleistet hat.

»Was ist passiert, Sirius?«, frage ich ruhig, obwohl die Wut in mir brodelt. Der Schatten an meinen Füßen bewegt sich unruhig, reagiert auf meine inneren Gefühle.

Sirius zuckt leicht zusammen, bevor er antwortet. »Er war gut vorbereitet, Cole. Ein Profi. Er hat sich durch die ersten Sicherheitsbarrieren geschlichen, aber unsere Wachen haben ihn schließlich erwischt. Es gab einen Kampf. Ein harter Kampf. Er war nicht alleine, doch er ist der einzige von vier, welchen wir geschnappt bekommen haben.«

Eine Welle der Wut durchströmt mich, als die Worte sacken.

Wer zur Hölle wagt es uns zum Narren zu halten?
Meine Schatten reagieren sofort auf meine Aggression. Sie beginnen sich zu bewegen, wie ein eigenständiges Wesen. Die Luft um mich herum wird schwerer, die Schatten dehnen sich aus und pulsieren im Rhythmus meines beschleunigten Herzschlags.

Das Licht im Raum flackert unruhig, als ob es vor mir zurückweichen möchte. Dann, ohne Vorwarnung, explodiert der Kronleuchter an der Wand mit einem lauten Knall, Splitter fliegen in alle Richtungen. Der Raum wird in ein düsteres Halbdunkel getaucht, die flackernden Reste der Beleuchtung verstärken die Unruhe, die meine Anwesenheit verursacht.

Die Novizen reagieren sofort auf das Chaos. Einige weichen erschrocken zurück, Schutz suchend hinter Möbelstücken, während andere die Hände schützend vor das Gesicht heben, um sich vor den fliegenden Splittern zu schützen. Eine Mischung aus Angst und Faszination ist auf den Gesichtern der Novizen zu sehen.

Dorian bleibt ruhig und aufmerksam, seine Augen auf mich gerichtet, während er meine Reaktion beobachtet.

»Was zur Hölle …«, murmelt jemand aus der hinteren Ecke des Raumes, während ein anderer versucht, die flackernde Beleuchtung wieder unter Kontrolle zu bringen.

Ich atme tief ein, die Kontrolle mühsam wiedererlangend, während die Schatten sich beruhigen und wieder an ihren Platz kriechen. »Führt mich zu ihm«, sage ich mit einer eisigen Ruhe in meiner Stimme, die im krassen Gegensatz zu dem vorherigen Ausbruch steht.

Meine Augen brennen vor Entschlossenheit. *Dieser Eindringling wird für seine Dreistigkeit bezahlen.* Ich blicke zu Dorian, dessen Gesicht ernst bleibt. »Das darf nicht passieren, Dorian. Nicht jetzt. Niemals. Wir müssen was unternehmen. Und zwar sofort.« Ich lehne mich zurück, mein Blick bleibt auf Sirius haften. »Wo ist er jetzt?«

»Im Verhörraum. Die Wachen haben ihn dort eingesperrt und bewachen ihn. Er ist schwer verletzt, aber er lebt.«

»Was sollen wir mit ihm machen?«, fragt Dorian, seine Stimme so kalt wie Stahl.

Ein leises, dunkles Lächeln breitet sich auf meinen Lippen aus. »Wir sollten uns einmal vorstellen. Persönlich. Findet ihr nicht?«

Dorian nickt zustimmend. »Lasst uns keine Zeit verlieren. Sirius, du kommst mit uns.«

Als wir den Raum verlassen, werfe ich beiläufig einen Blick zur Bar, welche aus dunklem Mahagoni gefertigt und mit detailreichen Schnitzereien verziert ist.

Dahinter steht unser Kellner, ein junger Mann mit sorgsam gepflegtem Erscheinungsbild, welcher uns aufmerksam beobachtet. Ich greife in meine Tasche und ziehe ein pralles Samt-Säckchen mit schimmernden Solans heraus. Mit einer schnellen Bewegung werfe ich es ihm entgegen. *»Davon kann er das Kaminzimmer eigentlich fünfmal erneuern«*, denke ich beiläufig, während ich sehe, wie er das Säckchen geschickt auffängt und dankbar nickt.

Sirius führt uns mit zielstrebigen Schritten durch die dunklen Flure der Akademie. Meine Schatten tanzen an den Wänden, während das Knistern der Fackeln unsere einzige Begleitung ist. Die Flure sind eng und feucht, der steinerne Boden uneben und kalt.

Wir biegen um mehrere Ecken hintereinander und steigen eine knarzende Wendeltreppe hinab, welche in die tiefsten Eingeweide der Akademie führt. Dass sie nicht eingestürzt ist, ist ein Wunder.

Die Luft wird schwerer, kühler und der Geruch von altem Stein und abgestandener Feuchtigkeit wird stärker.

Schließlich erreichen wir eine massive Holztür mit eisernen Beschlägen, welche tief in den Boden verankert ist. Sirius zieht einen schweren Schlüssel aus seiner pechschwarzen Uniform und öffnet das Schloss mit einem lauten Klicken.

Der Raum, welchen wir betreten, gehört uns Veins. Es ist ein Verhörzimmer, geschaffen für Situationen wie diese. Der Raum ist spärlich beleuchtet. Nur eine einzelne Fackel in einer Wandhalterung spendet flackerndes Licht.

Der Boden ist aus poliertem Stein, kalt und unbarmherzig. Währenddessen sind die Wände mit dunklem Holz getäfelt, welches die Dunkelheit des Raumes noch verstärkt.

In der Mitte des Raumes steht ein einzelner, schwerer Eichenstuhl, auf dem die ekelhafte Ratte gefesselt sitzt.

Ein massiver Eichentisch steht in der Ecke, darauf liegen diverse *Werkzeuge*, welche zur Befragung genutzt werden könnten – Seile, Lederriemen, und ein paar Gegenstände, deren Verwendung man sich nur ausmalen kann.

Der junge Mann, kaum älter als wir, sitzt gefesselt auf dem Stuhl. Sein Gesicht ist blass, seine Augen weit aufgerissen vor Angst. Schweiß perlt auf seiner Stirn und seine Hände zittern leicht, als er uns ansieht.

Ich liebe dieses Gefühl.

In diesem Raum gibt es kein Mitleid oder Gnade – nur die kalte, harte Realität.

Ich trete näher.

Meine Schatten folgen mir wie treue, aber unheimliche Begleiter. Meine Augen fixieren den Eindringling und mit einer eisigen Ruhe in meiner Stimme richte ich meine ersten Worte an ihn: »Du hast einiges zu erklären. Fangen wir locker an du kleine Ratte. Wie heißt du?«

»Ich… Mein Name ist *Gareth*«, stottert er nervös. »Ich wollte nur…«

»Du wolltest nur was?«, unterbreche ich ihn scharf. »Für wen arbeitest du?«

»Niemanden! Ich schwöre, ich wollte nur wissen, was vor sich geht. Ich habe nichts gestohlen, nichts verraten!« Mit langsamen Schritten trete ich näher an ihn heran. Unsere beiden Gesichter trennen nur noch wenige Zentimeter, als ich mich zu ihm hinunterbeuge. »Du hast keine Ahnung, worauf du dich eingelassen hast, Gareth.« Dabei spucke ich seinen Namen, als wäre er das Widerwärtigste, was ich jemals in den Mund genommen habe. »Wir könnten dich einfach verschwinden lassen und niemand würde Fragen stellen. Das ist dir schon klar, oder Gareth?« Sein Gesicht wird bei meinen Worten noch blasser, wenn das überhaupt möglich ist. Der arme Kerl scheint wirklich gezwungen worden zu sein, doch das ändert nichts an der Tatsache, dass wir ein Exempel statuieren müssen.

Ich richte mich wieder auf und wende mich an Dorian. »Was denkst du?«

»Bitte, ich habe Nichts gemacht. Ich werde auch Niemandem was erzählen, ich schwöre es! Wirklich!« Unterbricht Gareth verzweifelt meine Konversation.

Dorian steht ruhig und gelassen neben mir. Seine Haltung ist aufrecht und selbstbewusst. Er hat seine Hände hinter dem Rücken verschränkt. Sein Gesicht ist ausdruckslos. Die Augen jedoch scharf und wachsam, wie die eines Raubtiers.

Er lässt den Blick langsam über den gefesselten, jungen Mann gleiten, studiert jede Regung, jede Zuckung.

Dann wendet er sich zu mir und ein kaltes, berechnendes Lächeln umspielt seine Lippen. »Er hat keine Ahnung, in was für Schwierigkeiten er steckt«, flüstert Dorian leise.»Aber das werden wir ihm schon noch klar machen.«

Während er spricht, tritt er einen Schritt näher an den Gefangenen heran. Seine Bewegungen sind fließend und kontrolliert. Er legt eine Hand auf den Rücken des Stuhls und beugt sich leicht vor, sodass er auf Augenhöhe mit dem Eindringling ist.»Erzähle uns alles, was du weißt«, fordert Dorian mit einer sanften, aber festen Stimme.»Jedes Detail. Vielleicht gibt es dann eine Möglichkeit, dich vor schlimmeren Menschen zu bewahren. Es liegt in deiner Entscheidung, Gareth. Ganz alleine bei dir.«

Die Spannung im Raum steigt weiter an, während der Gefangene unter Dorians durchdringendem Blick zu zittern beginnt.

Die stille Bedrohung, welche von Dorian ausgeht, ist fast greifbar. Seine ruhige, kontrollierte Art macht ihn noch furchteinflößender, als jede physische Drohung.

Mein Bruder ist das schlimmste psychische Monster, welches ich kenne.

Dorian fixiert Gareth und beginnt, ruhig zu sprechen.»Gareth, ich verstehe, dass du verängstigt bist. Vielleicht wäre ich das auch in deiner Situation. Es ist nie leicht, in so einem entscheidenden Momenten stark zu sein. Es ist schwer, dass Richtige zu tun, aber wir wollen dir eine Chance geben, in der Zukunft nicht wieder so etwas zu machen.«

Gareths Atem beschleunigt sich und dicke Schweißperlen treten auf seine Stirn.»Bitte, ich wollte wirklich nichts Böses. Es war nur ein Missverständnis.«

Dorian nickt gespielt verständnisvoll und fährt mit sanfter Stimme fort.»Natürlich. Missverständnisse passieren. Aber wenn du uns hilfst, können wir dir vielleicht auch helfen.« Er macht eine kurze Pause, um sicherzustellen, dass Gareth ihm folgt. »Wer hat dich geschickt? Was wolltest du wirklich hier?«

Gareth zögert, seine Augen flackern nervös von Dorian zu mir, zu Sirius, welcher unser Spielzeug-Sortiment auf dem Holztisch betrachtet und wieder zurück. »Ich ... ich sollte nur Informationen sammeln. Für... für jemanden.«

»Für jemanden?« Dorian wiederholt die Worte, als ob er sie sorgfältig abwägt. »Das klingt nicht nach einem Missverständnis, Gareth. Du musst uns schon mehr erzählen, wenn du aus dieser Sache heil herauskommen willst.«

Gareth schluckt schwer und blickt zu Boden. »Es war nicht meine Idee. Ich wurde gezwungen. Sie sagten, sie würden mich umbringen, wenn ich es nicht tue.«

»Wer sind *sie*?« Dorian fragt mit einem fast beiläufigen Tonfall, welcher jedoch eine scharfe Kante hat. »Und warum genau haben sie dich hierher geschickt?«

Gareths Stimme wird noch eine Oktave leiser, als er antwortet, fast, als, ob er mit sich selbst spricht. »Ich sollte Informationen über eure neuesten Pläne und Strategien sammeln... für... für das *Gremium*.« Ein triumphierendes Glitzern huscht über Dorians Gesicht, doch er bleibt ruhig und sachlich.

»Aha, das Gremium also. Das ist sehr aufschlussreich.«

Dorian dreht sich auf dem Absatz zu Sirius um. »Ey, Bro. Sagt er die *Wahrheit*?«

Sirius lässt das Seil zwischen seine Finger gleiten und formt eine Schlinge. Er richtet seinen Blick auf Gareth. »Leider ja, Dorian.«

Dorian dreht sich wieder zu unserem kleinen Eindringling. Ich beobachte, wie Dorian weiter macht. Er lenkt das Gespräch geschickt, stellt Fragen, die Gareth dazu bringen, sich mehr und mehr zu verraten, ohne, dass er es überhaupt merkt. Es ist faszinierend und beängstigend zugleich, Dorian bei der Arbeit zu sehen.

Schließlich, als Gareth beginnt, Details über den eigentlichen Informanten des Gremiums preis zugeben, wird mir klar, dass mein Bruder wirklich ein Meister der Manipulation ist. Er hat Gareth geschickt in die Falle gelockt, ohne, dass dieser es überhaupt bemerkt hat. Dorian tritt einen Schritt zurück und wendet sich an mich. »Ich denke, wir haben genug gehört, Cole. Es scheint, dass Gareth hier eine sehr nützliche Quelle für uns sein könnte.«

Das berechnende Zwinkern, welches Dorian mir schenkt, sieht Gareth nicht.

Ich nicke langsam, meine Augen auf Gareth gerichtet, der jetzt vollkommen gebrochen wirkt. »In der Tat, Bruder. In der Tat.«

Dorian betrachtet Gareth mit einem Ausdruck kalter Berechnung. »Er ist wertlos. Ein Niemand. Aber wir sollten ein Exempel statuieren. Damit niemand sonst auf dumme Gedanken kommt.«

Ich nicke zustimmend. »Einverstanden. Bring ihn in die Zellen. Wir werden später entscheiden, was mit ihm geschehen soll.«

Gareths Augen weiten sich vor Entsetzen. »Aber ihr habt gesagt, ihr helft mir! Ihr habt es versprochen!« Seine Stimme ist panisch. Seine Verzweiflung deutlich zu hören.

Dorian bleibt ungerührt, seine Augen funkeln kalt. »Hilfe ist etwas, das man sich verdient, Gareth. Und du hast nichts getan, um sie zu verdienen.«

Sirius packt Gareth und zerrt ihn aus dem Raum. Seine verzweifelten Bitten hallen in den Fluren wider, bis sie in der Ferne verstummen.

Ich blicke Dorian an und sehe die gleiche unerschütterliche Entschlossenheit in seinen Augen, welche auch mich antreibt.

»Wir dürfen keine Schwäche zeigen«, sage ich entschlossen. »Nicht jetzt, niemals.«

»Das weiß ich«, antwortet Dorian ruhig. »Deshalb werden wir sicherstellen, dass die Souls Night ein Erfolg wird. Und, dass jeder weiß, wer wirklich die Macht in Kilead hat. Das Gremium wird schon noch merken, wen sie herausgefordert haben.«

Ich nicke und wir verlassen das Verhörzimmer. Die Nacht ist dunkel und voller Möglichkeiten. *Und ich bin bereit, jede einzelne davon zu nutzen.*

Plötzlich werde ich aus meinen Gedanken gerissen, als ein Diener des *Gremiums* hastig auf uns zugestürmt kommt.

Sein Gesicht ist vor Anstrengung verzogen, sein Atem geht schwer. Bevor der Diener uns erreicht, blicke ich schnell zu Sirius und beschwöre einen Schatten, der ihn verbirgt. So wird der Diener des Gremiums ihn nicht sehen können.

»Ihre Hoheiten!«, ruft er, als er näherkommt, seine Stimme zittert vor Dringlichkeit. »Es ist dringend!«

Ich verenge die Augen, spüre wie mein Schatten sich unruhig bewegt. *Zu viel Gremium an einem Tag für meinen Geschmack.* »Was ist los?«, frage ich ihn mit aufgesetzter Besorgnis.

»Ein Auftrag... vom Gremium«, keucht der Diener und kämpft um Atem. »Es ist ernst.«

»Jetzt nicht«, erwidere ich ungeduldig und werfe Dorian einen kurzen, genervten Blick zu.

Noch vor kurzem haben diese Bastarde versucht, uns auszuspionieren, um wahrscheinlich unsere Macht eingrenzen zu wollen.

Sollen sie ihre Problemchen alleine klären.

Doch der Diener schüttelt energisch den Kopf und tritt noch näher heran. »Eine *Heilerin* ist verschwunden.«

»Langsam sprechen und mehr Informationen«, unterbricht mein Bruder ihn gefasst und kramt ein kleines Leder-Notizbuch aus der Brusttasche seiner schwarzen Uniform.

Ich beobachte ihn, die Ruhe und Kontrolle in seinen Bewegungen, und frage mich kurz, wie er das immer schafft. Alles unter Kontrolle zu haben.

Der Diener holt hastig ein Pergament hervor und seine Hände zittern leicht. »Die Heilerin ist im angrenzenden Wald zu Tarkenemhat verschwunden. Sie hatte vor, Heilkräuter zu sammeln. Ihre beste Freundin, Reia Fortier, sitzt angeschlagen vor Krankheit in einem Zimmer der Akademie und wird von Lord Celestino und Andil Thornevar in diesem Moment befragt. Sie hat sie anscheinend das letzte Mal gesehen.«

Ich höre die Nachricht nur halb interessiert. Der Wald zu Tarkenemhat, Heilkräuter, befragte Freundin – das alles klingt nach unnötigem Drama. Ich wende mich ab, bereit, weiterzugehen.

Doch Dorian, wie immer gründlich, fragt weiter: »Name?«

Der Diener antwortet: »*Livia Berylla.*«

In dem Moment, als ich den Namen höre, erstarrt mein Körper. Mein Herz setzt für einen Schlag aus und ein stechender Schmerz durchzuckt mich.

Livia. Sie ist eine Berylla?

»Wie lautet der Auftrag?« Meine Stimme ist ruhig, doch ich kann den Zorn und die Sorge nicht vollständig verbergen. Livia gehört mir. Und niemand, absolut niemand, wird sie mir wegnehmen.

»Eure Aufgabe ist es, sie zurückzubringen.«

Verdammte Scheiße! Gremium. Livia. Dieser Tag geht mir gewaltig auf die Nerven.

»Entführung? Das ist eine ernste Bedrohung. Soll ich *meine Kompanie* mobilisieren?«, fragt Dorian nachdenklich. Seine Stimme ist nun ebenfalls von Anspannung durchzogen. Er hat in den Kampf-Modus gewechselt. Eine meiner Lieblings-Dorian-Versionen.

»Keine Kompanie«, erwidert der Gremium-Diener direkt, »Das zieht viel zu viel Aufmerksamkeit auf sich. Diese Aufgabe ist explizit für euch. Direkter Befehl vom Gremium.«

»Wir müssen sofort los«, beschließt Dorian und verstaut sein Notizbuch wieder in seiner Uniform.

»Verstanden«, antworte ich knapp. Nochmals wende ich mich dem Diener zu: »Wo wurde sie zuletzt gesehen?«

»Im äußeren Bezirk der Heiler-Akademie«, antwortet er und überreicht uns einen versiegelten Brief.

Ein riesiges, dunkel-rotes Siegel des Gremiums ziert den Brief. Zügig breche ich das Siegel und lese die wenigen Informationen: »Zeugen sagen, sie wurde von einem maskierten Mann an mehrere Männer in dunklen Mänteln übergeben.« Ich tausche einen schnellen Blick mit Dorian. Ich sehe den gleichen entschlossenen Ausdruck in seinen Augen, welcher auch in meinen brennt. »Wir dürfen keine Zeit verlieren«, sage ich entschlossen. Mein Schatten zieht sich zurück und verdichtet sich.

»Wir werden sie zurückholen, koste es, was es wolle.«

Mir liegt zwar *noch* nicht besonders viel an dieser Schlampe. Doch Auftrag ist Auftrag. Mein Ruf steht auf dem Spiel.

Dorian nickt grübelnd. »Diese Bastarde werden lernen, dass sie sich mit den Falschen angelegt haben.«

»Ihr beide werdet sie finden«, der Diener klingt nun hoffnungsvoller, seine Anspannung lässt etwas nach.

»Natürlich werden wir das«, sage ich entschlossen. »Niemand entführt jemanden in Darilorn und kommt damit davon.« Der

Schatten um mich herum pulsiert, verstärkt durch die aufkeimende Wut. Livia ist nicht nur ein Objekt meiner Begierde, sie ist Teil meines Plans.

Zusammen drängen wir uns durch die Menge vor dem Ballsaal, welche weiterhin in Aufruhr ist. Ich sehe den entschlossenen Blick in den Augen meines Bruders und spüre sie auch in mir aufsteigen. Livia zu finden ist jetzt unsere oberste Priorität. Eine brutale Aggressivität steigt in mir auf und ich schwöre mir: *»Wenn irgendein Dreckskerl ihr auch nur ein winziges Haar gekrümmt hat, bevor ich es getan habe, sei es noch so klein, werde ich ihn eigenhändig umbringen.«*

Dorian und ich verlassen die Akademie und treten hinaus in die kühle Nachtluft. Der Mond leuchtet hell am Himmel und wir werfen uns einen kurzen Blick zu.

»Wir müssen sie finden, bevor es zu spät ist«, sage ich bestimmt und öffne den Brief des Gremiums, um die Anweisungen zu lesen, welche vor dem Diener nicht erwähnt werden sollten. »Die Bastarde sollen sich in einer verlassenen Ruine außerhalb der Stadt versteckt halten«, lese ich laut vor. »Wir müssen schnell sein und brauchen unsere Drachen.«

seWir eilen zum Versammlungsplatz der Drachen. Doch als ich versuche, meine Verbindung zu spüren, ist da nur eine vage Distanz.

Verdammt.

Er ist wahrscheinlich gerade mit einem weiblichen Drachen beschäftigt. »Er reagiert nicht«, knurre ich genervt. »Er ist beschäftigt.« Manchmal ärgert mich es, dass Drachen ihren Reiter nach Charakter wählen. Meiner ist mir viel zu ähnlich.

Dorian versucht, *Azurion* zu erreichen, doch sein Gesicht verzieht sich ebenfalls abfällig. »Scheiße, Azurion auch nicht.«

»Auf die altmodische Art und Weise?«, frage ich.

Dorian nickt und wir stürmen zum Stall, wo wir zwei Pferde satteln.

Der Stall ist ein altes, aber gut erhaltenes Gebäude aus dunklem Holz, welchen den Geruch von frischem Heu und Leder verströmt. Die Luft ist kühl und ein leichter Nebel liegt über den Feldern, welcher den Stall umgibt. Im Hintergrund hört man das leise Wiehern der Pferde und das Rascheln der Blätter im Wind.

Wir wählen zwei prächtige Tiere. Dorian nimmt eine elegante, braune Stute. Ich selbst wähle einen schwarzen Hengst mit glänzendem Fell und muskulösem Körperbau.

Ich kann nicht anders als Dorian und mein Verhalten zu belächeln. »Klischee«, murmele ich amüsiert, während ich die Zügel in die Hand nehme. »Wir reiten als Prinzen, auf Pferden, um ein Mädchen zu retten, welches wir kaum kennen. Verdammt nochmal.«

Dorian nickt nur und zieht seine Lederhandschuhe fester, bevor er mit einem entschlossenen Ausdruck auf seine Stute steigt. »Ein wenig Abwechslung schadet uns nicht«, erwidert er lächelnd, während er seine Zügel richtet.

Was ein Glück hat uns Vater damals dazu gezwungen reiten zu lernen.

»Vielleicht«, erwidere ich gedankenverloren und streiche den starken Hals meines Hengstes. »Aber es ist verdammt klischeehaft.«

Mit dem Wissen, dass wir keine Zeit zu verlieren haben, galoppieren wir in die Nacht hinaus. Der Gedanke an Livia, allein und in Gefahr, treibt mich an. Ich werde sie finden.

Der Mondschein taucht die Landschaft in ein silbernes Licht, welches den Weg vor uns erhellt. Die kühle Nachtluft prickelt auf unserer Haut, während wir die Pferde in einen schnellen

Galopp treiben. Die Hufe der Pferde schlagen rhythmisch auf den Boden.

»Cole«, sagt Dorian plötzlich, während wir durch den dichten Wald reiten. »Warum ist dir Livia eigentlich so wichtig? Normalerweise geht dir so was nicht so nah.«

Ich zögere einen Moment, bevor ich antworte, den Blick starr geradeaus gerichtet. »Sie hat etwas an sich, das mich fasziniert. Ich will herausfinden, was das ist. Am besten, wenn sie noch lebt.« Meine Stimme klingt härter, als ich es vielleicht beabsichtige, aber ich kann die Nervosität nicht ganz verbergen. Dorian wirft mir einen prüfenden Blick zu, sagt aber nichts weiter.

In Gedanken füge ich hinzu, dass sie *anders* ist, dass sie mich auf eine Art und Weise anzieht, welche ich nicht ganz verstehe. Aber solche Schwächen behalte ich lieber für mich.

Mit einer schnellen Bewegung ziehe ich die Zügel straffer und richte mich auf. »Los jetzt, keine Zeit zu verlieren«, sage ich schließlich und treibe mein Pferd an.

Der Mondschein glitzert auf den feuchten Blättern, während wir durch die Nacht reiten.

Wir reiten fast drei Stunden lang, bis wir schließlich die alte Ruine erreichen.

Das Gebäude ist verfallen und umgeben von dichtem Gestrüpp.

»Da vorne«, rufe ich, meine Stimme kaum mehr als ein Hauch in der stillen, unheilvollen Luft. Ich zeige auf eine schmale, von Efeu überwucherte Öffnung in der uralten, verwitterten Ruine. »Das muss der Eingang sein.«

Die Luft ist schwer. Der Duft erinnert an triefendes Laub und vergilbte Seiten eines uralten Buches.

Ein unheilvolles Murmeln dringt aus dem Inneren der Ruine.

»Dorian, nutze deine *Essenz*«, fordere ich mit gedämpfter, aber bestimmter Stimme und deute auf den düsteren, geheimnisvollen Korridor, der sich vor uns erstreckt. Dorian nickt entschlossen und schließt seine Augen, seine Stirn bildet vor Konzentration einige Falten. *Er muss sich dieses Stirnrunzeln unbedingt abgewöhnen, sonst sieht er, wenn er älter wird, echt verdammt scheiße aus.* Durch seine Verbindung mit *Azurion,* dem mächtigen *blauen* Drachen der *Donnerherz-*Gattung, hat er die Essenz eines *Schattenpfad-Suchers* erlangt. Diese Essenz ist tief in der magischen Disziplin: *Schatten* verwurzelt. Eine Disziplin, welche auch ich meistere. Es liegt in unserer Familie, dieses dunkle Erbe.

Mit einem beinahe melodischen Zischen beginnt sich ein schimmerndes, blaues Band aus seinen Fingerspitzen zu winden. Es ist ein geisterhaftes Leuchten, welches nur diejenigen sehen können, denen Dorian es erlaubt. Dieses Band windet sich wie ein lebendiger Fluss durch die Dunkelheit. Es führt ihn zu Menschen, Geschöpfen und Gegenständen, welche er sucht. Doch Dorians Essenz ist noch nicht vollständig entwickelt. Auf der Vereinigungs-Ebene angelangt, ist seine Ortung noch ungenau und oft täuschend.

»Wir sind richtig. Ich kann sie spüren, Cole.« Dorian geht voraus und das schimmernde Band leitet uns durch den engen Korridor, dessen Wände von alten Runen und geheimnisvollen Glyphen bedeckt sind. Sie leuchten im schwachen Licht des Bandes kurz auf, bevor wir wieder in die Dunkelheit sinken.

Eine Welle des Unbehagens überkommt mich. Dorian kann Livia spüren, während ich nicht einmal in ihren Kopf kommen kann – etwas, das mir bei anderen Frauen unfassbar leicht fällt. Es nagt an meinem Ego.

»Geborener Stalker«, murmle ich und belächle seine Essenz, welche uns sicher durch diesen labyrinthartigen Albtraum leitet.

»Wenn ich ein Stalker sein soll, dann bist du ein professioneller Kontrollfreak, Bruder«, kontert Dorian grinsend, ohne sich umzudrehen. »Immer da, um allen die Stimmung zu vermiesen.« Ein schwaches Lächeln huscht über meine Lippen. »Komm, wir haben keine Zeit zu verlieren.«

Dorian hält plötzlich inne und seine Miene wird ernst. »Cole, ich spüre Livia *nicht* mehr. Es ist, als wäre sie vom Erdboden verschluckt.«

»Scheiße, wie, du kannst sie nicht mehr spüren?« Ein kalter Schauer läuft mir den Rücken hinunter. »Dann müssen wir uns aufteilen«, stelle ich entschlossen fest. »Dorian, du versuchst die Attentäter aufzuspüren. Ich werde Livia finden.«

Er nickt, seine Augen fest entschlossen. »Pass auf dich auf.«

»Ach, werd jetzt kein Weichei, Bruder«, antworte ich gehässig und wende mich ab, um meinen eigenen Weg durch die düsteren, geheimnisvollen Korridore der Ruine zu finden.

Meine Schatten scheinen dichter und bedrohlicher zu werden, während ich mich in die Dunkelheit vorwage. *Verdammt, wo ist diese Schlampe?*

*»Kann man nicht mal ein Mädchen in Ruhe
entführen, ohne, dass gleich die ganze Welt
hinter einem her ist?«*

- Cole

KAPITEL 11

LIVIA

Mich empfängt eine durchdringende Kälte, als ich aufwache. Sie kriecht mir bis in die Knochen. Die feuchte, steinerne Oberfläche unter mir drückt unangenehm gegen meinen Körper und mein Arsch schmerzt. Ein dumpfer Schmerz pulsiert in meinen Gliedern, schwer und unnatürlich. Jede Bewegung ist eine enorme Anstrengung.

Mit einem leisen Stöhnen hebe ich prüfend meinen rechten Arm. Sofort wird mir der Grund für die Schwere bewusst: dicke, rostige Eisenketten schneiden in meine Handgelenke und schränken jede Bewegung ein. Das Metall ist kalt und rau, reibt meine Haut auf. Sicher werden die Ketten rote Striemen und wunde Stellen hinterlassen.

Mein Atem geht flach und zitternd, als ich versuche, meine Umgebung zu erfassen. Der Raum ist düster und feucht. Die Wände bestehen aus grob behauenem Stein und ein modriger Geruch hängt in der Luft. Es gibt keine Fenster. Das einzige Licht kommt von einer flackernden Fackel an der weit entfernten Wand. Das leise Tropfen von Wasser durchbricht die bedrückende Stille.

Ich bin gefesselt wie ein Hund.

Angestrengt versuche ich mich daran zu erinnern, was passiert ist und wieso es ausgerechnet mich trifft. Doch meine Sinne sind noch leicht verschwommen von der Bewusstlosigkeit. Panik steigt in mir auf. Der dichte Nebel in meinem Kopf lichtet sich langsam und ich erinnere mich: Ich wurde überfallen, entführt von jemandem, den ich nicht kenne.

Mein Herz hämmert wild in meiner Brust, während ich versuche, mich zu orientieren. Doch die Kälte des Raumes und die Stille, um mich herum, erfüllen mich mit einer unheimlichen Leere, der ich schutzlos ausgeliefert bin.

Verschiedene Fragen schießen mir unkontrolliert durch den Kopf: *Wie konnte das passieren? Wer könnte etwas von mir wollen? Ich habe doch niemandem etwas getan, oder?*

Verzweifelt umfasse ich meine Knie, so gut es die schweren Eisenketten erlauben. Ich ziehe sie näher an mich heran. Versuche, die stechende Kälte zu ignorieren, die meinen Körper befällt. Vergeblich. Sie frisst sich in mein Inneres. *Mir ist so unfassbar kalt.* Durch meine Unachtsamkeit wurde ich überfallen, betäubt und hier eingekerkert wie eine Verbrecherin.

Neben der Angst und Kälte macht sich ein weiteres Gefühl in meiner Brust breit: Wut. Pure ungezügelte Wut. Seitdem ich diese verdammte Drachenreiter-Akademie betreten habe, ist nur Scheiße passiert. Ein Drachenreiter war schlimmer als der nächste und sie ergriffen mein Schicksal, wie eine lechzende Säure. Ohne Gegenmittel.

Angst kriecht in mir hoch, während ich verzweifelt versuche, die schweren Eisenketten zu lösen. Das Metall klirrt und rasselt auf dem kalten Steinboden. Ein unheimliches Echo in der bedrückenden Stille. Jeder Ruck und jede Bewegung lässt das rostige Eisen knarren und quietschen. Die Geräusche hallen unheilvoll in der Dunkelheit wider. Ich bin gefangen in einem alptraumhaften Szenario und weiß nicht, ob ich jemals wieder entkommen werde. Wer sollte denn auch nach mir suchen? Reia? Das kann ich mir kaum vorstellen. Bei aller Liebe, sie ist ein noch größerer Schisser als ich. Trotzdem hoffe ich insgeheim, dass sie bemerkt hat, dass ich nicht aus dem Wald zurückgekommen bin und mein Verschwinden Frau Caspian gemeldet hat. Schließlich ist sie meine beste Freundin.

Die Dunkelheit umhüllt mich wie ein Mantel und ich fühle mich verloren in einem peitschenden Meer aus Angst. Doch irgendwo tief in mir lodert noch ein winziger Funke der Hoffnung. Ein Versprechen, dass ich kämpfen werde, um zu überleben. Egal, wie aussichtslos die Situation erscheinen mag und wie wenig Erfahrung ich im Kampf habe. Mit einem tiefen Atemzug sammle ich meine Kraft und bereite mich darauf vor, im Fall der Fälle dem Unbekannten, der mich gefangen hält, zu trotzen. Denn auch wenn ich allein und hilflos bin, werde ich nicht aufgeben. *Das hätte mein Vater nicht gewollt.*

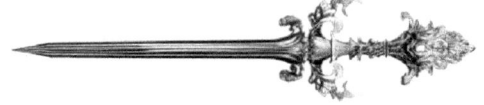

Ein abrupter Ruck reißt mich aus meinem unruhigen Halbschlaf. Ich habe keine Ahnung wie lange ich schon geschlafen habe, mein Zeitgefühl hat mich verlassen. Mein Herz setzt für einen Moment aus, dann schlägt es rasend schnell in meiner Brust. Der plötzliche Ruck hat meine Arme brutal nach hinten gezerrt und ich spüre den Schmerz, wie das kalte Eisen sich noch fester in meine Haut gräbt. Ein gepresstes Zischen entfährt mir. Die dumpfe Wucht des Geräusches lässt meine Ohren dröhnen und das Echo davon scheint endlos in dem bedrückenden Raum.

Hinter mir quietscht die schwere Metalltür auf, ein Geräusch, welches mir kalt den Rücken hinunter läuft. Der Raum, in dem ich gefangen gehalten werde, gewinnt an Helligkeit.

»Livia Berylla?« Eine kratzige, raue Stimme durchschneidet die Stille. Eine Stimme, welche mir nicht bekannt vorkommt und das macht mir Angst.

»Geht dich nichts an«, gebe ich dem Mann trotzig zurück. Mein Herz klopft wild, ein Sturm aus Angst und Trotz tobt in meinem Inneren. »Darf ich jetzt endlich meinem Entführer in die Augen sehen?«, schieße ich ihm schnippisch entgegen. Die Anspannung lässt meine Muskeln zittern, doch ich zwinge mich, standhaft zu bleiben. Was bleibt mir auch anderes übrig?

»Entführer? Ich glaube wohl kaum. Mir wurde gesagt, dass ich dich aus diesem dunklen Verlies herausholen soll. Wir haben es eilig. Beweg dich, wir machen einen kleinen Ausflug«, zwitschert er amüsiert, während seine Schritte immer näherkommen.

Seine Worte klingen wie ein schlechter Scherz. Ein Versprechen, welches zu schön ist, um wahr zu sein. Die Vorstellung, dass ich gerettet werde, verpufft mit einem Mal. Mein Verstand schreit, dass ich ihn keinen Zentimeter näher kommen lassen sollte. Misstrauen und der instinktive Wunsch zu überleben verschmelzen zu einer undurchdringlichen Mauer.

Im Bruchteil einer Sekunde treffe ich meine Entscheidung – Angriff ist die beste Verteidigung. Mein vermeintlicher Retter tritt von hinten an mich heran und will mich gerade von meinen Fesseln befreien, doch ich komme ihm zuvor. Mit einer raschen Bewegung stoße ich meinen Kopf rückwärts. Ein ekelhaftes Ziehen frisst sich in meinen Hinterkopf und für einen kurzen Moment wird mir schwindelig. Der Typ ist sehr groß, fast einen Kopf größer als ich, denn ich habe seine Magengrube getroffen. Der Aufprall ist befriedigend und schmerzhaft zugleich. Jeder Teil von mir zittert – aus Angst, aus Adrenalin, aus dem bittersüßen Geschmack der kurzlebigen Überlegenheit.

Schnell drehe ich mich, um ihm nicht den Rücken zuzukehren. Jetzt, wo ich ihn sehen kann, fühle ich die Panik ein wenig nachlassen, obwohl mein Herz immer noch wild in meiner Brust hämmert.

»Leg nicht mal einen dreckigen Finger an mich, verstanden?« Mein Ton ist eisig, voller Entschlossenheit. Dieser Typ kann mir gestohlen bleiben. Ich würde mich keinen Millimeter bewegen, bis ich jemanden sehe, der wirklich gekommen ist, um mich zu retten. Sonst werde ich nur tiefer in den Abgrund stürzen, als ich es bereits bin. »Wenn das überhaupt noch geht«, merken meine Gedanken pessimistisch an.

Seine Stimme, gefüllt mit Zorn und Verachtung, durchbohrt die Luft. »Du kleines Miststück. Soll ich dir Manieren beibringen?«

Ein Tritt in den Rücken, hart und brutal, sendet einen tiefen Schmerz durch meinen Körper und ich muss mich zwingen, die Tränen zurückzuhalten, welche mir in die Augen schießen. Jetzt weiß ich definitiv, dass ich von dieser Nacht einige unschöne Erinnerungen behalten werde. Wenn das jedoch bedeutet, dass ich es überhaupt aus diesem Loch heraufschaffe, gehe ich dieses unschöne Schicksal gerne ein.

Ich höre, wie sich die schweren Schritte des Mistkerls entfernen und die Eisentür in ihr Schloss fällt. Erleichtert schnappe ich nach Luft und genieße die vorher befremdliche Dunkelheit. Doch die Ruhe hält nicht lange an.

»Versuch du es bei der Schlampe, die Alte hat einen gehörigen Knall«, höre ich das Arschloch gedämpft durch die schwere Eisentür kläffen.

Seine nörgelnden Worte werden abrupt von einem gequälten Schlucken abgelöst. Ein Schlucken, wie wenn jemand *gewürgt* wird.

Oh, Vimos.

»Zum einen solltest du auf deinen Tonfall in der Gegenwart junger Damen achten«, das Schlucken des Mannes wird stärker, quälender, »und zum Zweiten: Wenn du auch nur jemals wieder auf die verschissene Idee kommst, mir irgendwelche Befehle zu geben, werde ich die Scheiße aus dir rausprügeln. Ist das klar?«

Eine tiefe, dominante Stimme durchdringt die Dunkelheit, lässt jede Faser meines Körpers erzittern.

»Nein«, flüstere ich, ein stummes Flehen an die Welt, dass dies nicht die Realität sein kann. Ich presse die Augen fest zusammen, klammere mich an die Hoffnung, dass dies nur ein Trugbild ist, eine Halluzination, heraufbeschworen durch den gnadenlosen Durst, der mich quält.

Aus der Richtung des Mannes entweicht ein ersticktes, nach Luft ringendes »Ja«, bevor ich den dumpfen Aufprall eines Körpers auf dem Steinboden höre.

»Habe es mir anders überlegt«, zwitschert er mit seiner rauchigen Stimme.

Leider ist es die Bestätigung meiner schlimmsten Befürchtungen. Ein Laut, der mich bis ins Mark erschüttert. Der Drang, mich umzudrehen, die massive Eisentür zu öffnen und mit eigenen Augen zu sehen, wer dort im Schatten steht, wer mir diese lähmende Angst einflößt, wächst in mir. Doch die Ketten, die mich an diesen kalten, leblosen Ort fesseln, erlauben mir keine Bewegung. Sie halten mich zurück, lassen mich hilflos in der Ungewissheit verharren, während ich gegen die aufsteigende Panik ankämpfe.

Will ich wissen, wer dort lauert? Möchte ich in meiner finsteren Vermutung bestätigt werden?

Diese Fragen lassen sich relativ leicht beantworten: Ich will es *nicht* wissen.

Ich kann nicht akzeptieren, dass das Schicksal so grausam zu mir ist. Mir in der letzten Zeit so viel Pech beschert. Das Hallen von schweren, zielstrebigen Schritten nähert sich unaufhaltsam der schweren Eisentür.

Ich kann meine Emotionen momentan nicht deuten. Alles überschlägt sich. Ich bin verwirrt, ängstlich und habe keinen blassen Schimmer, was geschehen wird.

Die schwere Eisentür knarrt, als sie aufgestoßen wird. Schwere Schritte nähern sich mir und ich fühle eine dunkle Aura. Eine Aura, als wäre sie den Schatten selbst entsprungen.

Kalte, starke Hände packen meinen Nacken und zwingen mich, meinen Kopf ruckartig zu heben.

Verdammt, wie konnte er so schnell bei mir sein? Er war doch eben noch am Anfang des Raumes?

Vor mir steht er.

Die eiskalten, blauen Augen, die ich zuletzt im Kaminzimmer gesehen habe, durchbohren mich. Doch das Gefühl, das ich damals hatte, ist längst verblasst.

Ich betrachte sein Gesicht, geprägt von markanten Zügen. Sein kantiges Kinn verleiht ihm einen Hauch unerschütterlicher Entschlossenheit. Ein gepflegter Drei-Tage-Bart bedeckt seine Kieferpartie und fügt eine raue Männlichkeit hinzu, die schwer zu ignorieren ist. Seine hohen, scharfen Wangenknochen werfen Schatten auf sein Gesicht, was seine Züge noch tiefer und dramatischer wirken lässt.

Seine Augen erinnern mich an zwei gefrorene Seen, die in der Dunkelheit des Raumes leuchten. Sie haben etwas Hypnotisches an sich. Ein gefährliches Versprechen von Wissen und Macht, das einen unwillkürlich in den Bann zieht. Ein Blick von ihm ist wie ein Dolchstoß, der gleichermaßen Furcht und Faszination weckt. Aber ich werde diesem verdammten Bastard nicht verfallen. Ich darf es einfach nicht. Das würde mein Vater mich wollen, ganz zu schweigen davon, dass Reia mich umbringen würde.

»Loslassen!«, fauche ich, meine Stimme voller Zorn und Panik, während ich verzweifelt versuche, mich seinem eisernen Griff zu entziehen.

Doch er hält mich fest, als wäre ich lediglich ein schwächlicher Schoßhund und knurrt leise. »Was ist los, Kleine? Hat dein Held nicht den nötigen Respekt verdient?« Ein schelmisches Grinsen spielt um Coles Lippen. Zeigt mir, dass er diesen Moment der puren Dominanz nur zu sehr genießt, bevor er mich grob loslässt.

Der Typ will mich retten? Dass ich nicht lache. Ich kann mir ein kleines Schmunzeln nicht verkneifen und lecke mir leicht über die trockenen Lippen.

Verdammt.

Zu meinem Entsetzen muss ich feststellen, dass meine Kehle staubtrocken ist. Wenn ich nicht demnächst was zu trinken bekomme, kann ich mir die Täter-Verurteilung aus dem Jenseits anschauen.

Trotzdem zweifle ich an den hoch geschwungenen Worten des leider viel zu gutaussehenden Bastards. Natürlich will der unantastbare Drachenreiter-Fuck-Boy genau mich retten. Weil er ja sonst nichts Besseres zu tun hat, als eine unbedeutende Heiler-Novizin aus einem triefenden Kellergewölbe zu retten.

Sein Spott trifft mich, als er mich von hinten hart gegen die kalte Steinwand presst und mich begierig mustert.

Doch auch sein Duft betäubt meine Sinne – eine Mischung aus rauchigem Leder, frischem Holz und einem Hauch von Zitrus, ebenso verführerisch wie bedrohlich. Es ist ein Duft, der Stärke und Dominanz ausstrahlt, zugleich aber auch eine unterschwellige Gefahr signalisiert. Jeder Atemzug, den ich in seiner Nähe tue, ist erfüllt von diesem überwältigenden Aroma, das meine Gedanken trübt und meine Nerven aufreibt.

»Du leckst dir über die Lippen, Kleine.« Er tritt noch ein Stück näher an mich heran, sodass ich seine Härte in meinem Rücken spüren kann und lehnt sich zu mir hinunter. »Magst du es, gefesselt und mit meinem *Schwanz* im Rücken in diesem kalten Keller zu sitzen?« Seine Worte schneiden die Luft wie ein Messer.

Ein kalter Schauder läuft mir über den Rücken. Meine Haut zieht sich in einer Gänsehaut zusammen. Mein Herzschlag beschleunigt sich und ich kann das Blut in meinen Ohren rauschen hören. Ein unwillkürliches Zittern durchläuft meinen Körper. Panik und Verlangen kämpfen in mir um die Vorherrschaft, während ich versuche, mich von seinem heißen Atem zu lösen.

»Oder, wenn ich dich am Nacken packe, wie eine billige Hure vom Straßenrand?« Sein Lachen ist ein weiterer Schlag ins Gesicht und ich weiß, dass ich in höllischen Schwierigkeiten stecke.

Doch Aufgeben ist keine Option. Niemals.

Ich fasse meinen mir zur Verfügung stehenden Mut zusammen für einen scharfen Konter. »Ich könnte dich dasselbe fragen. Dein Schwanz verrät dich. Magst du es, hilflose Frauen in Ketten vor dir zu sehen?«

Die Kälte der Steinwand drückt gegen meinen Brustkorb, während sein spöttisches Lachen mir einen Schauer über den Rücken jagt.

Ich richte meinen Kopf auf, schaue ihm tief in die Augen und kontere sein Gelächter mit einem selbstbewussten Lächeln.

»Und retten, wie du es so schön nennst, ist das Letzte, was ich von einem arroganten Drachenreiter wie *dir* erwartet hätte.«

Meine Hände tasten unauffällig nach einer möglichen Waffe oder einem Ausweg, während ich versuche, meine Unsicherheit zu verbergen.

Coles Blick bleibt durchdringend und seine Hand legt sich mit einer leichten Festigkeit an mein Kinn. »Du bist nicht in der Position, zu wählen, Kleine. Die Entscheidung wird für dich getroffen.« Seine Worte sind wie ein eisiger Hauch, der meine Haut erzittern lässt.

Seine volle Konzentration liegt auf mir und so kann ich weiterhin versuchen, meine Hände aus den Ketten zu drehen. Ich hätte nicht gedacht, dass es überhaupt funktioniert, aber da die Ketten alt und gebrechlich sind, gelingt es mir allmählich. *Warum kam ich nicht früher auf diese Idee?* Meinen Unmut unterdrückend und mit einem schärferen Ton erwidere ich: »Du magst denken, du hast alles unter Kontrolle, aber ich lasse mich nicht von einem selbstgefälligen Draufgänger wie dir einschüchtern.«

Trotz meiner kämpferischen Worte spüre ich, dass meine Kehle mittlerweile einer Wüste gleicht und mein Körper nach den zahlreichen Ereignissen der letzten Monate nach einer Pause fleht. Meine Augen suchen fieberhaft nach einem Ausweg.

Plötzlich durchzuckt ein Klirren die Luft, gefolgt von einem dumpfen Aufprall. Ein kleiner, unbemerkter Stein löst sich vorteilhaft von der brüchigen Wand und fällt mit einem dezenten Geräusch auf den Boden.

»Diesen Moment muss ich für mich nutzen«, rast es in meinen Gedanken. Während Cole von dem Geräusch abgelenkt ist und kurz hinter sich zu Boden blickt, nehme ich all meinen Mut zusammen. Mit geschickten Fingern und viel Geduld hatte ich es zuvor geschafft, meine Hände aus den schweren Eisenketten zu befreien. Ich hatte sie vorsichtig in den Händen gehalten, um kein Geräusch zu verursachen.

In einem schnellen Reflex nutze ich die Ablenkung und stoße Cole mit aller mir noch verbleibenden Kraft von mir weg. Er taumelt überrascht zurück und ich lasse die Ketten rasselnd zu Boden fallen.

Mein Herz schlägt rasend, während ich nach einem Fluchtweg suche, bereit, jede sich bietende Chance zu ergreifen, um diesem Albtraum zu entkommen.

Mein Herz schlägt wie wild, als ich wackelig zur geöffneten Eisentür sprinte. Kaum habe ich mich abgewandt, zerreißt sein Fluch die Stille – ein raues, drohendes Grollen, welches mir einen eisigen Schauer über den Rücken jagt. Doch ich beschleunige meine Schritte, während ich seine schnellen, entschlossenen Schritte hinter mir höre. Die Luft in meinen Lungen brennt.

Plötzlich spüre ich etwas Kaltes und Schweres unter meinen Füßen, ich stolpere und falle beinahe über einen Körper, der leblos am Boden liegt.

Wer ist das? Ist das mein Entführer? Ich beuge mich hinunter, um das Gesicht des Toten zu erkennen. Ein unheimliches Gefühl beschleicht mich, als ich in die leeren Augen des Fremden blicke. Wer auch immer er ist, ich habe ihn noch nie in meinem Leben gesehen.

Panik durchzuckt mich, doch ich zwinge mich weiterzulaufen. Jede Faser meines Körpers schreit nach Ruhe, aber die Angst treibt mich voran, lässt mich schneller laufen, als ich es für möglich gehalten hätte.

Die Gänge des Kellergewölbes, ein Labyrinth aus Schatten und moosbewachsenen Stein, winden sich wie die Schlingen einer Falle um mich.

Ich hetze durch die Dunkelheit. Meine Augen verzweifelt bemüht, im fahlen Licht, welches hier und da von den Wänden widergespiegelt wird, einen Weg zu erkennen. Die Kühle der unterirdischen Luft mischt sich mit dem metallischen Geruch von Feuchtigkeit.

Jede Abzweigung, jeder Korridor verschwimmt zu einem grauen Schleier vor meinen Augen, während ich versuche, mich zu orientieren. Verzweifelt einen Ausweg aus diesem Albtraum zu finden. Meine Schritte hallen laut in den engen Gängen, ein verräterisches Echo, welches meinen Verfolger unweigerlich zu mir führt.

»Stehst du auf Katz-und-Maus-Spiele, Kleine?«, ruft Cole einige Gänge weiter, seine Stimme triefend vor sarkastischer Amüsiertheit.

Dieser Bastard.

Ich zwinge mich, nicht zurückzublicken. Konzentriere mich stattdessen auf das kaum hörbare Wispern meines eigenen Instinkts.

Mein Herz setzt aus, als ich plötzlich vor einer Sackgasse stehe. Panik umklammert meine Kehle. Ich drehe mich um, bereit, mich meinem Schicksal zu stellen, doch da entdecke ich eine schmale, kaum sichtbare Abzweigung, verborgen im Schatten. Ohne zu zögern, schlüpfe ich hinein, presse mich gegen die kalte Wand und halte den Atem an.

Die Schritte von Cole kommen näher, jeder Tritt ein drohendes Donnern in der Stille des Gewölbes. Er bleibt einige Meter von mir entfernt stehen, prüft seine Umgebung. Mein Herz hämmert verräterisch, aber ich wage es nicht, einen Laut von mir zu geben. Dann entfernt er sich langsam, bis schließlich nur noch das Echo seiner Schritte bleibt. Minuten, die sich wie Stunden anfühlen, vergehen, bevor ich es wage, wieder zu atmen.

Vorsichtig setze ich meinen Weg fort.

Plötzlich höre ich Schritte von *vorne.*

Mein Herz schlägt schneller. Vor mir erstreckt sich ein langer, düsterer Gang, dessen Wände von altem Moos und bröckelndem Stein bedeckt sind. Das flackernde Licht der Fackeln wirft unheimliche Schatten auf die rauen Oberflächen, die den Gang noch bedrohlicher erscheinen lassen. »*Wie konnte Cole so schnell vor mir sein?*«, hämmert es in meinen Gedanken. Ich drehe mich prüfend nach hinten um und sehe dann plötzlich direkt in das Gesicht von *Dorian*, Coles selbstgefälligem Bruder.

Dorian presst mich mit einer schnellen, entschlossenen Bewegung gegen die kalte Wand und hält mir eine scharfe *Klinge* an die Kehle. Sein Körper blockiert jede Fluchtmöglichkeit, sein Atem, ein heißer Hauch gegen meine Haut.

»Lass mich los«, fauche ich zitternd vor Wut und Angst. Das Messer schneidet leicht in meine Haut, ein dünner Blutstropfen läuft meinen Hals hinunter.

Dorian beobachtet fasziniert, wie der Tropfen seine Spur zieht. »Es gibt kein Entkommen für dich, Liebes«, flüstert er rau. Bevor ich reagieren kann, taucht Cole neben uns auf und knurrt etwas Unverständliches. Ich glaube es ist sogar besser, dass ich ihn nicht verstanden habe. »Livia, Livia, Livia«, haucht Dorian, seinen Blick tief in meine Augen gerichtet. Er lässt von mir ab, wahrscheinlich in der Hoffnung auf einen Fluchtversuch. *Doch wohin sollte ich rennen? Und warum will er, dass ich renne? Um mich danach wieder einfangen zu können?* Im nächsten Moment baut sich Dorian bedrohlich vor mir auf. »Du dachtest wohl, du könntest uns entkommen, Liebes?« Cole tritt näher an mich heran. Die Spannung in der Luft ist unerträglich. Dorians selbstsicheres Lächeln wirkt gleichzeitig verführerisch und bedrohlich, während Coles Absichten in der Dunkelheit verborgen bleiben.

Eine Mischung aus Angst und Adrenalin durchströmt meinen Körper. Der Raum scheint sich um mich zu verdichten. Dorians eisige Augen fixieren mich, sein warmer Atem streift mein Gesicht. »Du kannst uns nicht entkommen, Liebes.« Seine Stimme ist sanft, fast zärtlich, doch die Worte tragen eine unausgesprochene Drohung in sich. Cole steht direkt hinter mir, seine Anwesenheit ist wie ein unheilvoller Schatten. Ich spüre die Wärme seines Körpers dicht an meinem Rücken, der Duft von Leder und Rauch erfüllt meine Sinne.

Die Situation ist unerträglich, doch ein Teil von mir kann die Intensität des Augenblicks nicht leugnen. Ich bin gefangen zwischen den beiden Männern, ohne Chance auf Flucht.

»Was meinst du, Dorian? Sollen wir sie später abgeben?« Cole lässt seine Fingerspitzen über den dünnen Stoff meiner Tunika wandern.

Mein Körper bebt ungewollt. Ich will sie hassen, doch mein Körper verrät mich.

»Was war das, Kleine?«, fragt Cole gierig und umfasst meine Schultern. Bereit, mich zu verschlingen.

»Lass es, Cole. Wir haben Aufträge und daran halten wir uns.« Widerwillig lässt er mich los und mahlt mit dem Kiefer.

Dorian mustert den getrockneten Bluttropfen, welcher mittlerweile mein Dekolletee erreicht hat.

Hat er ein Problem mit Blut?

*»Die Betäubung hätte Livia länger außer
Gefecht setzen sollen. Warum ist sie wach?«*

- Ceo

KAPITEL 12

LIVIA

Die Finsternis weicht dem schwachen Licht des Mondes. Nachdem wir hastig in die elegante Pferdekutsche verfrachtet wurden, die von flackernden Laternen beleuchtet wird, setzen wir die Reise zur Drachenreiter-Akademie fort. Die Räder rumpeln über das unebene Pflaster, während der Mondschein die düsteren Schatten der Nacht allmählich verdrängt.

Die Räder rumpeln über den unebenen Weg, während ich die angespannte Stimmung zwischen Dorian, Cole und mir spüre.

Die Rätsel ihrer Absichten wirbeln in der Luft.

»Woher kommt diese Kutsche eigentlich?«, frage ich, um die unangenehme Stille zu durchbrechen.

Dorian und Cole werfen sich einen kurzen Blick zu, bevor Cole mit einem leichten Seufzen antwortet, »So viele Fragen, Livia... Die Kutsche gehört der Akademie. Dorian hat sie organisiert.«

»Und warum?«, bohre ich weiter und merke, wie sich eine leichte Beklommenheit in meiner Brust ausbreitet.

Dorian seufzt und schaut aus dem Fenster, als ob er dort eine Antwort finden könnte. »Die Akademie hat es so beschlossen. Wäre es dir lieber gewesen, *vor* einem von uns zu sitzen und den Weg in der Kälte zurückzureiten?« Seine Stimme hat einen scharfen Unterton, der mir nicht entgeht. Ich spüre, wie Hitze mein Gesicht befällt. Die beiden Brüder bemerken mein Erröten. Dorian hebt langsam eine Augenbraue und grinst schief, während Cole ein leises, amüsiertes Schnauben von sich gibt. Mein Unbehagen wächst, doch ich halte den Blick starr geradeaus, um ihnen keine weitere Genugtuung zu geben. Doch mein Gefühl sagt mir, dass es eine *Halbwahrheit* ist.

Die Kutsche schaukelt sanft, doch die Spannung in der Luft bleibt spürbar. »Es fühlt sich einfach... Seltsam an«, sage ich leise, mehr zu mir selbst als zu den Brüdern. »Nach allem, was passiert ist.«

Cole legt eine Hand auf meine Schulter, sein Griff fest, aber seltsam beruhigend. »Wir tun, was wir tun müssen, Livia. Für die Sicherheit von uns allen und der Akademie.«

Ich blicke in seine Augen, suche nach Anzeichen einer Intrige, finde aber nur Entschlossenheit. Trotzdem bleibt ein Hauch von Misstrauen in meinem Herzen, während die Kutsche weiter durch die Nacht rollt.

Die Kutsche strahlt pure Eleganz aus. Meine Finger gleiten über den samtigen, roten Stoff der Sitze, weich und luxuriös. Goldene Quasten zieren die Ecken der Polster, feine Stickereien winden sich in komplizierten Mustern über die Armlehnen.

Die Wände der Kutsche sind aus dunkel gebeiztem Holz, das matt schimmert. Eine kleine Lampe, sicher in einer Messinghalterung verankert, wirft warmes, gedämpftes Licht in den Innenraum. Der Duft von Leder und Politur liegt in der

Luft, vermischt mit einem Hauch von Lavendel, der von einem versteckten Säckchen unter einem der Sitze stammt. Schwere, dunkelrote Vorhänge lassen das Mondlicht nur teilweise durch, sodass Schatten an den Wänden tanzen.

Die Kutsche schaukelt leicht, und auf einem kleinen, ausklappbaren Tisch in der Mitte steht eine silberne Karaffe, sicher in einer Halterung befestigt. Daneben liegen feine Kristallgläser in einem speziellen Fach, das verhindert, dass sie umkippen. Das Wasser, welches mir vorhin gefühlt das Leben gerettet hat, schimmert im schwachen Licht.

Dorian sitzt neben mir, seine Augen in Gedanken versunken. Cole gegenüber, mit verschränkten Armen und einem festen Blick, kann die Spannung kaum verbergen. Jeder von uns ist in seine eigenen Gedanken vertieft, doch die luxuriöse Umgebung der Kutsche bietet seltsamen Trost, eine Insel der Ruhe inmitten der unsichtbaren Stürme in unseren Köpfen.

»Da wir gerade nichts Besseres zu tun haben, wieso habt ihr mich befreit, hm?« Ich nagle Cole und Dorian mit meinen Blicken fest, meine Stimme schneidend vor Ärger. *Wenn ich schon mit den beiden eingebildeten Bastarden in einer Kutsche festsitze, kann mir ja wenigstens einer mal erklären, was hier vor sich geht.*

Cole dreht gelangweilt den Kopf in meine Richtung. Er beugt sich vor und stützt seine Ellenbogen auf seinen Knien ab, eine Pose, die auf unangenehme Weise anziehend wirkt. »Sag mir, Kleine: Wie kommst du auf die verschissene Idee, dass wir dir irgendetwas erklären, nachdem du dich ebenso absolut *kooperativ* verhalten hast, hm?«

Er betont das »hm« lächerlich ironisch und ich spüre, wie mein Zorn aufwallt. *Vimos, der Typ bringt mich echt zur Weißglut.* Nie kann er eine Antwort geben, immer muss er ablenken.

»Du zerbrichst dir deinen kleinen süßen Kopf darüber, warum wir so gnädig waren, dich zu befreien, und nicht darüber, *wie* du überhaupt in die Situation gekommen bist?« Dorian mischt sich ein, seine Stimme beiläufig, während er seinen muskulösen Arm über das Polster unserer Sitze legt.

Sein Tonfall ist provozierend und ich spüre, wie eine prickelnde Spannung zwischen uns aufsteigt. Mein Blick wandert kurz zu Dorians Arm, der fast meinen berührt, dann zurück zu seinem Gesicht. »Ich weiß sehr gut, wie ich in die Situation gekommen bin«, fauche ich, versuche aber, die hitzige Reaktion zu unterdrücken. »Was ich wissen will, ist, warum ihr plötzlich die Helden spielt.« Es kann doch nicht nur Zufall sein, dass ich erst in ihrem Kaminzimmer bin und sie danach als glorreiche Helden zu meiner Rettung eilen. Das stinkt bis zum Himmel.

Dorian grinst, seine Augen funkeln im schwachen Licht der Lampe und meine Fingerknöchel jucken. »Vielleicht wollten wir einfach mal was Neues ausprobieren. Ist doch zu deinem Vorteil, also warum beschwert sich die junge Dame?«

Cole lehnt sich zurück und beobachtet mich aufmerksam, sein Blick ist intensiv. »Oder vielleicht haben wir einfach Spaß daran, dich zu nerven.«

Mein Herzschlag beschleunigt sich. Die Mischung aus Frustration und einem unwillkommenen Kribbeln lässt meine Wangen heiß werden. Ich atme tief durch, versuche, die Kontrolle zu bewahren. »Ich habe keine Zeit für eure Spielchen. Wenn ihr etwas vorhabt, dann sagt es einfach.«

»Geduld, Livia«, murmelt Cole mit einem Hauch von Belustigung in der Stimme. »Alles zu seiner Zeit.«

Diese Männer sind echt das Allerletzte.

Trotzdem kann ich nicht leugnen, dass mein Magen kribbelt, als Dorian seinen Arm über mir ablegt. Ich seufze schwer, um irgendwie diese geballten Emotionen frei zulassen.

Es hilft nicht.

Ich gebe es nur ungerne zu, doch Dorian hat leider recht. Im Keller war ich so fokussiert darauf, meinen Verstand nicht zu verlieren und jeden Typen, der mir zu nahe kam, anzuzicken, dass ich kaum darüber nachgedacht habe, *warum* ich überhaupt entführt wurde. *Gibt es einen Grund? Oder bin ich einfach nur ein Kollateralschaden?*

Die Erinnerung an den Keller kommt wieder hoch – das kalte, feuchte Mauerwerk, das dumpfe Licht, die ständige Angst im Nacken. Die Männer, einer nach dem anderen, ihre Gesichter verschwimmen zu einer einzigen, bedrohlichen Masse.

Ich habe sie angegiftet, angeschrien, alles getan, um meine Angst zu überspielen.

Jetzt sitze ich in dieser luxuriösen Kutsche, umgeben von Eleganz und Wärme, doch der Schatten des Kellers bleibt.

Warum ich? Diese Frage bohrt sich tiefer in mein Bewusstsein.

Dorian und Cole, mit ihrem seltsamen Mix aus Arroganz und Rätselhaftigkeit, liefern keine klaren Antworten. Ihr Verhalten ist so widersprüchlich, dass ich kaum weiß, was ich glauben soll. Ich sehe zu Dorian, sein Profil im flackernden Licht der Lampe. Sein entspannter Ausdruck wirkt fehl am Platz in dieser Situation. Dann wandert mein Blick zu Cole, der mich mit intensiven Augen mustert, als wolle er meine Gedanken lesen. Ein Schauder läuft über meinen Rücken.

»Na, wenn du nicht daran gedacht hast, Kleine, an was dann? Etwa meine Hände, die deinen Nacken packen?« Coles Stimme tropft vor Ironie, seine Augen funkeln herausfordernd.

Mein Kopf schnellt nach oben und ich fixiere ihn mit einem Blick, der Dolche schleudert. »Mach dich bitte nicht lächerlich, Cole.« Ich überschlage meine Beine elegant und drücke die Schultern durch. Auch, wenn es mir Scheiße geht, werde ich mich bestimmt nicht von diesem Arschloch herumschubsen lassen.

Cole lehnt sich zurück, ein spöttisches Lächeln spielt um seine Lippen. Ich sehe, wie seine Augen kurz auf meine Beine wandern, bevor er wieder meinen Blick trifft. Die Luft in der Kutsche ist aufgeladen, das Knistern der Spannung fast greifbar.

Dorian beobachtet uns aus den Augenwinkeln, seine Hand streicht langsam über das Polster. Er scheint amüsiert, aber auch wachsam.

Mein Herz pocht schneller, meine Haut prickelt unter ihrem Blick. Ich kann die Verachtung und das Spiel in Coles Augen spüren, aber da ist auch etwas anderes, etwas Dunkles und Faszinierendes, das ich nicht ganz greifen kann.

»Du bist wirklich eine kleine Kriegerin, nicht wahr?« Coles Stimme ist jetzt weicher, fast bewundernd, aber ich lasse mich nicht täuschen. Ich halte seinen Blick, meine Wut und Entschlossenheit flammen in meinen Augen auf.

»Ich lasse mich von dir nicht einschüchtern«, sage ich, meine Stimme fest und ruhig, auch wenn mein Inneres bebt. »Egal, was du denkst oder was du vorhast.«

Ein kurzes Schweigen tritt ein, die Spannung vibriert in der Luft. Dann nickt Cole langsam, als würde er meine Entschlossenheit anerkennen. »Das ist gut«, murmelt er, fast zu sich selbst. »Sehr gut.«

In mir lodert bittere Wut und ich hätte echt Lust, Cole aus dieser Kutsche zu schmeißen, auch wenn sie nicht mir gehört. So prunkvoll wie diese Kutsche eingerichtet ist, will ich nicht wissen, von *wem* Cole und Dorian den Auftrag erhalten haben, mich zu befreien.

Dass der Auftrag von der Drachenreiter-Akademie kommt, ist definitiv eine fette Lüge. Mein Vater ist damals immer mit den Kutschen der Akademie nach Hause gefahren und sie sahen definitiv nicht so aus.

Während ich mich erneut in der Kutsche umschaue, deren Innenausstattung jede Vorstellung von Luxus zu übertreffen scheint, beginne ich langsam, die Stücke zusammenzusetzen.

Die seidigen Polster in einem satten Rot, das Wappen mit dem Drachen, welches subtil, doch unübersehbar in die Kopfstützen eingestickt ist, die filigran gearbeiteten Goldleisten, die das Innere zieren – alles schreit nach *königlicher* Herkunft.

Ein kalter Schauer läuft mir über den Rücken, als mir bewusst wird, in *wessen* Gesellschaft ich mich tatsächlich befinde. Cole und Dorian, welche bislang ein Rätsel für mich waren, nehmen plötzlich ganz klare Formen an.

Sie sind die Prinzen.

Direkte Nachfahren des Königshauses Montalli, deren Namen Reia schon so oft erwähnt hat.

Meine Augen weiten sich vor Schock und ein unbeabsichtigtes »Ihr... Ihr seid...«, entweicht meinen Lippen, während ich sie anstarre, als sähe ich sie zum ersten Mal.

Coles Lächeln verbreitert sich zu einem amüsierten Grinsen, während Dorian mit gespielter Verärgerung die Augenbrauen hochzieht.

»Was, hat das *einfache* Mädchen gerade realisiert, mit wem sie die Ehre hat?«, spottet Cole, seine Stimme getränkt in einem Ton belustigter Arroganz, welche mich gleichzeitig irritiert und fasziniert.

Dorian lehnt sich entspannt zurück, ein Schmunzeln umspielt seine Lippen. »Scheint so, Bruder. Ich hätte gedacht, unser *überwältigender* Charme hätte uns früher verraten.« Seine Worte sind leicht, doch in seinem Blick liegt ein Funkeln, welches deutlich macht, wie sehr er das Spiel genießt.

Ich will gerade etwas Entgegnen, doch bevor ich reagieren kann, beugt sich Cole näher zu mir. Seine Hand streicht sanft über mein Knie. »Weißt du, Livia«, murmelt er leise, seine Stimme tief und rau. »Es gibt viele Dinge, die du noch nicht über uns weißt.« Sein Atem ist warm und seine Berührung sendet ein Prickeln durch meinen Körper.

Dorian lässt seine Hand auf meiner Schulter ruhen, seine Finger spielen leicht mit einer Strähne meines pechschwarzen Haares.

»Vielleicht sollten wir dir ein bisschen mehr zeigen«, flüstert er, sein Atem streift meinen Nacken. Seine Stimme ist leise und sanft, beinahe verführerisch, doch sie trägt eine deutliche Schärfe mit sich, als würde ein geheimes Versprechen in der Luft liegen. Seine Lippen sind so nah an meinem Ohr, dass jeder Laut ein sanftes Kribbeln hinterlässt. Eine Mischung aus Nervosität und elektrisierender Spannung. Die Kombination ihrer Nähe und Berührungen lässt mein Herz stottern und ich spüre, wie mein Widerstand schmilzt.

Cole hebt mein Kinn mit zwei Fingern an, zwingt mich, ihm in die Augen zu sehen. »Warum kämpfst du gegen das, was du willst?«, fragt er geradeheraus, seine Stimme ist ein samtiger Hauch. Sein Daumen streicht über meine Unterlippe und ein leises Seufzen entweicht mir, bevor ich es zurückhalten kann.

»Vielleicht will ich euch auf Abstand halten«, kontere ich scharf. Meine Augen blitzen vor Trotz. »Habt ihr daran mal gedacht?«

Ein Lächeln spielt auf Coles Lippen, als ob meine Worte ihn amüsieren. »Auf Abstand halten?« Er neigt seinen Kopf, seine Lippen fast meine berührend. »Wieso solltest du uns auf

Abstand halten wollen? Bis vor kurzem wusstest du nicht einmal, wer wir wirklich sind. Was haben wir dir getan, meine Kleine?«

Dorian lehnt sich noch näher heran, seine Lippen nur einen Hauch von meinem Hals entfernt. »Es gibt keinen Grund, sich zu wehren, Livia«, flüstert er einfühlsam und ich spüre die Wärme seiner Worte auf meiner Haut. »Lass uns einfach diesen Moment genießen.«

Ihre Präsenz ist überwältigend, ihre Nähe verzehrend. Obwohl mein Verstand mir sagt, dass ich mich wehren sollte, ist mein Körper von der Intensität ihrer Berührung gefangen. *Wer könnte widerstehen, wenn die zwei charmanten Prinzen des Landes einem so nah sind?*

Coles Atem streift meine Lippen, während Dorians Finger sanft über meinen Hals gleiten.

»Lass dich einfach fallen«, murmelt Cole heiser und schließt den letzten Abstand zwischen uns. Seine Lippen treffen auf meine in einem fordernden Kuss.

Gleichzeitig spüre ich Dorians warme Berührung, die meinen Nacken hinuntergleitet. Seine Lippen, heiß und verlangend, hinterlassen brennende Spuren auf meiner Haut.

Ein Flüstern von Widerstand kämpft in mir, doch es wird übertönt von dem Pulsieren meiner Adern, dem Verlangen, das ihre Nähe in mir entfacht.

Die Kutsche, die uns umgibt, scheint sich aufzulösen, nur ihre Hände und Lippen sind real, ihre Berührungen und Worte, die mich in einem Netz aus Verführung und Dunkelheit einfangen.

Coles Griff wird fester, seine Küsse intensiver, als wolle er jede Barriere niederreißen. Dorians Finger finden den Weg in mein Haar, ziehen mich näher zu ihm, seine Lippen erkunden weiter meinen Hals, jede Berührung ein Funken auf meiner Haut.

Ich schließe die Augen, lasse mich fallen in die Dunkelheit, die sie mit sich bringen, in das unaufhaltsame Verlangen, das sie entfesseln. Die Welt außerhalb verblasst, während ich zwischen den beiden Männern eingeklemmt bin. Ihre Aufmerksamkeit ist vollkommen auf mich konzentriert. Ihre Berührungen sind feurig und ich fühle, wie eine Welle von Emotionen über mich hinwegrollt – Verlangen, Faszination und ein Hauch von Angst.

Dorians Hände gleiten langsam über meine Schultern. Sein Herzschlag spürbar gegen meine Seite gedrückt. Cole, dicht vor mir, schaut mich intensiv an. Der Kuss ist nicht mehr nur fordernd: Er ist fast besitzergreifend, als ob er jede Faser meines Körpers erobern möchte. »Du wirst nachgeben, Livia. So wie alle es tun«, murmelt Cole gegen meine Lippen. »Und wenn du das tust, wirst du nie wieder zurückwollen.« Ihre Hände sind überall – forschend, drängend, doch immer kontrolliert. Dorians Finger finden ihren Weg unter den Rand meiner Tunika, während Coles Hand bestimmt meinen Nacken umfasst. Ich spüre die Hitze ihrer Körper, welche sich mit meiner eigenen vermischt. Die Luft in der Kutsche wird schwer.

»Ihr beide seid wirklich überzeugt von euch selbst«, flüstere ich atemlos an Coles Lippen, doch die Schärfe in meiner Stimme ist verschwunden.

»Überzeugt von dir«, korrigiert Dorian sanft. Seine Lippen gleiten zu meinem Ohr.

»Von deiner Stärke und von deiner Leidenschaft. Zeig uns, dass mehr dahinter steckt, als nur ein freches Mundwerk.«

Ich öffne meinen Mund, um zu protestieren, aber ein leises Keuchen entweicht mir, als Dorians Finger an den Innenseiten meiner Schenkel langsam hoch wandern.

Coles Lippen lassen meine nicht los, als Dorian seine Hand tiefer gleiten lässt. Die Hitze ihrer Berührungen lassen mich erzittern.

»Hör auf zu kämpfen, Livia«, flüstert Cole nun etwas ungeduldiger. Seine Finger zeichnen feine Linien auf meiner Haut. »Du weißt, dass du es willst. Lass es einfach geschehen.« Ein Teil von mir will widerstehen, will ihnen zeigen, dass ich nicht so leicht zu haben bin, doch mein eigener Körper verrät mich. Dorians Finger finden ihren Weg höher, die Berührung ist intensiv und verlangend und ich kann das leise Stöhnen nicht zurückhalten, das sich aus meiner Kehle löst.

»Siehst du?«, murmelt Dorian zufrieden, seine Lippen dicht an meinem Ohr. »Du gehörst uns.«

Coles Hand gleitet höher, seine Berührung besitzergreifend, ganz anders als Dorians sanftes Streicheln. »Nur uns«, fügt er hinzu, seine Stimme voll von dunkler Leidenschaft.

»Nur, weil ich es genieße, bedeutet das nicht, dass ich euch gehöre«, stoße ich mit knappem Atem hervor. Meine Stimme trotzig und herausfordernd, obwohl mein Körper vor Verlangen bebt.

Dorians Augen funkeln gefährlich, als er mein Kinn in seine Hand nimmt und mich zwingt, ihm in die Augen zu sehen. »Ist das so?«, fragt er leise, seine Stimme ein gefährliches Raunen. »Wir werden sehen, wie lange du es aushältst. Wie lange du nur genießt, ohne mehr zu wollen.«

Jegliches Anzeichen von Zärtlichkeit ist verschwunden und ich bin mir nicht mehr sicher, ob mich Aufmüpfigkeit bei den Prinzen weiterbringt.

Dorian verstärkt seine Berührungen, seine Hände fester und fordernder. Seine Finger öffnen geschickt die zahlreichen Knöpfe meine Tunika und fordern, dass ich mich ein Stück erhebe, um sie runterziehen zu können. Ich komme der

Forderung nach und meine Tunika, samt feuchter Unterhose verschwindet unterhalb meiner Knie.

Seine Berührungen werden intensiver, er dringt mit zwei Fingern in mich ein und ich spüre, wie meine Kontrolle schwindet. Cole lässt von meinen Lippen ab und widmet sich meinem Hals. Jeder seiner Küsse, jede Berührung von Dorians Händen lässt meinen Widerstand weiter und weiter schmelzen. Cole grinst, seine Augen glitzern vor Triumph. »Du kannst es leugnen, so viel du willst, Livia. Aber dein Körper verrät dich.«

Dorians Hand gleitet weiter, fester, drängender, und ich keuche auf, unfähig, die Reaktion meines Körpers zu kontrollieren.

Meine Gedanken sind ein wirres Durcheinander aus Verlangen und Widerstand. Ich spüre die Hitze ihrer Körper, die Intensität ihrer Berührungen, die Dunkelheit in ihren Augen. Dorian zieht mich näher, seine Finger spielen mit einer verheerenden Präzision, während Cole weiter meinen Hals mit heißen Küssen bedeckt.

»Gib nach«, flüstert Cole, seine Stimme ein reizender Atemzug an meinem Ohr. »Lass uns diesen Moment genießen. Du weißt, dass du es willst.«

»Nein«, murmele ich schwach, obwohl meine Stimme zittert und meine Überzeugung schwindet. »Ich gehöre euch nicht.«

Dorian verstärkt sein Tempo, seine Berührungen werden intensiver und ich spüre, wie jede Faser meines Körpers unter seiner Kontrolle zu stehen scheint. »Du kannst es nicht leugnen, Livia. Irgendwann wirst du nachgeben. So wie jede andere auch. Wir werden dich brechen, aber ich verspreche dir, du wirst es *lieben*.«

Ihre Hände und Lippen arbeiten im Einklang, die Kombination ihrer Nähe und Berührungen lässt mein Herz schneller schlagen. Ich fühle, wie mein Widerstand weiter schmilzt. Sie sind unerbittlich und ich bin verloren in einem Strudel aus Leidenschaft und Hingabe.

Ich schaffe es geradeso meine Augen für einen Spalt zu öffnen und betrachte Dorian. *»Sag mir Dorian, wie willst du etwas brechen, was längst gebrochen ist?«* Ich versuche meinen Konter so fest wie möglich über die Lippen zu bringen, doch Dorians Berührungen auf meiner Perle bringen mich um den Verstand.

Was haben Drachenreiter nur an sich, was mich so um den Verstand bringt?

Cole erhebt sich leicht, trotz der schwankenden Bewegung der Kutsche und sein Blick verdunkelt sich. Er beugt sich über mich, seine Augen fest auf meine gerichtet. »Ich bringe sie zum Schweigen, Dorian. Ihre Worte nerven mich mittlerweile.« Seine Stimme kalt und bestimmt, dabei ein gefährliches Funkeln in seinen Augen.

Auf meine Frage antworten sie nicht.

»Mach das, Bruder.«

Cole kniet sich auf die weiche Samt-Sitzbank und beginnt seine Hose zu öffnen.

Ein Teil von mir will es.

Ich will sehen, was er zu bieten hat.

Ich will, dass er mich zerstört.

Doch auf der anderen Seite möchte ich mit ihm *spielen*. Will ihn zur Weißglut bringen. So weit, dass er mit purer Aggressivität und ungezügeltem Verlangen über mich herfällt.

Als die Kutsche schließlich zum Stehen kommt, sind wir alle so vertieft in den Moment, dass wir das Anhalten gar nicht bemerken. Plötzlich klopft jemand dreimal fest gegen die Kutschenwand und die Realität dringt unerbittlich zu uns zurück.

Dorian zieht sich hastig zurück. Seine Finger gleiten aus mir und ein selbstzufriedenes Lächeln spielt auf seinen Lippen. Aus seiner schwarzen Uniform zieht er ein feines Taschentuch und säubert seine Finger.

Cole lässt mich langsam los. Seine Augen funkeln vor Ärger. Er richtet sich auf, absolut genervt, und schließt seine Hose.

»Wie schade, Prinz, du konntest mich gar nicht zum Schweigen bringen«, bemerke ich belustigt und schließe zügig die Knöpfe meiner Tunika.

Anscheinend habe ich einen Nerv bei Cole getroffen, denn seine nächsten Worte tragen um einiges mehr an Schärfe an sich, als die davor. »Denk nicht mal dran, dass du irgendetwas erreicht hast. Wenn ich dich heute nicht zum Schweigen gebracht habe, werde ich es in Zukunft tun. Genieß es, heute davon gekommen zu sein«, er kommt ein wenig näher vor mein Gesicht, leckt sich über die Lippen »Aber eins verspreche ich dir, meine Kleine. Ich wünsche dir sehr viel Spaß dabei alleine in der Heiler-Akademie zu sein und wenn du dich selbst berührst, darüber nachzudenken, was passiert wäre, wenn wir nicht unterbrochen worden wären.«

Sprachlos schaue ich Cole dabei zu, wie er, ohne sich umzudrehen, die Kutsche verlässt.

Dass sein Haar zerzaust und seine Uniform von mir gezeichnet ist, interessiert ihn anscheinend recht wenig. Leider muss ich zugeben, dass es verdammt scharf ist, wie er einfach sein Ding macht und keinen Wert darauf legt, was die anderen von ihm denken.

Auch wenn er einer der Prinzen unseres Landes ist und es ihn interessieren *sollte*.

»Nimm dir kurz Zeit, bevor wir rausgehen.« Dorian schließt geschwind die Tür hinter seinem Bruder und gibt mir einen Moment, um mich zurechtzumachen.

»Danke«, presse ich, immer noch nach Luft ringend, hervor. *Was war das gerade bitte? Ein Dreier mit den Prinzen unseres Landes? In einer Kutsche?* Die plötzliche Kühle der Nachtluft strömt durch die Kutsche, während ich mein langes Haar richte. Das flackernde Licht der Laternen draußen wirft tanzende Schatten auf die Wände der Kutsche. Der sanfte Geruch von Leder und Parfüm hängt in der Luft. Ein Überbleibsel des intensiven Moments, welcher sich gerade abgespielt hat.

Nach ein paar Minuten öffnet Dorian die Tür erneut und streckt mir seine Hand entgegen. »Komm, Livia«, sagt er sanft. Seine Augen funkeln, als ob er die Intimität des Augenblicks geradezu genießen würde. »Willkommen zurück in der Realität.«

»Arschloch«, murmele ich verbissen, nehme seine Hand und steige aus der Kutsche. Dabei versuche ich, die aufgewühlten Gefühle in mir zu ordnen. »Das war... intensiv«, sage ich leise, vermeide jedoch seinen Blick, während ich den Boden unter meinen Füßen spüre. Das Pflaster der Akademie ist kühl und rau, eine beruhigende Erinnerung an die Realität.

Dorian zieht mich näher an sich heran. Ich spüre, wie die anderen Novizen und Lehrmeister uns streng beobachten. Der Vorplatz der Akademie ist belebt: Gruppen von Schutzgardisten- und Drachenreiter-Novizen stehen zusammen und tuscheln. Ihre Stimmen gedämpft, während die Lehrmeister mit ernsten Mienen und verschränkten Armen das Geschehen beobachten.

Die Akademie selbst erhebt sich majestätisch vor uns, ihre alten Steine im Mondlicht leuchtend, die hohen Türme, die in den sternenklaren Himmel ragen.

Dorians Augen sind fest auf meine gerichtet. »Das war nur der Anfang, Livia«, murmelt er kryptisch. Seine Worte sind eine seltsame Mischung aus Versprechen und Warnung. »Hier an der Akademie wird es noch intensiver.«

Skeptisch drehe ich meinen Kopf in Dorians Richtung. »Zum Glück ist das hier nicht meine Akademie, Dorian. Ich bin eine Heilerin. Tut mir leid für den kommenden Herzschmerz.«

Dorian verzieht leicht die Lippen. Seine dunklen Augen funkeln. »Du unterschätzt uns, Livia. Und du unterschätzt dich selbst. Glaub mir, wenn du wirklich etwas wie Verlangen oder Sucht in Zukunft verspüren wirst, ist kein Ort in Darilorn weit genug entfernt.«

Er zieht mich noch näher, bis unsere Gesichter nur wenige Zentimeter voneinander entfernt sind. Ich spüre, wie wir der Mittelpunkt des Geschehens auf dem Vorplatz sind. Die Blicke der Umstehenden brennen auf meiner Haut, eine Mischung aus Scham und etwas *Neuem*, Aufregendem.

Mein Herz schlägt schneller, nicht nur vor Verlegenheit, sondern auch wegen dieses seltsamen, neuen Gefühls, das sich in mir ausbreitet. Es ist gefährlich und unangebracht, aber genau das zieht mich an. Die Öffentlichkeit, die Gefahr, das Verbotene – all das entfacht ein Feuer in mir, das ich kaum unter Kontrolle halten kann. Ein starker Kontrast zu meinem sonst so geregeltem Leben.

»Halt dich von uns fern, wenn du nicht damit umgehen kannst. Vor allem von *Cole*. Er ist nicht so nachsichtig wie ich.«

Ich halte seinen Blick fest. Mein Herz pocht wild, aber ich weiche nicht zurück. »Ich habe keine Angst vor euch«, sage ich ruhig, obwohl ich die Anspannung in meiner Stimme spüre. »Aber ich denke, es tut euch ganz gut, wenn ihr Mal nicht bekommt, was ihr wollt, *Prinz*.«

Dorian lächelt langsam, seine Augen glitzern. »Das werden wir noch sehen, Heilerin.«

Ich trete einen Schritt zurück, schüttle seine Hand ab und richte mich auf. »Ich werde mit allem umgehen können, was ihr mir entgegenwerft. Also verschwendet eure Drohungen nicht an mich.«

Dorian neigt seinen Kopf leicht, als würde er meine Worte abwägen. »Dann wünsche ich dir viel Glück, Livia. Du wirst es brauchen.« Seine Stimme ist leise, aber die Warnung darin ist nicht zu überhören. Es scheint als wäre er in Gedanken. *Macht er sich Sorgen?*

Ich drehe mich um und gehe mit festen Schritten auf den Eingang der Akademie zu, während ich die Blicke der anderen Novizen und Lehrmeister auf mir spüre. Die hohen Türen der Akademie, verziert mit kunstvollen Schnitzereien und von Fackeln beleuchtet, wirken heute nicht besonders einladend. Doch ich lasse mich nicht einschüchtern. Nicht von dieser verdammten Akademie, einer Entführung, Cedric, Dorian und vor allem nicht von Cole.

CEO

Meine Hände sind gefesselt.

Das Seil schneidet in meine Haut.

Der Tunnel öffnet sich in eine unterirdische Kammer. Ich werde in die Mitte gestoßen und falle auf die Knie. Die umstehenden Gestalten sind in dunkle Umhänge gehüllt, ihre Gesichter verborgen.

»Wie konnte Livia entwischen?« Die Stimme meines Meisters hallt durch den Raum.

»Ich weiß es nicht«, antworte ich fest. »Ich habe ihr das Betäubungsmittel verabreicht. Sie hätte nicht entkommen können.«

Eine andere Stimme zischt: »Wir haben keinen Platz für Versagen, Ceo. Wie konnte sie entkommen?«

»Vielleicht hatte sie Hilfe von außen«, sage ich, obwohl Panik in mir aufsteigt.

Ein scharfer Schmerz explodiert in meinem Kopf, ich taumle, aber halte mich aufrecht.

»Genug«, unterbricht mich mein Auftraggeber. »Wenn du lügst, werden wir es herausfinden. Und wenn du gelogen hast, wirst du dafür bezahlen.«

Die Gestalten verschwinden in der Dunkelheit. Ich bleibe allein, die Kälte und Dunkelheit umklammern mich. Ich darf keinen Fehler mehr machen.

KAPITEL 12

LIVIA

Aus meinen Gedanken gerissen, spüre ich plötzlich das *mickrige* Eisenschwert gegen meine Brust drücken. Die Berührung löst kaum noch etwas in mir aus. Der Schmerz ist längst einer dumpfen Gewöhnung gewichen. Kein Wunder, wenn man sein ganzes verfluchtes Leben von seinem Vater dazu gezwungen wird, zu trainieren.

»Seit wann bist du ein solcher Schlappschwanz geworden, Dorian?«. Meine Aufmerksamkeit wird unweigerlich von Cole angezogen, welcher mit entblößtem Oberkörper vor mir steht. Ein selbstgefälliges Grinsen auf den Lippen, während der Schweiß seine definierten Muskeln hinunterrinnt.

Er scheint große Freude daran zu haben, dass ich seit der Rettung jener Heilerin, vor einer Woche, mit meinen Gedanken woanders bin.

Dass ich eine besondere Vorliebe für sie hege, kommt mir nicht in den Sinn. Tatsächlich fällt es mir schwer, mich an einen Moment zu erinnern, in dem ich derartige Gefühle jemals empfunden habe. Eigentlich bin ich eher die Person die Gefühle in anderen weckt und sie nicht selbst auf einmal bildet. Das bin ich nicht.

In den zwei Jahren meiner Zugehörigkeit zu diesem elitären Kreis habe ich zwei Dinge gelernt: Erstens, das Gremium handelt niemals ohne triftigen Grund. Zweitens, sie sind nichts weiter als Tyrannen, übersättigt von Macht und Reichtum – eine Welt, der ich mich durch das Erbe meines Vaters nicht entziehen kann.

Cole unterbricht wieder meine Grübeleien mit einer provokanten Bemerkung: »Ey Dorian! Wann legst du endlich mal wieder eine der Drachenreiterinnen flach? Hör auf, dich in deinen Gedanken zu verstecken. Das geht mir auf die Nerven. Nicht nur fingern- ficken!« Während er spricht, trocknet er den Schweiß von seiner Haut mit seinem schwarzen Stoff-T-Shirt.

»Du bist ein Bastard, Cole«, erwidere ich gleichgültig. Cole wirft den Frauen, die uns beim Training umringen, ein selbstgefälliges Grinsen zu.

Ihr Kichern und die bewundernden Blicke bleiben ihm nicht verborgen und ich merke, wie seine Brust sich ein wenig mehr hebt. Ein Blick in die Runde verrät mir, dass auch ich Teil ihrer stummen Bewunderung bin. Ihre Augen folgen jedem unserer Schritte und ein falsches Lächeln spielt auf meinen Lippen.

Deswegen reizt es mich so, dass Livia sich wehrt. Sie ist nicht so einfach zu haben, wie diese Weiber. Außerdem besitzt sie Feuer. Ein Temperament, was es interessanter und weniger eintönig gestaltet.

»Aber vielleicht sollte ich deinen Rat auf der heutigen Party beherzigen, Bruder«, erwidere ich mit einem verschmitzten Lächeln, das ihm klar zu verstehen gibt, was ich damit meine. Meine Vorlieben, genauer gesagt meine Ansprüche, sind ebenso *speziell* wie die meines Bruders.

Meine Gedanken schweifen zur Rettungsaktion. Der Tropfen Blut, welcher an Livias Hals hinunterlief, bis er in der Vertiefung ihres Dekolletés verschwand, war wie ein Funke, der ein Feuer in mir entfachte. Es war nicht nur die Situation, die mich erregte, sondern die Vorstellung ihrer Verletzlichkeit, kombiniert mit ihrer Stärke. Es ist schwierig zu beschreiben, denn auf der einen Seite möchte ich sie brechen und der Grund für ihre *Tränen* sein, doch auf der anderen Seite brauche ich dieses Kontra. Der Anblick ihres Blutes verfolgt mich bis jetzt.

Ich stehe auf dem Trainingsplatz, umgeben vom Lärm der Waffen und den Rufen der Ausbilder. Die letzten Sonnenstrahlen tauchen den Platz in ein warmes Licht, während ich mich schließlich auf den Weg zur Umkleide mache. Der Boden unter meinen Füßen ist festgetreten und staubig, und das Knirschen des Kieses unter meinen Stiefeln begleitet mich, während ich am Rand des Platzes entlanggehe.

Die Umkleide liegt am anderen Ende des Platzes, abgeschieden und von hohen Mauern umgeben. Als ich näherkomme, wird der Geräuschpegel gedämpfter, und die Luft füllt sich mit dem Duft von Schweiß. Ich öffne die schwere Tür und trete ein. Die Umkleide ist erfüllt von gedämpften Gesprächen und dem entfernten Klirren von Schwertern, welches durch die Wände von draußen dringt.

Cole ist nirgends zu sehen. Wahrscheinlich hat er eine der schwärmenden Huren von vorhin in sein Zimmer eingeladen. Manchmal frage ich mich, wie er es so gut vortäuschen kann, dass ihm *gefällt*, was die Weiber machen. Denn es gefällt ihm in den meisten Fällen bestimmt nicht.

Während ich mir ein Handtuch um die Hüften binde, wandert mein Blick zur Wand, wo der Trainingsplan für die Woche hängt. Die detaillierten Skizzen und Notizen wirken wie ein ständiger Ansporn zur Disziplin und zum harten Training an der Drachenreiter-Akademie. Doch als ich an Livias Stöhnen denke, fühle ich, wie mein Herz schneller schlägt. Eine unvorhergesehene Reaktion, die nicht Mal ein noch so strukturiertes Training hätte hervorrufen können.

Ich weiß nicht mal, ob das überhaupt Gefühle sind.

Scheiße, ich habe keine Gefühle.

Die glühenden Fackeln in den Wandhalterungen werfen ein flackerndes, warmes Licht, das die Schatten in der Umkleide tanzen lässt.

Vor meinem inneren Auge sehe ich Livia, wie sie gegen das Verlangen ankämpft. Ihre Augen voller Entschlossenheit funkelnd. Ein Tropfen Blut wandert langsam ihren Hals hinab, ein starker Kontrast zu ihrer Verletzlichkeit und Stärke.

Ich spüre, wie meine Haut kribbelt, als die Erinnerung zurückkommt. Die Art, wie sie sich bewegte, wie sie den Schmerz ignorierte und weitermachte, hat etwas in mir berührt. Etwas Dunkles. Die Vorstellung, dass jemand so stark und gleichzeitig so verletzlich sein kann, hat einen tiefen Eindruck bei mir hinterlassen.

Ich will wissen, wie viel Schmerz sie aushalten kann.

Gedämpft durch meine eigenen Gedanken, werden die Geräusche um mich herum leiser. Die Stimmen meiner Kameraden, das Rauschen des Wassers aus den Duschen, all das tritt in den Hintergrund, während ich mich auf das Bild in meinem Kopf konzentriere. Livia, ihre seidige Haut, das Blut, ihre Entschlossenheit und das Stöhnen als ich sie in unserer Kutsche gefingert habe.

Vielleicht sollte ich wirklich Coles Rat befolgen und mich heute Abend ablenken. Doch ich weiß, dass, egal wie viele Frauen ich auf der Party treffe, keine von ihnen mir das geben kann, was ich in diesem einen Moment mit Livia gefühlt habe. Und das ist es, was mich wirklich beunruhigt.

Die Eskalation in der Kutsche war zu kurz. Zu kurz, um meinen Hunger zu stillen und sie auf die Abschussliste zu setzten. *Das wird der Grund sein, wieso ich sie nicht aus meinen Gedanken bekomme. Ganz bestimmt.*

Als ich aus der Dusche trete, das dunkle Haar noch nass und schwer an meinem Nacken klebend, beschlägt der Spiegel vor mir. Trotz der verschwommenen Sicht kann ich die Umrisse meines muskulösen Körpers erkennen und ein Seufzen entweicht meiner Kehle. Cole hatte mal wieder recht. Ein Gedanke, der mich innerlich die Augen verdrehen lässt, weil ich ihm dieses Zugeständnis nur ungern mache.

»Genieß dein Leben, Junge. Du weißt nie, wann es dir jemand nehmen wird«, brummt *Azurion* mahnend und ich kann nicht anders, als zu schmunzeln.

Azurion, mein stolzer, tiefblauer Donnerherz-Drache, welcher vor zwei Jahren beschlossen hat, dass ich sein Reiter werden soll. Seine Präsenz hat mich verändert. Mich gelehrt, dass Stärke nicht nur in Muskeln gemessen wird, sondern auch im Charakter. Eine Lehre, welche ich im Gegensatz zu allem anderen nicht perfektioniert habe.

Coles scherzhafte Provokation, ich solle mich wieder ins Getümmel stürzen, trifft einen Nerv. Doch im Gegensatz zu ihm, der das Spiel der Verführung leicht und unbeschwert zu genießen scheint, belastet mich meine Vergangenheit. Eine Vergangenheit, die mir gezeigt hat, zu beschützen, was mir lieb ist und deshalb niemals die Kontrolle abzugeben.

Kontrollzwang.

Familienproblem.

Azurion steht mir jedoch seit unserem ersten Tag unerschütterlich bei. Unsere Begegnung, so zufällig sie auch schien, war der Beginn einer Bindung, die tiefer geht, als ich es für möglich gehalten hätte. Auch, wenn wir uns erst auf der zweiten Seelenebene befinden.

Mein Verhalten spiegelt oft die dunkleren Facetten meiner Seele wider.

Ich bin schweigsam, weil Worte oft mehr Schaden anrichten, als sie gut tun.

Meine Taten sind spontan, nicht immer vorhersehbar, was mich sowohl zum Beschützer als auch zur Bedrohung macht.

Mein Blick auf das Leben ist egozentrisch, geprägt von der Überzeugung, dass jeder von uns seinen eigenen Weg gehen muss.

Doch bei all diesen Aspekten, welche mich ausmachen, bleibt die Verbindung zu Azurion das stabilisierende Element.

Drachenkunde und Spezienlehre bei Herr Lektus ist das einzige Fach, neben dem Kämpfen, was mich wirklich interessiert. Denn ich erinnere mich noch ziemlich genau an seine Worte: *»Ein Drache wählt nach Charakter und Willensstärke, nicht nach Muskelmasse und Erfolg. Erachtet ein Drache euch als Last, schafft er Chancen für zukünftige, geeignetere Reiter.«*

Mit diesen Worten im Hinterkopf drehte ich mich damals um und sah das erste Mal Azurions massigen Körper, welcher von muskulöser Statur war und noch immer ist. Seine kräftigen Flügel ermöglichen ihm mühelose Flüge über weite Entfernungen und dafür bin ich und vor allem mein Ruf als Drachenreiter, ihm sehr dankbar. Vor allem aber machen ihn seit Jahrhunderten seine scharfen Klauen und kräftigen Kiefer zu einem der gefürchteten Jäger von ganz Darilorn.

Der perfekte Drachen für einen *Kompanieführer.*

»Genießt du denn dein Leben an der Seite eines untervögelten 24-Jährigen?«, frage ich Azurion scherzhaft in Gedanken, wohl wissend, dass Azurion meine Sticheleien meist ignoriert.

Seine Art mag auf den ersten Blick mürrisch wirken, doch zwischen uns hat sich eine Bindung aus Respekt und tiefem Vertrauen gebildet.

Auch, wenn er sich in diesem Moment entscheidet, meinen Kommentar gekonnt zu *ignorieren*.

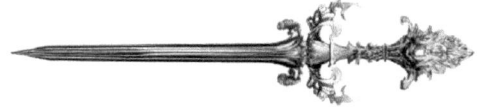

Der Abend bricht herein, als ich mich mit gemischten Gefühlen auf den Weg zur Party mache.

Mein reizender, kleiner Bruder ist der Meinung, dass ich mehr rausgehen muss.

Unter Leute kommen und so.

Genervt kreise ich meinen Kopf und genieße das Spannen in meinem Nacken.

Ein Lächeln umspielt meine Lippen.

Gerade würde ich viel lieber in etwas anderem kommen und vermeiden, meine verdammt teuren Lederstiefel ohne wichtigen Grund vom Waldboden verdrecken zu lassen.

Die besagte Party liegt tief versteckt in den dichten Wäldern von Darilorn. Auch, wenn wir als Drachenreiter zig Privilegien haben, ist es nicht gern von den Lehrmeistern gesehen, wenn wir unsere kostbare Freizeit mit Alkohol und ausgiebig viel Sex verbringen.

Aber mal ehrlich wen interessiert das schon?

Niemanden.

Denn wenn wir schon jeden Tag fast verrecken, dann bitte doch befriedigt.

Der Pfad führt mich weiter durch den dunklen Wald, wo die Bäume dicht gedrängt stehen und ihre Äste sich über mir zu einem undurchdringlichen Baldachin vereinen.

Das Mondlicht dringt nur spärlich durch die Blätter und die Schatten spielen ein geheimnisvolles Spiel auf dem Boden. Der Weg schlängelt sich weiter und weiter, vorbei an moosbewachsenen Felsen und plätschernden Bächen, die über glatte Steine fließen. *»Scheiße, hätten wir nicht einfach, wie immer, in der Akademie feiern können?«* Meine Kiefermuskeln spannen sich an, während ich innerlich fluche.

Als ich nach einer gefühlten Ewigkeit die Lichtung erreiche, auf der die Party stattfindet, breitet sich vor mir ein interessantes Bild aus. So langsam verstehe ich, warum Cole mich auf dieser Party haben wollte, denn genau das brauche ich jetzt.

Lampions und Fackeln werfen warmes Licht auf die moosbedeckte Tanzfläche, während Schatten und Lichtspiel eine verführerische Stimmung erzeugen. Überall hört man das lebhafte Murmeln. Einige Paare stehen eng aneinander an Bäumen, auf Felsen und stecken sich ungeniert ihre Zungen in die Hälse.

Ein Prickeln breitet sich auf meiner Haut aus, als ich die Paare beobachte. Ihre Hände wandern sanft und vertraut übereinander, während sie eng umschlungen tanzen. Doch ihr zärtliches Streicheln kann den tiefen, gnadenlosen Hunger in mir nicht ansatzweise spiegeln.

Es liegt definitiv nicht daran, dass ich keine Frau abbekomme. Nein, das ist meine geringste Sorge.

Die meisten Frauen langweilen mich einfach. Sie sind zu vorhersehbar, zu leicht zu beeindrucken. Ein Lächeln hier, ein charmantes Wort dort, und schon sind sie mir verfallen. *Wo bleibt da die Herausforderung?*

Ich brauche eine, welche meine Dunkelheit sieht und nicht zurückschreckt. Aber solche Frauen sind selten – und ehrlich gesagt, ist das auch gut so.

Sonst wäre es ja viel zu einfach.

Trotzdem muss mein Hunger langsam gestillt werden. Denn ich will mir nicht ausmalen was passiert, wenn ich weiter, wie ein lechzender Kojote, auf die richtige Beute warte.

In meinen Gedanken spielt sich ein zutiefst moralisch verstörendes Szenario ab.

Immer und immer wieder.

Irgendwann finde ich dich. Ich richte meinen Blick zum sternenübersäten Himmel. *Und wenn ich dich erst mal gefunden habe, werde ich jeden Zentimeter deines Körpers, nein, deiner Seele, zu meinem Eigen machen. Du wirst nichts dagegen tuen können. Das beste an der ganzen Sache ist, du wirst es genauso lieben, wie ich. Das verspreche ich dir.*

»Es ist schon unfassbar attraktiv einen Mann in seinen Gedanken zu sehen«.

»Vor allem auch noch einen so attraktiven«.

Aus meinen Gedanken gerissen, sehe ich die Weiber vor mir quasi Schlange stehen. Jede von ihnen mit diesem Blick, den ich langsam zutiefst verabscheue.

Jede von ihnen versucht auf ihre Weise, meine Aufmerksamkeit zu erlangen. Doch was sie nicht verstehen, ist, dass keiner dieser Versuche mehr als ein flüchtiges Interesse in mir wecken kann. Sie alle haben diesen Blick, den ich so sehr verabscheue – den Blick der Erwartung, der Jagd nach Bestätigung und Ruhm.

Mein Blick gleitet über die Gruppe und ich spüre, wie meine Ungeduld wächst.

Die Frauen werfen mir bewundernde Blicke zu, einige lächeln verführerisch, aber es entlockt mir nichts. Jede Begegnung, jedes Lächeln, jede Berührung bleibt flach und bedeutungslos. Keiner von ihnen gelingt es, das Feuer in mir zu entfachen, den tiefen, gnadenlosen Hunger zu stillen, der unaufhörlich in mir brennt.

Der Hunger, den Livia mit einem einzigen Tropfen Blut entfacht hat.

Sie durchnehmen, wie die Einzige in meinem Leben fühlen lassen und das für immer und ewig. Das ist was ihre funkelnden Augen und ihr bebender Atem mir verraten. Sie wollen alle nur noch mehr, denn sie sind süchtig nachdem was ich mit ihren Körpern mache, mit ihrem Geist, ihren *Seelen*. Doch eins bekommt keine hin. Mir diese *Gier* zu nehmen.

Mein Blick wandert über die Köpfe der notgeilen Weiber vor mir und erfasst das Szenario.

In der Mitte der Lichtung steht eine improvisierte Bar, wo Gäste sich ihre Getränke holen. Überall sind Drachenreiter in Gruppen versammelt, manche machen rum, andere tanzen und andere genießen einfach nur das Ambiente. Mitten im Trubel sehe ich meinen Bruder Cole, umringt von Frauen, die sich an ihn schmiegen und seine Aufmerksamkeit gierig einfordern. Ihre Blicke sind verzweifelt, ihre Gesten dringlich, bereit, alles zu tun, um seinen Fokus zu behalten.

Ich sehe es in seinen Augen, dieses selbstgefällige Funkeln, das mir nur zu vertraut ist. Wir sind die Brüder, die sie begehren, die Prinzen, nach denen sie sich sehnen. Cole hält lässig ein Getränk, während sich die Frauen enger an ihn schmiegen, ihre Augen voller Verlangen und Bewunderung. Sie spüren förmlich die Kraft und den Reichtum, der uns umgibt und ihre Hände suchen gierig nach einer Berührung, nach einem flüchtigen Moment der Intimität.

Langsam durch die Menge schlendernd, liegt ein leichtes Kribbeln der Vorfreude in der Luft. Vielleicht wird diese Party doch nicht so langweilig, wie ich dachte. Während ich mich durch die schwärmenden Frauen hindurch bewege, nicke ich dem einen oder anderen Mann zu. Einige von ihnen sind mehr, als nur belanglose Figuren – *Anwärter des Gremiums*, genau wie Cole und ich. Wir teilen mehr, als nur unseren Platz im angesehensten Rat von Darilorn.

Cole entdeckt mich und ruft laut, während er mir einen Krug reicht.

»Prost!«, sagt er, schon leicht angetrunken. Wir stoßen an und stürzen uns in das bunte Treiben.

Die Musik dröhnt in meinen Ohren und ich lasse mich von der Energie und der ausgelassenen Stimmung mitreißen. Die Kontrolle behalte ich immer. Sie abzugeben wäre tödlich. Das passiert mir nicht noch mal.

Eine junge Frau lächelt mich an und tritt näher. Ihre breiten Hüften und pralle Oberweite ziehen meinen Blick auf sich.

In Ordnung, Kleines, willst du heute die Glückliche sein, die mein Verlangen zu stillen versucht?

Ich erwidere ihr Lächeln charmant und beginne das Spiel, welches ich zur Perfektion beherrsche.

Wobei ich das Vorspiel manchmal mehr genieße als Sex.

Ich bewahre den Schein, als würde ich ihren Namen später noch wissen und führe sie geschickt dahin, wo ich sie haben will.

Mein Bruder Cole, der gerade einen Lapdance von einer rothaarigen Schönheit genießt, geht da anders vor.Während ich subtil manipuliere, sie abhängig mache, sie zum Knien, Betteln und Schluchzen bringe, schert sich Cole einen Dreck um das Verlangen der Frauen. Je kratzbürstiger, desto besser – der geborene Jäger, der sich nimmt, was er will. Er will ihre Gedanken kontrollieren, sie um den Verstand bringen, so wie ich, aber auf seine Art.

Die kleine Schönheit vor mir zeigt deutliches Interesse. Ihre Augen verraten, dass sie mich will. *Ob sie so langweilig wird wie die anderen? Das wird sich zeigen.*

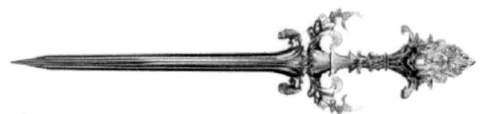

Viel zu einfach war es, die Schlampe zu überreden ein Stück zu gehen, um den wolkenlosen Sternenhimmel zu betrachten. Sie verfallen mir viel zu schnell. Langweilig, aber so komme ich immerhin auf meine Kosten.

»Möchtest du mir einen Gefallen tun?«, frage ich mit einem schmachtenden Blick, während ich sanft ihr Kinn halte und tief in ihre Augen sehe. Sie schluckt nervös und ihre Augen weiten sich leicht, als sie in meinem Blick versinkt. Ihre Lippen öffnen sich ein wenig, bereit, jede meiner Bitten zu erfüllen.

Nicht Mal eine Minute ist vergangen und sie lässt sich vor mir auf den moosbewachsenen Waldboden fallen, ein Glitzern in ihren Augen was ich schneller verblassen lassen werde, als es gekommen ist.

»Nimm ihn tief und feucht und meine Dankbarkeit wird dir sicher sein«.

Ihre Augen funkeln noch ein Stück mehr vor Freude.

Zu einfach.

Mein Schwanz ist hart, wenn ich sehe, wie sie sich mir komplett hingibt. So unterwürfig, wie ich es brauche. Keine Widerworte.

Gehorsam.

Doch der andere Teil meiner Seele schreit. Er möchte *mehr* als nur pure Hingabe. Sehnt sich nach etwas Aufregenderem.

Ihre Hände zittern leicht, als sie meine schwarze Lederhose öffnet und nach meinem erigierten Schwanz greift. Ein Hauch von Unsicherheit flackert in ihren Augen, als sie ihn betrachtet. Ein leises, ermutigendes Lächeln spielt auf meinen Lippen und ich beuge mich näher zu ihr, flüstere beruhigend: »Keine

Sorge, ich werde vorsichtig sein.« *Zumindest so lange, wie ich mich beherrschen kann.*

Ein Schmunzeln huscht über mein Gesicht, als ich meine Hand in ihr Haar schiebe, dessen Farbe in der Dunkelheit kaum erkennbar ist. Es ist mir ohnehin egal. Ihre Haare gleiten durch meine Finger und ich ziehe sie bestimmt zu mir heran. *Vorsichtig sein? Fast hätte ich mir selbst geglaubt. Doch das wird niemals passieren.* Wir Montallis sind dafür einfach nicht gemacht.

Die Schatten der alten Bäume tanzen im flackernden Licht der Fackeln, während ich mich im dichten Wald umsehe. In der Ferne sehe ich die Party, deren Lampions und Lagerfeuer warme, einladende Lichtkegel werfen, während Musik und Gelächter durch die kühle Nachtluft driften.

Mit meiner anderen freien Hand umschließe ich meinen Schwanz, streiche langsam über die gesamte Länge. Ohne Vorwarnung stoße ich hart zu, dringe tief in ihre Kehle ein. Ihr ersticktes Wimmern erfüllt die Luft, ein leises, verzweifeltes Geräusch, das mich reizt.

Ihre Augen tränen, ihre Hände krallen sich in den Boden. Das Zittern ihres Körpers, das leise Wimmern - es ist genau das, was ich hören will.

Ihre Würgelaute treiben mich weiter an. Mein Tempo wird schneller, unbarmherziger. Immer wieder stoße ich tief in ihren Hals, während ich fest ihren strammen Pferdeschwanz umklammere, um sicherzustellen, dass sie keinen Rückzieher machen kann. Ihr Körper zittert noch mehr, ihre Augen tränen, aber ich halte sie fest. So viel dazu, auf die Bedürfnisse der Frauen zu achten.

»Mein Bruder mag es, wenn du ihn tiefer nimmst, kleine Hure«, höre ich Cole amüsiert zwitschern. Er lehnt lässig an einem Baum und beobachtet das

Geschehen mit einem belustigten Grinsen.

Die Frau zuckt zusammen, ihre Augen weiten sich vor Schreck und ihr Körper beginnt unkontrolliert zu zittern. Sie stützt sich mit einer Hand an den Baumstamm, während ihre Knie nachgeben. Ein keuchendes Geräusch entweicht ihren Lippen, ihr Atem geht schnell und flach. Ihr Brustkorb hebt und senkt sich heftig, die andere Hand klammert sich an ihr knappen Kleid. Instinktiv versucht sie, von meinem Schwanz zurückzuweichen, aber ich beuge mich schnell vor, ziehe ihren Kopf näher.

»Noch nie Publikum gehabt? Ich bin noch nicht fertig mit dir. Also mach weiter«, knurre ich, meine Stimme ein drohendes Flüstern.

Meine Gier wächst noch mehr und ich lecke mir über die Lippen. Viel zu zurückhaltend greift sie wieder meinen Schwanz und bläst ihn. *Verdammt, wenn sie so weitermacht, schlafe ich an diesem Baum im Stehen ein.*

»Vielleicht sollte ich ihr ein wenig helfen. Dann zeigt sie uns mal, was sie wirklich kann. So als Motivation. Was meinst du, Dorian?« Coles Stimme schneidet durch die Dunkelheit, seine Augen blitzen.

Ich grinse in die Dunkelheit, unsichtbar für ihn, aber das ist egal. Er brauch nichts zu sehen.

Er tritt näher, stellt sich hinter die unschuldige, kleine Frau.

Ihre Knie zucken, als seine Finger unter ihr Kleid gleiten und ihre empfindliche Stelle berühren. Ihre Lippen umschließen meinen Schwanz fester und ich unterdrücke ein Keuchen. Endlich wird es interessanter.

»Anscheinend hat die kleine Schlampe wirklich Hilfe gebraucht«, werfe ich Cole scherzend zu.

Seine Augen, kalt und leuchtend, verraten, dass er diesen Moment genauso genießt wie ich. Nicht wegen ihrer Fähigkeiten

– sie ist miserabel. Aber die Angst, die von ihr ausgeht, treibt uns beide an. Wir *Montallis* teilen diese Vorliebe.

Während Cole sie manipuliert, stoße ich tiefer in ihren Mund, mein Griff in ihrem Haar fest. Ihre Würgelaute verstärken nur meinen Hunger. Nach mehreren Minuten und etlichen schmutzigen Gedanken entlade ich mich tief in ihrem Rachen. Kein Meisterwerk, aber immerhin bin ich erleichtert. Ich beuge mich zu ihr hinunter, sie keucht nach Luft. »Habe ich dir etwa wehgetan? Tut mir leid.« Meine Worte verkörpern Mitleid, auch wenn ich es nicht so meine. »Und jetzt drehst du dich um und revanchierst dich bei meinem Bruder.« Mit einem Daumen wische ich ihr einige Tropfen von den Lippen und erhebe mich.

Bevor sie reagieren kann, packt Cole sie und drückt sie gegen den Baum. Sein Schwanz schlägt gegen ihre Wange, zuerst leicht, dann härter, bis sie wimmert.

»Du willst uns doch nicht enttäuschen, oder?«, flüstere ich ihr ins Ohr.

Dieser kleine Hinweis veranlasst sie dazu einigermaßen ihre Fassung zurückzuerlangen und auch den Schwanz meines kleinen Bruders zu lutschen. Viel, viel zu langsam lässt sie schüchtern ihre Lippen über seinen Schwanz rutschen und ich weiß, dass Cole das nicht lange mitmachen wird.

Wie geahnt, zieht Cole sich bereits nach wenigen Minuten aus ihrem Mund zurück und wendet sich von ihrem Gesicht ab. Er schließt seine schwarze, im Mondlicht schimmernde, Lederhose.

»I-ch, I-ch war noch nicht fertig«, stottert die Kleine sichtlich verwirrt.

Cole dreht sich zu ihr um und denkt nicht mal daran die charmante, einfühlende Schiene zu fahren, wie ich es tue. »Ich gebe mich nicht mit deinen minderwertigen Leistungen ab. Komm wieder, wenn du mir etwas bieten kannst«.

Dem Mädchen stehen Tränen in den Augen und sie schaut verloren zu mir.

Ich reiche ihr meine Hand und helfe ihr auf die Beine.

Amüsiert betrachte ich ihre Reaktion auf mich, in Form von plötzlich auftretender Gänsehaut.

»Tja, hättest du dich besser angestrengt, gäbe es ein Happy End. Geh jetzt wieder zur Party«, gerade als sie im Inbegriff ist sich langsam zu erheben, ziehe ich sie an ihrer dunklen Uniform näher zu mir.

»Was du mir gegeben hast, vergesse ich aber nicht und jetzt geh. Du kennst die Regeln, du hast nichts gesehen und nichts gemacht, verstanden?«

Ruckartig gebe ich sie frei und gewinne Abstand zu ihr. *Zu nah.* Außer beim Sex oder Blowjobs, kann ich die Nähe von Frauen nicht mehr ertragen. Es ist leider so gekommen und jetzt muss ich mich mein Leben lang damit rumschlagen. Ich hoffe nur sie hält sich an die Regeln, welche wir den Frauen auftischen.

»Danke, *mein Kompanieführer*. Sie sind so gütig«, schleimt sie mir entgegen, bevor sie sich schnell davonmacht.

Die Kleine ist in meiner Kompanie? Oh, verdammte Scheiße, das ist unpraktisch.

»Danke, mein Kompanieführer«, äfft Cole sie belustigt nach, bevor er zu mir kommt und mir lachend auf die Schulter schlägt.

»Manchmal frage ich mich wirklich, wie ich überhaupt Kompanieführer geworden bin«, seufze ich.

Cole grinst. »Erinnerst du dich noch an den Tag, als wir das erste Mal hier herkamen? Im ersten Jahr, als du zugeteilt wurdest?«

»Ja, wie könnte ich das vergessen?«

Ich lehne mich gegen einen Baum und blicke rüber zur Lichtung, wo die Party stattfindet. »Die Kompanien sind die Basis unserer Struktur als Drachenreiter. Jede Kompanie ist wie eine kleine Armee, geleitet von einem Kompanieführer. Ich hatte das Glück oder Pech, von Anfang an zu den Besten zu gehören.«

»Das ist der Preis für Exzellenz, Bruder. Aber ich habe keinen Zweifel daran, dass du und deine Kompanie immer liefern werdet. Schließlich bist du nicht umsonst zum Kompanieführer ernannt worden. Sei positiver, Dorian.«

»Vielleicht hast du recht«, sage ich, erzwinge ein Lächeln. »Aber manchmal wünschte ich, die Last wäre ein wenig leichter. Außerdem, seit wann redest du von positiv sein, du bist der Inbegriff von schlechter Laune.«

Cole schnaubt. »Du wurdest Kompanieführer, weil du stark und strategisch bist. Du hast die Prüfungen überragend bestanden. Ich bin der kleine, verlorene Bruder, weißt du nicht? Ich darf schlechte Laune haben. Aber du, Bruder, du musst funktionieren. Sonst haben wir wieder Papa am Hals.«

Ich zucke die Schultern. »Vielleicht. Meistens bekomme ich das ja auch hin. Aber es bedeutet auch, dass ich für solche... unerwarteten Situationen verantwortlich bin.« Ich deute in die Richtung, in die das Mädchen verschwunden ist. »Sie ist in meiner Kompanie und das könnte noch Probleme machen.« Nur Cole und ein paar enge Freunde kennen die wahre, kalte Seite von mir. Die charmante Fassade ist nur Mittel zum Zweck.

Cole lacht leise. »Ja, das könnte es. Aber dafür bist du ja da, um solche Probleme zu lösen, nicht wahr?«

»Ja, genau«, murmle ich genervt und schaue erneut zur Party. »Genau das.«

»Sie war so schlecht, ich weiß nicht mal, wie du es geschafft hast zu kommen«, sagt Cole und zündet sich eine *Smogan* an. Der stechende, süßliche Geruch der brennenden Blätter erfüllt die Luft.

Smogan ist eine Pflanze, die für ihre beruhigende Wirkung bekannt ist, aber sie vernebelt auch die Sinne und löst die Gedanken, wodurch man die Kontrolle über sich selbst verliert. *Ich mochte das Zeug noch nie.*

Für jemanden, der immer die Oberhand behalten will, ist Smogan zu gefährlich, weil es jemanden zu sehr in einen Zustand der Gleichgültigkeit und des Kontrollverlusts versetzt.

»Weißt du, mit viel Einbildungskraft kann man aus jedem Mauerblümchen eine Blowjob-Queen machen«, scherze ich sarkastisch.

Tief im Inneren bin ich nicht zufrieden, aber das brauche ich nicht auszusprechen. Cole weiß, dass keine Frau meinen Durst auf Dauer stillen kann. Wir teilen dieses Leid.Selbst, wenn eine Frau sich abhebt, scheitert sie mental an den Monstern in uns und bleibt für ihr *Leben* gezeichnet.

»Kleine Livia, vermisst du uns schon?«

- Cole

KAPITEL 14

LIVIA

Nach einigen Wochen hat sich mein Alltag endlich wieder normalisiert. Die Befragungen zu meiner Entführung sind in den Hintergrund gerückt und so steht dem zweiten Jahr in der Heiler-Fraktion nichts mehr im Weg. Von Cole oder Dorian habe ich seit meinem Aufenthalt in Kilead nichts mehr gehört. Ob das positiv oder negativ ist, kann ich nicht genau sagen. Ihre bloße Präsenz hat sich in mein Gehirn eingebrannt und ich weiß nicht, was ich davon halten soll.

Verbittert über mein inneres, endloses Gefühlschaos male ich endlose Schleifen auf das Pergament vor mir auf dem Schreibtisch. Eigentlich habe ich mich auf das zweite Jahr in der Heiler-Fraktion gefreut. Trotzdem sind meine Gedanken weit entfernt von seelischen Bindungen, zumindest von solchen, mit denen ich mich eigentlich beschäftigen sollte.

Neben mir sitzt Reia, eifrig am Mitschreiben und in ihrem Element. Glücklicherweise hat sie sich von ihrer Krankheit erholt. Was es genau war, hat bis jetzt *niemand* herausgefunden. Seitdem, hat sie die letzten Wochen immer wieder versucht herauszufinden, ob ich langfristige Schäden von meiner Entführung davongetragen habe. Gefunden hat sie keine.

Von mir selbst aus kann ich sagen, dass die einzigen Schäden, die ich abbekommen habe, etwa 1,90 m groß sind, pechschwarzes Haar haben und in meinen Gedanken hausieren. Mal abgesehen von der Ekstase im Badezimmer mit Cedric, welche ich versuche, im hintersten Teil meines Kopfes wegzusperren.

Was genau ich fühle, kann ich nicht deuten. Da mein Kopf aber momentan macht, was er will, habe ich angefangen, mich ein wenig über die Montalli-Brüder umzuhören. Ich weiß, eigentlich wollte ich mich für sie nicht interessieren, aber ich halte es für sinnvoll etwas mehr über die Männer zu wissen, welche in meinen Gedanken hausieren. Doch das, was ich herausgefunden habe, sollte mich eigentlich dazu bewegen, meine Beine in die Hand zu nehmen und schlichtweg zu rennen.

Sie sind wirklich so ekelhaft, wie ich es befürchtet habe. In dem ein oder anderen Wochenpergament bin ich auf Skandale gestoßen. Dort werden sie als kalt, Frauenaufreißer und so weiter bezeichnet.

Doch die Art und Weise, wie Cole mich damals im Kaminzimmer und im Keller behandelt hat, lässt meine Synapsen durchdrehen. Von der Kutschen-Szene mit ihm und Dorian ganz zu schweigen. Irgendwas haben sie in mir lodern lassen, von dem ich nicht mal wusste, dass es überhaupt existiert.

Plötzlich reißt mich die sanfte Stimme von meiner Lehrmeisterin Frau Caspian aus meiner Trance: »Bist du noch anwesend, Livia?«, fragt sie mit einem milden Lächeln, welches ihre Augen belebt.

Ich zwinge mich, meine Aufmerksamkeit zurück in den Unterricht zu lenken und nicke ihr schnell zu, um meine Anwesenheit zu bestätigen.

Frau Caspian, eine erfahrene Heilerin mit einem reichen Schatz an Wissen, steht vor uns Heiler-Novizen. Ihr rotes Haar ist zu einem ordentlichen Knoten gebunden und ihre grünen Augen strahlen Intelligenz und Güte aus. Sie ist eine der nettesten Lehrmeister, die wir haben, abgesehen von der Blamage, der ich mich an der Abschlussfeier unterziehen musste.

Unser Klassenzimmer in der Heiler-Fraktion ist ein ruhiger, lichtdurchfluteter Raum. Große, bogenförmige Fenster mit filigranen Glasmalereien lassen das sanfte Tageslicht herein, das sich auf den langen Holztischen und den mit alchemistischen Geräten voll gestellten Regalen bricht. Die Luft ist erfüllt von einem dezenten Duft nach frischen Kräutern und altem Pergament, was eine beruhigende Atmosphäre schafft. Über den Tischen hängen Kronleuchter, die in der Dämmerung ein warmes, goldenes Licht verbreiten und dem Raum eine fast magische Aura verleihen.

Frau Caspian beginnt die Stunde mit einer Zusammenfassung über die Grundlagen der Bindungen zwischen Menschen und Drachen.

Die Klasse beginnt ruhiger zu werden.

»Die Verbindung zwischen einem Menschen und seinem Drachen ist eine der tiefsten und stärksten Bindungen, die existieren«, erklärt sie ruhig, während sie mit einer Hand über die Tafel streicht, auf der schematische Darstellungen von Menschen und Drachen zu sehen sind. »Es ist eine Verbindung auf einer *seelischen Ebene*, die weit über das rein Physische hinausgeht. Aber das Thema Seelenebenen ist für uns *nicht* weiter von Interesse.«

Ich lausche gespannt ihren Worten, meine Gedanken wandern kurz zu meinem eigenen Drachen, den ich niemals besitzen werde. *Wie sich solch eine Verbindung wohl anfühlen mag?*

Auf meinem Pergament notiere ich mir das Wort *»Seelenebenen«*, umkreise es rot und nehme mir fest vor, dieses Thema nachzuschlagen.

Alles, was nach den Lehrmeistern für uns Heiler-Novizen nicht interessant sein soll, ist ungefähr dreimal so interessant wie unsere komplette Ausbildung.

»Diese Bindung beruht auf Vertrauen, Respekt und gegenseitiger Fürsorge«, fährt Frau Caspian fort und deutet auf die verschiedenen Bereiche der schematischen Darstellung. »Der Mensch bietet seinem Drachen Schutz und Führung, während der Drache dem Menschen mit seiner Stärke und Weisheit zur Seite steht. Natürlich profitiert der Reiter auch von *Essenzen*, die sich nach der *Erwachung* zeigen.«

Sie erklärt die verschiedenen Arten von Bindungen, von denen einige lebenslang sind, während andere sich im Laufe der Zeit entwickeln und verändern können. Ihre Worte fesseln mich und ich sauge jede Information begierig auf.

Inmitten der faszinierenden Lektion von Frau Caspian offenbart sie ein weiteres Detail, das meine Gedanken in eine neue Richtung lenkt. »Die Verbindung zwischen Reiter und Drache ist einzigartig und komplex«, fährt Frau Caspian fort, während sie bedächtig durch den Klassenraum schreitet. »Sollte ein Drache sterben, wird der Reiter *nicht* das Leben verlieren. Stattdessen tritt er in einen Zustand ein, den wir als *Seelenschatten* bezeichnen.«

Ihre Worte ziehen eine spürbare Stille nach sich, während jeder versucht, das Ausmaß dieser Erklärung zu erfassen.

»Seelenschatten ist nicht mit dem physischen Tod gleichzusetzen, sondern eher mit einer tiefen, seelischen Narbe, welche den Reiter für den Rest seines Lebens prägt. Es ist, als ob seine Essenz mit dem Drachen verschwunden ist. Der Reiter bleibt am Leben, verliert jedoch die Fähigkeit, die tiefe Verbindung zur Welt und zu anderen Lebewesen zu spüren, die für einen Drachenreiter so charakteristisch ist.«

»Dieser Zustand«, ergänzt sie bedächtig, »Kann sich in einer Reihe von Symptomen manifestieren, die von tiefer Melancholie bis hin zu einer Art emotionaler Taubheit reichen. Einige beschreiben es als ein ständiges Gefühl der Leere, ein Bewusstsein dafür, dass ein essenzieller Teil ihrer Existenz fehlt.«

Die Klasse hängt an Frau Caspians Lippen, während der Gedanke, in einen solchen Zustand zu fallen, ein neues Gewicht in mir verankert. *Wie fühlt es sich an? Würde ich mich immer noch gleich fühlen? Oder verändert?*

Der Seelenschatten scheint weit mehr zu sein, als nur eine Krankheit: Er ist eine tiefe, unheilbare Veränderung des Seins, die die Essenz dessen berührt, was es bedeutet, ein Drachenreiter zu sein.

»Und wie können wir solchen Drachenreitern helfen?«, kommt die Frage von einem jungen Mann aus der zweiten Reihe.

»Das ist eine gute Frage«, antwortet Frau Caspian und lächelt ihn freundlich an. »Zum momentanen Zeitpunkt kennen wir nur einige Praktiken, die wir anwenden können, um die Symptome zu lindern, jedoch *nicht* eine vollständige Genesung zu vollziehen«, gibt sie etwas leiser zu.

Für ein Leben lang krank zu sein. So krank, dass man nur noch im Schatten seiner selbst über Darilorn wandelt.

Ein Schauder jagt mir über den Rücken.

Langsam falte ich die Hände unter meinem Tisch und spreche ein kurzes Gebet an Vimos, dass ich niemals eine geliebte

Person an solch einem Zustand verlieren werde. Es würde mich zerstören.

»Es ist eine Mahnung«, schließt Frau Caspian, »Die Bedeutung und die Tiefe der Bindung zwischen den Drachenreitern und ihren Drachen niemals zu unterschätzen. Sie ist ein kostbares Gut, das geschützt und gepflegt werden muss, denn die Konsequenzen eines Verlustes sind tief greifend und unwiderruflich.«

In diesem Moment wird mir klar, dass die Beziehung zu einem Drachen weit mehr ist als nur eine Partnerschaft: Sie ist ein fundamentaler Bestandteil des eigenen Seins, dessen Verlust einen in die Schatten der eigenen Seele stürzt.

Reia sitzt neben mir und wirft mir einen bedeutungsvollen Blick zu.

»Es ist wichtig zu verstehen, dass diese Bindung nicht nur eine Quelle der Stärke ist, sondern auch eine große Verantwortung«, betont Frau Caspian mit Nachdruck. »Ein respektvoller Umgang miteinander ist wichtig für das Wohlergehen sowohl des Menschen als auch des Drachen. Damit kommen wir zu dem Punkt, was passiert, wenn diese Bindung bedroht wird.«

Frau Caspian setzt ihren Blick über die Klasse und spricht mit einer ruhigen Autorität: »Wenn die Bindung zwischen einem Reiter und seinem Drachen bedroht ist, sei es durch Traumata, mentale oder physische Schäden, ist es die Aufgabe von uns Heilern, die Heilung zu unterstützen und zu fördern.«

Sie geht langsam durch den Raum, während sie weiter spricht: »Die innere Heilung, welche wir hier in der Heiler-Fraktion erforschen, umfasst nicht nur die körperliche Genesung, sondern auch die seelische. Es ist von entscheidender Bedeutung, dass wir die tiefe Verbindung zwischen einem

Reiter und seinem Drachen verstehen, um effektiv heilen zu können.«

Ich beuge mich zu Reia.»Ja, so viel verstehen wie nötig und nicht mehr.«

Reia kichert bei meiner Bemerkung und kassiert einen scharfen Blick von Frau Caspian.

Sie bleibt vor der Tafel stehen und deutet auf die schematischen Darstellungen von Menschen und Drachen:»Mentale Schäden bei einem Reiter können sich auf vielfältige Weise äußern. Sie können durch traumatische Ereignisse wie Kämpfe oder Verluste verursacht werden. In solchen Fällen ist es wichtig, dass wir als Heiler einfühlsam vorgehen und eine unterstützende Umgebung schaffen, um den Reiter bei seiner Genesung zu unterstützen.«

Frau Caspian kehrt zum Pult zurück und greift nach einem Buch, das sie aufschlägt und durchblättert, während sie weiterspricht:»Wir können verschiedene Techniken der inneren Heilung anwenden, um den Reiter bei der Bewältigung seiner Traumata zu unterstützen. Dies kann Meditation, Energiearbeit oder sogar den Einsatz von speziellen Kräutern und Essenzen beinhalten.«

Sie richtet ihren Blick wieder auf die Klasse:»Es ist jedoch wichtig, dass die Heilung eines Reiters nicht nur eine Frage der körperlichen Behandlung ist, sondern auch der Unterstützung durch seine Gemeinschaft und vor allem durch seinen Drachen. Die Anwesenheit und Fürsorge eines Drachens kann eine heilende Kraft von unschätzbarem Wert sein.«

Einige Novizen notieren eifrig auf ihrem Pergament, während andere nachdenklich nicken.

Frau Caspian lächelt zufrieden in die Runde und schließt das Buch:»Die Bindung zwischen einem Reiter und seinem Drachen ist eine Quelle der Stärke und Heilung. Als Heiler ist es unsere Aufgabe, diese Verbindung zu respektieren und zu fördern, um das Wohlergehen sowohl des Reiters, als auch seines Drachen zu gewährleisten.« Eine Hand hebt sich in der Klasse. Eine junge Novizin, deren Stirn vor Konzentration gerunzelt ist, stellt die Frage:»Kann man auch dem *Drachen* helfen?« Frau Caspian wird ernst und ihr Blick wandert durch die Reihen der Schüler.»Wir können die Symptome lindern und den Drachen so gut wie möglich unterstützen, aber heilen können wir ihn *nicht* vollständig. Die seelische Wunde, die durch den Verlust seines Reiters entsteht, bleibt bestehen, bis der Drache schließlich seinem Schmerz erliegt. Unsere Aufgabe ist es, dem Drachen in dieser Zeit so viel Komfort und Fürsorge wie möglich zu bieten.«

Während sie weiter über die Feinheiten der Bindungen spricht, beginne ich, meine eigenen Gedanken darüber zu reflektieren. *Welche Art von Bindung würde ich entwickeln?*

Unterdessen sinke ich tiefer in meine Gedanken, die von der neuen Erkenntnis über Leben und Tod durchdrungen sind. Frau Caspian gibt uns einige Aufgaben, um unser Verständnis zu vertiefen und die Klasse taucht in angeregte Diskussionen ein. Ich bin dankbar für diese Lektion, die mir nicht nur ein tieferes Verständnis für die Bindungen zwischen Menschen und Drachen vermittelt, sondern mich auch von meinen dunkelhaarigen Todesurteilen ablenkt.

Nachdem der Unterricht mit Frau Caspian beendet ist, verlasse ich den Unterrichtssaal in Gedanken versunken. Die Worte über die Bindungen zwischen Menschen und Drachen hallen noch immer in meinem Kopf wider, doch vor allem zwei Aspekte beherrschen meine Gedanken: Cole und Dorian.

Ich schlendere durch die Gänge der Akademie, mein Blick starr nach innen gerichtet, während ich über unsere Begegnungen nachsinne. Ihre undurchschaubare Art, die

Intensität ihrer Blicke, all das lässt mein Herz schneller schlagen und meinen Verstand sich in Wirrungen verstricken.

Plötzlich wird meine verwirrte Gedankenwelt jäh unterbrochen, als eine vertraute Stimme meinen Namen ruft.

»Lorenzo«, sage ich überrascht, als er auf mich zukommt.

Seine blonden Haare glänzen im Licht der Gänge und sein attraktives Gesicht ist von einem warmen Lächeln umspielt. Er ist noch ein Stück erwachsener geworden im letzten Jahr und ich kann nicht anders, als ihn eingehend zu mustern.

Dabei fällt mir an seinen Gesichtszügen etwas auf. Etwas, das mir sonst nie aufgefallen ist. Irgendwie scheinen sie *vertraut*, als hätte ich sie vor kurzem erst gesehen, doch sein *goldenes* Haar zerstört das Bild vor meinen Augen, bevor ich seine Tragweite erahnen kann.

»Was führt dich hierher?«, frage ich interessiert, meine Gedanken noch immer bei Cole und Dorian.

Er zuckt leicht mit den Schultern und lächelt charmant. »Ich bin gerade auf Durchreise und habe gehört, dass du hier bist und dachte, ich komme dich einfach besuchen.«

Ein Hauch von Nostalgie umgibt unsere Unterhaltung, während wir uns über vergangene Zeiten austauschen.

Doch trotz der vertrauten Wärme zwischen uns kann ich nicht umhin, mich zu fragen, warum ausgerechnet jetzt, wo Cole und Dorian meine Gedanken beherrschen, Lorenzo auftaucht. Ich versuche, meine Verwirrung zu verbergen, und setze ein Lächeln auf. »Es ist schön, dich wiederzusehen, Lorenzo.«

Er erwidert mein Lächeln und legt sanft eine Hand auf meine Schulter. »Es gibt so viel zu erzählen. Lass uns einen Spaziergang machen.«

Während wir gemeinsam durch die langen Gänge der Akademie spazieren, spüre ich eine gewisse Distanz zwischen uns. Trotz unserer vertrauten Atmosphäre zwischen alten Freunden fühle ich mich innerlich unruhig, meine Gedanken weiterhin von den Montallis besetzt.

Die Gänge der Heiler-Akademie sind belebt, andere Novizen eilen von Raum zu Raum, beladen mit Büchern und Pergamentrollen. Einige unterhalten sich angeregt über die neuesten Lektionen, während andere still in ihre Studien vertieft sind.

Die Präsenz von Lorenzo an meiner Seite fühlt sich gleichzeitig vertraut und fremd an. Seine Nähe bringt Erinnerungen an vergangene Zeiten, doch die ständige Unruhe in meinem Inneren lässt mich keine wirkliche Verbindung zu ihm aufbauen. Ich blicke ihn an, sehe das warme Lächeln auf seinem Gesicht, doch meine Gedanken wandern immer wieder zu den Montallis und den unaufgelösten Emotionen, welche sie in mir hervorgerufen haben.

Plötzlich spüre ich einen sanften Druck auf meinem Arm und als ich aufblicke, bemerke ich, dass Lorenzo mich mit einem intensiven Blick betrachtet. Seine Augen funkeln voller Verlangen und ein Lächeln spielt um seine Lippen. »Ich habe dich vermisst, Livia«, sagt er leise, seine Stimme voller Leidenschaft. »Es war eine lange Zeit, seit wir uns das letzte Mal gesehen haben, und ich kann nicht leugnen, dass ich dich *begehre*.«

Seine Worte treffen mich unerwartet. Ich spüre, wie mein Herz schneller zu schlagen beginnt. All die letzten Jahre habe ich auf solch ein Geständnis gewartet. Doch jetzt durchzuckt mich ein Gefühl der Unsicherheit. *Ist das wirklich, wonach ich suche? Ist es nur das Verlangen nach Nähe und Ablenkung von meinen Gedanken an Cole und Dorian?*

Ich zwinge mich, einen Schritt zurückzutreten, und meine Distanz zu wahren. »Lorenzo, ich… Ich weiß nicht«, stammele ich, meine Gedanken in Aufruhr. »Es ist alles so kompliziert gerade.«

Lorenzo legt eine Hand sanft unter mein Kinn und hebt meinen Blick zu seinem. Seine Augen strahlen eine Mischung aus Verständnis und Verlangen aus. »Lass uns einfach den Moment genießen, Livia«, flüstert er leise. »Vergiss für einen Augenblick alles andere und sei einfach du selbst. So, wie früher.«

Ein zögerndes Gefühl macht sich in mir breit, als ich Lorenzos intensiven Blick spüre und seine Worte meine Gedanken durchdringen. »Vielleicht ist es genau das, was ich brauche, um meine Gedanken an die Montallis zu vertreiben«, denke ich flüchtig, während ich seinen Blick erwidere.

In einem Anflug von Verwirrung und Verlangen gebe ich schließlich nach, lasse mich von seinen sanften Berührungen und liebevollen Worten mitreißen. Es ist eine Flucht vor meinen eigenen Gedanken, eine Ablenkung von den ungelösten Emotionen, die mich seit meiner Begegnung mit Cole und Dorian quälen.

Lorenzo führt mich an einen abgelegenen Ort, fernab der neugierigen Blicke der anderen Novizen. Hier, in der stillen Dunkelheit der Akademie, verlieren wir uns in einem leidenschaftlichen Moment der Verbundenheit. Seine Lippen finden die meinen, seine Hände erkunden meinen Körper, und für einen flüchtigen Augenblick vergesse ich alles um mich herum. Es ist eine Flucht, eine vorübergehende Erlösung von meinen eigenen inneren Dämonen. Doch selbst in diesem Moment der Leidenschaft kann ich nicht abstreiten, dass meine Gedanken immer noch zu wem anders wandern.

Als sich unsere Lippen voneinander lösen, spüre ich einen Moment der Befriedigung, jedoch wird dieser rasch von einem Gefühl der *Reue* überwältigt.

Bevor ich jedoch ein Wort aussprechen kann, verändert sich Lorenzos Gesichtsausdruck.

Als hätte er eine Maske fallen lassen.

Sein Blick wird kälter, sein Lächeln verschwindet und seine Stimme nimmt einen scharfen Ton an. Etwas, was ich in all den Jahren, noch nie von Lorenzo zu Gesicht bekommen habe. »Es ist doch noch *so leicht*, dich rumzukriegen«, sagt er mit einem spöttischen Unterton.

Meine Augen weiten sich vor Schock, als ich seine Worte höre. Die Vertrautheit, die wir einst geteilt hatten, scheint plötzlich verschwunden zu sein und ich fühle mich allein und verletzlich.

Bevor ich jedoch reagieren kann, tauchen plötzlich einige von Lorenzos Freunden hinter ihm auf, welche ich bereits auf dem Bankett vor einem Jahr getroffen hatte. Sie lachen und machen anzügliche Bemerkungen. »Ja, du bekommst deine 5 Ardans, Lorenzo«, sagt einer von ihnen mit einem schiefen Grinsen. »Wir hätten nicht gedacht, dass sie wirklich so leicht zu haben ist.«

Die Worte treffen mich wie ein Schlag ins Gesicht und ich spüre die Tränen in meinen Augen aufsteigen. *Was? Jetzt auch noch Lorenzo?*

Eine Welle der Verzweiflung überflutet mich und ohne ein weiteres Wort zu sagen, drehe ich mich um und renne davon.

Weg von Lorenzo und seinen falschen Freunden.

Nachdem ich unter den spöttischen Blicken und den grausamen Worten von Lorenzo und seinen Freunden geflohen bin, finde ich mich schnell in meinem Zimmer wieder. Die Tür hinter mir schließe ich mit einem dumpfen Klicken, das wie das Siegel auf einem frisch geschlossenen Grab wirkt. Meine Atmung hebt sich schwerfällig, meine Hände zittern, und bevor ich es wusste, kullern Tränen über meine Wangen, warm und unaufhaltsam.

Langsam sinke ich auf mein Bett, umgeben von den trüben, dunkelgrünen Wänden meines Zimmers. Sie werden nun Zeugen meiner reinsten Verzweiflung. *»Warum verhalte ich mich ständig so naiv? Warum lasse ich mich immer wieder ausnutzen?«* Die Fragen kreisen wie Raubvögel in meinem Kopf. Jeder Umdrehung schnürt mir die Brust enger zu.

Durch den Raum blickend, verweilen meine Augen auf der Ecke, wo die *alte Geige* meines Vaters leise im Dämmerlicht glänzt. Seit seinem Verschwinden hatte ich sie nicht angerührt. Sie war zu einem Symbol der verlorenen Unschuld und der vergangenen Freuden geworden. Jetzt, inmitten meines Schmerzes, scheint sie fast wie ein Spott.

Doch die Geige anzustarren weckt eine Sehnsucht in mir. Eine Sehnsucht nach dem Ausdruck, den sie mir einst bot. Die Musik hatte mir immer geholfen, meine tiefsten Gefühle zu verstehen und zu kanalisieren, doch seit dem Verlust meines Vaters hatte ich diese Seite von mir verschlossen.

Soll ich es wagen, sie wieder zu öffnen? Könnte ich die Kraft finden, die Saiten zu berühren, die ich seit so langer Zeit gemieden habe? Würde es mir helfen?

Nach langen Momenten der Selbstreflexion, getrieben von einer Mischung aus Verzweiflung und einem plötzlichen Anflug von Trotz gegenüber den Schatten, die mein Leben zu verdunkeln drohen, stehe ich auf. Ich steuere die Geige an, meine Bewegungen langsam, fast ehrfürchtig.

Mit ausgestreckter Hand gleiten meine Finger über das kühle, glatte Holz der Geige. Die feinen Linien und Kerben erzählen von unzähligen gespielten Melodien. Die Oberfläche fühlt sich vertraut und lebendig an.

Entschlossenheit keimt in mir auf, gepaart mit der Erkenntnis, dass ich mich nicht von meinen Ängsten regieren lassen will.

Ich greife nach der Geige und ihrem Bogen.

Heute werde ich spielen.

Nicht um zu vergessen, sondern um zu konfrontieren.

CEO

Wütend starre ich auf das mächtige Tor der Heiler-Fraktion. Schweres, dunkles Holz, verziert mit filigranen, silbernen Runen, welche schwach grün leuchten, bildet eine lebendige Barriere.

Zwei imposante Statuen alter Heiler flankieren das Tor, ihre steinernen Blicke streng und wachsam. Da ich weder Heiler bin, noch einen Auftrag habe, ist dieser Ort für mich tabu. Diese magische Barriere ist zu stark, selbst für jemanden, wie *mich*.

Verdammt, ich komme einfach nicht rein.

Ich lehne mich gegen eine der kalten, steinernen Säulen und beobachte die Novizen, welche ein und aus gehen. Bitterkeit steigt in mir auf.

Warum ist Livia nur aufgewacht? Ich hatte das Betäubungsmittel sorgfältig verabreicht. Doch sie ist aufgewacht und geflohen.

Mein Meister hat mir klare Befehle gegeben. Versagen bedeutet den Tod. Ich muss herausfinden, was schief gelaufen ist und sicherstellen, dass es nicht noch einmal passiert. Aber wie soll ich das anstellen, wenn ich an der Heiler-Akademie nicht einmal in die Nähe von Livia komme?

KAPITEL 15

LIVIA

Mit der Geige fest in meinen Armen verlasse ich das Akademiegebäude und trete hinaus in die kühle, dämmerige Luft des Waldes, der die Heiler-Akademie umgibt.

Der Wald ist mein Zufluchtsort, der einzige Ort, an dem ich mich frei von den prüfenden Blicken und dem Urteil der anderen fühle. Die mächtigen, uralten Bäume stehen wie stille Wächter. Ihre knorrigen Äste und dichten Kronen bilden ein schützendes Dach über mir. Der Boden ist bedeckt mit weichem Moos und herabgefallenen Blättern, die bei jedem meiner Schritte leise rascheln.

Die Dämmerung taucht den Wald in magisches Licht, die letzten Sonnenstrahlen brechen durch das Blätterdach und werfen tanzende Schatten auf den Boden. Ein kühler Wind streicht sanft durch die Bäume und trägt den Duft von frischem Harz und feuchter Erde mit sich. Vögel zwitschern in der Ferne, ihre Lieder vermischen sich mit dem leisen Rauschen eines nahe gelegenen Baches.

Tiefer in den Wald wandernd, fühle ich mich geborgen in der stillen Umarmung der Natur. Trotz der Entführung verspüre ich keine Angst. Der Wald hat mich immer beschützt und gibt mir ein Gefühl von Sicherheit, welches selbst schreckliche Erinnerungen nicht trüben können. Die frische Brise umschmeichelt mein Gesicht, als ich mit geschlossenen Augen und meiner Geige in den Händen dastehe. Bereit, meine Seele durch die Musik sprechen zu lassen.

Mein Herz ist schwer von der Last der jüngsten Ereignisse: Lorenzo, dessen Verrat noch in mir nachhallt, die Entführung in das Kellergewölbe, Cedrics Manipulation und die rätselhaften Geister von Cole und Dorian in meinem Kopf.

Tief durchatmend lasse ich den ersten kraftvollen Strich über die Saiten gleiten, der durch die Stille des Waldes hallt.

Mein Spiel beginnt mit der Lieblingsmelodie meines Vaters, »*Middle of the Night von Joel Sunny*« und ich verliere mich in der raschen, energiegeladenen Melodie.

Die Musik baut eine Welt um mich herum auf, in der ich frei von meinen Ketten bin. Ich spüre den grün-schimmernden Drachen aus meinen Hirngespinsten unter mir, seine Stärke trägt mich durch die Lüfte, über Wälder und Berge, durch Wolken und Sterne.

Doch plötzlich, mitten im träumerischen Flug, rollt eine Träne meine Wange hinunter, ein stummer Zeuge des Schmerzes und Verrats, der mein Herz befällt.

Ein Spalt meiner Augen zeigt die raue Wirklichkeit, die droht, meine fantastische Reise zu durchbrechen.

Die Vision des Drachenflugs verschwimmt und ich bin zurück im Wald, allein, mit dem Echo der Lügen, die um mich herum wispern.

Entschlossen kneife ich die Augen zusammen und spiele intensiver, lasse den Bogen schneller über die Saiten sausen, um die unerwünschten Erinnerungen zu verbannen. Mit jedem Crescendo steige ich wieder auf, kehre zurück zu den Drachen in meinen Träumen, welcher durch das himmlische Blau des Nachthimmels segelt. Jede leidenschaftlich gespielte Note ist ein Kampf gegen die Realität, die mich versucht, zurückzuziehen.

Doch ich will nicht.

Die Noten der Melodie wirbeln um mich herum wie Blätter im Sturm, jede von ihnen eine Facette meiner eigenen zerrissenen Seele. Mit jedem Strich des Bogens wird die Melodie intensiver, jede Phrase ein Aufschrei gegen die Dunkelheit, die mich zu verschlingen droht. Ich spiele, als könnte ich die Welt um mich herum verändern, als könnten die Saiten der Geige die Zeit zurückdrehen und die Wunden heilen, die mir zugefügt wurden.

Tränen fließen nun frei, angetrieben von der Wucht der Musik und dem Gewicht des Verrats.

Bilder von Lorenzo, der mich täuschte, und Cedric, dessen Hände mich berührten, durchbohren mein Herz aufs Neue.

Erinnerungen an Cole, mit Augen so kalt und undurchdringlich wie ein winterlicher See und Dorian, dessen Handlungen ein Rätsel bleiben, vermischen sich zu einem schmerzhaften Crescendo in meinem Kopf.

Mein Spiel wird zu einem Kampf. Meine Finger krampfen um die Geige, als ob sie das Einzige wäre, das mich noch aufrecht halten könnte.

Doch inmitten dieses musikalischen Orkans, der mein Inneres aufwühlt, spüre ich, wie meine Kräfte schwinden.

Der Traum vom Drachenflug, der zuvor noch so lebhaft in meiner Vorstellung tanzte, wird blass und ungreifbar, überschattet von der erdrückenden Realität meines Lebens.

Plötzlich zerbricht etwas in mir.

Die Musik stockt, mein Griff lockert sich und die Geige entgleitet meinen Händen. Ich sinke zu Boden, während die letzten, verwehenden Töne der Melodie in der Luft hängen. Auf meinen Knien im Moos, unter dem dichten Baldachin des Waldes, breche ich zusammen. Die Tränen kommen nun unaufhörlich, heiß und unaufhaltsam. Ich schluchze bitterlich, mein Körper wird von Wellen des Schmerzes geschüttelt. Jedes Schluchzen ist ein Echo des Verrats, der Einsamkeit, der verwirrenden Gefühle, die mich zerreißen. Ich fühle mich verloren, verlassen von der Musik, meiner einzigen Zuflucht, die nun so fern scheint. Verlassen von meinem Vater.

Warum sehe ich immer nur das Gute in Menschen? Wieso bin ich so naiv und leide dadurch immer wieder an den Konsequenzen?

Der Waldboden unter mir wird feucht von meinen Tränen, doch er ist auch mein Trost. Der Wald, immer ein Ort der Stille und des Friedens, hält mich jetzt fest, wiegt mich sanft, als ob er versucht, den Schmerz zu lindern, der mein Herz durchbohrt.

Langsam legt sich die Stille des Waldes wie ein sanfter Mantel über mein gebrochenes Ich. Hier, im Herzen der Natur, unter dem Schutz der alten Bäume, gebe ich meinem Schmerz Raum, lasse zu, dass er sich entfaltet und in den Boden sickert.

Während ich dort weine, allein, aber doch von der stillen Präsenz des Waldes umarmt, beginne ich, einen stillen Frieden zu finden. Den ersten Schritt auf dem langen Weg der Heilung, auf dem ich lernen muss, wieder zu mir selbst zu finden. Eines Tages kann ich die Musik vielleicht zurück in mein Herz lassen.

Mit zitternden Händen lege ich die Geige zur Seite. Der Wald, die Natur, sie haben mir zugehört und vielleicht haben sie mich sogar schon ein wenig geheilt. Ich weiß, dass ich mich der Realität wieder stellen muss, doch dieser Moment der Freiheit, des Schmerzes und der Schönheit wird ein leuchtender Punkt in meinem Gedächtnis bleiben – ein leiser, stetiger Rhythmus, der im Hintergrund meines Lebens weiterspielt.

Der Wald umhüllt mich sanft, während ich dort auf dem moosbewachsenen Waldboden sitze. Umgeben von den beruhigenden Geräuschen der Natur. Doch trotz der friedlichen Umgebung, kämpfe ich immer noch mit meinen inneren Dämonen, die die Musik nicht zum Schweigen bringen konnte.

Mein Vater ist ein weiterer Schatten, welcher über meinem Leben schwebt. Sein Verschwinden hat eine Lücke in meinem Herzen hinterlassen, eine Leere, die ich nicht zu füllen vermag. Ich frage mich, ob er jemals zurückkehren wird, oder ob es wirklich stimmt, was alle über ihn sagen.

Er sei an der Front gefallen.

Vielleicht klammere ich mich auch an diesem unwahrscheinlichen Stückchen Hoffnung fest, weil es sonst nichts mehr gibt.

Meine Gedanken wandern weiter zu Reia, meiner besten Freundin. Sie ist immer an meiner Seite, mit ihrem warmen Lächeln und ihrer bedingungslosen Unterstützung. Doch selbst sie kann meine inneren Kämpfe nicht vollkommen lindern, die Leere nicht füllen, die sich in meinem Herzen ausgebreitet hat.

Und dann sind da noch die seltsamen Bilder, die mich immer wieder heimsuchen. Wenn ich so darüber nachdenke, bin ich relativ glücklich, dass sie mich in der verzweifelten Zeit meiner Entführung in Ruhe gelassen haben. Als wären sie lebendig, als hätten sie gespürt, dass ich meine Kraft zum Überleben gebraucht habe.

Es ist schwer zu beschreiben. Ich weiß nicht, was die Bilder bedeuten, aber ich spüre, dass sie eine Verbindung zu meiner

Vergangenheit haben, zu meinem Schicksal, das noch ungeschrieben vor mir liegt.

Vielleicht ist der Wald der Ort, an dem ich Antworten finden werde, meinen Weg vorwärts finden kann. Und so lasse ich meine Gedanken treiben, während ich mich langsam durch den Wald bewege.

Ein leises, schmerzvolles Jaulen durchdringt die Stille des Waldes und schickt einen nervenaufreibenden Schauer über meinen Rücken. Ich zucke zusammen, als ich den Klang höre, mein Herz rast vor Angst. *»Was war das?«*, wirbeln meine Gedanken. Ich schleiche weiter in das Dickicht des Waldes und suche instinktiv nach der Quelle des Geräusches. Behutsam blicke ich nach rechts und links. Die Entführung hat mich ein wenig paranoid werden lassen.

Aber als ich die Quelle entdecke, vergesse ich fast zu atmen.

In der Ferne sehe ich einen *blauen* Drachen, welcher sich vor Qualen auf dem Waldboden einer Lichtung windet. Mein Atem stockt erneut, als ich den majestätischen, aber *verletzten* Drachen betrachte.

Sein schuppiger Körper glitzert im letzten Licht der untergehenden Sonne, das wie flüssiges Silber über seine mächtigen Flanken spielt. Die Schuppen sind in verschiedenen Blautönen gehalten, von tiefem Saphir bis hin zu hellem Azur und sie schimmern wie Edelsteine. Seine mächtigen Flügel sind ausgebreitet, ihre Membranen durchzogen von feinen, fast leuchtenden *schwarzen* Adern, die an die filigranen Muster eines Schmetterlingsflügels erinnern. Anscheinend gehört er zur Gattung der *Sturmflügel*. Für mehr Drachen-Analyse reicht mein Wissen leider nicht aus und ich mahle verbittert mit dem Kiefer.

Mein Herz sticht, als seine Augen sich vor Schmerz und Verzweiflung weiten. Mein Verstand schreit mir zu, wegzulaufen, mich zu verstecken, aber ich kann meine Augen nicht von dem Drachen abwenden. »*Ich kann ihn doch nicht zurücklassen*«, peitscht meine innere Moral. Auch, wenn ich damit mein Testament unterschreibe. Ich beiße mir zäh auf die Lippen.

Entschlossen, herauszufinden, was mit dem Drachen los ist, schleiche ich mich vorsichtig näher, meine Schritte gedämpft von dem weichen Waldboden. Ich finde einen sicheren Platz im Gebüsch und beobachte den Drachen aus sicherer Entfernung. Zu meiner Überraschung handelt es sich bei dem Drachen um ein *Weibchen*, wenn meine Vermutungen richtig liegen. Mich wundert es nur, dass sie um ein Ganzes größer ist, als weibliche Drachen in meinen Büchern beschrieben werden. Ich mache mir eine gedankliche Notiz, das nachzuschlagen.

Ein leises Rascheln, das sich in der Stille des Waldes wie ein Schrei anhört, verrät meine Anwesenheit. Ich beiße mir auf die Lippe und fluche leise vor mich hin, als das Weibchen aufmerksam wird und in meine Richtung blickt. Ihr Blick durchbohrt mich und ich fühle mich wie erstarrt vor Panik.

»Scheiße«, fluche ich panisch und versuche, mich zu verstecken, meinen Atem zurückzuhalten, aber der Drache schnuppert in meine Richtung, als ob sie meine Anwesenheit spüren könnte. Ich halte die Luft an und mein Herzschlag übertönt alles andere in meinem Kopf. »*Verdammt Livia*«, schimpfe ich in Gedanken. »*Selbst schuld, mal ganz im Ernst.*«

Schließlich, nach einer gefühlten Ewigkeit, scheint der Drache meine Gegenwart akzeptiert zu haben. Ich habe mich nicht getraut, mich zu bewegen, da ich es vermeiden wollte, bei lebendigem Leib gegrillt zu werden. Mir piksen immer noch unzählige Ästchen in die Arme und Beine, doch das nehme ich in Kauf, solange ich leben kann.

Sie ist skeptisch, aber nähert sich langsam, ihre riesige Gestalt imposant und furcherregend. Ich spüre einen unwiderstehlichen Drang, mich ihr zu nähern, meine Hand auszustrecken und ihr zu versichern, dass ich keine Bedrohung bin. Doch nur, weil das bei Pferden funktioniert, heißt das noch lange nicht, dass es auch bei einem Drachen funktionieren würde. In diesem Moment ärgere ich mich zutiefst, dass die Lehrmeister an der Heiler-Akademie es für unwichtig erachten, uns auf solche Begegnungen vorzubereiten.

»Wollen sie verdammt nochmal, dass wir getötet werden?«, feixen meine Gedanken impulsiv.

Ich zwinge mich, die Realität zu akzeptieren, und wage einen ersten Annäherungsversuch. »Es ist in Ordnung«, flüstere ich leise, meine Stimme zitternd vor Furcht und Aufregung. »Ich werde dir nicht wehtun«, versichere ich ihr.

Das Weibchen knurrt, ein tiefer, grollender Laut, der durch den Wald hallt. Mein Trommelfell vibriert leicht, doch ich halte inne.

Bleibe standhaft.

Meinen Blick fest auf den Drachen gerichtet. Ich weiß nicht, ob sie mich versteht, aber ich hoffe, dass sie meine guten Absichten erkennt.

Langsam und zögerlich nähere ich mich weiter, bis ich direkt vor ihr stehe. Ihr Atem ist heiß und schwer, aber ich spüre keine Feindseligkeit in ihrem Blick.

Gerade merke ich, dass es sinnvoller gewesen wäre, im Unterricht über das Wesen von Drachen zuzuhören, anstatt über die Montallis nachzudenken. Aber hey, im Nachhinein ist man doch immer schlauer.

Mutig strecke ich meine Hand aus und berühre vorsichtig ihren krallen besetzten Fuß, um eine Art Annäherung zu wagen. Ich bete zu Vimos, dass sie das Ganze nicht als Angriff interpretiert, sondern erkennt, dass ich ihr durch meine körperliche Nähe beistehen möchte, so wie Frau Caspian es uns gelehrt hat.

Ein plötzlicher Rausch durchströmt meinen Körper, als unsere Berührung eine tiefe Verbindung herstellt. Das elektrisierende Gefühl, das von ihr ausgeht, durchdringt jeden Nerv meines Körpers. Doch dann, wie aus dem Nichts, überwältigt mich ein Bild, welches wie ein stummer Schrei durch mein Innerstes hallt. Stärker als ich sie jemals in meinem Leben gespürt habe.

Vor meinem inneren Auge sehe ich ein zartes, weinendes Baby, dessen Schreie die Luft erfüllen. Es wird liebevoll von starken, doch sanften Armen eines Mannes gehalten. Sein Gesicht verschwimmt vor meinen Augen, unfähig, sich mir zu zeigen. Ein Gefühl von Geborgenheit umhüllt die Szene. In diesem Moment überfluten mich gemischte Gefühle. Ich fühle die verzweifelte Zärtlichkeit des Babys, das nach Trost und Geborgenheit schreit, während gleichzeitig die verborgene Trauer des Mannes mich berührt. Es ist, als würde ich in die tiefsten Abgründe ihrer Seelen blicken, ohne zu wissen, wer sie wirklich sind oder warum ihre Wege sich mit meinem kreuzen.

Verwirrt und überwältigt lasse ich die Hand zurückfallen und taumle ein paar Schritte zurück. Der Waldboden, bedeckt mit weichem Moos, gibt bei jedem meiner unsicheren Schritte nach. Kleine, leuchtend bunte Wildblumen sprießen zwischen den Wurzeln der Bäume hervor. Ihre zarten Blütenköpfe wiegen sich im Wind.

Das Weibchen hebt langsam den Kopf. Ihre Augen funkeln in einem tiefen, unergründlichen Blau. Doch die tiefen Wunden, die ihre Flanken durchziehen und das goldene Leuchten ihrer entweichenden magischen Essenz erzählen von ihrem Leiden. Sie beobachtet mich still und ich spüre, wie das brodelnde Gefühl, das mich seit Monaten heimsucht, stärker als je zuvor in mir aufsteigt.

Ich bin nicht in der Lage, einen klaren Gedanken zu fassen. *Wie soll ich reagieren?*

Dabei meine ich zu vernehmen, dass das Weibchen genauso am Hadern ist, was gerade passiert ist.

»Was... was war das?«, stammle ich vor mich hin, meine Stimme kaum mehr als ein Flüstern. Diese Gefühle haben mich so aus dem Kontext geworfen, dass ich mir einfach nur wünsche, dass dieser Drache mit der Sprache rausrückt, warum sie eine solche Reaktion bei mir auslöst. Doch sie entscheidet sich, mich mit Schweigen zu bestrafen. Das Weibchen beäugt mich, als wäre ich lediglich ein winziger Grashüpfer. *Können Drachen überhaupt sprechen?*

»Hab ich dich verletzt, Herzchen?«

- Lorenzo

KAPITEL 16

COLE

In den letzten Tagen scheint alles schief zugehen, inklusive des verdammten Gremiums.

»Ja verdammt, was ist denn jetzt schon wieder los?«, meine Stimme tropft vor Frustration, als ich mich genervt von meinem Sessel erhebe und zur Tür schlurfe.

Dorian lehnt lässig im Türrahmen: »Wenn du mich noch einmal draußen, wie einen Köter warten lässt, trete ich das nächste Mal die Tür ein.«

»Mach doch. Solange du die Tür bezahlst.« Ernst nehmen kann ich Dorian nicht wirklich.

Ich werfe ihm einen gelangweilten Blick zu und kehre zu meinem Ledersessel zurück, wo ein halbleerer Kelch Wein auf mich wartet.

Ja, *halbleer.*

Neuerdings bin ich, nach Dorian, nicht nur schlecht gelaunt, sondern auch Pessimist.

»Was gibts, Bruderherz?«, frage ich ihn mit einem zuckersüßen Grinsen.

Dorian seufzt und bedient sich ungeniert an meinem Wein.

»Es gibt Ärger. Die Drachen drehen völlig durch und das

Gremium hat eine Notfallkonferenz einberufen, zu der auch die Gremium-Anwärter kommen sollen. Nur du und ich, soweit ich das richtig verstanden habe. Die Celestinos wurden nicht eingeladen. Was ich ziemlich seltsam finde, da Lord Celestino definitiv als Leiter der Drachenreiter-Akademie, auch anwesend sein wird.«

»Warum sollten sie ausgerechnet jetzt die Anwärter einladen? So etwas gab es noch nie.«

Dorian zuckt nur ahnungslos mit den Schultern und nimmt einen weiteren Schluck meines Weins. Zu fragen braucht er nicht, denn wir teilen alles. Der andere muss nur davon Bescheid wissen und solange gibt es auch keine Grenzen, *was* genau wir uns teilen.

»Meine Vermutung ist, dass es etwas mit dem *verschwundenen* Drachen zu tun hat. Wir müssen uns beweisen, Cole.«

Immer muss er den großen Bruder spielen. Normalerweise hätte mich das nicht gestört, schließlich habe ich mir in kürzester Zeit an der Drachenreiterakademie einen Namen gemacht. Doch Dorian scheint immer noch zu glauben, er könne mich übertrumpfen. *Ach, Bruderherz, du hast keinen blassen Schimmer, wozu ich in der Lage bin.*

Ich lasse meinen Blick durch mein Zimmer schweifen. Es ist dunkel eingerichtet, aber verdammt luxuriös – ein perfekter Rückzugsort für einen Drachenreiter wie mich. Die Wände sind mit dunklem Holz verkleidet, das im Licht der wenigen kunstvoll gearbeiteten Lampen einen warmen Glanz ausstrahlt.

In den Ecken werfen die Lampen weiche Schatten, welche den Raum in ein sanftes Halbdunkel tauchen.

An einer Wand hängt eine beeindruckende Sammlung von Waffen und Rüstungen, sorgfältig angeordnet und immer bereit, falls sie gebraucht werden. Die prächtigen Rüstungen, verziert mit Symbolen und Mustern, welche die Stärke und das Erbe der Drachenreiter widerspiegeln, glänzen im schummrigen Licht.

Mein Bett ist groß und mit dunkelroten Samtkissen und einer schweren, weinroten Decke ausgestattet, die sich wie ein Königsmantel anfühlt. Schon einige Huren durften die weichen Laken für eine Nacht testen, doch danach wurden sie wieder aus meinen Räumlichkeiten verbannt.

Ein massiver, geschnitzter Holztisch steht in der Mitte des Raumes, bedeckt mit Karten, Dokumenten und einem halbgefüllten Kelch Wein, von dem Dorian gerade den letzten Schluck ausgetrunken hat. Der Duft von teurem Leder und Holzpolitur erfüllt die Luft.

»Wer ihn leer macht, muss auch wieder auffüllen«, sage ich spöttisch, als ich ihn dabei beobachte.

Eine Wand des Zimmers wird von einem gewaltigen Kamin dominiert, in dem ein ruhiges Feuer brennt und eine wohlige Wärme verbreitet. Darüber hängt ein kunstvoll gefertigtes Wappen unserer Familie, das im flackernden Licht des Feuers erhaben wirkt. In der Nähe des Kamins steht ein bequemer Ledersessel, auf dem ich oft sitze, wenn ich nachdenke oder Pläne schmieden muss.

Dicke, schwere Vorhänge aus Samt rahmen die hohen Fenster ein, welche auf den Wald hinausblicken. Sie sind oft zugezogen, um neugierige Blicke fernzuhalten und die Dunkelheit im Raum zu bewahren. Dieses Zimmer, dieser Hort des Luxus und der Macht, ist mein Reich. Hier plane ich meine nächsten Schritte, schmiede Pläne und erlaube mir einen Moment der Ruhe, bevor ich mich wieder in den Kampf stürze. Klar ist unser Ruf, die Anerkennung, Macht und Reichtum etwas, was sich die anderen auf den Tod wünschen würden, doch mit der Bestimmung als Drachenreiter zahlt man nun mal einen ziemlich großen Preis, wovon die wenigsten etwas mitbekommen.

Dorian lacht selbstgefällig und reicht mir meinen frisch gefüllten Kelch mit Wein. Ich nehme ihn entgegen und genehmige mir direkt einen großen Schluck des dunkelroten Goldes. Ein genüssliches Lächeln spielt auf meinen Lippen, als ich den reichen Geschmack genieße. Wenn das Gremium uns heute in den Arsch kriechen will, spielt mir das nur in die Karten. Sie möchten denken, sie kennen meine Beweggründe. Tun Sie jedoch nicht.

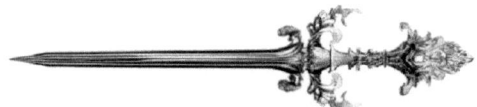

Wir sind von Kilead aufgebrochen, nachdem uns ein Diener des Gremiums die Karte überreicht hatte, welche den Weg zur Drachen-Versammlungsstätte in *Soilleir* zeigt. Die Reise hat uns durch dichte Wälder und über schroffe Hügel geführt, bis wir schließlich diesen verborgenen Ort erreicht haben. Die geheimnisvolle Karte hat uns sicher hierher geleitet, doch nichts konnte mich auf den Anblick vorbereiten, welcher sich uns nun bot.

Als wir die Versammlungsstätte betreten, wird mir klar, dass etwas Ungewöhnliches vor sich geht. Vor uns erstreckt sich ein gewaltiger *Zirkel-Kreis* aus uralten Gemäuern.

Die Mauern sind von Flechten überwuchert, was ihrem ehrfurchtgebietenden Anblick eine noch schlimmere Note verleiht.

Zwischen den Steinen ranken sich dichte Efeugewächse, deren dunkelgrüne Blätter sich in die Zwischenräume schieben und den Anschein erwecken, als ob die Natur selbst die alten Strukturen zurückerobern wollte.

Warum wusste ich nichts von diesem Ort?

Die Steine sind von jahrhundertelanger Witterung gezeichnet und tragen die Narben unzähliger Stürme und Regenfälle. Sie sind mit Runen und Symbolen verziert, die längst vergessene Rituale der Drachenreiter und ihrer Gefährten erzählen. Diese uralten Markierungen leuchten schwach in einem silbrigen Schein, als ob sie immer noch von der Magie erfüllt wären, die einst durch sie floss.

Der Boden innerhalb des Zirkels besteht aus polierten, dunklen Steinplatten, welche unter den Füßen fest und solide sind, aber auch eine kühle Kälte ausstrahlen.

In der Mitte des Zirkels befindet sich eine erhobene Plattform, ebenfalls aus dem gleichen verwitterten Stein, die als Zentrum der Beratung dient. Von hier aus kann man die gesamte Versammlungsstätte überblicken.

Der Himmel über uns ist offen, das Dach des Zirkels besteht nur aus den hoch aufragenden Steinmauern, die den Blick auf die Sterne freigeben.

Eine schimmernde Barriere aus magischer Energie umgibt den Zirkel. Sie flimmert leicht und pulsierend, wie ein lebendiger Schutzschild, der die Versammlung vor äußeren Einflüssen bewahrt. »Was zum Teufel...«, flüstere ich, während ich meine Umgebung prüfe.

Dorian tauscht einen flüchtigen Blick mit mir aus. »Das sieht aus wie eine uralte Drachen-Versammlungsstätte. So etwas habe ich noch nie gesehen.« Seine Stimme klingt genauso erstaunt wie meine. Wir nehmen unsere Plätze im Kreis ein, umgeben von den Mitgliedern des Gremiums.

Der Älteste, Andil Thornevar, ergreift das Wort und eine gespannte Stille erfüllt den Raum. Dorian und ich kennen Andil bereits von unserem Vater, König Ganmon Montalli. Neben Andil steht er und ich kann seinen abwertenden Blick auf meinem Körper förmlich spüren.

Er hält uns für unwürdig, dem Gremium beizutreten, aber das wird sich ändern.

Der alte Sack kann mich mal.

Ich werde dir zeigen, wer ich wirklich bin, Daddy. Dann werden wir sehen. Er kassiert ein aufgesetztes Lächeln von mir, bevor ich meine Aufmerksamkeit wieder auf Andil richte.

Andils tiefe Stimme durchdringt die Versammlungsstätte. »Liebe Genossen, wir sind hier heute zusammengekommen, um über eine äußerst beunruhigende Angelegenheit zu sprechen. Wie ihr alle wisst, ist eines unserer *Sturmflügel-Weibchen* vor Kurzem angegriffen und schwer verletzt worden. Nach ersten Ermittlungen unserer Wächter-Truppe können wir bestätigen, dass der Angriff den *Dubhcor* zuzuordnen ist.«

Ein Raunen der Besorgnis und Empörung erfüllt den Raum. Doch Andil fährt fort: »Das verletzte Weibchen sollte heute hier bei uns sein, damit wir über die nächsten Schritte beraten können. Doch leider ist sie immer noch wie vom Erdboden verschluckt.« Seine Stimme ist schwer von Bedauern. Der Verlust eines einzigen Drachen ist für uns Drachenreiter ein schwerer Schlag.

Die Dubhcor, düstere Krieger, sind gefürchtet für ihre Brutalität und ihre Fähigkeit, die Dunkelheit zu kontrollieren. Ein Schauer läuft mir über den Rücken, als ich an sie denke. Ihre Augen sind vollständig schwarz, durchdringend und unwirklich, als könnten sie direkt in die Seelen ihrer Gegner blicken. Ihre Haut ist von einer unnatürlichen Blässe, fast wie Marmor, und kontrastiert stark mit den *farbigen* Tattoos, die ihre Körper zieren.

Diese Tattoos, in den Farben der *mächtigsten* Drachen, die sie je kanalisiert hatten, symbolisieren ihre tiefe Verbindung zur dunklen Magie.

Dorian und seine Kompanie hatten den Auftrag, die letzten Wochen nach dem Weibchen zu suchen. Vergeblich. Dazu kommt, dass vor allem in diesem Frühjahr, deutlich weniger Drachen gebunden haben als im Vorjahr. Es ist sichtlich an den Grenzen zu spüren. Die Dubhcor rennen uns gerade so die Bude ein.

Schlagartig durchbricht das Dröhnen von mächtigen Schwingen die Stille.

Alle drehen sich zum offenen Dach der Versammlungsstätte.

Ein gewaltiger *schwarzer* Drache erscheint am klaren Sternenhimmel und landet majestätisch auf den uralten Steinmauern des Zirkel-Kreises.

Seine glänzenden, obsidianfarbenen Schuppen schimmern im fahlen Licht und seine goldenen Augen strahlen eine unfassbare Entschlossenheit aus.

Auffällig sind die *azurblauen*, leuchtenden Adern, welche sich über seine Flügel und entlang seines Rückens ziehen.

Mit einem ehrfürchtigen Murmeln der Anerkennung begrüßen die Anwesenden das Erscheinen des Drachen.

Ich hingegen gebe keinen Ton von mir und betrachte ihn lediglich.

Bei dem Drachen handelt es sich um *Dubhghall*. Ein Drache der *Schattenschlund*-Gattung. Einer der letzten und mächtigsten seiner Art.

Sein Anblick verstärkt die Ernsthaftigkeit der Situation und ich weiß, dass wir uns in einer entscheidenden Phase befinden, welche über das Wohl unseres Reiches entscheiden könnte.

Während ich Dubhghall betrachte, spüre ich, wie sich die Spannung im Raum weiter verdichtet. Sein Erscheinen verkörpert nicht nur die Macht und Stärke der Drachen, sondern auch die Verantwortung, welche auf uns lastet, seitdem wir eine Vereinbarung, über Leben und Tod hinaus, mit ihnen geschlossen haben. Denn das Wohlwollen der Drachen kann für uns einen großen Unterschied zwischen Frieden und Chaos bedeuten. Wir sind also auf sie angewiesen, ob wir das wollen, oder nicht.

Andil nimmt wieder das Wort. Sein Blick ruht schwer auf Dubhghall. »Dubhghall«, beginnt er mit bedächtiger Stimme, »Es ist unumgänglich, dass wir uns diesem Bedrohungspotenzial der Dubhcor entgegenstellen müssen. Wir müssen zusammen handeln, bevor weitere Unschuldige leiden.«

Dubhghall richtet seinen stolzen Blick auf Andil, während seine goldenen Augen vor Intensität blitzen.

Seine gewaltigen Schwingen zucken leicht, als er seine Stimme erhebt, verstärkt, sodass ausnahmsweise alle Anwesenden ihn verstehen können. Noch beeindruckender finde ich, dass Dubhghall *keinen* Reiter gebunden hat. Daher muss seine Macht gewaltig sein, wenn wir ihn alle hören können.

»*Andil*«, knurrt Dubhghall mit einer Stimme, die mich an mörderischen Donner erinnert, »*Ich bin mir der Bedrohung durch die Dubhcor bewusst. Doch glaube nicht, dass ich mich eurer Bitten beuge, wie ein zahmer Hund.*« Seine goldenen Augen glühen vor Zorn, als er fortfährt: »*Die Sicherheit meiner Gefährtin ist mir bekannt und ich werde alles tun, um sie zu schützen. Doch Gnade euch, wenn ihr versucht, unsere grenzenlose Loyalität zu erzwingen. Die Dubhcor sind ein Problem, welches aus euch Menschen resultiert ist. Also findet eine Lösung.*«

Seine Worte sind von einer unmissverständlichen Drohung durchzogen und die Mitglieder des Gremiums zucken bei seinem gefährlichen Ton zusammen. Dubhghall lässt seinen Blick durch den Raum wandern.

»*Seid gewarnt*«, knurrt Dubhghall abschließend, bevor er sich mit einem mächtigen Flügelschlag erhebt und davonfliegt. Eine Aura der Dominanz und Bedrohung zurücklassend.

»Alter..«, staunt Dorian während er Dubhghall hinterherschaut.

Andil erhebt sich wieder und betrachtet die Mitglieder mit einem nachdenklichen Ausdruck. Seine Augen suchen den Raum, bevor er mit bestimmter Stimme spricht: »Wir müssen uns bewusst sein, dass wir uns auf dünnem Eis bewegen. Die Drachen sind mächtige Verbündete, aber auch unberechenbare Partner. Wir müssen vorsichtig vorgehen.« Seine Worte hallen in meinen Ohren wider und ich kann das leise Gemurmel der Zustimmung und Besorgnis der anderen Mitglieder des Gremiums hören.

Okay, es ist so weit.

»Meine Güte, wie die sich alle anstellen«, flüstere ich Dorian zu, der mir einen Hieb in die Seite verpasst. Ich werfe meinem Bruder einen giftigen Seitenblick zu und er erwidert ihn mit einem charmanten Lächeln. Langsam kreise ich meinen Kopf und lege mir meine Gedanken zurecht.

»Was hast du vor, Cole?«, fragt Dorian mit einem Hauch von Überlegenheit in seiner Stimme. *War klar, dass es ihm auffällt.*

Ich lehne mich leicht vor, meine Gedanken formen sich zu einem Plan. »Ich habe eine Idee, wie wir die Macht des Gremiums nutzen können, um den Dubhcor einen Schlag zu versetzen«, flüstere ich leise, damit nur Dorian mich hören kann.

Sein Lächeln wird breiter, als er meine Worte hört. »Ich höre«, sagt er interessiert. Seine Augen funkeln vor Vorfreude auf die Möglichkeit, sich zu beweisen.

Gemeinsam schmieden wir während einer kurzen Unterbrechung der Ältesten unseren Plan und ich kann das Kribbeln der Aufregung spüren, meinem Vater sein hässliches, selbstgefälliges Grinsen aus dem Gesicht zu schlagen. Das ist meine Chance, mich zu beweisen und meinen Platz im Gremium zu festigen – und meinem Vater zu zeigen, dass ich mehr bin, als nur sein Sohn.

Ich warte auf den richtigen Moment, um meine Idee vorzubringen und meine Autorität zu demonstrieren. Endlich ergibt sich eine Gelegenheit und ich erhebe mich von meinem Platz. Alle Augen im Raum richten sich auf mich und ich spüre pures Selbstbewusstsein und Vorfreude, als ich das Wort ergreife.

»Meine verehrten Genossen«, beginne ich mit fester Stimme, »Ich habe einen Vorschlag, wie wir die Dubhcor effektiv bekämpfen können.« Mein Blick wandert zu meinem Vater, welcher mich überrascht ansieht und ein zufriedenes Lächeln breitet sich auf meinen Lippen aus. »Wir müssen die Dubhcor direkt angreifen«, verkünde ich mit fester Stimme. Persönlich halte ich nichts von hochtrabendem Gefasel, deswegen komme ich direkt zum Punkt. Langsam schaue ich allen Anwesenden in die Augen. Präge mir ihre Blicke ein. Wer Freund und Feind ist. »Eine diplomatische Lösung wird nicht ausreichen. Wir müssen ihnen zeigen, dass wir bereit sind, mit allen Mitteln zu kämpfen.«

Viele Mitglieder des Gremiums murmeln zustimmend, während andere skeptisch bleiben. Doch ich lasse mich nicht von Zweifeln unterkriegen. Niemals.

»Ich schlage deshalb vor, dass wir eine gezielte Einsatztruppe zusammenstellen«, fahre ich mit fester Stimme fort. »Unsere besten Drachenreiter werden in einem Überraschungsangriff den uns bekannten Außenstützpunkt der Dubhcor infiltrieren und entscheidende Schläge gegen sie führen. Gleichzeitig werden wir die Unterstützung unserer verbündeten Drachengruppen mobilisieren, um ihre Streitkräfte zu schwächen und ihre Versorgungsrouten zu unterbrechen.«

Während ich meinen Plan erläutere, spüre ich, wie die Spannung im Raum steigt.

Einige Mitglieder des Gremiums scheinen von meiner unerbittlichen Entschlossenheit beeindruckt zu sein, während andere noch immer zögern. Daher erhöhe ich die Dringlichkeit. »Wir haben momentan noch die Macht und die Mittel, um die Dubhcor zu besiegen«, betone ich mit Nachdruck. »Es liegt an uns, diese Gelegenheit zu nutzen und Darilorn zu verteidigen.«

Plötzlich höre ich eine anerkennende Zustimmung neben mir.

Ich drehe mich um und sehe Dorian, welcher mich mit einem stolzen Lächeln betrachtet. Doch bevor ich meine Freude vollends genießen kann, fällt mein Blick auf meinen Vater, welcher am Rand der Versammlungsstätte steht. Sein Gesicht von einem Ausdruck purer Verachtung gezeichnet. Seine Augen brennen vor Wut und ich kann förmlich seinen Ärger spüren. *Warum? »Interessiert mich nicht«*, kommentiere ich meinen schwächlichen Gedankengang. Ein selbstgefälliges Lächeln huscht über meine Lippen. *Es ist süß zu sehen, wie du dich darüber ärgerst, dass ich im Rampenlicht stehe und Anerkennung erlange, Daddy.* Es ist an der Zeit, dass er begreift, dass ich nicht länger sein kleiner Junge bin, sondern ein mächtiger und fähiger Drachenreiter, welcher ihn übertrumpfen wird.

Während ich meinen lieben Vater mit einem herausfordernden Blick fixiere, erhebt sich Andil erneut, um seine Meinung zu meinem Plan zu äußern. »Cole hat recht«, erklärt er mit einem

Nicken in meine Richtung. »Dieser Plan könnte unsere beste Chance sein, den Dubhcor erheblich zu schaden.«

Seine Worte bestätigen meinen Eindruck und ich fühle mich in meiner Überzeugung bestärkt. Doch dann fügt Andil zu meiner Überraschung hinzu: »Cole wird den Trupp zusammenstellen und leiten. Er hat die Initiative ergriffen und wird die volle Verantwortung mit seinem Bruder Dorian übernehmen.«

Verdammt. Ja! Das ist genau die Bestätigung, welche ich gebraucht habe. Ich werde nicht nur den Trupp leiten, sondern auch meine Autorität und Fähigkeiten mit Dorian unter Beweis stellen. Mein Blick schweift erneut zu meinem Vater und ein triumphierendes Funkeln liegt in meinen Augen. *»Na, alter Mann«*, denke ich spöttisch, *»Hast du jetzt verstanden, dass ich es drauf habe?«*

Mit einem selbstzufriedenen Grinsen auf den Lippen stehe ich auf, bereit, meine neue Rolle anzunehmen und meinen Platz im Gremium zu festigen. Die Zukunft gehört mir. Nichts und niemand wird mich und meine Pläne aufhalten können.

»Bevor wir fortfahren, lassen Sie uns abstimmen«, schlägt Andil vor. Eine Welle von Gemurmel durchzieht den Raum, bevor sich alle wieder beruhigen. »Wer für den vorgeschlagenen Plan ist, hebt die Hand.«

Eine Reihe von Händen geht in die Höhe, einige zögerlich, andere entschlossen. Mein Herz schlägt schneller, als ich die Mehrzahl der Hände sehe, die meinem Plan zustimmen. Doch meine Vorfreude hält sich in Grenzen. Mein Blick bleibt auf meinem Vater hängen, dessen Hand starr unten bleibt. Sein Gesicht ist eine steinerne Maske, aber seine Augen verraten alles: pure Verachtung. Ein düsteres Vergnügen durchzieht mich, als ich seinen unmissverständlichen Widerstand bemerke.

»Und wer ist dagegen?«, fragt Andil. Nur eine Hand erhebt sich.

Die meines Vaters, des Königs.

Seine Augen brennen wie kaltes Feuer und ein selbstgefälliges Lächeln schleicht sich auf mein Gesicht. Dieser Augenblick gehört mir. Die Zustimmung des Gremiums ist meine Bühne und mein Vater spielt die Rolle des Widersachers perfekt. »Es ist entschieden«, verkündet Andil. »Der Plan wird ausgeführt und Cole wird den Trupp anführen.«

Die Anwesenden blicken skeptisch zwischen meinem Vater und mir hin und her, als hätten sie einen Fehler gemacht. Das Gewicht der königlichen Autorität lastet schwer auf ihnen. Mein Vater erhebt sich langsam. Seine Präsenz füllt den Raum mit einem unnachgiebigen Charisma.

»Ihr macht einen großen Fehler«, verkündet er, seine Stimme schneidend und voll stiller Bedrohung. »Doch wenn das euer Wille ist, so soll es sein.«

Seine Worte hinterlassen eine unbehagliche Stille. Einige Mitglieder des Gremiums tauschen unsichere Blicke aus, als hätten sie Angst, die falsche Entscheidung getroffen zu haben. Sie sind schwach. So manipulierbar. Die Macht und der Einfluss meines Vaters sind unbestritten und ihre Loyalität steht auf wackeligen Beinen.

Ich halte seinen Blick fest, meine Muskeln angespannt, doch mein Äußeres bleibt kühl und kontrolliert. »Danke für dein Vertrauen, Vater«, sage ich mit einer Stimme, die vor aufgesetzter Freundlichkeit nur so trieft. »Ich werde dich nicht enttäuschen.«

Sein Blick verfinstert sich, ein stilles Versprechen von künftigen Konfrontationen. Er weiß, dass ich nur zu formellen Zwecken so freundlich bin und das kotzt ihn an. Ohne ein weiteres Wort dreht er sich um und verlässt mit seinen Beratern als Erster die Versammlung. Die Versammlungsstätte leert sich langsam, das Gemurmel der Mitglieder verklingt, aber die Spannung in der Luft bleibt. Dorian tritt an meine Seite und legt eine Hand auf meine Schulter, seine Augen funkeln vor Stolz und Vorfreude. »Das war beeindruckend, Bruderherz. Jetzt beginnt das wahre Spiel.«

Ich nicke knapp und spüre, wie das Adrenalin durch meine Adern pumpt. Die Last der Verantwortung fühlt sich an wie ein Triumph, eine Herausforderung, die ich mit Freude annehme. Mein Blick schweift erneut zu dem Punkt, an dem mein Vater verschwunden ist.

»Wir werden herrschen«, sage ich leise, aber bestimmt. »Und ich werde ihm beweisen, dass wir mehr sind, als nur seine Söhne. Wir werden ihm zeigen, dass wir die wahren Erben dieser Macht sind.«

Dorian lächelt und in seinen Augen sehe ich das Spiegelbild meiner eigenen Entschlossenheit.

»Übermut kommt vor dem Fall, Bruderherz.«

- Dorian

KAPITEL 17

LIVIA

Ich schaue das Weibchen mit großen Augen an, als sie plötzlich zu mir spricht.

»Livia«, sagt sie mit einer Stimme, die sowohl kraftvoll als auch sanft ist, »Mein Name ist Thalessa.«

Bestimmt hat Lorenzo mir etwas verabreicht. *Ja, so muss es sein.* Ein sprechender Drache? Sie sind wilde Geschöpfe, die von Drachenreitern zum Kämpfen gebunden werden. Von *Drachenreitern.* Wie kann es sein, dass ich vor so einem majestätischen Wesen stehe, das nicht nur mit mir kommuniziert, sondern auch meinen Namen kennt?

Da ich mir aber immer noch bewusst bin, dass ich ein angsteinflößendes, riesiges Drachenweibchen vor mir habe, versuche ich, all meinen Mut zusammenzunehmen und der Sache auf den Grund zu gehen. »Thalessa«, wiederhole ich leise, »Ich... ich wusste nicht, dass Drachen sprechen können.«

Thalessa neigt leicht den Kopf und scheint genauso überrascht wie ich selbst zu sein. »*Du hast noch nie mit einem Drachen kommuniziert, wurdest du denn nicht gebunden?*« Noch perplexer als zuvor starre ich Thalessa tief in die Augen.

Ist es normal, mit Drachen zu kommunizieren?

Genervt schnaubt der Drache aus und tritt einen Schritt näher auf mich zu. Es kommt mir fast so vor, als würde sie meinen Geruch prüfen und mich von Kopf bis Fuß betrachten. »*Du hast keinen Drachen gebunden. Du bist eine Heilerin, Mensch*«, grummelt sie mir skeptisch entgegen.

Langsam nicke ich und versuche, meine Gedanken zu ordnen.

Ich bin eine Heilerin und ja, ich habe in meinem Leben die ein oder andere ungewöhnliche Erfahrung gemacht, aber ein sprechender Drache ist definitiv ein Highlight. »E-eh, ja, ich bin eine Heiler-Novizin und du bist der erste Drache, mit dem ich jemals gesprochen habe.«

Innerlich fühle ich mich verletzt von ihrer Bemerkung.

Sie hat meine fehlende Bindung an einen Drachen bemerkt und das skeptische Grummeln in ihrer Stimme lässt mich glauben, dass sie dies als Schwäche sieht. Es ist, als ob mein ganzer Wert als Heilerin infrage gestellt wird, nur, weil ich keinen Drachen gebunden habe.

Hält sie mich für weniger wertvoll, weil ich eine Heilerin und keine Kriegerin bin?

Aber warum hat sie das überhaupt bemerkt? Warum scheint sie so sicher zu sein, dass ich einen Drachen hätte binden sollen? Diese Fragen bohren sich in meinen Kopf und lassen mich zweifeln. *Ist es möglich, dass ich etwas verpasst habe? Etwas, das ich nicht verstehe? Was weiß dieser Drache über mich, das ich selbst nicht weiß?*

Etwas geknickt beobachte ich, wie das Weibchen immer noch um mich herumstreift, als wäre ich ihr Mittagessen. Der Schweiß steht mir in dicken Perlen auf der Stirn.

Thalessa nimmt Abstand und lässt sich elegant auf der moosbewachsenen Waldlichtung nieder. »*Ich will dir helfen*«, fährt Thalessa entschlossen fort, ihre goldenen Augen fest auf mich gerichtet, als würde sie bis in das Innere meiner menschlichen Seele starren.

Einen Moment.

Erstens: Wie soll mir ein Drache, den ich seit knapp fünf Minuten kenne, helfen?

Zweitens: Bei was zur Hölle soll sie mir helfen?

Und drittens: Sollte ich nicht *ihr* wegen ihrer Verletzung helfen?

»Ich habe deine... besondere Art bemerkt, als du mich berührt hast«, antwortet Thalessa ausweichend, als hätte sie nicht vor, sofort zum Kern der Sache zu kommen. *»Deine Berührung war... anders.«*

Ich runzle die Stirn und schüttele den Kopf. »Was meinst du mit anders?«

Thalessa zögert, ihre goldenen Augen flackern kurz, als ob sie die richtigen Worte sucht. *»Nun, es ist nicht leicht zu erklären. Aber als du mich berührt hast, war da eine Art von... Energie.«*

Ich werde zunehmend ungeduldiger und bohre weiter. »Was für eine Energie?«

Thalessa seufzt tief, ein leiser Hauch von Rauch entweicht ihren Nüstern. *»Du hast eine Gabe, Livia«*, sagt sie schließlich. *»Du hast die Fähigkeit, Heilung zu bewirken, wie es nur wenige können.«*

»Eine Gabe?«, wiederhole ich. »Natürlich kann ich heilen, immerhin bin ich eine Heiler-Novizin, doch so etwas wie eine Gabe besitze ich nicht.« Ein leichtes Schmunzeln huscht über mein Gesicht, trotz der ernsten Lage.

»Ich spürte, wie meine Schmerzen nachließen, als du mich berührtest. Eine Magie, die tief in dir verborgen ist und darauf wartet, geweckt zu werden.«

Ihre Worte lassen mich ungläubig zurück. Dass ich anders bin, wusste ich schon immer. Aber, dass ich die Gabe habe Drachen den Schmerz zu nehmen und eventuell sogar sie komplett zu heilen, macht mich völlig sprachlos und übersteigt meine Vorstellungskraft.

»Es ist eine seltene Gabe, die nur selten Menschen gegeben wird«, erklärt Thalessa langsam. »Aber du hast sie. Und ich wäre dankbar, wenn du sie nochmal bei mir einsetzen würdest.«

Ungläubig beobachte ich Thalessa. Mir war immer bewusst, dass ich eine besondere Verbindung zur Natur und den Wesen um mich herum habe, aber dass ich die Fähigkeit besitze, Drachen zu heilen, übersteigt meine wildesten Vorstellungen. Vor allem, wie habe ich ihre Schmerzen gelindert, ohne besondere Praktiken anzuwenden?

Überwältigt von der Situation atme ich tief durch, um einen klaren Kopf zu bewahren. Ich kenne Thalessas Absichten nicht und sollte wachsam sein. Dennoch kann ich ihre Behauptung nicht ignorieren. Wenn ich wirklich eine seltene Gabe habe, sollte ich sie zum Guten nutzen, oder?

Fest entschlossen nehme ich meinen Mut zusammen und wende mich wieder an Thalessa. »Ich werde versuchen dir zu helfen, Thalessa«, verspreche ich. »Ich werde deine Schmerzen heilen, so gut ich kann. Auch, wenn ich keine Ahnung habe, wie.«

Thalessa nickt und wirkt ebenfalls etwas unsicher. Verständlicherweise. Wer lässt schon gerne eine unerfahrene Heilerin an seinen Körper?

Als ich mich langsam Thalessa nähere, fühle ich mich unsicher.

Die bloße Präsenz des majestätischen Drachen lässt mein Herz schneller schlagen und der Gedanke, meine unerprobten

Heilkräfte auf eine solch mächtige Kreatur anzuwenden, erscheint mir beinahe selbstmörderisch.

Für beide Beteiligte.

Meine Schritte sind zaghaft, als ob ich mich auf unsicherem Terrain bewege und ich spüre, wie Zweifel an meinen Fähigkeiten mich zu überwältigen drohen.

Als ich schließlich neben Thalessa stehe, spüre ich die Hitze ihres Atems auf meiner Haut und das sanfte Vibrieren ihres Körpers.

Ein Teil von mir will zurückweichen, sich vor der Macht und Größe des Drachen verneigen, aber ein anderer Teil – ein mutigerer, entschlossenerer Teil – drängt mich dazu, meinen Mut zusammenzunehmen und meine Gabe, wie Thalessa sie nennt, einzusetzen.

Als ich meine Hand auf Thalessas Schuppen lege und versuche, meine Heilkräfte freizusetzen, steigt eine Welle der Unsicherheit in mir auf.

Es ist das erste Mal, dass ich meine Gabe bewusst nutze und ich bin mir unsicher, ob ich es richtig mache. Schließlich habe ich erst vor wenigen Minuten erfahren, dass ich überhaupt eine Gabe besitze. Ich schließe die Augen, konzentriere mich auf meinen Atem und lasse die Geräusche um mich herum verblassen. Tief in meinem Inneren suche ich nach einem Funken Energie, der vielleicht schon immer da war, aber bisher verborgen blieb. Thalessas Präsenz in meinen Gedanken ist beruhigend. *»Vertraue dir selbst«*, flüstert ihre Stimme in meinem Geist.

Meine Finger zittern leicht, als ich die Wärme, die in meiner Brust pulsiert, nach außen lenke.

Eine *grünliche* Lichtkugel fließt durch meine Arme bis in meine Fingerspitzen. Gefolgt von einem sanften Kribbeln der wachsenden Energie.

Als ich die Augen einen Spalt öffne, sehe ich ein schwaches, grünliches Leuchten um meine Hand. Ich starre fassungslos auf meine Hand. »*Grünliches Licht! Meine Hand leuchtet tatsächlich grün!*«, peitschen meine Gedanken fasziniert.

Ich halte den Atem ruhig und gleichmäßig, fokussiere mich darauf, den stetigen Fluss der Energie aufrechtzuerhalten. Das Leuchten wird intensiver, kleine Funken tanzen über Thalessas Schuppen und verschmelzen mit ihrer Haut.

Thalessas Stimme hallt erneut in meinem Kopf: »*Lass die Energie frei*«, ermutigt sie mich, »*Sie weiß, wohin sie gehen muss.*«

Ihre Worte fließen durch mich wie ein warmer Strom. Das grünliche Leuchten wird kräftiger, formt sich zu einem lebendigen Band, das Thalessa und mich verbindet. Ich spüre, wie die Heilenergie durch mich hindurch strömt, geleitet von einem inneren Wissen, das mir bisher unbekannt war.

»*Vertraue auf deine Intuition und lasse die Magie durch dich fließen. Du hast die Kraft, mir zu helfen. Glaub an dich.*«

Ich atme tief durch und konzentriere mich erneut auf Thalessas Schmerzen. Ich lasse meine Hand ruhig auf ihren glänzenden Schuppen liegen und versuche, die Heilenergie aus meinem Inneren zu lenken.

Sofort spüre ich, wie eine Welle von Energie in meinem Körper aufsteigt. Ein prickelndes, warmes Gefühl, das sich von meinen Fingerspitzen ausbreitet und sich langsam durch meinen gesamten Körper bewegt.

Es ist ein zäher Prozess und ich spüre, wie meine Kraft schwindet und meine Knie weich werden, aber Thalessas Anwesenheit gibt mir die Stärke, weiterzumachen.

»*Versuche es mit mehr Entschlossenheit, Livia*«, ermutigt mich Thalessa. »*Visualisiere die Heilung, spüre die Energie in dir und lass sie frei fließen. Du bist stark genug, um mir zu helfen, das spüre ich.«*

Den Anweisungen folgend, konzentriere ich mich noch intensiver auf die Aufgabe. Die Welt um mich herum beginnt zu verschwimmen. Ein leuchtendes, grünes Licht sammelt sich um meine Hand und dringt in Thalessas Schuppen ein. Die Schuppen reagieren auf die Berührung, beginnen leicht zu pulsieren und im gleichen grünen Licht zu schimmern. Ihre obsidianfarbenen Adern treten nun kräftiger hervor.

Mit geschlossenen Augen versuche ich, die Verbindung zwischen uns zu vertiefen. In meinem Geist versuche ich mir Thalessas Verletzungen bildlich vorzustellen. Das Bild ist klar und lebendig, als ob ich direkt in ihren Geist blicken könnte. Vor meinem inneren Auge dringt das grüne Licht in die Dunkelheit ihrer Schmerzen, umhüllt die Wunden, wie ein wohltuender Balsam und heilt sie von innen heraus.

Die Magie fühlt sich lebendig an, wie ein eigenes Wesen, das durch mich strömt. Warm und beruhigend, aber auch mächtig und unbezähmbar.

Die Energie in mir wächst und fließt unaufhörlich in Thalessa, ein kontinuierlicher Strom der Heilung. Es ist, als ob eine unsichtbare Kraft meine Hand führt, ohne, dass ich genau weiß, was ich mache.

Doch irgendwo in meinem Inneren spüre ich eine Warnung, dass ich beobachtet werde.

Ein nagendes Gefühl, welches ich so präsent noch nie wahrgenommen habe. Leider ist meine Magie zu *schwach*, als dass ich ausmachen könnte, von wo diese Beobachtung stammt und ich konzentriere mich wieder auf den Heilungsprozess.

Mit zunehmender Dauer spüre ich, wie meine Kraft langsam schwindet.

Den stechenden Schmerz in meinen Gliedern ignoriere ich.

Mein Fokus bleibt auf Thalessas Wohlbefinden. Doch je weiter der Heilprozess voranschreitet, desto mehr macht sich die Erschöpfung bemerkbar. Langsam wird mein Atem flacher und meine Knie beginnen zu zittern. Die Anstrengung, Thalessas Schmerzen zu lindern, ist größer als erwartet und Zweifel keimen in mir auf, ob meine Stärke bis zum Ende ausreichen wird.

»*Es reicht, Livia*«, höre ich plötzlich Thalessas Stimme, voller Besorgnis.

»*Aber wie?*«, schreien meine Gedanken panisch, unfähig Thalessa zu antworten.

»*Du hältst das nicht länger aus! Du musst aufhören, bevor es zu spät ist!*« Sie brüllt nun lauter als zuvor: »*Hörst du mich!*«

Die Magie in mir fließt unaufhaltsam weiter. Es ist, als ob eine andere Kraft die Kontrolle übernommen hätte, instinktiv und unaufhaltsam. Die Energie weiß genau, was sie zu tun hat und ich bin nur ein Kanal, durch den sie wirkt. Ich kann nicht aufhören und Thalessa halb geheilt zurücklassen. *Was ist, wenn sie noch einmal angegriffen wird? Ich muss weitermachen.*

Mit all meiner verbliebenen Kraft setze ich die Heilung fort, während die Magie in mir erneut aufflammt, stärker und intensiver als je zuvor. Das leuchtende, grüne Licht um meine Hand wird heller, pulsierender, wie ein lebendiger Strom. Plötzlich beginnt Thalessas Körper unter meiner Hand zu vibrieren. Das Vibrieren wird stärker, intensiver, bis wir beide von einem strahlenden, grünen Licht umgeben sind, das den gesamten Wald erleuchtet.

Die Laubbäume um uns herum scheinen in diesem magischen Licht zu baden. Ihre Blätter schimmern in sattem Grün, als ob sie selbst von der Magie durchdrungen werden. Die Luft ist erfüllt von einem sanften, melodischen Summen, das von der Magie ausgeht.

Thalessas azurblaue Schuppen beginnen, das Licht zu reflektieren, sie glühen und pulsieren im Takt der magischen Energie. Ihre Augen öffnen sich weit und ein Ausdruck des Friedens und der Erleichterung breitet sich aus. Die Wunden, welche sie gequält haben, schließen sich. Es ist, als ob die Zeit selbst zurückgedreht wurde und sie in ihren ursprünglichen, unversehrten Zustand zurückkehrt ist.

Dann, im Moment des Triumphs, spüre ich, wie meine eigene Kraft mich verlässt. Die Erschöpfung, welche ich so lange ignoriert habe, holt mich mit unbarmherziger Härte ein. Meine Knie geben nach und ich sinke auf den weichen, moosbedeckten Waldboden. Mein Bewusstsein beginnt zu schwinden. Der Rand meiner Sicht wird schwarz. Das strahlende grüne Licht um uns herum verblasst langsam und das Summen der Magie wird leiser.

Das Letzte, was ich höre, ist Thalessas verzweifelter Ruf nach mir. Ihre Stimme hallt in meinem Kopf wider, als die Dunkelheit mich endgültig umfängt.

CEO

»Ich habe interessante Neuigkeiten zu Livia, Herr«, beginne ich vorsichtig.

»Fahre fort, Ceo«, sagt er und lässt sich auf seinem rußfarbenem Drehstuhl nieder, seine Augen bohren sich in meine.

»Livia weiß von ihrer Gabe«, platze ich heraus.

Mein Auftraggeber lässt fast seinen Kelch fallen, sein Gesicht verhärtet sich. »Erzähle mir jedes Detail, Ceo. Versagst du, mache ich dir dein Leben zur Hölle.«

»Livia ist aus der Heiler-Akademie gestürmt, mit ihrer Geige. Sie rannte in den Wald, spielte und weinte. Dann traf sie einen Drachen, ein blaues Drachenweibchen.«

»Was für ein Drache, Ceo?«

»Sturmflügel. Verletzt, älterer Drache.«

»Verdammte Scheiße«, flucht er. »Und dann?«

»Ich glaube, sie hat den Drachen geheilt.«

Mein Auftraggeber wendet sich zum Fenster. »*Planänderung,* Ceo«, sagt er und geht.

KAPITEL 18

LIVIA

Ein dumpfes Dröhnen dringt in mein Bewusstsein und reißt mich aus einem unruhigen Schlaf. Langsam öffne ich die Augen und finde mich in einer halb aufgerichteten Position wieder, umgeben von Dunkelheit und dem dumpfen Echo knurrender, schnaubender Geräusche, welche in der Luft vibrieren.

Die Höhle, in der ich mich befinde, ist düster und weitläufig. Die Wände bestehen aus grobem, kaltem Fels, durchzogen von tiefen Rissen. Sie sehen aus wie Narben in der steinernen Oberfläche.

Überall sind Spuren vergangener Auseinandersetzungen zu sehen: tiefe Kratzspuren und Brandmale. So groß, wie sie sind, stammen sie bestimmt von Drachen.

Langsam und verwirrt richte ich mich auf, meine Muskeln schmerzen bei jeder Bewegung.

Ich starre in die Dunkelheit der Höhle, doch es ist das Geräusch, welches mich alarmiert – ein tiefes, grollendes Knurren, begleitet vom Rascheln von Flügeln und gelegentlichen, scharfen Schreien. *Wo bin ich?*

Mein Körper fühlt sich schwer und müde an, als ob ich stundenlang gelaufen wäre.

Die Erinnerung an meine Begegnung mit Thalessa durchdringt meinen Geist und bringt eine Welle der Erschöpfung mit sich. Natürlich bin ich glücklich, dass ich sie heilen konnte, jedoch hat mich der Prozess auch mehr belastet, als mir lieb ist. Doch ich darf jetzt nicht nachgeben, nicht hier, nicht inmitten einer Versammlung von Drachen.

Während sich meine Augen an die Dunkelheit gewöhnen, erkenne ich die Umrisse von *drei* Drachen vor mir.

Da ist Thalessa, das majestätische, blaue Drachenweibchen, neben ihr steht ein mächtiger *roter* Drache, dessen Körper von glühenden, magischen Runen bedeckt ist. Sein Anblick lässt mir den Atem stocken. Mein Körper schreit danach, meine verbleibende Kraft zusammenzukratzen und zu fliehen. Die Geschichten über *Magmafürsten*, gefährliche Kreaturen, kommen mir in den Sinn.

Der dritte Drache ist jedoch kleiner und wirkt agiler, mit einem *grünen* Schimmer über seinen Schuppen. Sein Aussehen und Verhalten erinnern mich an die Beschreibungen der *Waldwächter*. Sie sind pflanzenfressende Drachen, die als die gefürchteten Wächter der riesigen Wälder unseres Landes gelten. »*Die einzigen Vegetarier unter den Drachen*«, hatte mein Vater mir als Kind belustigt erklärt.

Die Drachen sind in einer hitzigen Diskussion vertieft während ich sie betrachte. Ihre fremdartige Sprache hallt durch die Höhle. Ein Gefühl der Furcht kriecht in mein Inneres. Alleine sitze ich in dieser Höhle mit diesen Kreaturen fest, welche so viel größer und stärker sind als wir Menschen. Gleichzeitig spüre ich eine seltsame Faszination, eine unerklärliche Verbindung zu diesen Wesen.

Wie als hätte der blutrote Drache meinen Zwiespalt gespürt, bemerkt er plötzlich, dass ich wach bin und seine Laute verstummen abrupt. Ein Moment der Stille legt sich über die Höhle, bevor der rote Drache mit einer tiefen, donnernden Stimme spricht. »*Seht her*«, sagt er belustigt, seine Worte getränkt von Arroganz. »*Die Menschenfrau ist erwacht.*«

Der grüne Drache, dessen Bewegungen so schnell und geschmeidig sind wie das Rascheln der Blätter im Wind, betrachtet mich mit neugierigen Augen. »*Eine Menschenfrau in unserer Mitte. Wie unerwartet.*«

Ich spüre die Intensität ihrer Blicke auf mir ruhen, während sie mich umkreisen. Ihre Präsenz ist fast erdrückend. Thalessa spürt die gierigen Blicke der anderen Drachen auf mir und erhebt sich in ihrer vollen majestätischen Größe. Ihre glänzenden, bläulichen Schuppen schimmern im fahlen Licht der Höhle, während sie sich beschützend zwischen mich und die anderen Drachen stellt.

»*Ruhe*«, sagt sie mit einer Autorität, die keine Widerrede duldet. »*Livia ist eine Freundin der Drachen und verdient unseren Respekt.*«

Die anderen Drachen zögern einen Moment, doch dann bricht der rote Drache in ein tiefes Lachen aus, wenn man das bei Drachen als Lachen deuten kann. »*Thalessa, immer die Beschützerin der Schwachen*«, spottet er und wirft einen verächtlichen Blick auf mich. »*Aber sieh nur, wie hilflos und schwach diese Menschenfrau ist. Was kann sie uns schon bieten?*«

Der grüne Drache seufzt leise und schüttelt den Kopf. »*Ruadhan, du bist so voller Arroganz. Livia hat eine seltene Gabe vermacht bekommen. Eine Heilerin, die die Macht hat, uns zu helfen. Hörst du Thalessa überhaupt zu?*«

Ich fühle mich unsicher inmitten ihres Streits, hin- und hergerissen von ihren Worten. Thalessa bleibt jedoch standhaft an meiner Seite, ihre Anwesenheit ein beruhigender Schutzschild gegen die feindseligen Blicke von Ruadhan. »*Livia ist hier, um uns zu helfen*«, erklärt Thalessa erneut. »*Ihre Gabe ist selten und wertvoll. Wir sollten sie respektieren und ihr dankbar sein für das, was sie uns geben könnte.*«

Die Worte von Thalessa beruhigen mich ein wenig, geben mir Mut in diesem Moment der Unsicherheit.

Doch ich kann nicht leugnen, dass die Spannungen zwischen den Drachen eine bedrohliche Atmosphäre erzeugen, welche meine Nerven bis zum Äußersten strapaziert.

Während ich die Drachen betrachte, frage ich mich, ob ich jemals verstehen werde, was in ihren Köpfen vorgeht, was ihre Motivationen und Ängste sind, ob sie überhaupt solche Emotionen verspüren, wie wir Menschen.

Das bedrohliche Donnern in der Ferne wird lauter, gefolgt von einem Schatten, welche die Dunkelheit verschlingt.

Ich halte den Atem an, als ein riesiger *obsidianfarbener* Drache in die Höhle stürzt. Seine majestätische Erscheinung strahlt eine Aura der Macht aus. Seine Schwingen schlagen kräftig und sein glänzendes, pechschwarzes Schuppenkleid reflektiert das schwache Licht der Höhle unheimlich. .

Er rast auf Thalessa zu und ich beobachte fasziniert, wie sie sich einander nähern und ihre Körper in einem anmutigen Tanz verschmelzen. Die Erkenntnis trifft mich wie ein Blitzschlag: Diese beiden Drachen sind *verpaart*. Eine Bindung, welche unter Drachen über die Grenzen der Zeit und des Raums hinausgeht. Ich kann die Liebe und das Vertrauen zwischen ihnen spüren. Eine Verbindung, welche stärker ist als jede andere. Während ich sie betrachte, fühle ich mich glücklich.

Glücklich darüber, dass ich der Partnerin dieses schwarzen Drachen helfen konnte. *Werde ich auch so ein Glück finden?* Thalessa und der schwarze Drache begrüßen sich und ich spüre den verächtlichen Blick von Ruadhan auf mir, welcher immer noch in der Nähe lauert.

Sein feixendes Grinsen sendet Schauder über meinen Rücken und ich frage mich, was er im Schilde führt.

Doch bevor ich länger darüber nachdenken kann, tritt der schwarze Drache vor mich und versperrt mir den Anblick auf Ruadhan.

Seine mächtige Gestalt wirft einen Schatten über mich, seine tief goldenen Augen fixieren mich und ich kann die Intensität seines Blickes spüren.

»*Mein Name ist Dubhghall*«, erklärt er mit einer Stimme, die wie Donner in der Höhle erschallt. »*Gefährte von Thalessa. Ich danke dir, Livia, für deine Hilfe. Du hast meine Dankbarkeit.*«

Seine Worte überraschen mich. Ich habe mich nicht einmal vorgestellt. *Wie kann er alles über mich bereits wissen? Woher wusste er, wo wir uns befinden?* Ich spüre einen Anflug von Ehrfurcht, als ich dem mächtigen Drachen gegenüberstehe.

Doch bevor ich antworten kann, fügt er hinzu: »*Du musst wissen, dass ich in deiner Schuld stehe.*«

Ich senke den Blick vor seiner mächtigen Gestalt, überwältigt von der Bedeutung seiner Worte.

Doch dann erhebe ich den Kopf wieder, ein sanftes Lächeln auf meinen Lippen. »Ach nein«, antworte ich, meine Stimme ruhig und bestimmt, während ich mich am Kopf kratze, um irgendwas mit meinen Händen anzustellen. »Es war mir eine Ehre, zu helfen. Ich verlange keine Belohnung dafür. Alles ist gut.«

Dubhghall tritt auf mich zu. Er überragt die anderen Drachen bei weitem. »*Nun, nun, Livia*«, beginnt er mit einem sarkastischen Tonfall, »*du wirst doch sicherlich noch etwas Schreckliches in deinem Leben für mich auf Lager haben, oder? Ich kann es förmlich riechen.*«

Ich kann nicht anders, als über seinen Humor zu lächeln, obwohl ich von seiner imposanten Präsenz ein wenig eingeschüchtert bin. »Tut mir leid, Dubhghall«, antworte ich mit einem Hauch von Ironie in meiner Stimme, »aber ich habe leider keinen Vorrat an Grässlichkeiten dabei. Vielleicht beim nächsten Mal.«

Doch bevor ich länger darüber nachdenken kann, lenkt Dubhghall das Gespräch in eine überraschende Richtung. »*Du besitzt eine bemerkenswerte Gabe, Livia*«, sagt er gedankenverloren, dabei unterstreicht sein Blick die Ernsthaftigkeit der Situation. »*Es gibt schon lange keine Heiler mehr wie dich. Wir dachten, diese Gabe sei mit dem letzten ihrer Träger verschwunden.*«

Seine Worte überraschen mich und ich kann die Bedeutung hinter ihnen spüren. Die Vorstellung, dass meine Gabe so selten und kostbar ist, erfüllt mich mit Stolz.

Doch bevor ich antworten kann, wird unsere Unterhaltung unterbrochen. Ruadhan schnaubt verächtlich und schnüffelt in meine Richtung. Seine gigantischen Nasenflügel heben und senken sich bedrohlich. »*Sie riecht nach einem anderen Drachen, Dubhghall*«, sagt er mit einem zornigen Unterton, seine Augen mustern mich abfällig.

»Natürlich, ich habe sie hierher gebracht, Ruadthan«, kontert Thalessa ruhig und schmiegt sich an ihren Gefährten.

»*Nein, nein. Nicht du Thalessa. Deine Fährte rieche ich noch über Kilometer.*« Langsam bewegt sich Ruadthan auf mich zu und prüft meine Duftnote. *Verdammt was geht hier ab?*

»Was hast du mit ihr getan?«, feixt Ruadhan wütend.

Ein Schauer läuft mir bei seinem Schrei über den Rücken.

Ein anderes Drachenweibchen, als Thalessa? Vor heute hab ich mich noch nie mit einem Drachen unterhalten, geschweige denn einen Drachen aus weniger als hundert Metern Entfernung gesehen. Warum sollte ich also die Duftnote eines Drachenweibchens an mir tragen?

Bevor ich etwas erwidern kann, vibriert plötzlich die Luft um mich herum.

Ein dumpfes Grollen erfüllt die Höhle, gefolgt von einem ohrenbetäubenden Krachen, welches durch die Luft schneidet.

Meine Augen weiten sich vor Panik, als ich sehe, wie Ruadhan seinen gewaltigen Körper in meine Richtung schleudert. Die Flügel ausgebreitet, bereit, mich anzugreifen. Ich spüre den heißen Atem des Drachen auf meiner Haut, als ich mich mit aller Kraft zur Seite werfe, um dem vernichtenden Hieb seines Schwanzes zu entkommen.

Der Boden erzittert merklich, als Ruadhans Schwanz mit brachialer Wucht auf den steinigen Untergrund schlägt, nur Zentimeter von meinem Kopf entfernt.

Schutt fliegt durch die Höhle und ich balle die Arme vor meinem Kopf, um mich zu schützen.

Ich spüre die Hitze seiner glühenden Schuppen, welche mich beinahe verbrennen, während ich mich mit zitternden Händen versuche zu schützen.

Tödlich faszinierend.

Die Höhle ist erfüllt von einem unheilvollen Knurren, welches aus der Kehle des Drachen dringt, als er sich in meiner Richtung wendet, seine glühenden Augen voller Zorn.

Seine Flügel schlagen mächtig durch die Luft, erfüllen den Raum mit einem donnernden Schlag, welcher den Boden erzittern lässt.

Mein Herz pocht wild in meiner Brust. Adrenalin flutet meinen Körper, während ich mich auf den Kampf vorbereite. *Doch wie soll ich gegen einen Drachen kämpfen?* Meine Lebensaufgabe bestand bisher darin zu *heilen*, nicht zu verteidigen.

Thalessa und Dubhghall sind sofort an meiner Seite, ihre mächtigen Körper umringen mich schützend. Der kleinere, grüne Drache grummelt wütend, während Dubhghall den roten Drachen mit einem düsteren Blick mustert.

»Ruhig, mein Freund«, sagt er bedächtig, aber mit einer unterschwelligen Drohung in seiner Stimme. *»Livia steht ab jetzt unter meinem Schutz und wenn du ihr Schaden zufügst, wirst du es mit mir zu tun haben.«*

Ruadhan knurrt tief, aber er zieht sich widerwillig zurück. Seine glühenden Augen lassen mich nicht aus dem Blick. *»Kümmer dich drum, Dubhghall.«*

Die Spannung in der Höhle bleibt spürbar, doch Dubhghalls Präsenz wirkt beruhigend auf mich.

»Livia«, sagt Dubhghall schließlich, seine tiefe Stimme durchdringt die Stille. *»Du bist eine Heilerin, eine Gabe, welche wir dringend benötigen. Deine Anwesenheit hier ist von großer Bedeutung. Lass dich nicht von Ruadhan einschüchtern. Wir werden dich beschützen.«*

Ruadhan schnaubt und tritt einige Schritte zurück, lässt jedoch seinen durchdringenden Blick nicht von mir.

Ich atme tief durch, versuche, meine Nerven zu beruhigen. *Dieser Drache hätte mich fast zerschmettert!*

Die Präsenz der Drachen ist überwältigend, aber Dubhghalls Worte geben mir Sicherheit.

»*Wie kommt es, dass du mit uns sprechen kannst, Livia?*«, fragt Thalessa sanft, ihre Augen glitzern neugierig.

»Ich... ich weiß es nicht genau«, antworte ich ehrlich. »Seit meiner Kindheit habe ich eine besondere Verbindung zur Natur gespürt. Aber Drachen? Das ist etwas völlig Neues für mich.«

Verdon, der grüne Drache, nähert sich vorsichtig und schnuppert in meine Richtung. Anscheinend riecht er nun dasselbe wie Ruadthan, doch scheint es nicht ansprechen zu wollen. »*Eine seltene Gabe, in der Tat. Es ist lange her, seit wir eine Heilerin unter uns hatten.*«

Dubhghall nickt nachdenklich. »*Unsere letzten Heiler sind vor Jahrhunderten verschwunden. Es ist, als ob Vimos selbst dich geschickt hätte, Livia.*«

»*Aber warum jetzt?*«, fragt Ruadhan, sein Misstrauen ist unverkennbar.

Inständig frage ich mich was dieser verdammte Drache gegen mich haben könnte. Er kennt mich vielleicht eine Stunde und verachtet mich jetzt schon mehr als alles andere.

»*Was könnte uns diese Menschenfrau bieten, das wir nicht selbst lösen können?*«

»*Es ist nicht das, was sie bietet, sondern das, was sie repräsentiert*«, antwortet Thalessa. »*Hoffnung. Heilung. Eine Möglichkeit, die alten Wunden zu schließen und neue Pfade zu beschreiten.*«

Die Worte des blauen Drachenweibchens hängen in der Luft, scheinen eine tiefere Bedeutung zu tragen, welche ich nicht verstehe. Ich fühle mich gleichzeitig klein und bedeutungsvoll. Eine seltsame Kombination, wie ich finde.

Dubhghall wendet sich an mich, seine tief goldenen Augen funkeln geheimnisvoll. »*Livia, wir haben dich aus einem bestimmten Grund hierher gebracht. Unsere Welt ist im*

Wandel. *Konflikte und alte Feinde bedrohen das Gleichgewicht. Nicht nur unsere Welt, sondern auch deine. Wir brauchen jemanden mit deiner Gabe, um die Wunden unserer Vergangenheit zu heilen. Ich denke, in Menschensprache würde man es Verbündete nennen.«*

»Aber ich bin nur eine Heilerin«, sagte ich leise. »Wie könnte ich solch eine große Aufgabe bewältigen?«

»Du bist nicht allein«, sagte Thalessa und legt ihre Schwinge sanft um mich. Die Schwinge fühlt sich überraschend warm und weich an, fast wie Samt und dennoch spüre ich die immense Kraft, welche in ihr ruht. Ein beruhigender, wohliger Schauer befällt mich, als die Wärme durch meine Haut dringt.

Fürsorge.

Es ist, als ob Thalessas Schwinge all meine Ängste und Sorgen fortwischt, mich in eine schützende Umarmung hüllt, welche ich im letzten Jahr so dringend benötigt hätte.

»Wir werden an deiner Seite sein, dich führen und beschützen. Gemeinsam können wir das Unmögliche erreichen.«

Verdon nickt zustimmend. *»Die Wälder sprechen von Veränderungen, die kommen. Wir müssen vorbereitet sein. Deine Präsenz ist ein Zeichen, dass es noch Hoffnung gibt.«*

Ruadhan grummelt unzufrieden, aber seine Augen verraten eine Spur von Nachdenken. *»Wir werden sehen, was diese Menschenfrau leisten kann. Aber ich werde ein wachsames Auge auf sie haben. Wo Veränderungen beginnen, erhebt sich auch der Schatten.«*

»Ach, das machst du, Kleine, wenn du nicht an meinen prallen Schwanz denkst. Kaffeekränzchen mit Drachen.«

- Cole

KAPITEL 19

CEDRIC

Umgeben von meinen beiden Brüdern sitze ich im Kaminzimmer der Drachenreiter-Akademie. Der Rauch des Kaminfeuers vermischt sich mit den gedämpften Gesprächen, während ich mich auf einem der antiken, bordeauxfarbenen Sessel niederlasse.

Mein Blick wandert durch den Raum, streift die vertrauten Wände aus poliertem Holz und die imposante Decke. Ein Ort, der uns normalerweise Zuflucht bietet, auch wenn wir deutlich nicht hierhergehören, wie manch ein anderer.

Doch heute verstärkt dieser Ort jedoch nur meine lodernde Frustration. Die Flammen des Kaminfeuers werfen zuckende Schatten auf die polierten Wände, als wollten sie meine eigene Unzufriedenheit spiegeln.

Lorenzo sitzt mir gegenüber. Sein Blick starr auf das peitschende Feuer gerichtet. Er spielt mit einer schimmernden Strähne seines blonden Haares, während sich finstere Gedanken in seinem Gesicht abzeichnen. Seit seiner Rückkehr aus Tarkenemhat, wo er mit seiner Kompanie Rationen verteilt hat, ist er nicht mehr derselbe. Was ihn so abgefuckt aussehen lässt, hat er uns nicht erzählt und um ehrlich zu sein, interessiert es mich nicht. Wenn er schmollen will, soll er das tun. Ich nehme einen tiefen Schluck Wein und genieße das kühle Gefühl, das sich in meiner Kehle ausbreitet. Mein Blick wandert zu Sirius, der konzentriert sein gelecktes Jagdmesser betrachtet, als ob die Antworten auf unsere Probleme dort geschrieben stünden. Seine dunklen Augen sind fokussiert, die Klinge blitzt im Schein des Feuers.

Ein Bild von Livia bei ihrer Ankunft am Tag der Abschlussfeier schießt mir durch den Kopf. Sirius hatte sie sofort ins Visier genommen, sein sonst so undurchdringliches Gesicht hatte einen Ausdruck angenommen, welchen ich selten gesehen hatte. Etwas abseits lehnte er an der Kutsche und beobachtete sie. Nein, er fickte sie gerade so mit seinem Blick. *»Gefällt dir, was du siehst?«*, hatte er mit einer Stimme gefragt, welche vor Selbstbewusstsein nur so strotzte.

Ich frage mich, seit wann mein Bruder so flirtet. Es war untypisch für ihn, so direkt zu sein, besonders in einer Situation, in der er sonst immer distanziert und kühl blieb. Was hatte ihn dazu getrieben, ausgerechnet bei Livia so offensiv zu werden? War es ihr scharfes Aussehen, die Mischung aus Stärke und Verletzlichkeit, welche sie ausstrahlte? Oder war es einfach der Reiz des Neuen, des Unbekannten?

Sirius hatte nie Schwierigkeiten gehabt, Frauen zu beeindrucken, aber sein Interesse an Livia wirkte anders, intensiver. Es war, als hätte sie etwas in ihm geweckt, das ich bei ihm noch nie gesehen hatte. Vielleicht sah er in ihr die gleiche Herausforderung, die ich sah – eine Gelegenheit, jemanden zu dominieren und gleichzeitig zu bewundern.

Während ich meinen Blick auf Sirius ruhen lasse, beobachte ich, wie seine Finger die Klinge des Jagdmessers liebevoll polieren. Jede Bewegung ist präzise, fast zärtlich, als ob er ein wertvolles Kunstwerk pflegt. Seine dunklen Augen sind auf die glänzende Klinge gerichtet, aber hin und wieder wandert sein Blick zu mir, als ob er meine Gedanken lesen könnte. Seine Lippen verziehen sich zu einem schmalen Lächeln.

Meine Gedanken schweifen zurück zu dem Moment, als Livia auf Sirius provokante Frage reagiert hatte. Sie hatte keinen Rückzieher gemacht, sondern ihm direkt in die Augen gesehen und gelächelt, als ob sie das Spiel genauso genießen würde, wie er. Es war ein faszinierender Anblick, die Funken, die zwischen ihnen flogen. Der Funke, welcher auch auf mich übergesprungen ist und mich veranlasst hat, sie *gnadenlos* im Badezimmer zu ficken.

Ein Seufzen entweicht meiner Brust und ich erhebe mich. Keiner meiner Brüder reagiert auf meine Bewegung. Zielstrebig gehe ich durch den Raum, meine Hand streift den kalten Stein der Wand, während ich mich an einer der Fensterbänke abstütze. Der Nachthimmel draußen ist von tiefem Blau durchzogen, gesprenkelt mit den Lichtern ferner Dörfer.

Die Tür öffnet sich und Cole tritt ein, gefolgt von seinem Bruder Dorian.

Ihr Erscheinen verstärkt meinen Hass. Die beiden, welche immer die besten Karten in diesem verdammten Spiel zu haben scheinen.

Mein Blick verengt sich, als sie sich setzen und ich kann den Drang nicht unterdrücken, ihnen misstrauisch gegenüberzustehen.

»Und warum verdammt wart ihr die Einzigen, die eingeladen wurden?«, frage ich mit einem stechenden Gefühl im Brustkorb. Dorian räuspert sich und wirft mir einen entschuldigenden Blick zu.

»Ist halt so, Cedric. Es war eine Entscheidung der Ältesten. Aber wir sind nicht hier, um darüber zu streiten. Wir haben Wichtigeres zu besprechen.«

Ich presse genervt die Lippen zusammen, um meine Frustration zu unterdrücken. »Also, worum geht es?«, frage ich schließlich, meine Stimme knapp und meine Geduld dünn.

Langsam wende ich meinen Blick von Dorian auf Cole, welcher noch schelmischer und abgefuckter reinschaut als sonst. In Ordnung, mein Interesse ist geweckt.

Cole richtet sich auf, bevor er fortfährt. »Die Dubhcor haben eine neue Basis in den Bergen errichtet. Wir haben den Auftrag vom Gremium, sie zu infiltrieren und einen Schlag gegen sie zu führen.«

Meine Finger zucken unruhig vor Vorfreude auf die gefährliche Mission. Endlich eine Gelegenheit, uns zu beweisen und aus dem Schatten der Montallis zu treten. Doch meine Gedanken bleiben skeptisch. *Warum wurden wir nicht zur Versammlung eingeladen? Warum erfahren wir immer alles als Letzte?*

»Und was genau ist unsere Rolle dabei?«, fragt Sirius, seinen Blick zwischen Cole und Dorian hin- und her wandert.

Cole lächelt düster. »Ihr werdet meine Truppe sein. Dorian wird die Aufklärung übernehmen. Lorenzo, du bist für die Logistik zuständig. Sirius koordiniert die Absprachen mit dem Gremium. Und Cedric, du wirst uns flexibel unterstützen mit dem, was wir brauchen. Unser Mädchen für alles.«

»Vergreif dich nicht im Ton, Cole«, mahnt Dorian seinen Bruder.

Ich nicke langsam, doch meine Gedanken rasen. *Dreckiger Bastard.* Dass er mich nicht leiden kann, ist eine Sache. Doch mir das in jeder gottverdammten Situation vor die Füße zu kotzen, ist eine andere. Wir alle wissen, dass die Dubhcor keine Gnade kennen. Aber ich kann nicht zulassen, dass die

Wut mich lähmt. Ich muss stark sein, für meine Brüder und meine Familie. Mit einem entschlossenen Nicken stehe ich auf und trete näher zu Cole.

»Wir werden sie besiegen«, versichere ich ihm und setze ein vertrautes Lächeln auf, denn ich weiß, dass wir keine andere Wahl haben. Ich brauche für meine eigenen Pläne das Vertrauen und Ansehen der Montallis, selbst wenn das bedeutet, kleine Schlampen hilflos an das Monster, verkörpert von Cole, auszuliefern.

Die Erinnerung an die kleine Heilerin, Livia, durchzieht meinen Geist. Ihre ausladenden Kurven, das pechschwarze Haar und die giftgrünen Augen, welche mich fasziniert haben. Blicke, so eindringlich und tief, während ich sie zum Orgasmus gebracht habe. Diese Dornen, an denen ich mich immer wieder stechen möchte. Besonders beeindruckt hat mich jedoch ihr innerer Kampf zwischen Moral und Verlangen, welcher mir eine schmerzhafte Latte verpasst hat.

Verdammt, dieses Mädchen hat Potenzial, mir zu gefallen.

An der Abschlussfeier hatte ich bemerkt, wie Cole und Dorian sie im Kaminzimmer geradezu mit ihren Blicken ausgezogen hatten. Sie wollte mich dazu sogar noch eifersüchtig machen und wie ein Gentleman, schätze ich natürlich ihr Engagement, mir zu gefallen. Dass ich sie nerven könnte, kommt mir nicht in den Sinn. Wie könnte ich auch?

Der verstrickte Gedanke an Livia lässt mich genüsslich die Lippen lecken. Wenn Cole sie will und Dorian sie angeschaut hat, als würde er seine verdorbenen Spielchen mit ihr ausprobieren wollen, dann will ich sie umso mehr.

Die Genugtuung, etwas zu besitzen, was die Montallis nicht bekommen würden, erfüllt meine Sinne.

Sie zu besitzen.

Sie zu benutzen.

Eine tiefe Befriedigung durchkreuzt meine Seele bei diesem Schauspiel. Leider musste ich sie zum Zweck meiner eigenen Pläne hintergehen. Es hätte wirklich lustig werden können, sie wieder und wieder über meinen Schwanz rutschen zu lassen und die reinste Wut in Coles und Dorians Augen zu sehen. Sogar Sirius hätte ich sie benutzen lassen.

Als ich mich zu den anderen umdrehe, sehe ich nur Lorenzo, wie er immer noch düster in die Flammen des Kamins starrt, während Sirius seine Klinge geschickt in den Händen wendet und leise vor sich hin murmelt. Cole grinst immer noch schelmisch wie der Teufel in Person und Dorian schenkt sich einen weiteren Krug Wein ein und bleibt leise.

Viel zu leise.

Scheiße.

Jeder von uns ist abgefuckter als der andere.

CEO

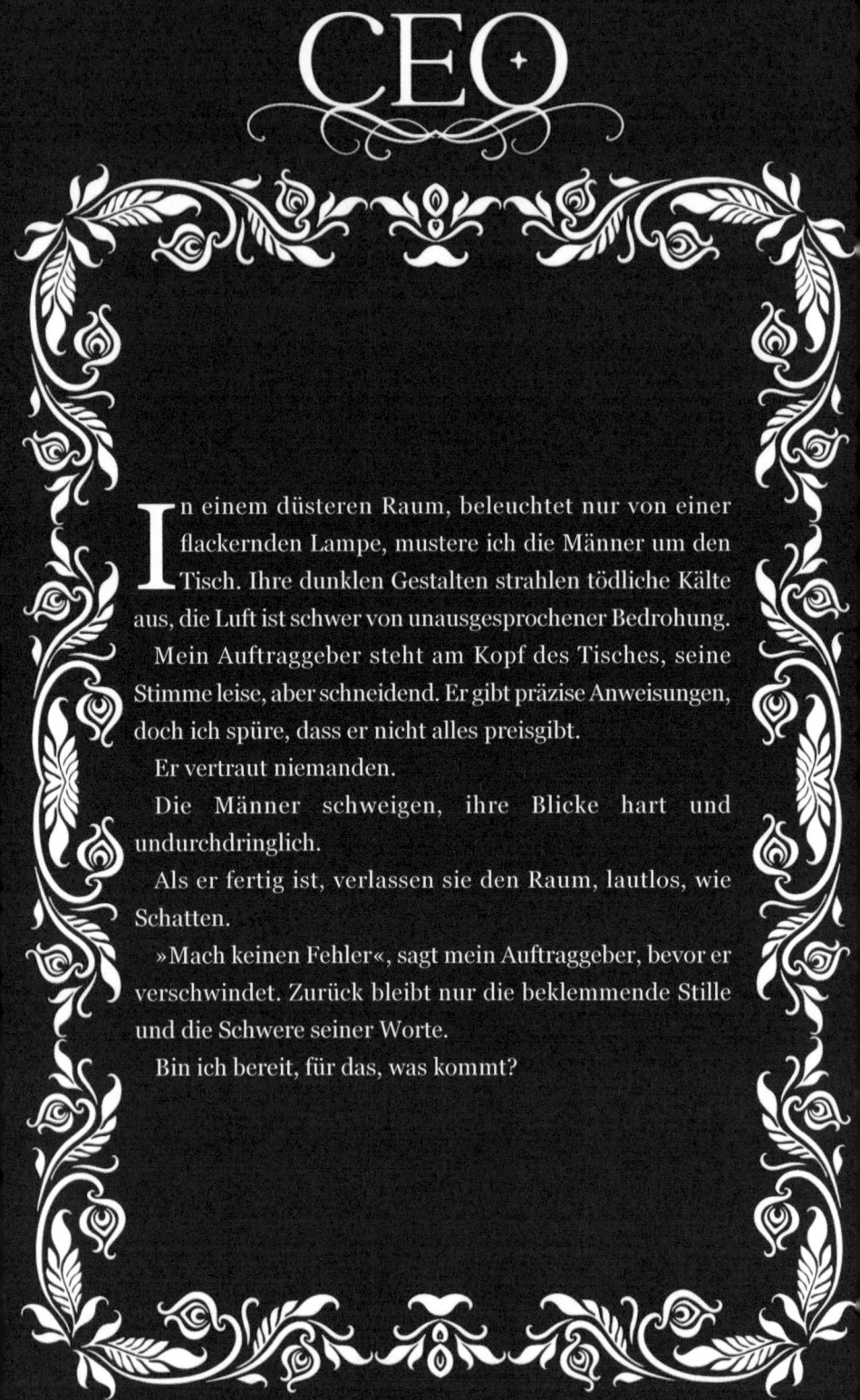

In einem düsteren Raum, beleuchtet nur von einer flackernden Lampe, mustere ich die Männer um den Tisch. Ihre dunklen Gestalten strahlen tödliche Kälte aus, die Luft ist schwer von unausgesprochener Bedrohung.

Mein Auftraggeber steht am Kopf des Tisches, seine Stimme leise, aber schneidend. Er gibt präzise Anweisungen, doch ich spüre, dass er nicht alles preisgibt.

Er vertraut niemanden.

Die Männer schweigen, ihre Blicke hart und undurchdringlich.

Als er fertig ist, verlassen sie den Raum, lautlos, wie Schatten.

»Mach keinen Fehler«, sagt mein Auftraggeber, bevor er verschwindet. Zurück bleibt nur die beklemmende Stille und die Schwere seiner Worte.

Bin ich bereit, für das, was kommt?

KAPITEL 20

LIVIA

Die Morgensonne hüllt uns in ein sanftes Licht und die kühle Luft weht mir um die Nase.

Ich stehe zwischen Dubhghall und seiner Gefährtin Thalessa.

Dubhghall, dessen massige Gestalt selbst in dieser friedlichen Stimmung eine unnachgiebige Stärke ausstrahlt, blickt mich mit seinen durchdringenden Augen an. Seinen Blick kann ich nicht deuten.

Thalessa, deren Schuppen im Licht wie blaue Opale schimmern, steht beschützend neben ihm. Ihre Präsenz ist tröstend für mich in dieser schwierigen und verwirrenden Zeit.

»Wir müssen handeln«, beginnt Dubhghall und reißt mich damit aus meinen Gedanken. Seine Stimme ist tief und erfüllt von einem unerschütterlichen Realismus. *»Es ist Zeit, dass Kilead erfährt, dass Thalessa zurück ist. Natürlich müssen sie auch von dir erfahren, Livia.«*

Mein Magen zieht sich zusammen und meine Hände beginnen leicht zu zittern.

Dubhghalls Worte hallen noch in meinen Gedanken nach: »*Kilead muss auch von dir erfahren.*« Doch was werden sie von mir denken, der Adel? Werde ich ihren Erwartungen gerecht werden? Bin ich in Schwierigkeiten? Ich versuche, meine Atmung zu beruhigen, doch die Aufregung lässt meine Gedanken rasen. Ich wollte unsichtbar sein. Mit meinem Kummer alleine sein und mein überschaubares Leben leben. Doch so langsam gerate ich ungewollt in Rampenlicht und ich bin mir nicht sicher ob ich das will und kann.

Thalessa neigt den Kopf leicht zur Seite und mustert mich. Ich meine zu erkennen, dass ihre Augen voller Mitgefühl sind. »Du musst vorsichtig sein. Vertraue mit Bedacht, Livia. Gaben sind das Wertvollste, was euch Menschen von Vimos vermacht werden kann. Doch seltene Dinge kommen immer mit Neid einher«, sagt sie sanft. »*Nicht alle werden diese Nachricht mit Freude aufnehmen.*«

»Ich weiß«, antworte ich zögerlich.

Thalessas Warnung bestätigt nur meine schlimmste Vermutung, dass mich der hochwohlgeborene Adel nicht wirklich herzlich empfangen wird.

Dennoch muss ich mehr über diese Gabe erfahren, welche in mir schlummert. »Aber es ist wichtig, dass sie es erfahren. Ich weiß doch nichts über meine Gabe. Thalessa, ich bin zusammengebrochen, weil ich sie nicht kontrollieren konnte. Ich sollte jemanden finden, der mich unterrichtet, oder wenigstens aufklärt und dann kann ich vielleicht eine Hilfe sein.«

Dubhghall nickt langsam, ein undeutbarer Ausdruck in seinen goldenen Augen. »*Nun, dann hoffe ich, du bist bereit für einen rasanten Flug, Livia. Thalessa muss sich noch erholen, also bist du heute mit mir unterwegs.*«

Thalessa schnaubt gekränkt in Dubhghalls Richtung und wendet sich wieder mir zu.

Ihre Anmut und Gutmütigkeit faszinieren mich zutiefst.

Ich hätte nicht gedacht, dass Drachen solch unterschiedliche Charakterzüge haben können.

»Falls Dubhghall einen auf mächtig machen möchte, hast du meine Erlaubnis, seine Flanke mit deiner Hacke zu massakrieren«, schmunzelt sie mir entgegen.

Dubhghall wirkt von dem Vorschlag sichtlich nicht begeistert und fokussiert mit seinen goldenen Augen seine Gefährtin noch eine Weile. Vielleicht prüfend, ob sie für den anstehenden Flug gesundheitlich in der Lage ist, aber irgendwie auch schmachtend, wenn man das bei Drachen so nennen kann. *Schmachten Drachen? Ach, ich habe doch keine Ahnung.*

Ehrlich gesagt fehlen mir einige, nein so gut wie alle Informationen, welche im Umgang mit Drachen wohl nützlich gewesen wären.

Im Unterricht habe ich von Frau Caspian nur die absoluten Grundlagen gelernt, welche darauf abzielen, dass wir Drachenreiter versorgen können.

Denn unsere Ausbildung als Heiler beinhaltet nicht, dass wir Drachen heilen. »So etwas können Menschen nicht«, pflegte sie zu sagen.

Aber wer hätte auch wissen können, in was ich hier geraten bin?

Ein nervöses Kribbeln durchfährt mich bei dem Gedanken, auf Dubhghalls Rücken durch die Lüfte zu gleiten.

Bereits einmal bin ich auf einem Drachen geflogen, doch da ich den kompletten Flug bewusstlos war, zähle ich das nicht zu Flugerfahrung.

Was meinen Bauch jedoch vielmehr schmerzen lässt, ist, was mich in Kilead erwarten wird.

Wenn meine Gabe wirklich so selten ist, gibt es zwei Möglichkeiten: Ich werde mit offenen Armen empfangen oder als unbekanntes Risiko eingekerkert.

»Vielleicht wusstest du es, Vater«, seufze ich gedankenverloren.

Der Beistand meines Vaters hat mir in den letzten Monaten besonders gefehlt.

Ich richte meinen Blick empor zu dem Wolken-befleckten, blauen Himmel.

Bestimmt hätte er mir weiterhelfen können, hätte eine Antwort auf dieses Schlamassel gehabt, so wie immer.

Meine Hand ballt sich zu einer festen Faust, sodass meine Knöchel weiß hervortreten und ich unterdrücke die schimmernde Träne nicht, die meine geröteten Wangen hinunter läuft. »Ich werde dich finden«, murmle ich vor mich hin, in der Hoffnung, dass mein Vater irgendwo in Darilorn ebenfalls in den Himmel schaut und an mich denkt.

An seine kleine Livia.

»*Behalte deine Hoffnung, egal wie unsicher die Zukunft erscheint*«, ermutigt mich Thalessa und stupst mich leicht mit ihrer riesigen Nüster an der Schulter.

Ich richte meinen Blick auf sie und versuche zu lächeln. »Danke«, presse ich wortkarg hervor.

Thalessa wendet sich von mir ab. »*Seid vorsichtig*«, mahnt Thalessa ihren Gefährten. »*Und Livia, pass auch auf dich auf.*«

»Werde ich«, verspreche ich, bevor ich Dubhghall nähertrete.

Mit knirschenden Zähnen betrachte ich den schwarzen, monströsen Drachen.

Verdammt.

Wenn ich so nah an ihm stehe, sieht er noch riesiger aus als ohnehin schon.

Als hätte Dubhghall meinen in Gedanken geäußerten Fluch gehört, richtet sich sein riesiger, schuppen besetzter Kopf direkt vor mich, sodass sein Atem mir die Haare zu Berge stehen lässt.

»Na, dein erstes Mal? Ich werde auch ganz vorsichtig sein«, grinst er mir schadenfroh entgegen.

Naja, zumindest denke ich, er grinst.

Keine Ahnung, ob Drachen grinsen können. Zumindest schwang seine Stimme, meinen Gedanken, mit einer Menge Sarkasmus entgegen.

»Eingebildeter Drache«, fluche ich in meinen Gedanken und ärgere mich über die Freude, die Dubhghall anscheinend verspürt. Widerwillig schwinge ich mich mit seiner Hilfe auf seinen breiten Rücken.

Dubhghall dreht seinen mächtigen Kopf leicht zur Seite und mustert mich mit einem durchdringenden Blick. *»Hör gut zu, Livia. Drachenreiten ist keine einfache Sache. Es erfordert mehr als nur Mut und Geschick – es erfordert eine Verbindung zwischen Reiter und Drache.«*

Ich schlucke schwer und nicke, während ich mich fester an seinen kalten Schuppen festhalte.

Seine Stimme wird tiefer, irgendwie fast feierlich. *»Unsere Schuppen sind nicht nur ein Panzer. Sie sind durchdrungen von uralter Magie, welche uns mit der Erde, dem Himmel und dem Wind verbindet. Wenn du dich an mir festhältst, musst du deinen Geist öffnen und diese Verbindung akzeptieren.«*

»Wie soll ich das machen?«, frage ich, unsicher, wie ich diese fremdartige Magie spüren oder nutzen soll.

»Normalerweise lernst du sowas an der Drachenreiter-Akademie. Aber nein, du sammelst Kräuter und machst sonst noch was. Aber wir haben keine Zeit, also hier die kurze Zusammenfassung: Zuerst schließe deine Augen«, fordert er

mich auf und ich gehorche zögernd. »*Atme tief ein und aus. Spüre die Energie, die durch meine Schuppen fließt. Lass deine Gedanken zur Ruhe kommen und konzentriere dich auf den Rhythmus meines Essenzschlages.*«

Langsam, fast unmerklich, beginne ich, eine sanfte Vibration unter meinen Händen zu spüren. Es ist, als ob ein leiser, kraftvoller Puls durch Dubhghalls Körper fließt und sich mit meinem eigenen Herzschlag synchronisiert.

»*Gut*«, brummt Dubhghall zu meinem Erstaunen zufrieden. »*Diese Verbindung ist der Schlüssel. Wenn du in Gefahr bist, wirst du wissen, wann du dich festhalten musst. Die Magie wird dich warnen. Und wenn du einmal fällst, was nicht selten vorkommt, wird sie dich versuchen zu schützen. Naja, wenn ich Lust dazu habe. Immerhin sind wir nicht verbunden, was es ein wenig komplizierter macht.*«

Empört richte ich meinen Blick auf. »Was hast du gerade gesagt?«

»*Nichts. Konzentriere dich auf die Schuppen oder wir üben Fallübungen früher, als es dir recht ist.*«

Verdammter Drache.

Ich blicke wieder nach unten und sehe, dass die Schuppen, welche ich berühre, leicht aufglühen, als ob sie auf meine Berührung reagieren.

»*Vertraue auf die Magie und auf mich*«, sagt Dubhghall mit ungewohnter Ernsthaftigkeit.

»Witzig. Wie soll ich dir vertrauen, wenn du mir drohst?«, kontere ich gekränkt.

»*Du hast keine andere Wahl*«, grummelt Dubhghall amüsiert. »*Und jetzt, halt dich fest, kleiner Drachenspross. Ich habe keine Lust, dich vom Boden aufzukratzen*«, knurrt er mir entgegen.

»Drachenspross? Sind wir schon so weit, dass wir uns Spitznamen geben, *Miesepeter*?«, scherze ich und verliere dabei fast das Gleichgewicht, obwohl wir noch nicht einmal den Erdboden verlassen haben.

»Nenn mich nie wieder so«, erwidert Dubhghall genervt, *»Oder du kannst nach Kilead laufen.«* Bevor ich etwas erwidern kann, erhebt er sich mit einer majestätischen Leichtigkeit in die Lüfte.

Der Wald unter uns wird schnell zu einem grünen Teppich, der sich in alle Himmelsrichtungen erstreckt. Die Luft ist hier oben noch kühler und frischer. Sie peitscht mir ins Gesicht, während wir höher und schneller steigen. Krampfhaft versuche ich, mich auf die uralte Macht zu konzentrieren, die zwischen Dubhghall und mir hin und her schwappt. Atemberaubend.

Die Welt unter uns schrumpft, während Dubhghall seine pechschwarzen Schwingen kraftvoll gegen den Wind schlägt. Ich halte mich fest und blicke nach unten auf die sich verändernde Landschaft. Doch in der Nähe dieses mächtigen Drachens fühle ich mich auf unbeschreibliche Art und Weise sicher.

Ist es falsch, ihm so früh zu vertrauen? Sind Drachen in der Lage, genauso widerwärtige Dinge zu tun wie Menschen?

Wir fliegen über majestätische Berge, deren Gipfel in Wolken gehüllt sind, und überqueren glitzernde Flüsse, die sich wie silberne Schlangen durch das Land winden. Die Schönheit der Welt von hier oben ist überwältigend, doch mein Herz ist schwer bei dem Gedanken an die bevorstehenden Herausforderungen.

Als hätte Dubhghall meine zweifelnden Gedanken gespürt, informiert er mich: *»Kilead ist nicht mehr weit.«* Seine Stimme ist voller Zuversicht, doch ich spüre den untergründigen Strom seiner Sorge wie eine Schlinge, die droht, sich enger um meinen Hals zu winden und mir den Atem zu nehmen.

Als die Silhouette der Drachenreiter-Akademie am Horizont auftaucht, verdichtet sich die Aufregung in meiner Brust. Das weitläufige Gelände, die zahlreichen Türme und Gebäude, die sich stolz gegen den Himmel abzeichnen, sind ein Zeichen der Hoffnung und der Stärke für die meisten Menschen unseres Landes. Auch, wenn ich keine guten Erinnerungen an diese Gemäuer hege.

Dubhghall beginnt, dicht gefolgt von Thalessa, seinen Abstieg zum Flugfeld von Kilead. Wir schweben herab, elegant und präzise, bis seine mächtigen Krallen den Boden berühren und die Erde um uns herum aufwühlt.

Die Anspannung löst sich in einem Moment der Erleichterung. Dankbar für den festen Boden unter meinen Füßen, lasse ich mich von Dubhghall weniger elegant heruntergleiten und verdammte Scheiße. Unsanft, stolpernd komme ich auf dem Erdboden auf und spüre schon den schadenfrohen Blick von Dubhghall in meinem Rücken. »Lach nur, du bist ja nicht gerade das erste Mal in deinem Leben auf einem riesigen Drachen durch die Luft geflogen und hast vergessen, dass deine Beine so weich, wie Haferbrei sind.«

»Ich werde Andil kontaktieren. Das Gremium muss erfahren, dass ihr angekommen seid«, informiert er uns knapp und ignoriert gekonnt meine Bemerkung.

Nachdem Dubhghall in die Lüfte aufgestiegen ist, wende ich mich wieder Thalessa zu.

Ihr Blick, obwohl gezeichnet von den Schatten einiger Jahrhunderte, strahlt immer noch eine unerschütterliche Wärme aus. Eine Wärme, die mir Zuspruch gibt.

Dennoch muss ich wissen, was ihr eigentlich zugestoßen ist, bevor ich sie auf der Lichtung gesehen habe.

Meine Gabe kann Drachen anscheinend heilen, dennoch habe ich keine Seher-Fähigkeit vermacht bekommen, welche mich die Ursache des Übels sehen lässt. Zugegebenermaßen bin ich auch glücklich darüber. *Denn will ich wirklich das Unheil jedes Drachen durch meine Knochen spüren wollen, wenn ich sie heile?*

Ich nehme all meinen Mut zusammen und stelle Thalessa die Frage, welche mir, seitdem ich sie verwundet im Wald gefunden habe, auf der Zunge brennt: »Thalessa, was ist dir im Wald zugestoßen? Wie konnte dich etwas derartig verletzen?« Meine Stimme ist leise, fast als hätte ich Angst, sie könnte wie Glas zerbrechen.

Thalessas glänzende Augen scheinen die vergangenen Taten widerzuspiegeln und ich frage mich, ob ich die schmerzhafte Vergangenheit nicht hätte besser ruhen lassen sollen. Oder, ob es lebensmüde ist, einen Drachen, den ich seit knapp zwei Tagen kenne, nach solch einem traumatischen Ereignis zu fragen.

Trotz all der Sorge empfinde ich die Frage dennoch sinnvoll. Meine Gabe hat mich in eine komplett neue Himmelsrichtung katapultiert und unwissend den Ältesten des Gremiums entgegenzutreten, ist meiner Meinung nach absoluter Selbstmord.

Thalessa seufzt tief. Eine Wolke aus heißem Atem löst sich in der kühlen Luft auf. »*Die Dubhcor*«, beginnt sie, ihre Stimme ebenso kalt wie das Eis der nördlichsten Meere, »*sind eine Gruppe von Unmenschen, welche glauben, sie könnten sich die Macht der Drachen aneignen, indem sie uns jagen. Sie nutzen unsere Essenz, um ihre dunkle Magie zu speisen. Eine Praxis so alt und finster wie die Nacht selbst.*«

Ihre Worte lassen mich frösteln und ich kann nicht anders, als einen Blick voller Mitgefühl auf sie zu werfen. Nicht auszumalen, welche Qualen sie erleiden musste.

Wer sind diese Leute?

Mein Kopf ist voller Fragen und Zweifel.

Ich versuche, meine Gedanken zu ordnen, doch es fällt mir schwer. Thalessas Worte klingen in meinem Kopf nach und ich spüre ein wachsendes Gefühl der Besorgnis. *Wenn diese Gruppe wirklich so gefährlich ist, wie kann ich mich dann schützen? Muss ich mich überhaupt schützen? Und warum verdammt noch mal lernen wir Heiler nichts darüber?*

Ich atme tief ein, entschlossen, Antworten zu finden. Aber eine Frage brennt sich in mein Bewusstsein: *Warum hat Vater das vor mir verborgen?*

»Sie griffen mich in einem Moment der Schwäche an. Ich war allein, weit entfernt von meinem Gefährten. Ich bin nicht zum Kämpfen geboren, wie Dubhghall. Es war ein Hinterhalt und... sie waren zu viele.«

Thalessas Stimme bricht ab und ich erkenne den Schmerz und die Enttäuschung in ihren Augen – nicht nur über ihre eigene Verletzlichkeit, sondern auch über die Grausamkeit, die es in Darilorn gibt.

Bevor ich antworten kann, durchschneidet das Geräusch mächtiger Schwingen die Luft. Ich richte meinen Blick zum Himmel und erkenne ihn.

Dubhghall kehrt zurück.

Sein Erscheinen ist wie ein Signal, dass sich die Dinge nun ändern werden. Zum Besseren? Ich glaube wohl kaum.

Wie es Vimos so will, wird mir keine Verschnaufpause gegönnt.

Nein.

Die Ereignisse prasseln gerade nur so auf mich ein.

Denn kurz darauf nähert sich eine Gruppe von Gestalten. Ich nehme an, dass es sich bei Ihnen um das Gremium handelt, angeführt von Andil, einem Mann, dessen Präsenz allein Autorität und Weisheit ausstrahlt.

»Müssen denn wirklich alle anwesend sein?«, jammern meine Gedanken verzweifelt.

Andil kenne ich aus meiner Kindheit. Von meinem Vater. Er ist meiner Meinung nach ein wenig zu grimmig und verklemmt, aber ansonsten ist er immer noch einer der umgänglichsten Gremium-Ältesten, denen ich bisher über den Weg laufen musste.

Seine Schritte sind bedächtig, jeder von ihnen gemessen, als er sich Thalessa nähert. Mit einer Geste, welche Respekt und tiefe Fürsorge ausdrückt, legt er seine Hand sanft an ihre Nüste. »Willkommen zurück, Thalessa. Dein Mut und deine Entschlossenheit sind ein Leuchtturm für uns alle. Kilead steht hinter dir, jetzt mehr denn je.«

Nach diesem flüchtigen Moment nickt Andil Dubhghall knapp zu.

Sein Blick wandert zu mir, durchdringend und prüfend.

Dabei hoffe ich, dass Dubhghall ihn bereits über meine Herkunft und Gabe aufgeklärt hat, denn ich weiß ja selbst nicht einmal das Geringste über diese altertümliche Gabe, die in mir schlummert.

Zudem kann ich eine Bloßstellung vor dem kompletten Gremium nicht verkraften.

Nicht nach den jüngsten Ereignissen.

»Und wer magst du sein, junge Dame, die an der Seite unserer tapferen Thalessa steht?« Seine Stimme trägt einen Hauch von Neugier, aber auch von einer Kälte, die mich unerwartet berührt. Seine Frage jagt mir jeden Hoffnungsschimmer, mich nicht erklären zu müssen, aus dem Körper.

Finster blicke ich Dubhghall entgegen und wende meine Gedanken wie einen Pfeil zwischen seine Augen. *»Du hättest ihm ja wenigstens informieren können, Miesepeter«*, feixe ich ihm gedanklich entgegen.

»Ich genieße die bevorstehende Blamage bestens und nenn mich nicht so, Drachenspross.«

Am liebsten hätte ich ihm in diesem Moment seine goldglitzernden Augen ausgekratzt.

Anscheinend findet er es sogar noch amüsant, mich verzweifeln zu sehen.

Alles klar, Dubhghall. 1:0 für dich, aber ich werde mir diese Blamage merken. Darauf verwette ich sogar mein Lieblingsbuch »Waldverbunden«, mein Freund.

»Abgemacht«, grummelt Dubhghall belustigt.

Mein Blick schweift über die Gremium-Mitglieder und bleibt an einigen bekannten Gesichtern hängen.

Mein Herz stolpert.

Doch es ist Cole, welcher meine Aufmerksamkeit fesselt und nicht mehr loslässt.

Seine Präsenz ist überwältigend. Das tiefe Schwarz seines Haares, das perfekte Spiel von Licht und Schatten auf seinem Gesicht und seine Augen, welche mich mit einer Intensität betrachten, welche mir den Atem raubt.

Es ist ein Blick, der etwas in mir zum *Klingen* bringt.

Eine Mischung aus Gefahr, Herausforderung und einem Funken, welcher gefährlich nahe an Verlangen grenzt.

293

»Wer hätte gedacht, dass Livia in einer Höhle mit Drachen sitzt, als würde sie mit ihren riesigen, feuerspeienden Haustieren abhängen?«

- Cedric

KAPITEL 21

LIVIA

Andil reißt mich unsanft aus meinem süßen Tagtraum und verschränkt die Arme vor seiner schwarzen Uniform. »Junge Dame. Ich habe Sie etwas gefragt.« Vor lauter Gedanken an Cole habe ich ganz vergessen, dass der Älteste des Gremiums eine Vorstellung von mir wollte. »Livia. Mein Name ist Livia Berylla. Heiler-Novizin. Zweites Jahr«, stammle ich verlegen und verbeuge mich.

Als ich wieder den Mut gefasst habe, Andil in die Augen zu schauen, bemerke ich seinen abfälligen Blick, welcher mit einer Note von Neugier gewürzt ist. »Die Tochter von General Berylla? An dieser Stelle nochmals mein herzliches Beileid«, sagt er, mehr gezwungen als gewollt.

Die Situation überfordert mich.

Der Älteste des Gremiums spricht mir persönlich wegen des Verschwindens meines Vaters sein Beileid aus – und das vor dem gesamten Gremium und seinen Anwärtern.

Meine Augen suchen wie magisch angezogen nach Cole. Er steht in den Reihen des Gremiums, neben ihm sein Bruder Dorian. Unter Protest zwinge ich meine Augen, die beschämende Situation zu prüfen. Dann trifft es mich so heftig, dass es mich fast umhaut. Hinter Cole und Dorian stehen drei weitere Gestalten, welche mir nur allzu bekannt vorkommen: Lorenzo, Cedric und Sirius. Lorenzo würdigt mich keines Blickes und hat seinen Kopf abgewendet. Sie geben zusammen ein makelloses Bild ab, das alle meine Alarmglocken sturmklingeln lässt.

Diese verdammten Bastarde. Wie konnte ich so dumm sein und bei der Abschlussfeier übersehen, dass sie alle diese kleine, glänzende, goldene Rune des Gremiums tragen? »Sag mal Livia, wolltest du es nicht wahrhaben, oder bist du wirklich so naiv?«, fluche ich in meinen Gedanken.

»*Ich bin für die zweite Option*«, mischt sich Dubhghall schamlos in meine Gedanken ein.

»*Nicht hilfreich, Dubhghall*«, kommentiert Thalessa mahnend.

Zähneknirschend zwinge ich meine Gedanken, sich zu sammeln. Diese Typen dürfen mich nicht aus der Fassung bringen. Sie sind finstere, machthungrige Unmenschen und ich werde nicht zulassen, dass ihre Grausamkeit mich schwächt.

Wieder in der Gegenwart angekommen, mustere ich meinen ehemaligen Kindheitsfreund Lorenzo. Er hat mich ausgenutzt und blamiert. Auf die hinterlistigste Art, die sich keine Menschenseele vorstellen kann. Doch er steht dort seelenruhig und beachtet mich nicht, als hätten wir nicht unsere ganze verdammte Kindheit zusammen verbracht.

Mein Blick wandert weiter zu Cedric, der neben Lorenzo steht.

Ein Lächeln ziert sein markantes Gesicht. Er hat meine Naivität ausgenutzt und mir einen Orgasmus verschafft, der mich ungesund nach mehr lechzen lässt. Zudem hat er mich den Montalli-Brüdern ausgeliefert, um vermutlich seinen persönlichen Profit daraus zu ziehen.

Ich wende mich ab und betrachte Cole und Dorian. Sie stehen inmitten der anderen Gremium-Mitglieder auf dem Feld. Beide strahlen eine bedrohliche Präsenz aus. Cole steht lässig mit verschränkten Armen, sein Blick analysiert die Menge. Ein schelmisches Grinsen ziert seine Lippen. Dorian hingegen ist angespannt, seine Augen funkeln kühl und berechnend. Er beobachtet alles mit stiller Intensität. Ihre Anwesenheit ist überwältigend. Beide strahlen eine gefährliche Aura aus. Sie sind der lebende Beweis für »halt-dich-von-ihnen-fern-Männer« – und dennoch kann ich nicht anders, als von ihrer dunklen Faszination angezogen zu werden.

Und Sirius? Er lehnt entspannt an Dorians Seite und scheint die Situation nicht ernst zu nehmen. Gegen ihn habe ich am wenigsten etwas. Er hat mich an der Abschlussfeier, wie ein ausgehungerter Wolf gemustert. Verwerflich ist das nicht, geschmeichelt fühle ich mich auch. Dennoch steht er in dieser Gruppe von Männern, also bin ich aus Prinzip genervt von ihm.

»*Ruhig, Livia*«, ermahne ich meine vor Wut rasenden Gedanken. Ich versuche regelmäßig zu atmen. *Das sind komplette Scheißkerle. Hungrige Wölfe. Ihr Ziel ist es, dass du deine Fassung verlierst.* Doch sie kennen mich nicht gut genug. Wenn sie wirklich denken, dass ihr bloßer Anblick und einige Orgasmen mich einknicken lassen, täuschen sie sich.

Prüfend werfe ich einen Blick zu Thalessa. Ihre Blicke auf Cole und sein Rudel scheinen genauso abfällig wie meine Gedanken. »*Sind sie, Livia. Sind sie*«, knurrt eine vertraute Stimme in meinem Kopf. Erschrocken blicke ich Thalessa tiefer in die Augen.

Sie können nicht nur mit mir über meine Gedanken kommunizieren, sondern sind maßgeblich an meinen Gedanken *beteiligt*? Deswegen konnten sie mir vorhin beide antworten. Genervt massiere ich meine Stirn. Jetzt muss ich nicht nur aufpassen, *wie* ich mich verhalte, sondern auch, *was* ich denke.

»*Als Scheiße würde ich das jetzt nicht gleich betiteln*«, mischt sich Dubhghall erneut ein. »*Kurzfassung: Wir sind nur in der Lage, an deinen Gedanken teilzuhaben, wenn du es nicht schaffst, uns rauszuhalten*«, belächelt mich Dubhghall zynisch. »*Tatsächlich wäre ich dir sehr verbunden, wenn du das in Zukunft in den Griff bekommen würdest.*«

Etwas verdutzt blicke ich zwischen Dubhghall und Thalessa hin und her. Was haben sie die letzten Tage alles mitbekommen?

»*Alles*«, antwortet Thalessa knapp und bestätigt mein Entsetzen.

Allein diese Antwort lässt mich erröten. Am liebsten würde ich im Erdboden versinken.

»*Konzentriere dich auf Andil, Drachenspross*«, erinnert mich Dubhghall mahnend über die Gedankenübertragung.

Mir läuft es kalt den Rücken hinunter, da ich weiß, welches Gespräch mich erwartet. Die Art von Warum-Bist-Du-Als-Heilerin-Auf-Einem-Drachen-Geflogen-Gespräch. Ich straffe die Schultern und bemühe mich um ein freundliches Lächeln.

Dieses Gespräch ist wichtig für weitere Informationen über meine Gabe.

Denn wenn ich etwas nicht will, dann ein ungebändigtes Balg zu sein, das nicht in der Lage ist, eine seltene Gabe zu kontrollieren.

Meine volle Aufmerksamkeit gehört wieder Andil. Ich spüre die Blicke der Gremium-Anwärter auf mir, doch ich versuche sie zu ignorieren.

»Möchtest du mir verraten, warum du als Heilerin auf einem ungebundenen Drachen und seiner bis vor kurzem verschwundenen Gefährtin nach Kilead gereist bist? Das würde mich brennend interessieren, Livia.«

Notiz an mich selbst: Überprüfen, ob ich doch hellseherische Fähigkeiten besitze.

Andil bewegt sich um mich herum und beäugt mich wie Abschaum. Vergeblich suchend nach etwas Besonderem, das rechtfertigen würde, warum mich ungebundene Drachen, auf ihnen reiten lassen.

»*Wenn er weiter so schroff ist, grille ich ihn zum Mittagessen*«, knurrt Dubhghall und formt schwefelförmige Dampfwolken, die Andil verschlucken könnten.

Wütend feixe ich Dubhghall mental entgegen: »*Lass das. Ich muss von Andil mehr über meine Gabe erfahren und wenn du ihn grillst, kann ich das schlecht. Außerdem meintest du doch vorhin, dass er ehrenwert ist.*«

Genervt reißt Dubhghall seinen massiven Kopf zurück und blickt zur Drachenreiter-Akademie, als wäre sie der größte Schandfleck in ganz Darilorn.

»Interessant«, stößt Andil belustigt aus.

Mit einem Mal fällt mir auf, dass meine rasante Kopfbewegung zu Dubhghall und seine Zurückhaltung der maßgebliche Beweis dafür war, dass ich mit ihm kommunizieren kann. Solch eine Kommunikation ist definitiv *nicht* normal. Das ist sogar mir, mit meinem mangelndem Wissen über Drachen, bewusst.

»*Mach dir keine Gedanken, Livia. Du wirst erfahren, wonach du suchst.*« Thalessas tröstende Stimme schmiegt sich um meinen Geist, wie eine tröstende Umarmung. Ich blicke sie an und ernte aus ihrem Blick mehr als nur Worte.

»Ach, und mit Thalessa können Sie sich also auch verständigen?« Andil spuckt mir die Worte geradeso entgegen.

Ich frage mich gerade inständig, wie Dubhghall einen solchen Menschen als ehrenwert bezeichnen kann. Sein Umgangston grenzt an Überheblichkeit.

Ein Raunen geht durch die Reihen des Gremiums. Der überraschte Blick von Cole und den anderen, auch wenn er nur kurz war, löst eine tiefe Genugtuung in mir aus. Doch diese bloßstellende Situation wird mir nicht weiterhelfen. Für Antworten muss ich mit Andil allein reden.

»Kommunikation mit zwei ungebundenen Drachen? Nie im Leben.« Lorenzo tritt lässig aus den Reihen der Gremium-Anwärter. Seine dunkelblaue Uniform der Schutzgarde schimmert in der Sonne. Ich erinnere mich daran, wie meine Hände vor kurzem noch auf dieser Uniform auf Erkundungstour gewesen waren. *Hab ich mich so sehr in ihm getäuscht?*

»Hast du etwas zu sagen, Celestino?« Andil wendet sich nun Lorenzo zu und verschränkt die Arme hinter dem Rücken. Seine gesamte Aufmerksamkeit liegt auf Lorenzo und ich genieße es durchatmen zu können.

»Ich wollte nur anmerken, dass eine Kommunikation mit ungebundenen Drachen, vor allem mit mehreren, nicht möglich ist. Mit ihrer *Vergangenheit* ist das nicht vereinbar, Sir«, fährt er fort und wirft mir dabei den abfälligsten Blick zu, den ich jemals gespürt habe.

»Wie kannst du nur...«, beginne ich aufgebracht, doch Andil unterbricht mich scharf:

»Livia, das reicht. Wir haben keine Zeit für solche Diskussionen.«

Ich schaue Andil an. Er meint es todernst. Würde ich mir gerade nicht alle Mühe geben, wäre ich wahrscheinlich vor versammelter Mannschaft auf Lorenzo losgegangen, um zu erfahren, wann er sich zu so einem widerwärtigen Arschloch entwickelt hat.

Mir entgeht jedoch nicht der verbissene Gesichtsausdruck von Dorian, Cole und den anderen, als Lorenzo meine Vergangenheit erwähnt hat. *Interessant. Lorenzo hat ihnen nichts über mich erzählt.*

Meine Augen kneifen sich leicht zusammen und ich beäuge Lorenzo, als wäre er eine Zielscheibe. *Warum, Lorenzo? Was spielst du für ein Spiel?*

»Ihre Vergangenheit also. Sie machen mir den Anschein, als würden Sie darüber Bescheid wissen, Herr Celestino«, stellt Andil interessiert fest.

»Das ist richtig. Ich kenne sie seit meiner Kindheit. Sie ist *gewöhnlich*. Keine besonderen Ereignisse, welche zu solch einer Fähigkeit beitragen könnten.«

Gewöhnlich. Bei dieser abfälligen Bemerkung ballen sich meine Hände zu Fäusten. Meine Knöchel sind so weiß, wie die Wolken am Himmel über uns.

»Danke, Celestino.« Mit diesen Worten tritt Lorenzo mit einem abfälligen Lächeln zurück in die Reihen. Jedes vertraute Gefühl, welches ich jemals in seiner Gegenwart empfunden habe, löst sich zu Staub auf, welcher auf dem Flugfeld zu Boden rieselt. Staub, den ich mit Füßen trete, so wie er es mit mir getan hat. *Du spielst ein Spiel, Lorenzo? Okay, lass uns spielen.*

Andil räuspert sich und spricht mit ruhiger, aber fester Stimme: »Livia, was sagst du dazu?«

Ich lächle süßlich, meine Augen blitzen gefährlich. »Lorenzo? Ach, Lorenzo erinnert mich an eine schlechte Laune in Menschengestalt. So viel Arroganz in einem so kleinen Geist, das ist fast bewundernswert.«

Lorenzo starrt mich fassungslos an. Seine Miene ist plötzlich voller Zorn und Verletzung. »Was hast du gerade gesagt?«, faucht er, seine Stimme bebt vor unterdrücktem Ärger.

Cole und Cedric brechen in Gelächter aus, während Sirius und Dorian zustimmend nicken.

Lorenzo macht einen Schritt in meine Richtung, seine Hände zu Fäusten geballt. Ich bewege mich keinen Zentimeter. Soll er kommen, dann verliert er seine Gremium-Position

Doch bevor er etwas tun kann, tritt Dorian vor und hält ihn am Arm zurück. »Lass es, Lorenzo. Es bringt nichts.«

»Das wirst du bereuen, Livia«, knurrt Lorenzo. Sein Blick flammt vor Wut, während Dorian ihn zurückhält.

Ich gehe mit festen Schritten auf Lorenzo zu. Dorians Griff verstärkt sich um Lorenzos Arm, als würde er befürchten, dass dieser mich angreifen würde. Eingehend betrachte ich sein goldenes Haar, sein kantiges Gesicht und seine finster dreinblickenden Augen, in denen ich früher meine Zukunft gesehen habe.

»Ich werde gar nichts bereuen, Lorenzo.« Entschlossen straffe ich meine Schultern. »Was soll ich bereuen? Dass mein Kindheitsfreund ein heuchlerisches Arschloch ist? Dass ich an jeder deiner Aussagen zweifle?« Ich gehe noch einen Schritt auf ihn zu und sehe, wie sich eine Ader an seinem Hals anspannt. Meine nächsten Worte flüstere ich, dass höchstens seine Freunde sie verstehen könnte: »Das Einzige, was ich wirklich bereue, ist, dass ich meine *Unschuld* an einen Mann verschwendet habe, welcher so verabscheuungswürdig ist, wie du.«

»Livia«, unterbricht Andil mich ungeduldig.

Lorenzo antwortet mir nicht. Auch Cole und die anderen sind sprachlos, doch das kümmert mich nicht. Ich wende meine Aufmerksamkeit wieder auf Andil und kehre Lorenzo den Rücken zu. Verdammtes Arschloch.

»Ich würde dich gerne unter vier Augen in meinem Büro sprechen. In 15 Minuten«, sagt Andil und wendet sich an Dorian. »Dorian, bring sie bitte zu mir.«

Mit einem knappen Nicken verabschiedet sich Andil von Thalessa und Dubhghall und das Gremium tut es ihm gleich.

Verbittert drehe ich mich um und betrachte Dorian, wie er Lorenzo eine Motivationsrede verpasst. Dorian. Warum Dorian? Das Gremium besteht aus mehr als 20 Teilnehmern. Hätte es nicht irgendjemand außer diesen fünf Mistkerlen sein können?

Genervt davon, dass Vimos in den letzten Tagen anscheinend nicht auf meiner Seite steht, bewege ich mich auf Thalessa zu und würdige den Männern keinerlei Beachtung.

»Andil ist ein ehrenwerter Mann. Ehrenwert wie es selten bei Menschen zu sehen ist. Habe keine Angst, Livia, er wird dir beistehen«, ermutigt mich Thalessa und senkt ihren mächtigen, blau schimmernden Kopf auf meine Augenhöhe. Bedächtig tätschle ich ihre große Nüstern und suche Trost in der zärtlichen Berührung.

»Drachenflüsterin bist du also auch noch, Kleine?« Ich zucke zusammen und bemerke, dass Cole direkt hinter mir steht und mir mit seinen eiskalten Augen tief in die Seele zu blicken versucht.

»Selbst wenn es so wäre, geht es dich einen Scheißdreck an, Prinz«, schleudere ich ihm entgegen, betone das Wort »Prinz« so abfällig wie möglich.

Ich weiß nicht, was diese Typen für ein Problem haben. Ob sie es einfach gewohnt sind, dass jede Frau sofort nach ihrem Kommando springt, aber mir geht ihr Verhalten gehörig gegen den Strich. Das seltsame prickelnde Band zwischen unseren Seelen ignoriere ich gekonnt. *Du willst mich brechen, Cole. Versuch es nur.*

»Sie ist es nicht wert«, erwidert Lorenzo gelangweilt und wischt sich das ins Gesicht fallende blonde Haar aus dem Gesicht.

»Auf einmal wieder Worte gefunden?«, frage ich Lorenzo und studiere die unterschiedlichen Schuppenfarben von Thalessa. Ein Blick bekommt er nicht von mir.

»Ich schwöre, wenn du nicht gleich deine verdammte Zunge bändigst—«, Lorenzo wird abrupt von Sirius unterbrochen:

»Dann was, Lorenzo? Ich dachte, sie ist es nicht wert?«

»Stimmt. Ist sie dir wirklich nichts wert, Lorenzo?« Cole tritt auf Lorenzo zu und reckt imposant sein Kinn. Er überragt Lorenzo bedrohlich. »So wenig wert, obwohl du sie so lange kennst? Sag, welchen Teil hast du uns verschwiegen, mein Freund.« Er legt Lorenzo eine Hand auf die Schulter und forscht in seinen Augen nach einer Antwort. Doch Lorenzo entzieht sich ihm und erwidert:

»Meine Vergangenheit geht euch einen Scheiß an.«

»Auch, dass du Livia in Tarkenemhat vor kurzem fast am lebendigen Leib verschlungen hast?«, belächelt ihn Cedric, der mit Dorian und Sirius näher tritt.

Ich glaube, mein schlimmster Albtraum wird gerade wahr. Alle, einfach alle, stehen in voller Größe vor mir. Lediglich die Tatsache, dass Thalessa und Dubhghall direkt hinter mir sind, veranlasst mich dazu, meine Stellung zu bewahren.

»Oh, oh Lorenzo. Geheimnisse haben wir also auch noch«, mischt sich Dorian ein und grinst Lorenzo verschmitzt von der Seite an.

Auch Sirius und Cedric beteiligen sich am Gelächter. Nur Cole ist schweigsam geworden und starrt Lorenzo immer noch in die Augen, als würde er ihm gerade eine gedankliche Todesdrohung aussprechen.

Warum aber? Ich meine, das, was Cedric sagt, stimmt und an der Tatsache kann Cole nichts ändern.

»Ach, Cedric«, Lorenzo löst sich plötzlich von Coles Blick und tritt vor Cedric, »Sie hat so unfassbar gut geschmeckt.« Er leckt sich über die Lippen und grinst Cedric schelmisch ins Gesicht. »Und weißt du was? Ich würde es auch *nochmal* machen.«

Dubhghall knurrt bedrohlich bei dieser abfälligen Bemerkung, doch das scheint Lorenzo kein bisschen zu kümmern. *Werden Drachenreiter darauf trainiert keine Angst mehr vor Drachen zu haben?* Ich zucke ja alleine schon, wenn Dubhghall etwas lauter ausatmet.

Cedric geht einen Schritt auf Lorenzo zu, ohne den Blick abzuwenden. »Ich weiß, wie gut sie schmeckt, *Bruder*«, belächelt Cedric Lorenzo.

»*Bruder?*« Meine Gedanken peitschen, während ich versuche, das Gesagte zu verarbeiten. Ein Schock durchfährt mich, als ich realisiere, was das bedeutet. Lorenzo hat mir unfassbar viel verschwiegen. Lorenzo, Sirius und Cedric sind nicht nur Brüder, sie sind *Drillinge*! Wie konnte ich das nur übersehen!

»Du... du hast mir nie die Wahrheit gesagt!«, rufe ich aufgewühlt. Meine Stimme zittert vor Wut und Enttäuschung. »Wie konntest du all das vor mir verbergen?«

Lorenzo antwortet mir nicht.

»Und ich weiß, dass du deinen Schwanz nicht unter Kontrolle hast und alles fickst, was nicht bei drei auf dem Baum ist!«, knurrt Lorenzo zurück.

Der Kinnhaken kommt aus dem Nichts. Cedric trifft Lorenzo mit einer Wucht, welche ihn zurücktaumeln lässt.

Lorenzo fängt sich gerade noch rechtzeitig, seine Fäuste ballen sich und ohne zu zögern, schlägt er zurück. Der Schlag trifft Cedric am Kiefer und ich höre das dumpfe Geräusch von aufeinander treffendem Fleisch.

Mein Magen verkrampft sich. So wollte ich das nicht.

»Stopp!«, rufe ich verzweifelt. Ja, ich hasse die beiden für ihre arrogante und hinterlistige Art, doch eine Prügelei muss jetzt echt nicht sein. Meine Gedanken rasen. *Wie konnte es nur so weit kommen? Diese Männer sind nicht nur Brüder, sie sind auch eine Gefahr füreinander – und für mich.*

Cole und Dorian treten sofort vor, aber es ist Sirius, der sich zuerst in die Auseinandersetzung stürzt. Er packt Cedric an den Schultern und zieht ihn zurück, während Dorian eindringlich versucht, Lorenzo zu beruhigen.

»Scheiße, Lorenzo«, ruft Dorian, doch seine Worte gehen in dem Getöse unter.

Lorenzo schreit wütend: »Du verdammter Bastard! Wie kannst du es wagen!« Er versucht, sich aus Dorians Griff zu befreien, doch Dorian hält ihn fest, seine Miene angespannt.

Cedric, dessen Lippe blutet, stößt Sirius zur Seite und geht erneut auf Lorenzo los. Die beiden Brüder prallen aufeinander wie wütende Stiere, ihre Fäuste fliegen in schnellen Schlägen. Jeder Treffer bringt sie weiter in Rage, ihre Bewegungen sind roh und unkontrolliert. Ich kann kaum glauben, dass diese Männer mir vorgespielt haben gutmütig und sanft zu sein.

»Hört auf!«, schreie ich, doch meine Stimme wird von dem Lärm übertönt.

Auf einmal brüllen Thalessa und Dubhghall synchron, ihre mächtigen Stimmen lassen den Boden unter unseren Füßen erheblich vibrieren. Es ist dieser Moment, der die Kämpfenden innehalten lässt. Die Drachen sind nicht zu ignorieren.

»Was zur Hölle ist hier los?« Andils Stimme schneidet durch die Luft wie ein Messer. Er schreitet mit großen Schritten auf uns zu, seine Augen funkeln vor Zorn. »Ihr benehmt euch wie Kinder!«

Cedric und Lorenzo stehen keuchend und blutend da, Ihre Blicke noch immer voller Hass aufeinander gerichtet. Dorian lässt Lorenzo los, doch er bleibt wachsam in der Nähe. Sirius tritt einen Schritt zurück, seine Augen auf Cedric gerichtet, bereit, einzugreifen, falls nötig.

Lorenzo, der einst eine so große Rolle in meinem Leben gespielt hat, ist jetzt kaum wiederzuerkennen. *Wie konnte ich so blind sein?*

»Ihr werdet beide disziplinarische Maßnahmen zu erwarten haben«, knurrt Andil. »Das ist inakzeptabel. Livia, bleib bei Dorian. Er ist *anständig*.«

»Andil, das nehme ich jetzt persönlich.« Cole lächelt selbstgefällig und hält sich gespielt verletzt eine Hand auf die Brust.

»Für dich immer noch Herr Thornevar, *Prinz von Morvich*.« Andil verengt die Augen, seine Geduld am Ende. »Ich werde mich nicht von dir provozieren lassen. Dein Titel beeindruckt mich nicht. Hier zählt Disziplin und Respekt, beides scheint dir zu fehlen.«

Cole hebt eine Augenbraue und lacht leise. »Respekt? Andil, Respekt geht mit Ehrlichkeit einher. Und was Disziplin angeht – du hast gesehen, wie diszipliniert wir im Kampf sind. Vielleicht solltest du das Gremium daran erinnern.«

»Ich erinnere dich daran, dass du hier nicht im Kampf bist, sondern in einer Akademie, welche dir beigebracht hat, was Disziplin überhaupt bedeutet«, erwidert Andil scharf. »Deine Arroganz wird dir nicht helfen, Cole.«

Lorenzo, der während des Austauschs schweigend und zornig dabeisteht, dreht sich schließlich um und marschiert mit Andil davon. Der Blick von Lorenzo ist voller Wut und Enttäuschung, aber auch etwas anderem – eine Spur von Verletzlichkeit, die ich noch nie bei ihm gesehen habe.

»Ihr verdammten Bastarde«, murmle ich leise, doch laut genug, dass Dorian es hören kann. Er wirft mir einen knappen Blick zu, sagt aber nichts.

»Du solltest aufpassen, Livia«, warnt Cole, seine Stimme nun bedrohlich leise. »Nicht jeder hier wird so nachsichtig sein wie Andil. Deine Worte könnten dir bald zum Verhängnis werden.«

Ich spüre, wie die Wut in mir aufkocht, doch ich halte meinen Blick fest und unerschütterlich. »Ich lasse mich nicht einschüchtern, Cole. Von keinem von euch.«

»Kommen wir zu einer viel interessanteren Sache meine Liebe«, Cole dreht sich langsam zu mir um und schreitet zielgerichtet auf mich zu »Neben all den neusten Ereignissen, bist du also auch noch eine kleine *Hure*?«

Bei seinen Worten lächeln Cedric und Sirius.

Ich könnte ihnen beiden so hart ins Gesicht schlagen.

Sie wissen nichts über mich.

Gar nichts.

Doch bevor ich zu einem Widerwort ansetzen kann, versperrt mir Thalessa mit ihrem mächtigen Körper die Sicht auf Cole und knurrt so tief und bedrohlich, wie ich es noch nie von einem Drachen gehört habe.

Zu meinem Entsetzen stelle ich fest, dass Cole keinen Millimeter von seiner Position gerückt ist. *Was ist das für ein Typ?*

»Wir sind hier fertig«, sagt er gelangweilt und verschwindet mit Sirius und Cedric Richtung Akademie.

Verdammte, verdammte Idioten.

»Geht es dir gut?« Dorian steht neben mir und streckt mir seine Hand entgegen.

Gerade merke ich, dass ich mich hinter Thalessa geradezu verkrochen habe. Zögerlich nehme ich Dorians Hand und er hilft mir auf. Nicht, weil ich es will, sondern, weil ich nach den Ereignissen der letzten Tage einfach keine Kraft mehr habe.

»Geht schon«, brumme ich ihm entgegen.

Dorian lächelt mir freundlich zu. Er ist größer als Cole, wenn auch nur ein wenig. Seine Haarfarbe und Gesichtszüge ähneln Coles, doch Dorian scheint freundlich, zuvorkommend und charmant zu sein – etwas, was Cole an allen Ecken fehlt.

»Komm, ich bringe dich zu Andil. Unpünktlichkeit mag er nicht.«

CEO

Das Eisenschwert bohrt sich unangenehm in meine Leder-Uniform und ich wende meine Blick von Livia und dem Flugfeld ab.

»Verdammt, pass auf, Alter!«

Der kleine Idiot mit dem ich zum Training verdonnert wurde vermasselt mir die Show, welche Livia gerade mit dem Gremium abzieht.

Die letzten Wochen habe ich sie kaum zu Gesicht bekommen, seitdem ich sie mit Thalessa im Wald beobachtet hatte.

Und jetzt? Jetzt taucht sie einfach so, außerplanmäßig, mit einem zweiten, monströsen Drachen an der Drachenreiter-Akademie in Kilead auf und provoziert die *Veins*, als wäre es nicht ihr selbst gewähltes Todesurteil.

Nach meinem Geschmack entwickelt sie viel zu schnell ihr Selbstbewusstsein und wenn sie ihre wahre Macht genauso schnell entwickelt, haben wir alle ein verdammt großes Problem.

Scheiße, unser Plan muss schneller funktionieren.

KAPITEL 22

LIVIA

Während ich die kleine Livia durch die weitläufigen Gänge der Akademie führe, spüre ich, wie ihre abweisende Haltung eine seltsame Art von Anziehung in mir auslöst. Ich kann nicht leugnen, dass ihre Standfestigkeit, diese Mauer, welche sie um sich gezogen hat, mich anzieht. Vor allem die Herausforderung, diese Mauer zu durchbrechen, reizt mich auf eine Weise, die ich nur schwer ignorieren kann.

Wir gehen durch die schwere Holztür des Hauptgebäudes und sofort umfängt uns die stille Pracht des Inneren. Hohe Decken, welche von kunstvoll gearbeiteten Steinsäulen gestützt werden, erzeugen ein Gefühl von Macht. Der Hall des Gebäudes ist mit dem leisen Echo unserer Schritte gefüllt. Die Wände sind düster und spiegeln den Charakter der meisten Bewohner wider.

Für mich ist es nichts Besonderes. Als Prinz bin ich solche Umgebungen gewohnt. Dennoch kann ich es nicht lassen, Livia zu belächeln. Ihre Augen sind weit aufgerissen, als sie die Pracht um uns herum in sich aufnimmt. Ihr Erstaunen, so naiv und unverfälscht, amüsiert mich auf eine Weise, die ich nicht erwartet hätte. Es erinnert mich daran, wie unterschiedlich unsere Welten sind.

»Gewöhne dich daran«, murmele ich, mehr zu mir selbst.

Sie wirft mir einen kurzen, skeptischen Blick zu, bevor ihre Aufmerksamkeit wieder von der Architektur gefangen genommen wird. In diesem Moment erscheint mir ihre Faszination für alles hier nahezu kindlich. Eine Erinnerung daran, dass sie, trotz ihrer starken Fassade, noch so viel zu entdecken hat.

Ich führe sie weiter durch den opulenten Gang, vorbei an Statuen vergangener Helden und Drachenreiter, deren Geschichten in diesen Hallen verewigt sind. Ich spüre, wie sie neben mir leicht zögert, ihre Schritte verlangsamt, um alles aufzunehmen. Es ist ein seltsamer Kontrast zu der abweisenden Haltung, die sie den anderen und mir gegenüber an den Tag legt.

In einem Moment der Stille, während ich beobachte, wie sie die dunkle Pracht unseres Weges aufsaugt, schießen mir ungewollt Gedanken an die anderen durch den Kopf – insbesondere an Lorenzo und Cedric. Zwei der erbarmungslosen Celestino Drillinge. Die Vorstellung, was zwischen ihnen und Livia vorgefallen ist, dieses flüchtige Stück Vergangenheit, von dem ich bis vor Kurzem nichts wusste, lässt eine unerwartete Welle der *Eifersucht* in mir hoch kriechen. Eine bittere Ironie, wenn man bedenkt, dass ich nie in meinem Leben eifersüchtig gewesen bin.

Und jetzt? Ich hasse dieses Gefühl, wie es mich innerlich auffrisst, die Kontrolle über meine sonst so gefasste Fassade zu verlieren. Es ist, als würde es gegen alles rebellieren, was ich bin. Gegen den Mann, der nie etwas ernst nimmt und immer über den Dingen steht. Nur, weil ich nach außen so wirke, als hätte ich alles im Griff, bedeutet das nicht, dass es in meinem Inneren genauso aussieht. Meine Fassade ist gespielt und für genauso Vorfälle, wie eben mit Andil, verdammt hilfreich.

»Komm«, sage ich mit einem Hauch von Ungeduld in meiner Stimme, meine eigene Verwirrung genervt beiseite schiebend, »Wir müssen weiter.«

Ich muss zugeben, dass ihre Reaktionen – ihr Erstaunen, ihre Stille, ihre versteckte Neugier – eine Seite in mir berühren, welche ich lange unter Verschluss gehalten habe. Eine Seite, die sich vielleicht, nur vielleicht, auf etwas anderes freuen könnte, als auf den nächsten Sieg oder Orgasmus. Eine Seite, die sich fragt, was es bedeutet, jemanden *wirklich* an seiner Seite zu haben, der die Welt mit völlig neuen Augen sieht.

Wir steigen die breite, steinerne Treppe hinauf, die in die oberen Stockwerke führt. Mit jedem Schritt spüre ich den Widerwillen in Livias Bewegungen, ihre Anspannung.

Ich versuche, das Eis zwischen uns zu brechen. Werfe hier und da ein paar lockere Kommentare ein, aber sie blockt ab, lässt mich auflaufen. Normalerweise wäre jetzt der Zeitpunkt, wo ich mich spätestens verpissen würde, doch heute, aus irgendeinem Grund, reizt es mich nur umso mehr. »Du wirst sehen, das Gespräch mit Andil wird nicht so schlimm, wie du denkst«, sage ich, in der Hoffnung, sie ein wenig aufzulockern.

Sie wirft mir einen Blick zu, der Feuer spucken könnte, und ich kann nicht umhin, innerlich zu grinsen. »Ich brauche keine Aufmunterung«, erwidert sie kühl. Ihre grünen Augen funkeln vor Zorn und Trotz und ich kann nicht verhindern, dass eine ungesunde Begierde in mir aufsteigt.

Ohne Vorwarnung packe ich sie und drücke sie gegen die rissige Steinwand. Meine Hände halten ihre Arme fest, meine Augen fixieren ihre. »Was habe ich dir getan?«, frage ich mit rauer Stimme, während mein Atem schneller geht. »Ich bin nicht Cole oder Cedric oder sonst wer.«

Ihr Atem stockt ein wenig, ihre Brust hebt und senkt sich schneller. Ich bemerke jedes kleine Detail, jeden Hauch von Unsicherheit, welcher über ihr makelloses Gesicht huscht. Sie weicht meinem Blick aus, zögert einen Moment, dann sieht sie mir direkt in die Augen. Ihre grünen Augen funkeln vor Zorn und Trotz, doch da ist auch eine Spur von Verletzlichkeit, welche mich innehalten lässt. »Wir müssen weiter zu Andil«, sagt sie scharf, aber ich sehe, wie ihre Fassade für einen Moment bröckelt.

»Warum versteckst du dich hinter dieser Mauer?«, frage ich, meine Stimme weicher. »Du bist stark, das weiß ich, aber warum lässt du mich nicht sehen, wer du wirklich bist?«

Ihre Augen flackern, als ob sie mit sich selbst ringt.

Sie beißt sich auf die Lippe, dann antwortet sie, ihre Stimme fest und dennoch mit einem Hauch von Unsicherheit: »Weil ich keine Schwäche zeigen kann. Nicht vor dir, nicht vor irgendjemandem.«

»Du siehst das falsch«, sage ich leise, meine Hände immer noch fest um ihre Arme. »Stärke bedeutet nicht, immer stark zu sein. Es bedeutet, sich seinen Ängsten zu stellen und Verletzlichkeit zuzulassen.«

Sie schnaubt und versucht, sich aus meinem Griff zu befreien, aber ich halte sie fest, lasse sie nicht entkommen.

»Du redest, als wüsstest du alles«, faucht sie genervt. »Aber du kennst mich nicht.«

»Vielleicht nicht«, gebe ich zu. »Aber ich will dich kennenlernen. Die wahre Livia, nicht nur die Maske, die du allen zeigst.«

Für einen Moment scheint sie nachzugeben, ihre Augen werden weicher und ich sehe den Kampf in ihrem Inneren. Dann strafft sie sich, ihre Haltung wird wieder abweisend.

»Lass mich los«, sagt sie leise, aber bestimmt. »Wir müssen weiter.«

Ich zögere, dann lasse ich sie langsam los. »Gut«, murmele ich, »Aber das hier ist nicht vorbei.«

Ihre Augen blitzen erneut, ein Funken von Trotz und vielleicht auch Neugier darin. »Wir werden sehen«, sagt sie kühl, bevor sie sich abwendet und den Gang hinuntergeht.

Ich folge ihr, die Spannung zwischen uns fast greifbar. Es ist ein ständiges Hin und Her, ein Tanz aus Stärke und Schwäche, Dominanz und Verletzlichkeit. Und während wir weitergehen, weiß ich eines sicher: Diese Frau wird mich mehr herausfordern, als es je jemand getan hat.

»Scheiße, was war das?«, schießt es mir durch den Kopf. *Was hatte ich mir nur dabei gedacht? Warum bin ich so ausgerastet? Diese plötzliche Welle aus Wut und Verlangen... Das bin nicht ich. Ich darf dieser Seite von mir nicht nachgeben. Ich kann nicht.*

»Du hast recht«, murmle ich schließlich, während ich versuche, meine Fassung wiederzufinden.

Als wir Andils Büro erreichen, klopfe ich an die schwere Holztür. Ein tiefes »Herein« ertönt von innen. Ich öffne die Tür und lasse Livia den Vortritt, wobei ich ihren Rücken beobachte, der sich stolz und unerschütterlich in ihrer dunkelgrünen Heiler-Tunika präsentiert.

Zugegebenermaßen fehlt mir die Sicht auf ihre nackte Haut. Die Gänsehaut, welche sich nach jeder klitzekleinen Berührung auf ihrer Haut gebildet hat. *Scheiße.*

»Bis dann«, zwitschere ich ihr gespielt freundlich über die Schulter zu, doch sie hat kein einziges Wort für mich übrig.

Trotz ihrer Abwehr fühle ich mich von ihr besessen. Angezogen von der Mischung aus Dominanz und Devotheit, die sie ausstrahlt. Es ist eine faszinierende Kombination, die mich nicht loslässt. Eine, die meine dunkelsten Instinkte weckt. Eine, die mich dazu veranlasst, zu forschen, was sie zu bieten hat, ob sie anders ist. Umhüllt von Geheimnissen, verdichtet sich dieser Sog zu einer unumstößlichen Gewissheit.

»*Ich will sie. Nur sie für mich allein*«, denke ich, während ich durch die langen Gänge zu meinem Zimmer gehe.

Dieser Gedanke ist kein flüchtiges Verlangen, kein romantischer Wunsch nach Zweisamkeit. Nein, es ist tiefer, dunkler – ein rohes Bedürfnis, welches in meinem Kern brodelt. Ein Bedürfnis, das nicht von Zärtlichkeit oder Liebe getragen wird, sondern von einem verbotenen Verlangen, welches ebenso viel über mich aussagt, wie über den *Kreis*, in welchem ich mich befinde.

Meine Blicke auf Livia scheinen nach außen sanft, aber es sind die Blicke eines Raubtiers auf ein Objekt der Begierde, getarnt von einem Schleier aus Charisma. Der Prinz, der Mann, welcher nimmt, was er will, ohne nach den Regeln zu spielen, die andere ihm aufzwingen wollen. So könnte man die Veins und mich wohl am besten beschreiben.

Das sind wir, Liebes.

Wirst du es jemals merken?

»Livia, Livia. Ziehst du etwa die Blicke unseres Sadisten an?«

- Cedric

KAPITEL 23

LIVIA

D as Büro von Andil ist genau so beeindruckend, wie ich es mir vorgestellt habe. Die Wände sind mit hohen, dunklen Bücherregalen gesäumt, die bis zur gewölbten Decke reichen und vollgestopft sind mit alten, ledergebundenen Büchern und Schriftrollen. Zwischen den Regalen stehen Podeste mit geheimnisvoll aussehenden Artefakten. Einige dieser Artefakte scheinen fast lebendig, als ob sie eine eigene Aura haben.

Die Decke selbst ist ein Meisterwerk der Architektur, kunstvoll verziert mit Drachenmosaiken, die in Gold und Edelsteinen schimmern. Die Drachen wirken fast lebendig, als ob sie jeden Moment aus dem Mosaik herausbrechen könnten. Ein großer Kronleuchter hängt in der Mitte des Raumes, seine Kristalle brechen das Licht in ein Spektrum von Farben, das sanft über die Wände tanzt.

Andils Schreibtisch steht vor einem großen Fenster, durch das man einen weiten Blick über die Ländereien der Akademie hat. Der Schreibtisch ist aus dunklem Holz, massiv und mit Schnitzereien verziert. Auf dem Schreibtisch liegen sorgfältig geordnete Schriftrollen und Bücher und eine alte, aber gepflegte Feder neben einem Tintenfass.

Andil erhebt sich von seinem Schreibtisch und deutet mir mit einer Handbewegung an, Platz zu nehmen. Ich setze mich, mein Herz klopft heftig. »Livia«, beginnt Andil und seine Stimme ist ruhig, aber durchdringend. »Warum kannst du mit Drachen kommunizieren, wenn du *keinen* gebunden hast? Wie lange ist das schon so?«

Seine Fragen treffen mich wie ein Schlag. Ich habe gehofft Antworten zu bekommen. Nicht mit Fragen bombardiert zu werden, welche ich mir selbst nicht beantworten kann. »Ich... ich weiß es nicht«, stottere ich, meine Stimme kaum mehr als ein Flüstern. »Es hat einfach angefangen.«

Andil betrachtet mich nachdenklich, seine Augen scheinen direkt in mein Innerstes zu blicken. »Das ist äußerst ungewöhnlich, Livia. Eine solche Verbindung zu den Drachen ohne eine Bindung ist *beispiellos*.«

Ich schlucke den Kloß hinunter und versuche, meine Nervosität zu unterdrücken. Die Art, wie er mich ansieht, lässt mich fühlen, als wäre ich ein Rätsel, das es zu lösen gilt. Und irgendwie möchte ich, dass er es löst. Ich möchte verstehen, was mit mir los ist. »Es gibt noch mehr«, dränge ich mich selbst, mehr zu sagen. »Ich...ich habe Thalessa *geheilt*. Oder sowas in der Art.«

Andils Augen weiten sich überrascht und für einen Moment herrscht Stille im Raum. »Das ist eine bemerkenswerte Gabe, Livia. Selten noch dazu.« Seine Worte lassen mich innerlich erzittern und seine Aufmerksamkeit verschärft sich.

»Warum ich?«, frage ich leise, mehr zu mir selbst, als zu ihm.

Andil lehnt sich zurück, seine Miene wechselt von Überraschung zu tiefer Nachdenklichkeit. »Es gibt Dinge in dieser Welt, Livia, die wir nicht zu verstehen vermögen.« Ich nicke, obwohl ich mir alles andere als sicher bin. Die Idee, etwas Besonderes zu sein, etwas, das vielleicht Darilorn verändern könnte, ist überwältigend. »Was kann meine Gabe? Woher kommt sie? Wie kann ich diese besser kontrollieren?«, sprudelt es schließlich unaufhaltsam aus mir heraus. Ich will so vieles mehr wissen. Fragen um Fragen tanzen seit zwei Tagen durch meinen Kopf und ich will sie beantwortet haben.

»Zeit, Livia. Zeit ist die Antwort auf deine Fragen«, antwortet mir Andil rätselhaft.

Ich schaue ihn an und kann nicht unterdrücken, dass sich mein Kopf zur Seite neigt. Ausdrücklich ihm zeigend, was ich von seiner undurchsichtigen Antwort halte.

Nachdem ich meine ungewöhnlichen Fähigkeiten offenbart habe und Andil sich nicht dazu bewegen lassen konnte, meine Fragen zu beantworten, lenkt er das Gespräch in eine Richtung, die ich nicht erwartet hatte. »Livia, angesichts deiner besonderen Gabe und deiner Verbindung zu den Drachen, schlage ich vor, dass du *hier* an der Akademie als *Drachenreiterin* ausgebildet wirst.«

Seine Worte treffen mich wie ein Schlag. Die Ironie meiner Situation entgeht mir dabei nicht.

Ein verächtliches Schnaufen entfährt mir. Die ganze Zeit habe ich die Drachenreiter-Akademie und alles, was sie repräsentiert, verabscheut. Sie, die in ihren Türmen aus Macht und Privilegien thront, während der Rest von uns in ihrem Schatten lebt. Drachenreiter, die durch die Lüfte gleiten, unerreichbar und entfremdet von den alltäglichen Sorgen der einfachen Leute.

Wie kann ich, die mein ganzes Leben lang einen tiefen Hass auf diese glänzende Fassade gehabt hat, jetzt plötzlich Teil davon werden?

Meine Abneigung gegen die Akademie und ihre Schüler ist tief verwurzelt. Ich sehe sie als Symbole einer ungerechten Welt. Ein Ort, an dem der Wert eines Menschen an seiner Macht, seinem Status oder seinem Reichtum gemessen wird. Wir Heiler stehen am Rand, wichtig, ja, aber nie im Rampenlicht. Nie Teil der Elite.

Und jetzt soll ich, durch eine Wendung des Schicksals, meinen Platz unter ihnen einnehmen?

Die Vorstellung, Seite an Seite mit denen zu trainieren, welche ich zutiefst verachtet habe, lässt einen bitteren Geschmack in meinem Mund zurück.

»Wie kann ich mich ihnen anschließen, ohne meine Werte, meine Überzeugungen zu verraten?«, fragen sich meine Gedanken unaufhaltsam.

Mein Herz füllt sich mit bitterer Angst, wenn ich an das Leben denke, das ich zurücklassen müsste. *Meine beste Freundin Reia, was wird aus uns werden? Und wie werde ich mit Cole, Dorian, Lorenzo, Sirius und Cedric auskommen, deren Wege sich nun unaufhaltsam mit meinen kreuzen würden?*

»Nein«, entgegne ich fest, mein Herz rast. »Das... das kann ich nicht. Ich bin eine Heilerin, keine Kriegerin.«

Andils Blick auf mich verhärtet sich leicht. »Livia, deine Gabe nicht zu nutzen, wäre eine Verschwendung. Eine, die wir uns nicht leisten können.« Sein Tonfall ist schärfer, fast schon genervt, und das verletzt mich. Doch seine Worte lassen mich auch nicht kalt.

Warum er so reagiert, kann ich nicht genau sagen, aber ich spüre, wie eine Rebellion in mir aufsteigt. Ich bin es gewohnt, mein Leben selbst zu bestimmen und die Vorstellung, nun in diese neue Rolle gedrängt zu werden, ist beängstigend, und doch... »Warum sollte ich?«, werfe ich trotzig ein. »Nur, weil ich kann, bedeutet das nicht, dass ich es auch tun muss. Meine Gabe soll Heilung bringen, nicht Zerstörung. Ich finde, ich bin in der Heiler-Fraktion genau richtig.«

Andil atmet tief durch, sein Blick wird nachdenklicher. »Es ist nicht nur die Zerstörung, für die Drachenreiter ausgebildet werden. Die Drachenreiter schützen, bewahren...«

Ich unterbreche ihn. »Und kämpfen. Lassen Sie uns das nicht vergessen.« Mein Blick ist fest auf ihn gerichtet. »Sie wissen, was man sich über die elitären Drachenreiter erzählt und ich weiß nicht, ob ich bereit bin, Teil davon zu werden.«

Es folgt ein langer Moment des Schweigens, in dem Andil mich durchdringend betrachtet. Schließlich seufzt er. »Es ist deine Entscheidung, Livia. Aber denk gut darüber nach. Deine Gabe könnte der Schlüssel sein, nicht nur um zu heilen, sondern auch um zu bewahren, was uns am Wichtigsten ist.«

Seine Worte hallen in mir nach und ich spüre, wie mein Widerstand zu bröckeln beginnt. Nicht, weil er mich vollends überzeugt hat, sondern, weil ich die Tragweite meiner Entscheidung erkenne. »Und was ist mit meinem alten Leben?«, frage ich niedergeschlagen, meine Stimme kaum mehr als ein Flüstern.

»Livia«, beginnt Andil und seine Stimme ist sanfter, »Veränderungen sind nie einfach. Aber sie bieten auch Chancen. Für Wachstum. Für neue Bindungen. Und was deine... Bedenken angeht, so wirst du lernen müssen, dich zu behaupten. Dein Weg wird nicht leicht, aber ich glaube, du hast die Stärke ihm zu folgen.«

Ich nicke langsam, mehr zu mir selbst als zu ihm. »Ich werde darüber nachdenken, Andil«, murmle ich, aber die Worte fühlen sich hohl an. In meinem Herzen tobt ein Kampf. Noch vor wenigen Tagen war ich fest entschlossen, bei den Heilern zu bleiben, den Weg zu gehen, der sicher ist. Doch jetzt... jetzt spüre ich die Verpflichtung.

»Vater hätte es so gewollt«, flüstere ich, um die Unsicherheit in mir zu ersticken. Aber die Zweifel nagen weiter an mir. Die Ausbildung zur Drachenreiterin ist kein leichter Weg, und die Verantwortung, die damit einhergeht, lastet schwer auf meinen Schultern. Ein Teil von mir will zurückweichen, an das alte Leben anknüpfen, das mir vertraut ist. Doch ein anderer Teil – der Teil, der immer stärker wird – weiß, dass ich es tun *muss.*

»Alles andere wäre egoistisch«, flüstert eine Stimme in mir. Und diesen Fehler, den viele Drachenreiter gemacht haben, will ich um jeden Preis vermeiden. Trotzdem, der Zweifel bleibt. *Aber vielleicht ist das normal.* Vielleicht muss ich diesen Kampf mit mir selbst ausfechten, bevor ich wirklich bereit bin, mich den Herausforderungen zu stellen.

Andil beobachtet mich noch einen Moment lang, als ob er meine Gedanken lesen könnte. Dann lehnt er sich vor, seine Augen fixieren meine. »Livia, es gibt noch etwas, das du wissen musst, bevor du eine endgültige Entscheidung triffst.«

Ich schlucke und warte gespannt auf das, was er zu sagen hat.

»In den letzten Monaten sind schlimme Dinge geschehen, Livia. Die Dubhcor sind wieder aufgetaucht. Wie ich mitbekommen habe, hat Thalessa dich aber über die Existenz der Dubhcor schon aufgeklärt. Daher überspringen wir diesen Teil. Kurzgefasst: Ihre Macht breitet sich aus und Darilorn steht vor einer Bedrohung, wie wir sie seit Jahrhunderten nicht mehr erlebt haben.«

Meine Augen weiten sich und ich spüre, wie sich mein Herzschlag beschleunigt. »Und was haben Sie vor?«

»Wir denken, dass ihr Ziel ist, die Drachen und damit die Machtbalance in unserer Welt zu zerstören«, sagt Andil und lässt die Worte in der Stille des Raumes hängen.

»Aber warum?«, frage ich interessiert. »Was wollen sie mit den Drachen?«

Andil atmet tief durch, bevor er antwortet. »Die Drachen sind nicht nur Wesen von immenser Kraft, sie sind die lebenden Symbole des Gleichgewichts zwischen den Völkern. Wer die Drachen kontrolliert, kontrolliert das Schicksal unserer Welt. Unsere Gegner wollen dieses Gleichgewicht zerstören, um die Machtverhältnisse zu ihren Gunsten zu verschieben – oder gar die Welt ins Chaos zu stürzen, um ihre eigene Herrschaft zu sichern.«

Ich sehe das Besorgnis in seinem Gesicht, aber auch den Entschluss. »Die Drachen sind der Schlüssel. Wer sie vernichtet oder für seine Zwecke missbraucht, reißt die Grundpfeiler unserer Welt ein. Deshalb müssen wir sie um jeden Preis schützen. Sie haben bereits begonnen, Dörfer zu überfallen und wichtige Stützpunkte zu infiltrieren. Es kommt uns vor, als würden sie nach etwas *suchen*, aber wir wissen nicht, was es ist. Viele Drachen und Reiter haben ihr Leben verloren, oder erlitten Verletzungen, welche wir nicht heilen können. Wir brauchen jeden Vorteil, den wir bekommen können und deine Gabe, Livia, könnte das Ass im Ärmel sein, welches Darilorn jetzt dringend benötigt.«

Seine Worte treffen mich wie ein Schlag. Die Verantwortung, die er mir zuschreibt, fühlt sich überwältigend an. »Ich… ich bin doch nur eine Heilerin. Wie kann ich gegen eine solche Bedrohung bestehen?«

»Du bist mehr als das«, sagt Andil mit fester Stimme. »Deine Gabe, Drachen zu heilen, macht dich einzigartig. Du könntest Diejenige sein, welche die Drachen und damit unsere Welt retten kann.«

Ich kämpfe gegen die Tränen an, welche in meinen Augen brennen. Die Last dieser Verantwortung drückt schwer auf meine Schultern, aber gleichzeitig fühle ich eine wachsende Entschlossenheit in mir. »Was kann ich tun?«, frage ich leise.

»Meinst du, es war die richtige Entscheidung, Kleine?«

- Cole

KAPITEL 24

LIVIA

Seit meiner Entscheidung, die Ausbildung an der Drachenreiter-Akademie zu beginnen, sind einige Wochen vergangen, und nun stehe ich hier, vor dem Tor von Kilead. Ein Ort, der mir fremd erscheint, unwillkommen. Trotz alledem soll ich diesen Ort ab jetzt mein Zuhause nennen.

Die Abreise war hektisch. Es hat sich wie ein Alptraum angefühlt die vertrauten Mauern der Heiler-Akademie zu verlassen. Auch die Verabschiedung von Frau Caspian ist mir schwerer gefallen, als ich es erwartet hätte. Oftmals habe ich mich bei Reia über sie beschwert, doch als der Abschied kam, konnte ich einige Tränen nicht unterdrücken. Doch was mir am meisten zu schaffen macht, ist, dass Reia vor meiner Abreise nicht aufzufinden war. Das ist unüblich für sie, vor allem, da sie in letzter Zeit so unfassbar traurig war, dass ich nach Kilead wechsle. Es fühlt sich an, als hätte ich einen Teil von mir zurückgelassen. Einen Teil, welcher fehlen wird, wenn ich versuche einen neuen Weg für mich zu finden.

Das Holztor vor mir ist massiv. Es fühlt sich an, als würde ich eine andere Welt betreten. Doch nicht die Veränderungen sind das, vor was ich Angst habe. Tatsächlich bin ich eher eine

Person die Veränderungen größtenteils willkommen heißt. Meine tatsächliche Sorge lässt sich knapp mit dem Wort »Elite« zusammenfassen. Normalerweise gebe ich nicht sehr viel auf die Meinung von anderen Menschen, doch wenn man um Leben und Tod kämpft, ist es, denke ich, relativ praktisch, wenn man die ein oder andere Person hinter sich stehen hat.

Ich seufze tief und lasse meinen Blick über die Menge schweifen. Meine Hände zittern leicht, also balle ich sie zu Fäusten und atme tief durch. Mit einem letzten entschlossenen Nicken straffe ich die Schultern, schultere meinen Leder-Rucksack, mit meinen wenigen Habseligkeiten und trete durch das Tor.

Kaum habe ich den ersten Schritt gemacht, werde ich von einem Strom aus Menschen erfasst.

Junge Männer und Frauen mit funkelnden Augen und unsicheren Bewegungen drängen sich um mich. Einige folgen konzentriert den Anweisungen älterer Novizen, andere drehen und wenden ihre Informations-Pergamente, um den richtigen Weg zu finden. Ein aufgeregtes Flüstern erfüllt die Luft, das hin und wieder von einem nervösen Lachen unterbrochen wird. Die Energie des neuen Anfangs ist fast greifbar und jagt mir eine Gänsehaut über die Arme. Hier beginnt unser Abenteuer im Winter, anders als bei der Heiler-Fraktion, welche ihren Start im Sommer haben.

Als ich den Eingangsbereich der Akademie hinter mir gelassen habe, halte ich den Umschlag fest in meiner Hand umklammert. Mein Herz klopft vor Aufregung, während ich versuche, mich auf dem weitläufigen Gelände zurechtzufinden.

Hoffentlich sieht mich keiner der Gremium-Anwärter.

Das Informations-Pergament in meinen Händen zeigt mir zwar den Weg, doch die Realität ist immer eine andere Sache. Die Akademie wirkt wie eine kleine Stadt für sich, mit ihren

Türmen, welche sich in den Himmel strecken, den weitläufigen Grünflächen und den zahlreichen Pfaden, welche in alle möglichen Himmelsrichtungen führen.

Ein bisschen unsicher über den richtigen Weg, halte ich Ausschau nach jemandem, der mir helfen könnte. Mein Blick fällt auf eine ältere Frau, welche gerade ein Beet mit seltsam leuchtenden Blumen gießt. Ihre Haare sind zu einem strengen Knoten gebunden und ihre schwarze Kleidung, obwohl schlicht, lässt auf eine Lehrmeisterin schließen.

»Entschuldigung«, beginne ich, meine Stimme zittert leicht vor Nervosität. »Könnten Sie mir vielleicht helfen? Ich suche den Anmeldebereich für die neuen Novizen.«

Die Worte fühlen sich falsch in meinem Kopf an und ich wünsche mir zutiefst, dass es irgendwann leichter wird. Leichter mir einzugestehen, dass ich jetzt Livia Berylla, Drachenreiterin im ersten Jahr, bin.

Sie blickt auf, ihre Augen mustern mich kurz, bevor sich ein warmes Lächeln auf ihrem Gesicht ausbreitet. »Natürlich, mein Kind. Du bist neu hier, nicht wahr? Folge einfach diesem Weg geradeaus, dann links am großen Brunnen vorbei. Dort findest du das Verwaltungsgebäude. Die Anmeldung ist im ersten Stock.«

»Vielen Dank.« Konzentriert und mit viel zu viel Anspannung in meinen Gliedern, folge ich ihren Anweisungen, darauf hoffend, dass nicht alle Drachenreiter und ihre Beschäftigten Schlechtes im Sinne haben.

Der Weg führt mich vorbei an atemberaubenden Statuen berühmter Drachenreiter und ihrer Gefährten, durch einen Garten, in dem die Pflanzen zu leuchten scheinen und eine magische Atmosphäre verbreiten. Der Brunnen, von dem die Frau sprach, ist nicht zu übersehen – ein Meisterwerk aus dunklem Obsidian, umgeben von Wasser, das in der Sonne glitzert.

Das riesige Verwaltungsgebäude ragt majestätisch vor mir auf, seine Türme ragen stolz in den Himmel. Die schweren Eichentüren stehen weit offen, als würden sie alle neuen Novizen mit offenen Armen empfangen. Girlanden aus blassgrünen Zweigen und funkelnden Lichtern schmücken den Eingang und bunte Wimpel mit dem Wappen der Drachenreiter-Akademie – ein majestätischer Drache über gekreuzten Schwertern – flattern im sanften Wind. Ein fein graviertes Eisenschild neben der Tür verkündet in geschwungenen Lettern: »*Anmeldung im ersten Stock!*«.

Ich schlucke schwer, meine Kehle ist trocken vor Aufregung. Über der Eingangstür prangt ein kunstvoll geschnitzter Drache, dessen Augen aus rubinroten Steinen im Licht glitzern. Meine Schritte hallen durch die riesige Eingangshalle, während ich den glänzenden Parkettboden und die prächtigen Kronleuchter betrachte. Die Wappenbanner der alten Drachenreiter-Linien prangen an den Wänden. Vor allem aber sticht das Wappen der Familie *Montalli* heraus. *Verdammt Livia, du hättest schon viel früher über Cole und Dorian Bescheid wissen müssen.*

Mein Weg führt mich weiter durch die riesige Eingangshalle, auf der Suche nach der Treppe zum ersten Stock. Ein Gedanke schießt mir durch den Kopf: *Bin ich wirklich bereit für dieses Abenteuer?* Meine Hände zittern leicht und ich kann die Nervosität nicht mehr verbergen. Jeder Schritt, den ich die Treppe zum ersten Stock hinauf mache, fühlt sich, wie ein kleiner Triumph an. Die Luft ist erfüllt von einem Hauch Abenteuer und Tradition. Tief einatmend, richte ich mich auf und gehe weiter, entschlossen, mich für mein neues Leben einzuschreiben.

Im Inneren herrscht eine geschäftige Atmosphäre. Andere Novizen, anscheinend ebenso verloren wie ich, warten darauf, ihre Papiere zu erhalten und offiziell Teil der *Elite* zu werden.

Normalerweise gibt es Wartelisten, welche Jahre zurückreichen, für einen Platz an der Drachenreiter-Akademie. An dieser Stelle frage ich mich inständig, wie es Andil geschafft hat, mich einzuschleusen.

Ich finde den Anmeldebereich im ersten Stock, genau wie beschrieben. Hinter einem langen Tisch sitzen mehrere Personen, bereit, uns Neulinge in die Akademie aufzunehmen. Einige lächeln einladend, andere schauen so, als wären sie gezwungen hier zu sein.

Als ich an der Reihe bin, überreicht mir ein Mädchen in einer pechschwarzen Uniform mit zwei gekreuzten Schwertern auf der Brust meinen Umschlag. »Livia, richtig?«, fragt sie mit einer gehobenen Augenbraue, während ihr Blick abschätzig meine grünen, bequemen Heiler-Klamotten mustert.

Ich nicke, spüre, wie mein Gesicht heiß wird.

»Hier sind dein Schlüssel und der Plan der Akademie«, sagt sie kühl und ohne ein Lächeln. »Der hier ist ein bisschen genauer als der, den du hast. Dein Zimmer befindet sich im *Wohntrakt B, Zimmer 34*. Willkommen an der Drachenreiter-Akademie in Kilead.«

Ihre Worte sind höflich, aber distanziert und lassen keinen Zweifel daran, dass sie mich nicht als ihresgleichen sieht. Ich versuche das beklemmende Gefühl zu unterdrücken und bemühe mich um ein Lächeln. Mit dem Plan in der Hand mache ich mich auf den Weg zu meinem Zimmer.

Die Gänge sind lang und mit steinernen Bögen überspannt. Jedes Fenster bietet einen atemberaubenden Blick auf die weiten Ländereien der Akademie, wo Drachen majestätisch am Himmel ihre Bahnen ziehen. Es fühlt sich alles so lebendig an, so voller Magie. Ich kann nicht widerstehen, bleibe stehen und drehe mich im Kreis, meine Augen weit aufgerissen vor Staunen. Über mir erstreckt sich ein Glasdach, durch das ich den Himmel klar und deutlich sehen kann. Drachen, mit kraftvollen Flügelschlägen, gleiten majestätisch darüber hinweg. Ihre Schuppen glitzern in der Sonne und ihr majestätisches Brüllen erfüllt die Luft. Ich stehe da und beobachte sie, fühle mich klein angesichts ihrer Größe und Eleganz. Ein tiefes Gefühl des Staunens durchströmt mich und für einen Moment vergesse ich die abschätzigen Blicke der Drachenreiter und die kühle Begrüßung. Hier, an diesem Ort, wo Drachen frei fliegen und die Magie fast greifbar ist, beginne ich zu glauben, dass auch ich Teil der Elite werden kann. Es ist mein Weg. Mit einem Lächeln auf den Lippen und neu erwachter Entschlossenheit setze ich meinen Weg fort.

Während ich durch die Gänge gehe, versuche ich, die abschätzigen Blicke der anderen Elite abzuschütteln. Ich bin hier, um meinen eigenen Weg zu finden, unabhängig davon, wie andere mich sehen.

Auf dem Weg zu meinem Wohntrakt greife ich die Träger meines Rucksacks mit beiden Händen, als plötzlich jemand neben mir auftaucht.

Cedric Celestino.

Ich hätte einfach früher nach seinem Nachnamen fragen sollen. Dann hätte ich auf dem Flugfeld, vor einem Monat, auch nicht so einen Schock bekommen, dass Lorenzo ein Drilling ist.

»Na, schon was vor?«, fragt er mit einer Mischung aus Neugier und Überheblichkeit.

Meine Schritte stocken, als ich seine Stimme höre. Cedric. Sein Name hallt in meinem Kopf wider, begleitet von einer Flut von Erinnerungen. Erinnerungen an die Nacht, in welcher er mir einen bitter nötigen Orgasmus verpasst hat. Etwas, was mich jetzt nur noch wütend macht, denn Cedric hat mich hintergangen. Er hat mich den Montallis ausgeliefert wie ein Stück Vieh und ich zweifle zutiefst daran, dass er mich aus freien Stücken und ohne Hintergedanken befriedigt hat.

Ich ignoriere ihn und versuche, schneller zu gehen, doch er bleibt hartnäckig an meiner Seite, seine Fragen bohrend und provokativ: »Warum so eilig, Livia? Hast du mich schon vergessen?« Seine Stimme ist weich, fast schmeichelnd und es ärgert mich noch mehr, dass ich damals so schwach war und ihm vertraut habe.

»Lass mich in Ruhe, Cedric!« Meine Stimme ist lauter als beabsichtigt, die Emotionen brechen durch meine Fassade.

Cedric hebt die Hände, als ob er sich ergeben würde, ein spöttisches Lächeln auf seinen Lippen. »Okay, okay. Ich wollte nur Hallo sagen.« Seine Worte sind sarkastisch, seine Haltung entspannt, aber seine Augen verraten, dass er mehr sagen will. Er tritt näher, sein Atem kitzelt mein Ohr, als er flüsternd hinzufügt: »Freut mich, dass wir uns jetzt öfter sehen werden.« Sein Ton ist weich, aber die Andeutung in seinen Worten lässt mir einen Schauer über den Rücken laufen.

Ich sehe, wie er zurück zu zwei Mädchen geht, die in der Nähe stehen und kichern. Er legt seine Arme um sie und sie laufen gemeinsam davon, immer noch lachend und tuschelnd.

Ein scharfer Stich durchzieht mein Herz, als ich sie beobachte. Cedric und ich hatten einen besonderen Moment, so dachte ich zumindest. Jetzt scheint es, als ob ich nichts weiter als eine von vielen war, ein weiteres Gesicht in der Menge seiner Eroberungen.

Während ich Cedric und die Mädchen beobachte, fühle ich eine Mischung aus Ärger und Erleichterung. Ärger darüber, dass er mich wie Fußvolk behandelt, aber auch Erleichterung, dass ich ihm nun entkommen bin.

Es ist offensichtlich, dass ich mich in dieser neuen Umgebung behaupten muss, wenn ich meinen Platz hier finden will. Vielleicht war es eine Illusion, zu denken, dass jemand wie Cedric jemals wirklich Interesse an mir finden könnte.

Die gleiche Illusion, wie bei seinem Bruder.

Mein Zimmer befindet sich in einem der Wohntrakte für die neuen Novizen, wie ich schnell feststelle.

Männer und Frauen sind hier streng getrennt. *Vielleicht besser so.* Dass sowas, aber Mistkerle, wie Cedric, davon abhält die halbe Akademie flachzulegen, bezweifle ich zutiefst.

Als ich die Tür aufschließe und in mein neues Zuhause trete, umfängt mich eine unerwartete Gemütlichkeit.

Das Zimmer ist schlicht, aber gut durchdacht eingerichtet. Zwei Betten, ordentlich gemacht mit weichen Decken, stehen an gegenüberliegenden Wänden. Dazwischen befinden sich zwei Schreibtische aus dunklem Holz, jeder mit einer kleinen Lampe, welche ein warmes Licht ausstrahlt.

Ein Regal aus demselben Holz bietet Platz für Bücher und persönliche Gegenstände. Neben jedem Bett steht ein kleiner Schrank, perfekt für die wenigen Habseligkeiten, welche ich mitgebracht habe.

Das große Fenster an der Stirnseite des Zimmers lässt reichlich Tageslicht herein. Ich trete näher und blicke hinaus. Der Anblick raubt mir den Atem: Die Drachenställe erstrecken sich in der Ferne und ich kann die majestätischen Kreaturen sehen, wie sie auf ihren Plattformen ruhen oder sich in die Lüfte erheben. Das Rufen und die gelegentlichen Flügelschläge dringen durch das Glas und ich spüre eine unerwartete Ruhe.

Jedes Detail des Zimmers scheint darauf bedacht, den Übergang in diese neue Welt so angenehm wie möglich zu gestalten.

Die Schreibtische sind mit kleinen Schubladen ausgestattet, ideal für Notizen und Schreibutensilien. Die Regalbretter sind mit winzigen Schnitzereien verziert, welche Drachen und alte Runen darstellen. Ich lasse meine Finger über die geschnitzten Linien gleiten und fühle mich zum ersten Mal seit meiner Ankunft ein wenig angekommen.

Während ich meine wenigen Sachen auspacke und im Schrank verstaue, lässt die Atmosphäre des warmen, einladenden Raums die Nervosität etwas verblassen. Dieses kleine Stück Zuhause, mit dem atemberaubenden Blick auf die Drachenställe und den liebevoll eingerichteten Möbeln, gibt mir das Gefühl, dass ich hier vielleicht doch meinen Platz finden könnte.

Während ich mein Gepäck auspacke, wandern meine Gedanken immer wieder zu Cedric.

Es ist schwer, ihn zu ignorieren, seine Anwesenheit hier macht es mir noch schwerer.

Aber vielleicht ist das die Herausforderung, die ich brauche. Ich werde mich auf meine Ausbildung konzentrieren und mich nicht von alten Wunden ablenken lassen. Cedric wird nicht das Ende meiner Geschichte sein, sondern nur ein Kapitel davon.

Nachdem ich meine wenigen Sachen verstaut habe, werfe ich mich mit dem Stundenplan, den ich zusammen mit dem Schlüssel erhalten habe, auf eines der beiden Betten.

Die Fächer für das erste Ausbildungsjahr sind faszinierend und beängstigend zugleich:

Drachenkunde,

Grundlagen der Magie,

Flugtheorie,

Geschichte der Drachenreiter und
physisches Training.

Mehrmals blinzle ich und mustere das letzte Fach: *physisches Training.*

Eigentlich würde ich behaupten, dass ich nicht unsportlich bin. Auch kein Sportmuffel. Aber was zur Hölle kann man sich unter physischem Training in einer Drachenreiter-Ausbildung vorstellen?

Genervt spiele ich mit einer Strähne meines Haares und schaue, was ich morgen, wo, wann und mit wem habe.

Wie das Schicksal so will, startet der erste Tag mit physischem Training, im nördlichen Athletikpavillon, um 07:00 Uhr mit *Herr Fergusson.*

»Verdammt, am ersten Tag?«, murmele ich genervt vor mich hin. Doch mein Unmut weicht rasch der Überraschung, als ich die fein gedruckten Notizen unter der Angabe von Ort und Zeit entdecke:

Benötigt werden: entsprechende Kampfbekleidung und Schuhwerk, Bandagen, sowie ein Übungsschwert der Länge I, Stärke I. Abholung: Waffenkammer der Akademie, Raum A-12, Erdgeschoss des westlichen Flügels.

Kaum habe ich mein Zimmer verlassen, mit dem festen Vorsatz, mich mental auf das bevorstehende Training vorzubereiten, passiert es.

In meiner Eile und mit den Gedanken ganz woanders, stoße ich frontal gegen jemanden. Der Zusammenstoß lässt uns beide taumeln und aus dem Augenwinkel sehe ich, wie eine Vase – gefüllt mit wunderschönen *roten Veilchen* – ihren Halt verliert und zu Boden geht. Das Klirren des zerbrechenden Porzellans hallt im Flur nach, doch es ist das Letzte, worauf ich achte.

»Oh nein, das tut mir so leid, ich habe nicht aufgepasst und—« Meine Worte brechen ab, als ich realisiere, wen ich da vor mir habe.

Es ist Reia.

Meine Reia.

Ihre Augen weiten sich vor Freude. »Livia!«, ruft sie und wirft sich mir in die Arme, die Sorge um die zerbrochene Vase haben wir beide vergessen. »Du glaubst nicht, wie froh ich bin, dich zu sehen!«

Hastig umarme ich sie zurück, fester, als ich es je für möglich gehalten hätte. »Reia, was machst du denn hier? Bevor ich gegangen bin, habe ich überall nach dir gesucht. Ich dachte... Ich dachte, ich würde dich eine lange Zeit nicht sehen.«

Sie löst sich aus der Umarmung und strahlt übers ganze Gesicht. »Ich wurde zu der Versorgungstruppe der Schutzgarde umgeteilt – und stell dir vor, in letzter Minute haben sie entschieden, dass mein Platz *hier* ist, bei dir, in der Akademie.« Ihre Augen glänzen vor Aufregung. »Und ich wohne hier, in deinem Zimmer!«

Ich kann mein Glück kaum fassen. Die Aussicht, Reia bei mir zu haben, meine beste Freundin, mit der ich alles teilen kann, lässt mein Herz vor Freude hüpfen.

Doch tief in meinem Inneren regt sich eine leise Skepsis. *Reia ist eine Heilerin, warum konnte sie so leicht zur Schutzgarde versetzt werden? Warum?* Diese Fragen nagen an mir, doch ich schiebe sie beiseite und konzentriere mich auf den Augenblick. »Das ist... das ist unfassbar! Ich kann es kaum glauben.«

Wir räumen die Scherben der Vase beiseite, doch in diesem Moment sind sie nichts weiter als ein ferner Gedanke. Alles, was zählt, ist die wiedergefundene Nähe zu Reia, die Tatsache, dass wir dieses neue Kapitel zusammen beginnen können. Sie bei der Versorgungstruppe der Schutzgarde zu wissen, gibt mir zusätzliche Sicherheit. »Komm«, sage ich, immer noch lächelnd, »Ich zeige dir unser Zimmer.«

Während wir die Tür zu unserem gemeinsamen Zimmer öffnen, fühlt sich die Akademie plötzlich nicht mehr so fremd und einschüchternd an. Trotzdem bleibt die Skepsis in meinem Hinterkopf bestehen, wie ein Schatten, der meine Freude trübt.

CEO

Manchmal liebe ich Schicksalsschläge.

Vor allem zu meinen Gunsten.

Entspannt nippe ich an meinem Becher. Livia wuselt zusammen mit Reia durch ihr gemeinsames, neues Zimmer in der Drachenreiter-Akademie.

Irgendwie fühle ich mich etwas dämlich, auf einem Baum zu kauern und ein Mädchen zu beobachten. Doch was soll ich machen, wenn irgendein Idiot, ihr ein Zimmer im 3. Stock gegeben hat?

Wieder nehme ich einen großen Schluck und der Maracuja-Saft läuft mir angenehm die Kehle hinunter. Mittlerweile hat sich der Herbst verabschiedet, doch ein *Stalker* zu sein, ist genauso anstrengend, wie wenn die Sonne knallt.

Meine Laune ist top. Wieso sollte sie es auch nicht sein?

Livia hat endlich diese verdammte Heiler-Akademie verlassen und jetzt kann ich sie auf Schritt und Tritt beobachten.

Noch besser ist: Hier werde ich ihr noch weniger auffallen als sonst und darauf freue ich mich ganz besonders.

KAPITEL 25

LIVIA

Am späten Nachmittag, kurz nachdem ich mich mit Reia in unserem neuen Zuhause eingelebt habe, beschließe ich, die Waffenschmiede aufzusuchen. Die Neugier treibt mich an, meine eigene Waffe in den Händen zu halten und die Kampfbekleidung anzuprobieren, die mein neues Ich als angehende Drachenreiterin definieren soll.

Während ich langsam durch die endlosen Gänge der Drachenreiter-Akademie schlendere, kann ich immer noch nicht fassen, dass das hier kein Traum ist.

Die massiven Steinbögen über mir, die kunstvoll in die Wände gemeißelten Fresken – all das hat etwas Unwirkliches, Magisches. Seit meiner Kindheit hatte ich einen gänzlich anderen Lebensweg vor Augen: Ich träumte davon, als Heilerin Gutes zu tun, irgendwann eine Familie zu gründen und in dieser ruhigen Existenz mein Glück zu finden. Doch nun stehe ich hier, in der Mitte einer Welt, welche ich nur aus den Erzählungen meines Vaters kenne und hole meine Kampfausrüstung und mein erstes Schwert ab.

Das Wissen, das Reia, meine Freundin seit Kindertagen, ebenfalls nach Kilead versetzt wurde, zaubert ein Lächeln auf meine Lippen. Die helle Wintersonne blendet mich kurz, als ich durch die großen Fenster nach draußen blicke und ich kneife die Augen zusammen. Ihre Nähe, ihre Unterstützung macht all das hier erträglicher, fühlt sich weniger, als ein Sprung ins kalte Wasser an. Mit ihr an meiner Seite wirken die Herausforderungen weniger bedrohlich, die elitäre Aura von Kilead weniger erdrückend.

Obwohl ich offiziell nun Teil dieser Welt bin, fühle ich mich noch nicht ganz zugehörig, noch nicht bereit, mich vollends mit der Idee anzufreunden, dass ich nun kämpfen und lernen soll, Seite an Seite mit jenen, die ich einst aus der Ferne bewundert und zugleich gehasst habe.

Bevor ich den Weg zur Waffenkammer fortsetze, entscheide ich mich spontan, einen kleinen Umweg zu machen und die ausladende Terrasse im Innenhof aufzusuchen. Vielleicht, so denke ich, kann ein Moment der Ruhe und der weite Blick über die Akademie mir helfen, meine Gedanken zu ordnen.

Die Terrasse bietet einen atemberaubenden Ausblick. Unter mir erstreckt sich der Innenhof der Akademie, umgeben von den imposanten Gebäuden, deren Türme sich kühn in den Himmel recken. Hier, hoch über dem Trubel, scheint die Zeit still zustehen. Ich lehne mich an das kühle Geländer und lasse meinen Blick schweifen. Von hier aus kann ich die Flugfelder sehen, wo Reiter und Drachen in perfekter Harmonie zusammenarbeiten. Der Anblick fasziniert mich, lässt mein Herz schneller schlagen und erinnert mich daran, warum ich hier bin.

Plötzlich durchzuckt mich eine Erkenntnis, welche mir den Atem raubt. *Ein wesentlicher Teil meiner Ausbildung hier wird sein, einen Drachen zu binden!* Bis jetzt war das eine ferne, fast abstrakte Idee. Etwas, was ich in den Tiefen meines Bewusstseins versteckt hielt, weil ich mich noch nicht bereit fühlte, mich dieser Realität zu stellen. Aber hier, während ich den Drachenreitern und ihren majestätischen Gefährten zusehe, wie sie sich als Einheit durch den Himmel bewegen, wird mir schmerzlich bewusst, was das für mich bedeutet. Ich muss nicht nur lernen, wie man kämpft und sich verteidigt, sondern auch, wie man eine Bindung zu einem dieser unglaublichen Wesen aufbaut, eine Verbindung, die tiefer geht, als Alles was ich bisher gekannt habe. Der Gedanke daran lässt ein Gemisch aus Aufregung und tiefer Angst in mir aufsteigen. Die Verantwortung, welche eine solche Bindung mit sich bringt, ist gewaltig, und plötzlich fühle ich mich sehr klein und unbedeutend auf dieser riesigen Terrasse. *Woher bekommt man überhaupt einen Drachen?*

Mein Herz klopft heftig gegen meine Brustwand, als ich realisiere, dass dieser Schritt mein Leben für immer verändern wird. Einen Drachen zu binden, bedeutet nicht nur, einen Kampfgefährten zu gewinnen, sondern auch, einen Teil meiner Seele mit einem anderen Wesen zu teilen. Mich verwundbar zu machen. Es ist ein Schritt, der Mut und Vertrauen erfordert, und ich frage mich, ob ich beides in ausreichendem Maße besitze.

Tief durchatmend versuche ich, die plötzliche Flut an Emotionen zu beruhigen. Ich weiß, dass dies ein Teil meiner Reise ist, ein Teil dessen, wofür ich hierhergekommen bin. Wofür ich mich bewusst entschieden habe. Und obwohl dieser Gedanke, meinen eigenen Drachen zu binden, mir immer noch den Atem raubt, beginne ich zu verstehen, dass ich eine Entscheidung getroffen habe. Mit jedem Tag, der vergeht, werde ich hoffentlich stärker und sicherer in meiner neuen Rolle hier an der Akademie.

Schließlich begebe ich mich auf den Weg zur Schmiede. Die Schmiede ist durch das stetige Hämmern und das Knistern des Feuers schon von Weitem zu hören und stellt ein beeindruckendes Bauwerk dar, das sich harmonisch in die umgebende Architektur einfügt und doch eine ganz eigene Präsenz besitzt. Gelegen am Rande des weitläufigen Akademiegeländes. Die massiven, dunkelgrauen Steine, aus denen die Schmiede erbaut wurde, sind von der Hitze und den Jahren gezeichnet, verleihen dem Gebäude jedoch eine ehrwürdige Aura.

Große, schmiedeeiserne Tore markieren den Eingang, kunstvoll verziert mit Motiven von Flammen, Drachen und Schwertern – eine Hommage an das Handwerk, das in ihrem Inneren vollbracht wird. Über dem Eingang prangt das Symbol der Akademie, ein Drache, der sich um ein Schwert windet, als wolle er die Bedeutung der Verbindung zwischen Krieger und Waffe unterstreichen. Die Schmiede selbst ist umgeben von einem gepflasterten Hof, auf dem gelegentlich fertige Waffen und Rüstungen zur Abkühlung ausgelegt werden, funkensprühende Beweise der meisterhaften Arbeit, die hinter den dicken Mauern stattfindet. Rauch steigt ständig aus den hohen Schornsteinen auf, die das Dach der Schmiede zieren, und mischt sich mit dem Duft von geschmolzenem Metall und dem erdigen Aroma der Akademiegärten.

Trotz ihrer Robustheit und scheinbaren Unnahbarkeit wirkt die Schmiede nicht abweisend. Vielmehr lädt sie jene ein, die den Wert wahrer Handwerkskunst zu schätzen wissen, und verspricht die Möglichkeit, aus Feuer und Erz etwas Einzigartiges zu erschaffen. Sie steht als Sinnbild für Stärke und Beständigkeit, nicht nur in Bezug auf die Waffen, die sie hervorbringt, sondern auch für die Drachenreiter, die sie in die Hand nehmen.

Als ich eintrete, umfängt mich die Hitze der Schmiedefeuer.

Zwischen Ambossen und glühendem Metall entdecke ich einen jungen Mann, dessen dunkelbraune Haare sich vor Schweiß an seine Stirn kleben.

Er wirkt konzentriert, während er an einer fein gearbeiteten Klinge arbeitet. »Kann ich dir helfen?«, fragt er, ohne aufzublicken. Etwas erschrocken, dass er mich bemerkt hat, ohne von seiner Arbeit aufzusehen, versuche ich ihm mein Anliegen vorzubringen.

»Ich... ich bin Livia. Ich bin hier, um meine Ausrüstung abzuholen«, antworte ich, leicht eingeschüchtert von der Atmosphäre der Schmiede.

»Super, Livia. Du kannst nicht die ganze Zeit stottern, wenn du mit einem Mann sprichst. Du bist nicht mehr in der Heiler-Fraktion und hast es hier mit knallharten Novizen zu tun, sollst selbst so werden, also benimm dich auch so!«, versuche ich entrüstend meinem Mundwerk beizubringen.

Er legt das Werkzeug beiseite und richtet sich auf, ein Lächeln umspielt seine Lippen. »Natürlich, Livia. Ich bin *Aedan*, Drachenreiter im zweiten Jahr. Nebenbei arbeite ich hier. Sowas wie mein Hobby.« Seine offene Art löst meine Anspannung. Ein drastischer Kontrast zu den Montalli Brüdern und ihren Freunden.

»Ein Hobby? Das klingt, als würdest du wirklich eine Leidenschaft dafür haben«, sage ich und fahre mit den Fingern über die kunstvoll gefertigten Waffen und Rüstungsteile, welche die Wände der Schmiede zieren.

»Oh, absolut«, erwidert er mit leuchtenden moosgrünen Augen. »Es gibt etwas Unbeschreibliches daran, rohes Metall in etwas zu verwandeln, das sowohl schön als auch tödlich sein kann. Jedes Stück hier hat seine eigene Geschichte.«

Ein Lächeln huscht über mein Gesicht. »Ich muss zugeben, dass ich von all dem hier ziemlich überfordert bin. Wer hätte gedacht, dass ich einmal hier stehen und über Waffen sprechen würde? Geschweige denn selbst eine führen soll.«

Aedan lacht leise. »Das geht vielen so. Nicht jeder hatte die Wahl, ein Drachenreiter zu werden. Aber du wirst sehen, Livia, mit der Zeit wird dir dieser Ort wie ein zweites Zuhause vorkommen. Und wer weiß, vielleicht findest du ja auch Gefallen am Schmiedehandwerk.«

Nachdenklich nicke ich und schaue mich weiter in der Schmiede um.

Aedan, dessen Begeisterung für sein Handwerk in jedem Wort mitschwingt, scheint meine zögerliche Neugier zu bemerken. »Weißt du, Livia, Schmieden ist nicht nur Kraftaufwand. Es geht auch um Präzision, Gefühl... Es ist fast wie eine Form von Magie.« Er wirft mir einen prüfenden Blick zu, sein Lächeln wird entzückt. »Möchtest du es vielleicht selbst einmal versuchen?«

Ich zögere und betrachte den Amboss, dessen Anblick mir fremd und fast absurd erscheint. Doch Aedans ermutigende Augen lassen mich schließlich nicken. »Vielleicht... Ja, warum nicht?«

Als Aedan mich zum Amboss führt und mir einen passenden Hammer in die Hand drückt, fühle ich mich bereits außerhalb meiner Komfortzone. Doch als er hinter mir steht, um meine Hände zu führen, ändert sich die Atmosphäre schlagartig. Seine Nähe ist überraschend, seine Präsenz sowohl beruhigend, als auch aufregend.

»Ganz ruhig«, flüstert er, seine Stimme so nah, dass ich eine Gänsehaut bekomme. Seine Hände umschließen meine, führen sie in die richtige Position über dem glühenden Metall. Ich bin ganz auf die Hitze des Feuers, das Gewicht des Hammers und die raue Oberfläche des Ambosses konzentriert, doch es ist Aedans Nähe, welche mir am meisten bewusst wird.

Als wir gemeinsam den Hammer heben, um das erste Mal zu schlagen, lehnt er sich ein wenig vor, und ich spüre seinen Atem an meinem Ohr. »*Du riechst gut*«, flüstert er, seine Stimme so leise, dass es fast wie ein Hauch ist.

Sein Kommentar kommt so unerwartet, dass ich beinahe den Schlag verpasse. Es ist eine seltsame Bemerkung inmitten der Schwüle der Schmiede, doch merkwürdig passend. Das Prickeln, das durch seine Worte ausgelöst wird, ist verwirrend. Es ist eine seltsame Mischung aus Professionalität und persönlicher Nähe, die ich nicht recht einordnen kann. Für einen Moment ist das stetige Hämmern in der Schmiede das Einzige, was ich hören kann, neben dem schnellen Schlagen meines Herzens.

Meine Versuche, allein weiterzumachen, sind geprägt von einer neuen Unruhe, doch Aedans aufmunternde Worte lassen mich nicht verzagen.

Trotz meiner Ungeschicklichkeit und der ungewohnten Situation spüre ich eine Art von Verbindung – nicht zum Schmiedehandwerk, sondern zu Aedan, der mir gezeigt hat, dass es in Ordnung ist, außerhalb der eigenen Grenzen zu treten.

Als wir den Versuch beenden und Aedan sich schließlich zurückzieht, um mir Raum zu geben, bleibt ein Gefühl der Wärme, das nicht allein von dem Schmiedefeuer stammt. Sein flüchtiges Kompliment, so unerwartet es auch war, hinterlässt einen Eindruck, der mich nachdenklich stimmt.

»Vielleicht kommst du nun öfter in die Schmiede, Livia. Ich kann deine Waffen reparieren, wenn du möchtest?«, lächelt er gedankenverloren und ich kann seine Absichten erahnen.

»Wer weiß das schon. Apropos, was hältst du von den *Montalli Brüdern*? Sie scheinen... besonders zu sein.«

Ihre Namen gehen mir einfach nicht aus dem Kopf, seitdem ich sie das letzte Mal gesehen habe. Vielleicht könnte Aedan mir ein paar Informationen verraten, welche mich besser, auf ein Zusammentreffen mit ihnen, vorbereiten könnte.

Sein Lächeln verblasst ein wenig bei meinem hastigen Themawechsel. »Die Montallis... Ja, sie sind eine Klasse für sich. Talentiert, ohne Zweifel, aber sie neigen dazu, sich selbst etwas zu ernst zu nehmen. Es ist am Besten, ihnen nicht zu viel Aufmerksamkeit zu schenken.«

Ich spüre, wie die Atmosphäre sich ein wenig verdichtet.

»Ich werde versuchen, mir das zu Herzen zu nehmen«, sage ich und frage mich insgeheim, ob ich das kann.

Ob ich das will.

So sehr ich mich bemühe, sie zu hassen und aus meinem Kopf zu verbannen, wecken sie einen ungesunden Instinkt in mir. Dieser Instinkt möchte ihre dunkelsten Geheimnisse kennenlernen und gleichermaßen ihnen ihr verdammtes Grinsen aus dem Gesicht schlagen.

»Aber genug von den Montallis«, sagt Aedan, sein Lächeln kehrt zurück. »Lass uns deine Ausrüstung zusammenstellen. Du brauchst etwas, das zu dir passt, etwas, das deine Stärken hervorhebt.«

Aedans Worte hallen in meinem Kopf nach, während wir uns gemeinsam durch die Reihen der Schmiede bewegen. Er erklärt mir geduldig die verschiedenen Arten von Leder und Metall, ihre Eigenschaften und wie sie in der Schlacht zum Vorteil werden können. Ich bin fasziniert von der Vielfalt und der Präzision, die in jedes Stück fließt. Jedes Schwert, jeder Brustpanzer hier ist ein Kunstwerk, und ich kann nicht umhin, Ehrfurcht vor dem Können und der Leidenschaft zu empfinden, die in diese Arbeit fließen.

Nach einigem Zögern entscheide ich mich für ein Material, das mir besonders ins Auge gefallen ist – ein pechschwarzes Leder, das nicht nur widerstandsfähig, sondern auch erstaunlich leicht ist. »Ich glaube, dieses Material hier... es spricht mich an«, sage ich, während ich mit den Fingern über die glatte Oberfläche streiche. »Es fühlt sich stark an, aber gleichzeitig flexibel. Ich denke, das könnte mir in der Bewegung helfen und mich trotzdem schützen.«

Aedan nickt anerkennend. »Eine gute Wahl. Dieses Leder ist speziell behandelt, um maximalen Schutz bei minimaler Belastung zu bieten. Es wird dir die Beweglichkeit geben, die du im Kampf brauchst.« Er greift hinter sich und zieht eine Kampfbekleidung hervor, die genau aus dem Leder gefertigt ist, das ich ausgewählt habe. »Probiere diese hier an. Sie wurde nach ähnlichen Prinzipien gefertigt.«

Mit einem Kloß im Hals nehme ich die Bekleidung entgegen und wechsle in eine der Umkleidekabinen der Schmiede. Als ich die pechschwarze Kampfbekleidung anlege, spüre ich sofort, wie perfekt Sie sitzt. Sie umschließt meine Figur wie eine zweite Haut, lässt mir jedoch genug Freiheit, mich zu bewegen. Vor dem Spiegel betrachtend, kann ich kaum glauben, dass die Person, die mir entgegenblickt, ich sein soll. Die Bekleidung betont jede Linie, jede Kurve meines Körpers, und das tiefe Schwarz steht in starkem Kontrast zu meiner Haut. Es verleiht mir ein Gefühl von Stärke, von Fähigkeit.

Als ich aus der Kabine trete, trifft mich Aedans Blick – für einen Moment ist er sprachlos, dann fängt er sich wieder. »Du siehst... beeindruckend aus«, sagt er, und in seiner Stimme schwingt ein Hauch von Bewunderung mit. Es ist ein einfaches Kompliment, doch aus seinem Mund klingt es wie eine Offenbarung. Bevor ich antworten kann, fügt er hinzu, eine

Spur von Eifersucht nicht ganz verbergend: »Aber sag, warum hast du eigentlich nach den Montallis gefragt?«

Seine Frage überrascht mich ein wenig. »Ach, nur Neugier«, antworte ich ausweichend, ein Lächeln auf den Lippen. »Ich hörte, sie sind eine Sache für sich.«

Aedans Blick bleibt noch einen Moment auf mir haften, als würde er nach einem tieferen Sinn hinter meinen Worten suchen, dann lächelt er, als ob er sich mit der Antwort zufriedengibt. »Das sind sie definitiv«, meint er mit einem leichten Tonfall, ein Lächeln auf den Lippen. »Aber jetzt bist du bereit, deine eigene Klasse zu definieren.«

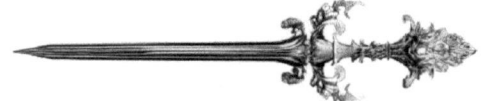

Nach meinem Besuch in der Waffenkammer, gehe ich zurück zur Drachenreiter-Akademie, als plötzlich Lord Celestino vor mir auftaucht. Sein ernster Blick bohrt sich in meinen. Prüfend betrachtet er meine schwarze Drachenreiter-Uniform, als könnte er es ebenfalls noch nicht begreifen, dass die kleine Spielkameradin seines Sohnes, nun eine Drachenreiterin werden soll. »Frau Berylla, kommen Sie mit. Es gibt etwas, das sie wissen müssen.«

Ohne eine Erklärung dreht er sich um und führt mich durch die Korridore der Akademie. Wir betreten einen der ältesten Flügel, den ich bisher nie betreten habe. Laut des Info-Pergaments ist dieser Flügel für Novizen strengstens verboten.

Schließlich erreichen wir einen großen Raum, in dem bereits Andil, einige Gremium-Mitglieder, welche ich nicht kenne und Frau Caspian warten.

Alleine der Anblick von Frau Caspian zwischen den Gremium-Mitgliedern zeigt mir, dass etwas nicht stimmt. Heiler werden nie in Gremium-Angelegenheiten integriert.

»Livia«, beginnt Frau Caspian sanft, »Sag, wie geht es dir? Hast du dich schon ein wenig hier eingelebt?«

»Ja, es geht mir gut, Frau Caspian«, antworte ich, obwohl die Nervosität in meiner Stimme mitschwingt. »Die Akademie ist beeindruckend und ich freue mich zu lernen.«

Frau Caspian nickt und lächelt. »Das ist gut zu hören. Die ersten Wochen können überwältigend sein, aber ich bin sicher, dass du dich bald wie zu Hause fühlen wirst.«

Ihre Worte scheinen mir oberflächlich, eine Ablenkung. Die Spannung im Raum ist greifbar.

Meine Unruhe wächst und ich kann nicht länger warten. »Frau Caspian, bitte kommen Sie auf den Punkt«, sage ich schließlich und versuche, meine Nervosität zu verbergen. »Was ist so dringend?«

Frau Caspian seufzt und wirft einen kurzen Blick zu Andil, welcher zustimmend nickt. »Livia, du hast das Recht, das zu erfahren.« Sie reicht mir einen alten, versiegelten Brief. Meine Hände zittern, als ich das Siegel breche und die vertraute Handschrift meines *Vaters* erkenne:

»Meine geliebte Liv, wenn du dies liest, dann bin ich nicht mehr an deiner Seite. Doch wisse, dass meine Liebe und mein Stolz dich immer begleiten werden. Ich hoffe, du kannst mir verzeihen, dass ich fortgehen musste. Die Entscheidungen, welche ich getroffen habe, waren nie leicht, aber sie waren notwendig.

Du bist stark, mutig und klug, Liv. Mehr, als du es dir selbst zutraust. Die Wege, die vor dir liegen, sind gefährlich und ungewiss, doch ich weiß, dass du sie meistern wirst. In dir fließt das Blut großer Drachenreiter und diese Stärke wird dich leiten.

Ich habe dich immer geliebt und werde es immer tun. Egal, wo du bist, meine Seele wird immer bei dir sein, dich beschützen und dich führen.

Bleib tapfer, mein Kind. Du bist das Licht in der Dunkelheit, das nie erlischt.

In ewiger Liebe, Papa.«

Tränen füllen meine Augen, während ich die letzten Worte meines Vaters lese. Das Gewicht seiner Abwesenheit drückt schwer auf meine Schultern und es fühlt sich an, als ob mein Herz in tausend Stücke zerbricht. Die Verzweiflung, die ich so lange unterdrückt habe, bricht mit voller Wucht über mich herein.

»Papa...«, flüstere ich in die Stille des Raumes. Meine Beine geben nach und ich sinke auf den Boden. Ein Schluchzen bricht aus mir heraus, unkontrollierbar und heftig. *Warum hast du mich allein gelassen? Warum musstest du gehen?*

Frau Caspian kniet sich neben mich und legt tröstend eine Hand auf meine Schulter. »Livia, wir wissen, dass das schwer für dich ist. Aber es ist wichtig, dass du davon weißt und verstehst.«

Ich schüttle den Kopf, unfähig, die Worte zu verarbeiten. Die Bilder, welche mich immer wieder gequält haben, bekommen plötzlich eine neue, schmerzhafte Bedeutung. Vielleicht ist der grüne Drache, den ich in meinen Träumen sehe, ein Hinweis. Vielleicht führt dieser Weg zu meinem Vater. Hat er ihn getötet? Sind das in meinem Kopf Bilder von Rachefeldzügen? Doch in diesem Moment erscheint mir alles hoffnungslos und verloren.

»Livia«, sagt Frau Caspian sanft, »Du bist nicht allein. Wir sind hier, um dir zu helfen. Aber du musst stark bleiben. Dein Vater würde nicht wollen, dass du aufgibst.«

Ich kämpfe gegen die Tränen an und zwinge mich, tief durchzuatmen. »Ich... ich weiß«, stammele ich. »Aber es ist so schwer...« Mit zittrigen Beinen und schwerem Herzen verlasse ich den Raum. Die Verzweiflung sitzt tief. Ich weiß, dass der Weg vor mir gefährlich und ungewiss ist, aber ich bin bereit, alles zu riskieren, um die Wahrheit zu erfahren.

CEO

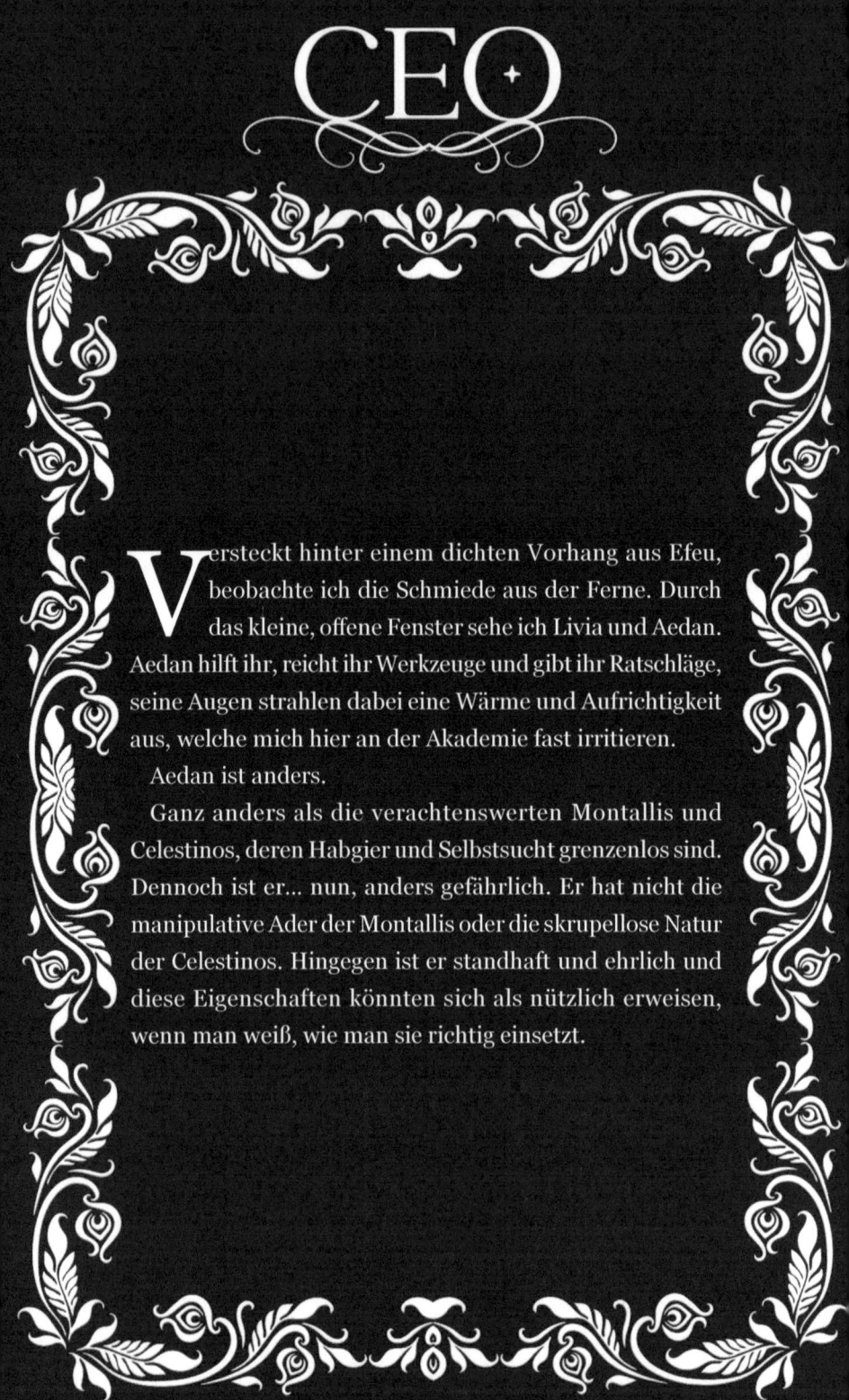

Versteckt hinter einem dichten Vorhang aus Efeu, beobachte ich die Schmiede aus der Ferne. Durch das kleine, offene Fenster sehe ich Livia und Aedan. Aedan hilft ihr, reicht ihr Werkzeuge und gibt ihr Ratschläge, seine Augen strahlen dabei eine Wärme und Aufrichtigkeit aus, welche mich hier an der Akademie fast irritieren.

Aedan ist anders.

Ganz anders als die verachtenswerten Montallis und Celestinos, deren Habgier und Selbstsucht grenzenlos sind. Dennoch ist er... nun, anders gefährlich. Er hat nicht die manipulative Ader der Montallis oder die skrupellose Natur der Celestinos. Hingegen ist er standhaft und ehrlich und diese Eigenschaften könnten sich als nützlich erweisen, wenn man weiß, wie man sie richtig einsetzt.

KAPITEL 26

LIVIA

Der abrupte Wechsel von der belebenden Anprobe meiner neuen Identität, über den Brief meines Vaters, zur schmerzhaften Realität auf der Matte, lässt mich kurz die Orientierung verlieren.

Dort liege ich, das Gesicht zur Matte gedrückt, nachdem ich bei einem kläglichen Ausweichmanöver mehr mit der Schwerkraft, als mit der Technik gekämpft habe.

Die schadenfrohen Kommentare der anderen Novizen, welche bereits Jahre auf diesen Moment vorbereitet wurden, prasseln auf mich ein. »Sieht so aus, als hätte die Neue den Boden etwas zu wörtlich genommen!«, höhnt jemand aus der Gruppe, woraufhin ein unterdrücktes Kichern durch die Trainingshalle schwappt.

Der Lehrmeister, dessen Präsenz allein schon Ehrfurcht auslöst, steht unmittelbar neben mir. Seine Statur, massiv wie ein Fels in der Brandung und sein Blick, der jede Unsicherheit durchbohrt, lassen mich erschaudern. »Aufstehen, Livia. Im Kampf gibt es keine Pausen für die Schwachen«, knurrt er.

Meine Muskeln protestieren, doch ich zwinge mich auf die Beine, fixiere meinen Blick nach vorn und richte meine Haltung aus.

»Achtung, Körperhaltung, Blick fokussiert, sei immer bereit!« Seine Worte hallen wie ein Mantra in meinem Kopf wider, während ich mich auf die nächste Anweisung vorbereite. Mit wackeligen Beinen stehe ich wieder auf der Matte, das Gesicht glühend vor Peinlichkeit und Anstrengung. Der Lehrmeister tritt ein paar Schritte zurück und beobachtet mich genau, während ich versuche, meine Atmung zu kontrollieren und mich auf das zu konzentrieren, was vor mir liegt. Doch meine Gedanken schweifen immer wieder ab zu dem Brief meines Vaters, den ich gestern bekommen habe. Die Worte hallen immer noch in meinem Kopf wider und lassen mich nicht los.

»Noch einmal, Livia. Diesmal mit weniger Eile und mehr Achtsamkeit. Denke an deine Bewegung, bevor du sie ausführst.« Seine Stimme ist streng, aber ich spüre eine Spur von Ermutigung.

Ich nicke, fokussiere mich und erinnere mich an die Demonstration, die er vor wenigen Minuten gezeigt hat. Ich stelle mir die Bewegung vor, das Ausweichen, die Position meiner Füße, die Balance meines Körpers. Doch immer wieder blitzen Bilder von meinem Vater und seinen letzten Worten vor meinen Augen auf, die Tränen, die ich vergossen habe.

Langsam hebe ich meine Fäuste, bereit, mich erneut zu bewegen. Dieses Mal, als der Angriff kommt, atme ich tief durch und versuche, mich zu konzentrieren. Meine Gedanken sind schwer und unruhig. Ich schaffe es, auszuweichen, ohne zu stolpern, und lande einen sanften, aber festen Schlag auf die Schulter meines Gegners.

Ein anerkennendes Nicken vom Lehrmeister ist die einzige Bestätigung, die ich brauche, um zu wissen, dass ich es besser gemacht habe. Doch die Herausforderung ist noch nicht vorbei. »Weitermachen, Livia. Ein guter Schlag ist nur der Anfang. Jetzt musst du lernen, wie du deine Bewegungen verkettest.« Die nächsten, schmerzhaften Stunden verbringe ich damit, Kombinationen zu üben. Jeder Schlag, jeder Tritt erfordert meine volle Aufmerksamkeit. Die physische Anstrengung ist immens, doch noch anstrengender ist die mentale Disziplin, die notwendig ist, um jede Bewegung präzise auszuführen. Doch immer wieder schweifen meine Gedanken ab. *Wie soll ich die Wahrheit über meinen Vater herausfinden? Wo soll ich suchen?*

Der Lehrmeister bleibt unerbittlich. Jedes Mal, wenn ich denke, ich hätte einen Moment zum Durchatmen, korrigiert er meine Haltung oder fordert mich auf, die Sequenz schneller zu wiederholen. Die anderen Novizen beobachten mich weiterhin, ihre frühere Schadenfreude scheint jedoch nachzulassen, als sie meine Fortschritte sehen. Akzeptanz kann man das, aber noch lange nicht nennen.

Während das Training fortfährt, finde ich mich in einem ständigen Auf und Ab aus Erfolg und Niederlage wieder. Mehrmals lande ich unsanft auf der Matte, jedes Mal eine deutliche Erinnerung an meine lange Reise, die noch vor mir liegt. Doch mit jedem Fall wächst meine Entschlossenheit nur noch mehr. *Ich kann meinen Vater nicht im Stich lassen. Ich muss herausfinden, was ihm zugestoßen ist.*

Dann, als ob das Schicksal selbst seine Hand im Spiel hätte, wird mir ein junger Mann als Trainingspartner zugeteilt.

Er ist geschickt, das ist offensichtlich und seine Bewegungen sind geprägt von einer Präzision, die mich zunächst einschüchtert.

Doch anstatt zurückzuweichen, spüre ich, wie eine neue Welle der Entschlossenheit in mir hochsteigt. *Ich will nicht nur bestehen. Das langt mir nicht mehr. Ich will glänzen.* Cole, der am Rand des Trainingsbereiches mit Aedan und einigen anderen aus dem zweiten Jahr übt, wirft gelegentliche Blicke herüber. Ich spüre seinen Blick auf mir, jede Bewegung, die ich mache, jede Reaktion, die ich zeige.

Es gibt mir einen zusätzlichen Ansporn, mein Bestes zu geben und ihm zu zeigen, dass er es nicht mit einer kleinen Heulsuse zu tun hat.

In der intensiven Atmosphäre des Kampfes spüre ich, wie jeder meiner Sinne geschärft ist. Ich weiche den Schlägen meines Gegners aus, einem robust gebauten Mann mit einem festen Blick, der Entschlossenheit und eine leichte Spur von Überraschung zeigt, als ich immer wieder seinen Angriffen ausweiche.

Mein Atem ist schnell, aber kontrolliert. Jede Bewegung ist eine Antwort auf seine, jede Konteraktion durchdacht. Doch tief in meinem Inneren wühlt die Unsicherheit. *Was hat mein Vater gemeint mit seiner letzten Botschaft?*

In einem entscheidenden Moment, als er zu einem kräftigen Schlag ausholt, nutze ich seine kurzzeitige Unausgewogenheit. Schnell wie ein Blitz ducke ich mich unter seinem Arm durch, bewege mich hinter ihn und nutze meine Agilität, um ihn mit einer fließenden Bewegung zu Boden zu bringen. Ich spüre den Moment, in dem sein Widerstand nachlässt und nutze das, um ihn geschickt zu überwältigen.

Mit festem Griff positioniere ich mich auf ihm, meine Knie kontrollieren seine Arme, während mein Gewicht ihn sicher auf der Matte hält. Ich blicke in sein Gesicht, sehe die Mischung aus Respekt und Erstaunen in seinen Augen, während der Raum um uns in stiller Anerkennung versinkt. *Zum Glück habe ich einen Trainingspartner bekommen, welcher genauso keine Vorerfahrung hat, wie ich.* Denn das, was wir hier gemacht haben, war alles, aber definitiv kein richtiger Kampf.

»Sehr gut, Livia«, lobt mich der Lehrmeister. Worte, die aus seinem Mund mir unmöglich schienen.

Mein Blick sucht automatisch Cole und als ich ihn finde, sehe ich genau das, was ich erhofft hatte – ein flackerndes Feuer der *Eifersucht* in seinen Augen.

Er sieht, wie ich mich behaupte, wie ich mich durchsetze. Ich genieße seinen Ausdruck, sein stilles Eingeständnis, dass ich mehr bin, als nur das Mädchen, das er vielleicht unterschätzt hat.

Mit einem ehrlichen Lächeln wende ich mich wieder meinem Training zu, bereit, jede Herausforderung anzunehmen, die noch kommen mag. Coles Blick auf mir, ein stummer Zeuge meiner wachsenden Stärke, lässt mich fühlen, als könnte ich alles erreichen.

Während ich, nach dem intensiven Training und meinem kleinen Triumph über meinen Trainingspartner verschnaufe, bemerke ich eine seltsame Veränderung in der Atmosphäre. Die Halle hat sich größtenteils geleert, doch die Spannung, die zwischen Cole und Aedan besteht, ist fast greifbar. Obwohl ich weit entfernt stehe, kann ich spüren, dass ihre Blicke sich treffen.

Mein Training mit dem Typen von eben scheint unbeabsichtigt einen Wettbewerb zwischen ihnen entfacht zu haben.

Beide haben während des Trainings abwechselnd zu mir herüber geschaut, jeder Blick eine stumme Frage, welche ich nicht deuten konnte.

Plötzlich, ohne, dass ich es richtig begreife, kommt es zwischen ihnen zu einem Wortwechsel. Ihre Stimmen sind zu leise, als dass ich die Worte verstehen könnte, aber die Intensität ihrer

Gesten spricht Bände. Cole, dessen Körperhaltung angespannt ist, als würde er jeden Moment zum Schlag ausholen und Aedan, der mit einer ruhigen Entschlossenheit kontert, die ich bei ihm noch nicht gesehen habe.

Cole und Aedan stehen sich gegenüber, die Muskeln angespannt, die Blicke fest ineinander verhakt. Die verbale Auseinandersetzung nimmt an Schärfe zu: jedes Wort ist geladen mit Rivalität, durch meine Anwesenheit entfacht. Ihre Stimmen hallen in den hohen Decken der Trainingshalle wider, ziehen die Aufmerksamkeit aller Anwesenden auf sich.

Ich stehe da, wie gelähmt, unfähig zu entscheiden, ob ich eingreifen oder mich zurückziehen soll. Meine Kehle ist trocken, mein Herz rast. Das Gewicht der Situation drückt auf meine Schultern. Einerseits quält mich der Gedanke, dass ich der Auslöser für diesen Streit bin. Andererseits kann ich mich der Faszination nicht entziehen, wie intensiv sie sich streiten. Dieser zweite Gedanke lässt mich an meinem Verstand zweifeln. Es fühlt sich an, als wäre ich in einem alten Drama gefangen, in dem jede Handlung vorherbestimmt ist.

Plötzlich, fast ohne Vorwarnung, schlagen die Worte in Taten um. Cole macht einen schnellen Schritt vorwärts, seine Faust erhoben, während Aedan ausweicht und zum Gegenangriff ansetzt. Ihre Bewegungen sind unfassbar präzise, geschult durch Jahre des Trainings, jeder Schlag eine Demonstration von Kraft und Geschick. Doch die Aggression in ihren Augen ist echt.

Die anderen Novizen treten zurück, bilden einen Kreis um die beiden Streithähne, einige mit besorgten Blicken, andere mit einem Funken Erregung in den Augen. Das Geräusch von aufeinanderprallenden Fäusten und gedämpftem Stöhnen füllt den Raum. Es ist ein Tanz der Gewalt, faszinierend und beängstigend zugleich.

Cole bewegt sich mit einer Überlegenheit, die unheimlich ist. Jeder Schlag, den er austeilt, ist präzise und kraftvoll, als hätte er schon unzählige Male gesiegt. Er ist einer der besten Drachenreiter der Akademie, seine Fähigkeiten nahezu unübertroffen. Aedan kämpft tapfer, doch es wird schnell klar, dass er gegen Coles brutale Effizienz keine Chance hat.

In einer schnellen, geschmeidigen Bewegung trifft Cole Aedan hart am Kinn, was diesen taumeln lässt. Ein weiterer Schlag in den Magen und Aedan geht zu Boden, sein Gesicht blutüberströmt. Die Menge um sie herum hält den Atem an, die Stille fast greifbar. Cole steht triumphierend über ihm, seine Augen funkeln vor kaltem, berechnendem Stolz.

Bevor jedoch ein Schlag zu weit gehen kann, erscheint ihr Lehrmeister wie aus dem Nichts zwischen ihnen. Seine Erscheinung allein ist genug, um den Atem im Raum zu stocken. Er ist groß, seine Präsenz massiv und unübersehbar, und in diesem Moment strahlt er eine Autorität aus, die keinen Widerspruch duldet. Mit einer Handbewegung, die sowohl Ruhe, als auch unbedingte Autorität signalisiert, greift er ein. »Genug!«, donnert seine Stimme durch die Halle. Seine Hand liegt fest auf Coles Schulter, die andere auf Aedans Brust, schiebend und haltend zugleich. Der Respekt – oder ist es die Furcht? – vor ihm ist sofort spürbar, denn Aedan hält inne, seine Fäuste sinken herab, und die Wut weicht langsam aus seinen Augen. »Dies ist ein Ort des Lernens und der Disziplin, nicht der Straße«, fährt der Lehrmeister fort, seine Worte scharf und präzise wie Messerschnitte. »Eure persönlichen Differenzen haben hier keinen Platz. Wer das nicht begreift, wird die Konsequenzen tragen.«

Cole weicht nicht zurück. Seine Miene bleibt trotzig, die Augen funkeln mit einem Hauch von Spott. Er ist ein Prinz, gewohnt an Macht und Einfluss, und seine Körpersprache spiegelt das in allen Facetten wider. Selbst in diesem Moment der Zurechtweisung strahlt Cole eine dominante, düstere Aura aus. Seine Lippen kräuseln sich zu einem spöttischen Lächeln, das mehr verachtend, als amüsiert wirkt. »Ist das wirklich nötig, Meister?«, fragt Cole, seine Stimme tief und ruhig, doch geladen mit einem Unterton, der sowohl Spott als auch Herausforderung enthält. »Ich war mir nicht bewusst, dass wir hier so zart besaitet sind.«

Der Lehrmeister, dessen Augen bisher nur Strenge und Autorität ausstrahlten, verengen sich nun merklich. »Prinz oder nicht, Cole, hier in dieser Halle gelten dieselben Regeln für alle. Und ich erwarte, dass du sie respektierst, genau wie jeder andere auch.«

Cole zieht leicht die Augenbrauen hoch, als ob er die Worte des Lehrmeisters abwägt. Sein Blick schweift kurz zu mir und für einen Moment liegt etwas wie eine kalte Drohung darin. Es ist klar, dass Cole es nicht gewohnt ist, öffentlich zurechtgewiesen zu werden, und schon gar nicht vor einem Publikum, das seine Stellung und seinen Einfluss kennt. Doch er senkt seine Fäuste, ein Zugeständnis, das eher strategisch als unterwürfig erscheint.

Der Lehrmeister hält seinen Blick einen Moment länger auf Cole, als wolle er sagen: »Das ist noch nicht vorbei.« Doch er dreht sich um und macht mit dem Training der anderen Novizen weiter.

Die Stille, die auf seine Worte folgt, ist erdrückend. Cole und Aedan treten auseinander, der direkte Blickkontakt gebrochen, die Körperhaltung weniger angespannt, aber immer noch voller ungesagter Worte und ungelöster Konflikte. Sie nicken stumm, jeder auf seine Weise den Respekt vor dem Lehrmeister und vielleicht auch die Scham über ihr Verhalten anerkennend.

Cole, dessen Blick bei Aedan lag, richtet nun seine volle Aufmerksamkeit auf mich. Es ist ein Blick, der mir bis ins Mark geht, gefüllt mit einer Dunkelheit, die ich von ihm so noch nicht kannte. Er hat mich schon öfter wie der Teufel in Person angeschmachtet, aber dieser Blick lässt meinen Atem stocken.

Es ist der tödlichste Blick, den ich je gesehen habe und in diesem Moment weiß ich, dass sich etwas zwischen uns verändert hat. Dieser Blick ist mehr als nur ein Ausdruck von Wut oder Enttäuschung: Es ist eine stumme Erklärung des Krieges. Ein Krieg, der nicht mit Schwertern oder auf den Trainingsmatten ausgetragen wird, sondern in den Schatten der Akademie, in den ungesagten Worten und in den Entscheidungen, die wir von jetzt an treffen werden.

Ich stehe da und kann den Blick nicht abwenden. Der Lärm und die Bewegungen um uns verschwimmen, während ich versuche, Coles stumme Botschaft zu verstehen. *Was habe ich getan, dass er so stark reagiert? Liegt es nur an der Rivalität zwischen ihm und Aedan, die mich mitgezogen hat, oder steckt mehr dahinter?*

Als Cole mit schweren Schritten die Trainingshalle verlässt, bleibt ein beklemmendes Gefühl zurück. Die Luft ist schwer, die Stille laut, und ich stehe allein da, umgeben von den Nachwirkungen des Konflikts. Der Weg vor mir wirkt plötzlich viel steiniger und unsicherer.

Habe ich es mir gerade mit einem der mächtigsten Drachenreiter Darilorns verscherzt?

»Ich habe dir gesagt, dass Livia, es nicht wert ist, mein Freund. Hättest du besser mal auf mich gehört.«

- Lorenzo

Kapitel 27

Livia

Während die letzten Sonnenstrahlen des Tages durch das Fenster unseres Zimmers fallen, finde ich den Mut, die Stille zu brechen.

Reia sitzt mir gegenüber, ihre Beine unter sich gezogen, ihre Miene aufmerksam und offen. Ich atme tief durch, der schwere Knoten in meinem Bauch wird nicht leichter.

»Reia«, fange ich an, meine Worte zögerlich und schwerfällig, »Heute... es gab eine Auseinandersetzung. Oder eher eine Spannung zwischen Cole und mir... und Aedan war auch involviert.« Mein Herz schlägt schneller bei der Erinnerung an die intensiven Blicke, die elektrische Luft zwischen uns.

Reia lehnt sich leicht vor, ihre Augen fixieren meine, eine stille Aufforderung, weiterzumachen. »Was genau ist passiert, Livia?« Ihre Stimme ist ruhig, aber drängt sanft zur Erklärung.

»Es war während des Trainings. Cole... seine Blicke waren wie Feuer. Und Aedan... er hat versucht zu helfen, glaube ich. Aber alles fühlte sich so aufgeladen an, so voller unausgesprochener Worte und Emotionen.« Ich halte inne, die Bilder des Tages wirbeln durch meinen Kopf wie ein unaufhaltsamer Sturm. Reia seufzt leise, ihr Gesicht weich, aber ihre Augen hart.

»Cole kann wirklich manchmal so ein Arsch sein«, sagt sie, ihre Stimme sanft, doch mit einem Unterton, der keinen Zweifel an ihrer Meinung lässt. »Aber warte«, unterbricht mich Reia plötzlich, ihre Neugier offensichtlich erwacht. »Aedan? Wer ist das genau? Woher kennst du ihn?«

Mir wird bewusst, dass ich Reia noch nicht von Aedan erzählt habe. »Oh, Aedan... Er ist auch ein Drachenreiter, im zweiten Jahr hier an der Akademie. Ich habe ihn gestern in der Schmiede getroffen, als ich meine Sachen für den Unterricht heute besorgt habe«, erkläre ich und erinnere mich an die Wärme und Offenheit, die er ausstrahlte, eine willkommene Abwechslung zu der sonst so angespannten Atmosphäre hier in der Akademie. »Er hat mir geholfen, mich zurechtzufinden, und... ich glaube, er versucht, mich von den Montallis fernzuhalten.«

Reias Augenbrauen heben sich interessiert. »Klingt, als hätte er einen guten Kopf auf den Schultern. Es ist schön zu hören, dass du jemanden hast, der dir in dieser Akademie beisteht. Vor allem mit... na ja, Cole.«

Ich lächle schwach, dankbar für Reias Verständnis. »Ja, er scheint wirklich nett zu sein. Ich bin froh, dass er da war. Dennoch vertrau ich ihm noch nicht wirklich. An dieser Akademie scheint jeder Novize Leichen im Keller zu haben.« Für einen Moment verliere ich mich in den Erinnerungen an den Tag, die wärmenden Momente mit Aedan und die herausfordernden mit Cole.

Reia nickt, nimmt einen tiefen Atemzug und wechselt das Thema, um die Stimmung etwas aufzulockern. »Na gut, genug von Männern. Erzähl mir von deinem freien Tag morgen. Hast du schon Pläne?«

»Ich dachte daran, Thalessa aufzusuchen«, sage ich nachdenklich. »Vielleicht kann sie mir mehr über meine Gabe erzählen... und ich könnte auch etwas Rat gebrauchen, wie ich mit... all dem hier umgehen soll.«

»Das klingt nach einer großartigen Idee«, erwidert Reia aufmunternd. »Thalessa weiß sicherlich, was zu tun ist. Und wer weiß, vielleicht stimmt sie zu, eine Bindung am Ende des Jahres mit dir einzugehen.«

Wir sprechen noch eine Weile über dies und das, bevor wir beschließen, uns zur Ruhe zu legen. Doch der Schlaf kommt mir nur schwer. Die Gedanken an den kommenden Tag, an die Begegnung mit Thalessa und die ungelösten Spannungen mit Cole halten mich wach. Ich weiß, dass morgen ein entscheidender Tag sein könnte, nicht nur in Bezug auf meine Gabe, sondern auch auf meine Beziehungen innerhalb der Akademie. Mit einem letzten Blick auf die ruhige Gestalt von Reia neben mir schließe ich die Augen und hoffe auf klare Antworten und die Stärke, mich den Herausforderungen zu stellen, die vor mir liegen.

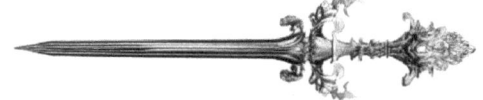

Die Akademie erwacht gerade zum Leben. Die ersten schwachen Sonnenstrahlen der Wintersonne kämpfen sich durch die kalte, klare Morgenluft, als ich meine Schritte lenke.

Ich durchquere die noch stillen Höfe der Akademie, vorbei an den ersten Novizen und Lehrmeistern, die sich, eng in ihre Mäntel gehüllt, auf den Weg zu ihren morgendlichen Pflichten machen. Mein Weg führt mich weiter, hinaus aus dem pulsierenden Herzen der Akademie, hinaus in die stille Weite der umliegenden Felder.

Das Feld liegt ruhig unter einem zarten Überzug aus Frost, der in der Morgensonne glitzert wie ein Meer aus Diamanten. Die Landschaft ist in ein sanftes Weiß gehüllt, das die kühle Schönheit des Winters widerspiegelt.

In der Ferne bilden die Türme und Gebäude der Akademie eine eindrucksvolle Silhouette gegen den hellblauen Himmel, doch hier, in der friedvollen Einsamkeit des Feldes, scheinen sie weit entfernt und fast unwirklich.

Und dort, inmitten dieser stillen, winterlichen Szenerie, finde ich Thalessa. Die majestätische Drachendame liegt entspannt im Schnee, ihre mächtigen Flügel eng an den Körper geschmiegt, als wollte sie die Kühle des Winters willkommen heißen. Ihr Atem bildet kleine Wolken in der kalten Luft und der leichte Hauch von Frost auf ihren Schuppen lässt sie fast magisch erscheinen. Es ist ein Bild von stiller Stärke und Erhabenheit, das mir sofort tiefe Bewunderung einflößt.

Langsam nähere ich mich ihr, mein Herz klopft vor Respekt und einer Spur von Nervosität. Thalessa, deren Weisheit und Erfahrung die Grenzen meiner menschlichen Existenz überschreiten, hat mich in den vergangenen Wochen begleitet. Nun, vor ihr, auf diesem eisüberzogenen Feld, fühle ich mich bereit, ihr mein Herz zu öffnen, in der Hoffnung auf einen Rat, der mir den Weg weisen könnte.

»Thalessa«, beginne ich zögerlich, »Ich... ich fühle mich verloren. Die Spannungen mit Cole, meine Gabe, die ich kaum verstehe – es ist alles zu viel.«

Thalessa öffnet ein Auge, ihr Blick durchdringt mich mit einer Intensität, die mich bis ins Mark erschüttert. »*Livia*«, sagt sie mit ihrer tiefen, resonanten Stimme, »Konflikte unter den Sterblichen sind oft wie Stürme – *heftig, aber vorübergehend. Was deine Gabe betrifft, so ist sie ein Teil von dir. Lerne sie zu akzeptieren und du wirst deine Kraft finden.«*

Ihre Worte, weise und beruhigend, schwingen noch in der kalten Winterluft, als plötzlich ein tiefes, grollendes Knurren die Stille zerreißt. Es ist ein Klang, der mein Blut gefrieren lässt, ein Vorbote von Ärger, der sich mit der Geschwindigkeit eines aufziehenden Sturms nähert. Ich drehe mich um und mein Atem stockt bei dem Anblick, der sich mir bietet.

Ruadhan, der rote Drache, den ich bereits in der Höhle kennenlernen musste, durchbricht mit mächtigen Flügelschlägen die klare, frostige Luft und landet mit einem dumpfen Aufprall auf dem schneebedeckten Feld. Seine Präsenz ist wie ein dunkler Schatten, der sich über das Land legt, die friedvolle Stimmung des Morgens augenblicklich vertreibend. Dabei glühen seine Schuppen in einem unheilvollen rot, das selbst das helle Sonnenlicht nicht zu durchdringen vermag. Auch seine Augen, leuchtend und voller Missgunst, fixieren mich mit einem Blick, der tiefer schneidet als das schärfste Schwert, und ich kann nicht definieren, an was mich dieser Ausdruck erinnert.

»Livia, du gehörst nicht hierher«, zischt er, ohne nur ein einziges weiteres Wort zu verschwenden, jede Silbe getränkt in Gift und Verachtung. *»Dein Platz ist nicht unter Kriegern und Drachen. Schau dich doch mal an.«* Seine Worte hängen schwer in der Luft, ein unmissverständliches Urteil über meine Anwesenheit an der Akademie.

Für einen Moment fühle ich mich eingeschüchtert von der schieren Macht, die Ruadhan ausstrahlt. Doch bevor die Angst mich lähmen kann, spüre ich eine Welle der Wärme hinter mir. Thalessa, die bislang ruhig und beobachtend daneben stand, erhebt sich nun, ihre majestätische Gestalt eine stille Herausforderung an Ruadhans Autorität.

»*Ruadhan*«, beginnt sie, »*Deine Worte sind so kalt wie der Winter um uns. Doch der Pfad, den Livia geht, ist ihr eigener. Sie ist hier, weil sie es sein muss, weil ihr Schicksal es so vorbestimmt hat.*« Ruadhans Augen verengen sich, ein Funken von Zorn – oder ist es Respekt? – flackert in ihnen auf.

Thalessas Präsenz, unerschütterlich und stolz, steht in scharfem Kontrast zu seiner düsteren Erscheinung. Seine Worte wollen in mir Zweifel auslösen, doch anstatt zurückzuweichen, spüre ich, wie eine unerwartete Welle des Mutes in mir aufsteigt. Erinnerungen an das Versprechen, das ich mir selbst gegeben habe, wie ich mich in Zukunft an dieser Akademie zeigen möchte.

Ich trete vor, mein Blick fest auf Ruadhan gerichtet, und spüre, wie meine Hände sich zu Fäusten ballen, die Hitze der Wut steigt in mir auf. »Warum? Weil ich nicht in deine Vorstellung passe? Weil ich anders bin?« Meine Stimme zittert, doch ich lasse sie nicht fallen. Ich trete einen Schritt auf Ruadhan zu, meine Entschlossenheit festigt sich mit jedem Wort. »Ich bin hier, Ruadhan, weil es das Schicksal so wollte. Und ich werde kämpfen, um hier zu bleiben. Im Gegensatz zu den meisten Novizen bin ich nicht wegen meines Blutes oder meines Namens hier, sondern wegen meiner Taten.«

Ruadhan lacht, ein kaltes, hartes Lachen, das keine Freude kennt. »*Deine Taten? Du bist eine Gefahr, Livia. Für uns alle. Du weißt es, tief in dir drin. Du spielst mit deiner Gabe, die du nicht verstehst.*«

»Und du? Mischst du dich nicht auch in Angelegenheiten ein, die du nicht verstehst?« Meine Herausforderung lässt ihn innehalten. »Ich fürchte mich nicht vor dir, Ruadhan, weil ich eines Tages selbst wie einer sein werde. Weil ich lernen werde, wie man fliegt, statt zu fallen.«

Sein Blick verhärtet sich und ich spüre die Gefahr, die von ihm ausgeht. Doch bevor er antworten kann, greife ich instinktiv nach dem Griff meines Schwertes. Die Metallklinge singt, als ich sie aus ihrer Scheide ziehe und sie in einer fließenden Bewegung zwischen uns richte. Mein Schwert ist im Vergleich zu denen der anderen Novizen mickrig. Doch es ist die Geste, für mich selbst einzustehen, auch wenn die Situation nicht optimal ist. »Ich werde nicht zulassen, dass du oder jemand anderes mir meinen Platz hier abspricht. Wenn es sein muss, werde ich kämpfen, um ihn zu behalten.«

Inmitten der aufgeladenen Atmosphäre, in der meine Worte und Ruadhans Schweigen eine Barriere zwischen uns errichtet haben, geschieht es unerwartet und mit erschreckender Stille. Ehe ich es begreifen kann, fühle ich die kühle, unnachgiebige Präsenz von Stahl an meiner *Kehle*. Eine stumme, doch unmissverständliche Drohung. Die Welt scheint für einen Herzschlag stillzustehen, mein Atem gefriert in meiner Brust.

»Beweg dich nicht«, flüstert eine Stimme, gefährlich ruhig und bedrohlich nahe hinter mir.

Ich kann den Mann nicht sehen, seine Identität verborgen in den Schatten, die unsere Konfrontation umgeben. Doch seine Präsenz ist erdrückend, ein Phantom, das mit einer einfachen Bewegung mein Schicksal besiegeln könnte. Meine Finger umklammern fester das Schwert, doch ich wage es nicht, mich zu bewegen.

Ruadhans Augen, einen Moment zuvor noch voller Feuer und Herausforderung, weiten sich schelmisch zufrieden.

»Richte noch einmal ein Schwert auf *meinen* Drachen und du bist tot.« Die Worte sind hart und unerbittlich, gesprochen mit einer Autorität, die keinen Widerspruch duldet.

Ein kalter Schauer läuft mir über den Rücken. Die Stimme, irgendwie vertraut und doch in diesem Moment so fremd, lässt einen Knoten in meinem Magen entstehen. Der Druck des Messers an meinem Hals lässt nach, doch die Bedrohung hängt weiterhin wie ein Schatten über mir.

Langsam, mit äußerster Vorsicht, wende ich mich um, das Schwert noch immer in der Hand, bereit, mich zu verteidigen, sollte es nötig sein.

Als ich mich umdrehe, um meinem Angreifer ins Auge zu sehen, erstarrt die Luft in meinen Lungen. *Cole* steht dort, das Messer locker in seiner Hand, sein Blick durchdringend und ernst. Die Überraschung lähmt mich für einen Moment. *Cole war die Quelle der tödlichen Bedrohung?*

Die Stille, die folgt, ist erdrückend, gefüllt mit der Schwere der Erkenntnisse, die sich vor mir entfalten. Cole, mit dem Messer noch immer in seiner Hand, verkörpert eine Seite der Macht, die ich bisher nur aus der Ferne kannte. Und in diesem Augenblick, mit seiner dunklen Drohung, die noch in der Luft hängt, sehe ich die Parallelen zwischen ihm und Ruadhan, zwei Seiten derselben Münze, geprägt von Macht, Stärke und der unerschütterlichen Entschlossenheit, zu beschützen, was ihnen wichtig ist.

In der undurchdringlichen Spannung, die sich um uns legt, bleibt Coles Haltung unnachgiebig, seine Präsenz eine unverrückbare Macht. Der Moment der möglichen Reue oder des Zögerns ist vergangen, als wäre er nie gewesen. Stattdessen lehnt er sich leicht vor, sein Atem streift mein Ohr, als er mit einer Stimme, die gefährlich leise und unheilvoll ist, flüstert: »Wir sehen uns auf der *Souls Night*.«

Kaum sind die Worte verhallt, durchbricht ein tiefes, bedrohliches Knurren die Stille. Thalessa, die bislang im Hintergrund geblieben ist, tritt nun vor, ihre Augen leuchten gefährlich im schwindenden Licht. Ihr Knurren ist nicht nur eine Warnung. Es ist eine klare Botschaft, dass die Grenzen gezogen sind.

Die Worte »Souls Night« wirbeln durch meinen Kopf, laden sich mit Fragen und Befürchtungen auf. *Was bedeutet das? Eine Zeremonie, eine Prüfung oder gar eine Bedrohung?* Coles Ankündigung, so rätselhaft sie ist, trägt eine Gewichtung in sich, die mir keine Ruhe lässt. Die Souls Night, ein Ereignis, von dem ich noch nie in meinem Leben gehört habe.

»Warte, Cole!«, rufe ich, während er sich abwendet. Doch er ignoriert mich und geht weiter. Ich versuche es erneut, meine Stimme drängender: »Cole, bitte!«

Er dreht sich abrupt um, seine Augen funkeln vor Ärger. Mit einem schnellen Schritt ist er bei mir, seine Hände greifen hart meine Handgelenke. Der Schmerz schießt durch meine Arme, aber ich halte seinem Blick stand. »Du verstehst es einfach nicht, Livia«, zischt er, seine Stimme vor Zorn vibrierend.

Thalessa knurrt bedrohlich und macht einen Schritt auf uns zu, doch Ruadhan schnappt nach ihr, seine Zähne blitzen im kalten Licht. Der Moment ist geladen mit Spannung, ein einziger Funke könnte die Situation eskalieren lassen.

»Bitte, lass uns über das, was gestern passiert ist, reden. Und was ist die Souls Night?« Eigentlich sollte es mir egal sein, doch etwas in mir treibt mich dazu weiterzubohren und der Sache auf den Grund zu gehen.

Doch Cole bleibt abweisend, seine Augen brennen vor Wut. »Immer willst du überlegen sein«, knurrt er. »Immer musst du alles wissen.«

»Dann hör auf in Rätseln zu sprechen oder irgendwas zu machen, was absolut keinen Sinn ergibt!«, schreie ich zurück, meine Geduld endgültig am Ende. »Verdammte Scheiße, Cole! Aedan hat dir nichts getan, oder? Du hattest nie Probleme mit ihm! Sonst hättest du dich vor der Auseinandersetzung ganz anders zu ihm verhalten. Also sag mir verdammt nochmal warum du einen unschuldigen Novizen einfach so verprügelst. Bist du so ein Kontrollfreak? Hast du es so nötig?«

Sein Griff verstärkt sich für einen Moment, dann lässt er plötzlich los, als ob meine Worte ihn verbrannt hätten. »Kontrollfreak?«, wiederholt er, seine Stimme leise und gefährlich. »Du verstehst überhaupt Nichts, Livia.«

»Behandle mich nicht so, Cole!«, sage ich, meine Stimme bebend vor unterdrückter Wut. »Nur weil du als Prinz geboren wurdest, heißt das nicht, dass du über mir stehst. Du magst einen Titel tragen, aber das gibt dir nicht das Recht, mich oder andere wie Dreck zu behandeln.«

Coles Gesicht verfinstert sich, seine Augen verengen sich zu Schlitzen. »Du weißt nicht, wovon du sprichst, Livia«, zischt er, seine Worte eiskalt. »Du solltest aufhören, dich in Dinge einzumischen, die dich nichts angehen.«

»Es geht mich sehr wohl etwas an!«, entgegne ich scharf. »Du mischst dich ständig in mein Leben ein, nicht weil du helfen willst, sondern weil du dich daran erfreust, andere zu kontrollieren. Dein Status mag dir in deinem Palast Respekt verschaffen, aber hier draußen bist du nur ein *verzogenes Kind*, das mit seinen eigenen Dämonen nicht klarkommt.«

Cole tritt näher, seine Präsenz überwältigend, doch ich weiche nicht zurück. »Du verstehst gar nichts«, sagt er leise, aber mit einer Bedrohung in seiner Stimme, die mir eine Gänsehaut über den Rücken jagt. »Du hast keine Ahnung, welche *Bürde* es ist, zu sein, wer ich bin. Und wenn ich dir sage, dass du dich aus meinen Angelegenheiten heraushalten sollst, dann meine ich das so.«

»Deine Angelegenheiten?«, wiederhole ich, meine Stimme nun fest. »Du machst deine Probleme zu den Problemen aller anderen, nur weil du zu schwach bist, sie selbst zu lösen! Du tyrannisierst Menschen, Cole, weil es das *Einzige* ist, was dir noch das Gefühl gibt, Kontrolle zu haben. Aber du täuschst dich, wenn du glaubst, das gibt dir Macht über mich. Du bist einfach nur erbärmlich.«

Cole greift plötzlich nach meinem Kinn, seine Finger schmerzhaft fest. »Was *spürst* du, Livia?«, fragt er mit einem gefährlichen Glitzern in den Augen.

Ich zwinge mich, ihm in die Augen zu sehen, trotz des Schmerzes, den sein Griff verursacht. »Was ich spüre? Wut, ja. Abscheu. Aber vor allem *Mitleid*. Mitleid gegenüber einem feigen, kleinen Prinzen, der nicht mehr ist als ein Sklave seiner eigenen Ängste. Du versteckst dich hinter deinem Titel, hinter deinem Drachen, weil du zu schwach bist, das zu sein, was wirklich zählt – ein Mensch, den man *respektieren* kann.«

Thalessa knurrt und Ruadhan rückt ihr noch ein Stück näher auf die Pelle. Vergeblich versuche ich meinen Kopf in ihre Richtung zu drehen, um zu schauen, ob dieser verdammte Drache ihr wehgetan hat.

»Mir geht es gut, Livia. Doch der Prinz, der an dir klebt, wie eine Klette, lässt mein Blut kochen und der verdammte Feuerspucker neben mir macht es nicht besser«, presst sie verärgert hervor.

Für einen Moment versuche ich Cole zu ignorieren, schließe meine Augen, um Thalessa zu antworten. *»Es ist alles gut. Er wird mir nichts tun, hoffe ich. Doch ich muss das hier klären, ansonsten werden die nächsten drei Jahre hier die Hölle für mich«*, versuche ich sie zu besänftigen.

»Ich rede mit dir, Livia«, Coles Griff verstärkt sich um mein Kinn.

»Ja, Cole, ich bin nicht dumm, okay? Wenn dein eingebildeter Drache der lieben Thalessa nicht so nahe kommen würde, könnte ich mich auch besser auf dieses einseitige Gespräch hier konzentrieren. Aber weißt du was?«, füge ich mit einer bitteren Kälte in meiner Stimme hinzu. »Ich spüre noch etwas anderes.«

Seine Augen weiten sich und der Druck um mein Kinn lässt etwas nach. Er wartet darauf was ich sage.

»*Erleichterung.* Erleichterung, dass ich niemals so sein werde wie *du*. Du magst Macht haben, Cole, aber du bist innerlich leer. Niemand liebt dich, nicht wirklich. Und das ist der Grund, warum du alle um dich herum zerstören musst. Weil du weißt, dass es keine Liebe für dich gibt, die nicht gekauft oder erzwungen ist.«

In Coles Augen flackert etwas, eine Mischung aus Schmerz und Zorn, die selbst er nicht verbergen kann. Für einen Moment denke ich, dass er mich schlagen könnte, aber dann lässt er mich plötzlich los, als hätte er sich an mir verbrannt. Er tritt einen Schritt zurück, sein Gesicht ist blass vor Wut, und ohne ein weiteres Wort dreht er sich um und geht.

»Cole, warte!«, rufe ich ihm nach, als mir klar wird, wie tief meine Worte getroffen haben. *Verdammt, ich wollte Lösungen und nicht das hier!* »Es tut mir leid!«

Doch er bleibt nicht stehen. Seine Schritte hallen wie Schläge in der Stille wider und ich weiß, dass ich eine Grenze überschritten habe, welche ich vielleicht nie wieder gut machen kann.

Er bleibt stehen, seine Haltung steif. Langsam dreht er sich um, seine Augen dunkel und leer. »Sprich nie wieder mit mir«, sagt er und Schatten peitschen um ihn herum, seine Gabe manifestiert sich in einer bedrohlichen Aura. »*Nie wieder.*«

Nein!

Das wollte ich nicht.

Ja, ich spüre Verlangen, bitterböse.

Aber das kann und will ich nicht zulassen.

Aber ist es das wert, Cole anzulügen und ihn derartig zu verletzen?

Scheiße! Ich bin kein Stück besser als er.

Bevor ich zu einem Gegenwort ansetzen kann, ziehen die Schatten sich um ihn zusammen und im nächsten Augenblick ist er verschwunden.

CEO

Immer wieder schlage ich meinen Kopf gegen den massiven Holzstamm der großen Eiche. Das dumpfe Echo des Aufpralls mischt sich mit dem Rauschen der Blätter über mir und der Schmerz lenkt mich für einen Moment von meinen aufgewühlten Gedanken ab.

Ich kann das Bild nicht aus meinem Kopf bekommen: Cole, der sich mit seinem verschissenen, schelmischen Grinsen Livia nähert und jede Faser meines Körpers schreit danach, ihn wegzureißen und ihm dieses Lächeln aus der Fresse zu prügeln.

Ich ballte meine Fäuste, spürte, wie sich meine Muskeln anspannten, bereit zuzuschlagen. Doch ich habe Nichts getan. *Ich durfte nichts tun.*

Verdammt, es ist nicht meine Aufgabe.

Es sollte mich nicht kümmern.

Aber es tut es, mehr als ich zugeben will.

KAPITEL 28

LIVIA

Nach den intensiven, emotional aufwühlenden Erlebnissen der letzten Wochen fühle ich mich erschöpft. Während ich versuche, mich in die Alltagsroutine der Akademie einzufinden, Kurse und Trainings zu besuchen, finde ich keine Ruhe.

Mein Geist ist bei Cole, unserer Auseinandersetzung, seinen Geheimnissen und den Gefühlen, die er in mir weckt. Doch es gibt auch etwas anderes, das ich verbergen muss. Etwas, das Cole nicht erfahren darf.

Als ich nach einem anstrengenden Tag endlich zu meinem Zimmer zurückkehre, um mich in die dringend benötigte Einsamkeit zurückzuziehen, lehnt Cole verführerisch an meiner Tür.

Seine dunkle Aura und die dominante Haltung sind unverkennbar. Ich hätte ihn schon von weitem sehen müssen, doch ich wandelte gedankenverloren, wie eine Hülle meiner selbst, durch die langen Gänge der Akademie.

»Unterricht beendet, Kleine?« Coles Stimme ist durchdrungen von einer dunklen, spöttischen Note. Er mustert mich mit halb geschlossenen Augen, die Arme lässig verschränkt, sein

Ausdruck unergründlich, doch unmissverständlich dominant. »Wo warst du so lange? Was hast du gemacht?« Seine Stimme fordert Antworten, duldet keine Ausreden. Seine Präsenz ist einschüchternd und der Raum, welcher angefangen hat sich nach einem Zuhause anzufühlen,scheint sich mit seiner Erwartungshaltung zu füllen.

Ich zwinge mich, ruhig zu bleiben, meine innere Unruhe hinter einem gleichgültigen Gesichtsausdruck zu verbergen. »Im Unterricht. Nichts Aufregendes«, antworte ich und versuche, meine Stimme gelassen klingen zu lassen, obwohl mein Herz gegen meine Brust hämmert. Ein Teil von mir will hinzufügen: *»Ich dachte, ich sollte nie wieder mit dir reden«*, aber ich beiße die Zähne zusammen und halte den Satz zurück. *Jetzt ist nicht der richtige Moment, um alte Wunden aufzureißen und erst recht nicht, um über meine geheimen Treffen mit Andil zu sprechen. Dafür vertraue ich ihm nicht genug.*

»Unterricht, hm?« Sein Tonfall lässt durchblicken, dass er meinen Worten keinen Glauben schenkt. Cole tritt von der Tür weg, nähert sich mir mit langsamen, bedachten Schritten. Jeder seiner Bewegungen ist berechnet, um Dominanz auszustrahlen. Und verdammt, es gelingt ihm viel zu gut. »Du weißt, dass nichts in dieser Akademie geschieht, ohne, dass ich davon erfahre, Livia. Es wäre besser für dich, wenn du offen mit mir sprichst.« Seine Nähe ist überwältigend, seine Augen durchbohren mich.

»Und was, wenn nicht?«, frage ich, obwohl mir ziemlich bewusst ist, dass ich mit dem Feuer spiele. Ich kann ihm nicht sagen, dass ich nach dem Unterricht regelmäßig mit Andil an meiner Gabe arbeite. Das würde Fragen aufwerfen, die ich nicht beantworten will. Außerdem halte ich es nicht für schlau Cole zu vertrauen.

Seine Augen funkeln bedrohlich. »Dann werde ich es selbst herausfinden.« Sein Blick ist durchdringend, doch ich lasse mir nichts anmerken.

»Prinz, ich schätze deine Besorgnis«, schnalze ich ihm sarkastisch entgegen, »aber es war nichts, was deine Aufmerksamkeit erfordert.«

»Ist das so?« Er bleibt einen Schritt vor mir stehen, dominiert mich mit seiner Größe. »Und wer gibt dir das Recht, über mich zu entscheiden?« Seine Augen bohren sich in meine, suchen nach Anzeichen von Schwäche. »Du solltest wissen, dass ich es immer herausfinde, *Ivy*. Wenn du etwas verbirgst, werde ich es aufdecken.«

Seine unmissverständliche Drohung lässt mir einen Schauer über den Rücken laufen, doch ich weiß, wie wichtig es ist, stark zu bleiben. »Ivy, wie Efeu?«, entfährt es mir, meine Stimme scharf. »Nur weil du es magst, Spielchen zu spielen, bedeutet das nicht, dass jeder deinen Regeln folgen will und einen Spitznamen verpasst bekommen möchte.«

Coles Mundwinkel zucken kurz, amüsiert über meinen Widerstand, doch seine Augen bleiben hart. »Ivy ist ein Spitzname, der zu dir passt«, erwidert er kalt. »Du wirst früh genug herausfinden, warum. Aber denk nicht, dass du mir entwischen kannst, meine Kleine. Ich weiß, dass du mehr versteckst, als du zugeben willst.«

Ich kann nicht zulassen, dass er meine Geheimnisse erahnt, besonders nicht meine Treffen mit Andil. »Vielleicht schätze ich einfach meine Privatsphäre«, erwidere ich, meine Stimme fest. »Nicht jeder lebt dafür, deine Erwartungen zu erfüllen, Prinz.« Ich trete einen Schritt auf ihn zu, meine Körperhaltung selbstbewusst. »Und nicht jeder ist ein offenes Buch. Manche von uns haben Geheimnisse, die es wert sind, gehütet zu werden.«

Cole mustert mich, seine Augenbrauen leicht gehoben, als ob er meine Kühnheit abwägt. »Dann sorge dafür, dass deine Geheimnisse dich nicht in Schwierigkeiten bringen, Ivy.« Seine Stimme ist weich, doch eine unmissverständliche Drohung schwingt mit.

Ich halte seinem Blick stand, meine Gedanken rasen. Wenn ich jetzt weiter mit ihm aneinandergerate, wird er nur noch entschlossener sein, die Wahrheit herauszufinden. Ich muss einen anderen Weg finden, ihn von meinem Geheimnis abzulenken.

»Weißt du, Cole...«, beginne ich, und lasse meine Stimme eine Nuance weicher werden, ohne jedoch die Entschlossenheit darin zu verlieren. »Manchmal frage ich mich, ob du wirklich an mir interessiert bist oder nur daran, zu kontrollieren, was ich tue.«

Seine Augen verengen sich leicht, als ob er versucht, meine Absichten zu durchschauen.

»Vielleicht gibt es etwas, das du wirklich über mich wissen willst«, fahre ich fort und halte seinen Blick fest, »aber du wirst es niemals durch Drohungen oder Machtspielchen herausfinden.«

Ich trete einen Schritt näher an ihn heran, sodass nur noch wenige Zentimeter zwischen uns sind. »Wenn du wirklich etwas über mich herausfinden willst, musst du dir schon etwas mehr Mühe geben.« Meine Stimme ist ruhig, fast sanft, aber in ihr schwingt die klare Botschaft mit: *Ich lasse mich nicht einschüchtern, und wenn du mich wirklich verstehen willst, dann musst du bereit sein, das Spiel anders zu spielen.*

Cole hält inne, und ich sehe, wie ein Funken von Neugier in seinen Augen aufblitzt, ein Hauch von Zweifel, ob er wirklich alles über mich weiß. Genau das hatte ich beabsichtigt.

»Vielleicht... vielleicht gibt es doch etwas zu entdecken«, füge ich hinzu, diesmal bewusst leise, als ob ich ihm ein Geheimnis anvertraue, das nur er erfahren darf. »Aber das ist nichts, was man einfach so findet. Man muss wissen, wie man danach sucht.«

Für einen Moment bleibt er still, seine Augen auf mich gerichtet, als ob er den nächsten Schritt abwägt. Es ist ein gefährliches Spiel, das ich spiele, aber ich weiß, dass es die einzige Möglichkeit ist, ihn von der Wahrheit abzulenken, die ich verbergen muss.

Cole beobachtet mich, sein Gesichtsausdruck unlesbar. Dann, völlig unerwartet, lächelt er schief. »Ach, vergiss es, Ivy.« Er dreht sich um, seine Schritte entschlossen, als wollte er einfach gehen.

Mein Herz galoppiert vor dem unerwarteten Triumph, doch die Erleichterung währt nur einen Augenblick. Bevor er auch nur ein paar Schritte gemacht hat, hält er abrupt inne. Ohne Vorwarnung dreht er sich stürmisch um, seine Augen glühen vor etwas, das zwischen Wut und Verlangen brennt. Mit wenigen, schnellen Schritten schließt er den Raum zwischen uns und ehe ich auch nur reagieren kann, packt er mich fest und zieht mich hart an sich.

»Egal«, knurrt er, seine Stimme rau und gierig, als hätte er einen inneren Kampf endgültig verloren.

»Was...« Meine Frage bleibt unvollendet, als er plötzlich meine Zimmertür aufstößt und mich rückwärts in den Raum drängt. Der Drang, ihn zurückzustoßen, mischt sich mit einem Feuer, das in mir auflodert. Ein Teil von mir will ihn verfluchen, doch der andere, dunklere Teil schreit nach dieser Spannung, diesem Verlangen, das zwischen uns kocht.

Bevor ich eigentlich realisieren kann, was passiert, schiebt er mich weiter in mein Zimmer und ich kann nur hoffen, dass

Reia sich verspätet. Seine Hände fangen meine Arme ein, seine Nähe so intensiv, dass sie die Luft um uns herum zum Knistern bringt. Seine Augen bohren sich in meine und ich sehe den Hass darin— Hass, den ich erwidere, aber der uns beide in diesem Moment unwiderstehlich zueinander zieht.

»Du bist so verdammt stur«, zischt er, seine Lippen nur einen Hauch von meinen entfernt.

Ich spüre seinen Atem auf meiner Haut, mein eigener Atem geht flach, als ich versuche, meine Fassade zu bewahren. »Und du bist ein unverschämter Mistkerl«, fauche ich zurück, doch die Worte kommen kaum heraus, bevor seine Lippen auf meine prallen, roh und verlangend.

Es ist kein sanfter Kuss, es ist ein Kampf, ein Aufeinandertreffen zweier widersprüchlicher Kräfte, die sich gleichzeitig anziehen und abstoßen. Meine Hände, die ihn anfangs wegdrücken wollten, greifen plötzlich in sein pechschwarzes Haar, ziehen ihn näher, während seine Finger fest in meine Hüften graben, als ob er mich nicht loslassen könnte, selbst wenn er es wollte.

Unsere Küsse sind wild, unkontrolliert, voller Hass und Verlangen, als ob jeder von uns den anderen beherrschen will. Doch in diesem Moment ist es egal, wer gewinnt—das einzige, was zählt, ist die Hitze, die sich zwischen uns entfacht, das brennende Bedürfnis, das uns beide verschlingt.

Für einen Moment brechen wir auseinander, schwer atmend, doch die Spannung bleibt zwischen uns wie eine lodernde Flamme. Seine Augen funkeln vor roher Begierde, und ich weiß, dass ich ihm nicht widerstehen kann, nicht jetzt, wo dieser Funke in uns beiden entzündet ist.

»Ich hasse dich«, flüstere ich, fast wie eine letzte Verteidigung, doch meine Hände lassen ihn nicht los.

»Und ich dich«, antwortet er rau, bevor er mich erneut in einem leidenschaftlichen Kuss einfängt, als wäre es das Letzte, was ihn noch von dem Wahnsinn in ihm retten könnte. Seine Lippen treffen auf meine, fordernd und unnachgiebig. Seine Begierde, gemischt mit Frustration und Wut, durchdringt jeden seiner Küsse. Anfangs bin ich überrascht von der Intensität, doch dann gebe ich nach. Die Wärme und Dringlichkeit seines Kusses lassen meinen Widerstand schmelzen.

Meine Fassade bröckelt und ich sehne mich nach diesem Moment, den ich mir seit Monaten erträumt habe. Cole schiebt mich stürmisch gegen den Kleiderschrank, seine Zunge drängt sich in meinen Mund. Seine Hände graben sich tief in mein Haar und als er sich kurz von mir löst, bleibt mein Atem schwer.

»Willst du das, Ivy?« Seine Augen bohren sich in meine, der Griff in meinem Haar verstärkt sich, als ich schweige. »Hat es dir die Sprache verschlagen?«

»Nein. Ich gebe dir nur einen Moment Zeit zu begutachten, was du haben könntest, wenn du dich nicht immer, wie ein Arschloch verhalten würdest«, schnurre ich zurück.

Sein Grinsen wird breiter. Wieder vergräbt er seine Zunge in meinem Mund, hebt mich hoch und trägt mich zum Bett. Mit geübten Händen öffnet er die Riemen meiner Uniform, als hätte er nichts anderes in seinem Leben getan. *Ein kurzer Zweifel blitzt in mir auf – bin ich nur eine von Vielen? Ist es nicht nur meine Intention ihn von etwas abzulenken? Spiele ich ihm in die Karten?*

Seine Hände streifen meine Hose ab, seine Finger kitzeln prickelnd meine Haut und ein verräterischer Rausch durchströmt mich. Ich seufze genüsslich und meine Angst verblasst.

»Kleine Hure, jetzt schon am Stöhnen?« Cole blickt mich zwischen meinen Schenkeln an, sein Anblick brennt sich in mein Gedächtnis. *Wie wunderschön kann ein Mann sein?*

»Was ist mit meinem Spitznamen?«, kontere ich scharf.

»Ich nenne dich, wie ich will. Im Moment bist du meine kleine Schlampe.«

Die Worte lassen meine Lust verfliegen. Bestimmt trete ich ihn gegen die Brust, sodass er umkippt und sich auf seinen Armen abfängt. Ich bin nicht eine von Vielen und das soll er sich verdammt nochmal merken.

»Gekränkt, Kleine?« Er zwinkert belustigt, doch seine Miene hat sich verändert.

»So eine Behandlung habe ich nicht nötig, Prinz hin oder her. Da suche ich mir lieber jemanden, der mich *anständig* fickt.«

»Anständig?« Er lacht. »Das ist nicht, was du willst. Was du brauchst, Ivy.«

Sein gekränktes Ego imponiert mir. Offensichtlich ist der kleine Prinz es nicht gewohnt, in die Schranken gewiesen zu werden. Ich stütze mich auf dem Bett auf und greife nach meiner Hose, doch Cole ist schneller und befördert sie in die hinterste Ecke meines Zimmers. Dabei trifft er meine Geige.

»Hab etwas Respekt, du Bastard!«, fauche ich. »Ich kann nichts dafür, dass du keine Abfuhr vertragen kannst!«

Jegliche Belustigung verschwindet aus seinem Gesicht. Er erhebt sich und tritt näher. Ein Schlag trifft mich. Plötzlich sehe ich Sterne.

Er hat mich *geschlagen*.

Tränen steigen in meine Augen, doch ich zwinge sie zurück. »Fick dich!«

»Hilf mir doch dabei. Doch merk dir eins Ivy, wenn du austeilst wie ein Mann, redest wie ein Mann und dich benimmst wie ein Mann, dann *behandel* ich dich auch wie einen Mann«, grinst er selbstsicher.

»Vergiss es, Cole und jetzt verschwinde aus meinem Zimmer!« Meine Stimme zittert vor Wut. Doch Cole hat anderes im Sinn. Er greift meinen Hals und würgt mich, seine Knöchel treten weiß hervor. Die abgeblockte Luft in meinem Hals ist nicht schmerzend, sondern ein Schalter, der nur noch *Stille* in mir auslöst.

»Ich verschwinde erst, wenn ich beendet habe, was *du* begonnen hast. Ich verschwinde, wenn du meinen Namen bis ans Ende von Darilorn geschrien hast. Ich verschwinde, bis du so feucht bist, dass du einen See damit füllen könntest. Behandle mich nicht wie eine Wahl, Ivy, wenn ich längst keine mehr für dich bin. Denn ich werde niemals nur eine Option für dich sein —ich bin das, was du brauchst, selbst wenn du es noch nicht begreifen willst.« Cole drückt mich auf das Bett, sein muskulöser Körper lässt mir keine Bewegungsmöglichkeit. »Und jetzt sei brav.«

»Niemals!«, keife ich zurück.

»Auch gut, dann lassen wir das mit der Behutsamkeit. Feier ich eh nicht so.«

Unsicher, was ich mit meinem vorlauten Mundwerk angestellt habe, beobachte ich, wie Cole sich vor mir erhebt. Seine Augen glitzern gefährlich. Er greift nach meinen Beinen und zieht mich ruckartig bis ans Ende der Bettkante. Mit einem gierigen Ruck reißt er meinen dunkelgrünen Spitzentanga weg. Er hält ihn in der Hand und steckt ihn mit einem triumphierenden Lächeln in seine Hosentasche. »Der gehört jetzt mir.«

»Du bist so ein ekelhafter Perversling, Cole«, erwidere ich sichtlich angewidert und fixiere seine ausgebeulte Hosentasche. Es war einer meiner Lieblingstangas. Reia hat denselben in blau. »Gib ihn mir wieder!«

»Hol ihn dir.«

Entschlossen greife ich nach seiner Hosentasche, meine Finger tasten hektisch nach dem Tanga. Plötzlich wird mir klar, dass ich an etwas anderes geraten bin. Mein Gesicht läuft rot an vor Scham.

Cole grinst breit. »Das nächste Mal kannst du gerne etwas fester anpacken.«

»Träum ruhig weiter!«, kontere ich.

»Lüg mich ruhig an, du kleine Hure, aber dein Körper ist im Gegensatz zu dir ein miserabler Heuchler«, lacht er belustigt. Cole zieht sich seine schwarze Lederjacke aus und streift anschließend sein Oberteil über den Kopf. Er bleibt einen Moment vor mir stehen, lässt mich jeden Millimeter seines trainierten Oberkörpers mustern.

Schwarze Tattoos, welche sonst nur an seinem Hals zu sehen sind, winden sich jetzt über seine gesamte Brust. Schwarz schattierte Linien des Todes rahmen seinen durchtrainierten Körper ein, umhüllen ihn teuflisch vorteilhaft. Seine Präsenz trieft vor Dominanz und Attraktivität und ich inhaliere den Anblick, als wäre er die Luft, die ich zum Atmen brauche.

Plötzlich bewegen sich die Schatten um uns herum und schließen die Tür mit einem dumpfen Knall. Meine Augen weiten sich und mein Herz rast. Cole grinst aufgrund meiner Reaktion. *Was zur Hölle hat er gerade gemacht?*

Bevor ich meinen Gedankengang zu Ende bringen kann, tritt Cole zufrieden wieder auf mich zu. Dann, völlig unerwartet, geht er auf die Knie. *Verdammt. Einer der Prinzen von Darilorn geht vor mir in die Knie.* Ungeniert vergräbt sich in meiner feuchten Weiblichkeit.

Ein elektrisierendes Gefühl überkommt mich. Mein Rücken wölbt sich durch, während ich versuche, mit der Reizüberflutung mitzuhalten. Seine Zunge bewegt sich rhythmisch über meine empfindliche Perle, saugt und wendet sie. Mein Stöhnen lässt sich nicht mehr unterdrücken, trotz meines Widerstands. Ich gebe es nur ungern zu, doch er ist verdammt gut. Und dabei ist gut eine Untertreibung.

Cole verbirgt sich nicht hinter einer Fassade:
Er nimmt sich, was er will,
wie er es will.

Ich wage einen verstohlenen Blick zwischen meine Beine. Beim Anblick seiner wunderschönen, klaren Augen, realisiere ich, dass man sich nie an ihn gewöhnen könnte. Denn er ist wie eine Droge, die einem immer wieder einen neuen Kick gibt. Sein Gesicht bleibt im Schatten, aber die intensiven Augen leuchten im Dunkeln, fesseln mich. Der Moment mit ihm ist ein unvorhersehbarer Rausch, ein endloser Nervenkitzel, der mich süchtig macht.

Seine eiskalten Augen starren mich durchgehend an, doch es kommt ihm nicht mal in den Sinn, sein Festmahl zu beenden. Nein, er erhöht das Tempo und die Intensität. Nicht mehr in der Lage, mich auf den Armen abzustützen, falle ich zurück auf das Bett und stöhne mir die Seele aus dem Leib.

»Sag, dass es dir gefällt«, fordert Cole, während er weitermacht.

»Nein«, erwidere ich schwach. Ich kann und will ihm diesen Triumph nicht gönnen. Nicht jetzt. Nicht so früh.

»Sag es«, wiederholt er und stoppt kurz, seine Blicke durchbohren mich. Als ich ihm nur pure Entschlossenheit entgegensetze, lächelt er. *Verdammt, er lächelt.*

»Bitte hör niemals damit auf, Ivy.« Genüsslich befeuchtet er seine Finger und dringt tief in mich ein. Das erfüllende Gefühl lässt meinen Unterleib erzittern, meine Beine zucken leicht. Doch das ist noch nicht alles. Cole legt eins obendrauf. Er leckt und fingert mich zugleich, rhythmisch, besitzergreifend und ohne Gnade.

Mein Stöhnen verändert sich, wird kurzatmiger. Ich sehne mich nach Erlösung und kann die Welle des Verlangens spüren, welche sich über mir bildet. Immer näher treibt er mich. Mein Stöhnen gipfelt in Ekstase.

Cole spürt es.

Er hört auf.

»Wieso…«, setze ich keuchend an, doch Cole presst seine klatschnasse Hand direkt auf meinen Mund. Ich schmecke mich selbst.

»Das gönne ich dir noch nicht.«

COLE

Ich kann nicht mehr warten.

Ich muss sie spüren.

Mit einem Ruck ziehe ich meine kleine Ivy näher an mich heran. Ivy, wie Efeu. Eine lästige, giftig grüne Kletterpflanze, welche nur schwer zu beseitigen ist.

Ihre triefende Pussy treibt mich in den Wahnsinn. Ihr Geschmack ist so betörend, dass ich fast vergesse, warum ich geschworen hatte, mich von ihr fernzuhalten. Doch sie ist ein Risiko, das ich nicht unbeobachtet lassen kann und so sehr ich es auch versuche, ich kann mich einfach nicht von ihr losreißen.

Ungeduldig entblöße ich meinen harten Schwanz, der vor Verlangen pulsiert und schmerzt. Ich beuge mich zu ihr vor und halte ihr meine Hand hin. »Spuck drauf.«

Ihre Augen weiten sich, als hätte ich ihr etwas Abartiges abverlangt. Ihr Blick wandert zwischen meiner Hand und meinem Gesicht hin und her, als ob sie wirklich darüber nachdenkt, es zu tun. *Komm schon, tue es. Zeig mir, dass du*

*nicht so langweilig, wie die anderen bist, dir nicht zu fein
bist.*

»Spuck drauf«, wiederhole ich, meine Stimme tiefer und
dringlicher. Ihre Unsicherheit und Zurückhaltung machen
mich nur noch mehr an.

Langsam, fast zögerlich, lässt sie einen kühlen Tropfen
Speichel auf meine Hand fallen. Ich beobachte, wie die kühle
Flüssigkeit sich ausbreitet, bevor ich sie über meine Länge
verteile und dabei tief aufstöhne.

»Sag, dass du es brauchst«, fordere ich, meine Stimme
unnachgiebig. *Ich will sie flehen hören, bettelnd.*

Ihre Lippen bleiben stumm, doch ihre Augen verraten alles.
*Ich werde diese Worte aus ihren süßen Lippen hören, dass
schwöre ich mir.* Das schmerzende Verlangen in meinem
Schwanz wird unerträglich. Er will jeden noch so engen
Zentimeter von ihr ausfüllen und sie ins Verderben stürzen.

Ich positioniere meine Länge vor ihr, umkreise ihre Öffnung
langsam. Ihr Stöhnen ist wie todbringende Musik in meinen
Ohren.

Entschlossen dringe ich in sie ein, nicht langsam, nicht
vorsichtig. Für Behutsamkeit kann sie zu Lorenzo gehen.

»Nicht so gierig, Ivy«, raune ich ihr ins Ohr, während sie
versucht, mit meiner Länge klar zukommen.

Ich genieße es zutiefst, wie sie am Verzweifeln ist. Doch da
ist mehr als nur Verzweiflung. Da ist *Gier*, pure, flüssige Gier,
welche sich in ihren giftigen Augen widerspiegelt. Mit jedem
Zentimeter, den ich sie ausfülle, verliert sie mehr ihre Fassung.

»Lass dich fallen. Ich will sehen, wie sehr du genießt, was
ich mit dir mache.« Ich schnappe mir ihre Kehle, ziehe sie
dicht vor meine Lippen. Ihr süßer Duft erfüllt meine Sinne.
Ich muss mich beherrschen, sie nicht komplett zu zerstören
– noch nicht.

»Und was, wenn nicht?«, provoziert sie, leckt über ihre Lippen und funkelt mich an.

»Du wolltest es so.« Jede Faser meines Körpers schreit danach, sie zu zerstören. *Vergiss das Warten. Sie will es hart und sie wird es bekommen.* Ich ziehe mich aus ihr zurück, ihre wimmernden Geräusche lassen meine Länge erwartungsvoll zucken.

Ich lassen mich neben ihr auf dem Bett nieder und schlage ungeduldig auf meinen Oberschenkel. »Setz dich auf mich.« Zögernd richtet sie sich auf und betrachtet meine Länge. *Macht sie einen Rückzieher? Ist sie doch nicht so besonders, wie ich dachte?*

»Auf was wartest du? Soll ich mir eine andere suchen, die weiß, was sie zu tun hat?«

Ihre Augen verengen sich und ich merke, dass ich einen wunden Punkt getroffen habe. Anscheinend teilt sie mich nicht gerne.

»Ich zögere nicht, du Bastard«, zischt sie und krabbelt auf mich zu. Ihre provokante und gleichzeitig devote Haltung zerrt an meiner eigenen Fassung.

»Und jetzt reite mich, Ivy. Du wolltest doch immer eine Drachenreiterin sein, oder Kleine?«

Zu meiner Überraschung folgt sie brav meinen Anweisungen. *Aber kleine Livia, ich werde deine Schale schon noch brechen und herausfinden, wer du wirklich bist.* Ich schiebe das letzte Stück meiner Länge in sie und sehe, wie sie abrupt den Kopf in den Nacken wirft.

Verdammt. Dieses Mädchen ist unfassbar.

Livia beginnt, sich rhythmisch zu bewegen, und ich spüre, wie sich meine Selbstkontrolle langsam auflöst. Ihr Blick verändert sich, wird intensiver, entschlossener. Ich sehe etwas in ihr, was ich in keiner Frau bis jetzt gefunden habe. Eine

Verbindung, welche mir das Blut in den Adern gefrieren lässt. Sie legt ihre Hände auf meine Brust und drückt mich nach unten. Instinktiv versuche ich, mich dagegen zu wehren, meine Hände umklammern ihre Hüften fest, um die Kontrolle zurückzugewinnen, ihr nicht den Anschein zu geben, als hätte sie irgendeine Macht über mich. *Doch verdammt, wenn ich mich nicht wehre, hat sie das.*

Livia lässt sich nichts anmerken.

Sie setzt ihren Rhythmus fort, ihr Atem wird schneller und ich spüre, wie meine Kontrolle über die Situation schwindet. Mein Körper reagiert auf eine Weise, die ich nicht ignorieren kann, jeder Muskel in mir spannt sich an, kämpft gegen das überwältigende Verlangen, die Kontrolle abzugeben.

Nein.

Ich beiße fest die Zähne zusammen, um den aufkommenden Laut zu unterdrücken, doch es ist zwecklos.

Ihre Bewegungen werden intensiver, und plötzlich bin ich es, der den Kopf in den Nacken wirft, unfähig, dem überwältigenden Gefühl zu widerstehen. Mein Körper gibt nach, zuckt und bebt unter ihrem Einfluss, während ich mich in ihrem Rhythmus verliere.

Als alles vorbei ist, liege ich keuchend und erschöpft da, mein Verstand kämpft immer noch gegen die Demütigung, die Kontrolle verloren zu haben. Wut und Frustration steigen in mir auf. Ich ziehe Kreise in ihrem Zimmer und schlage mit der Faust gegen die Wand, während meine Gedanken vor Ärger und Verlangen wirbeln. *Ich war derjenige, der immer die Kontrolle hatte, derjenige, der dominierte. Aber in diesem Moment, unter ihrem Einfluss, hatte ich alles verloren.*

Livia beobachtet mich, ihre Augen voller Fragen. »Was ist los, Cole?«, fragt sie leise, ihre Stimme unsicher.

Ekelhaft. Sie klingt fast besorgt.

Ich sage nichts. Die Worte bleiben mir im Hals stecken, zu stolz, um meine Schwäche zuzugeben. Ohne ein weiteres Wort stehe ich auf, ziehe mich an und verlasse das Zimmer.

Livia bleibt verwirrt und verletzt zurück, als ich die Tür hinter mir ins Schloss knalle.

»Liebes, vielleicht weißt du jetzt, was ich meinte mit: Keine kann sich mehr aus unserem Bann lösen, wenn sie einmal in unseren Genuss kam.«

- Dorian

KAPITEL 29

COLE

Mit voller Wucht schlage ich die Holztür hinter mir zu, sodass die Scharniere knarren und das Holz ächzt. Das Zimmer in der Drachenreiter-Akademie, ist normalerweise mein Ruheort, fühlt sich plötzlich wie ein Gefängnis an.

Die Erinnerungen an den Vorfall mit Livia schießen mir wie giftige Pfeile durch den Kopf. Ihr Gesicht, verzerrt vor Lust und Überraschung, als ich sie genommen habe, lässt mir keine Ruhe. *Warum habe ich die Kontrolle verloren?*

Mit einem wütenden Schrei schnappe ich mir die Tischlampe und werfe sie gegen die Wand. Sie zerschellt mit einem befriedigenden Knall und die Scherben verteilen sich auf dem Boden. »Verdammt!«, rufe ich in den leeren Raum, meine Stimme hallt von den Wänden wider.

Ich werfe mich aufs Bett und starre an die Decke, mein Herz rast immer noch. Als Prinz von Morvich trage ich nicht nur den Namen meiner Familie, sondern auch die Erwartungen des ganzen Königreichs auf meinen Schultern.

Ein Prinz sollte sich nicht so gehen lassen.

Ein Prinz sollte immer die Kontrolle behalten.

Ein Prinz sollte sein wie Dorian.

Aber dann sehe ich wieder Livia vor mir. Ihre Augen, in denen ich mich verloren habe. Der Gedanke an ihre weiche Haut, ihren süßen Duft, hat mich rasend gemacht. Auf eine unnatürliche Weise, die ich nicht erklären kann. *Warum zur Hölle kann ich nicht in ihren Kopf eindringen, wie bei jedem anderen? Sie ist wie ein verdammtes Rätsel, das mich in den Wahnsinn treibt.*

Ich schnappe nach Luft und setze mich auf. Meine Hände zittern leicht. *Ich muss einen Weg finden, das wiedergutzumachen. Aber wie? Kann ich Livia um Verzeihung bitten? Nein, das würde mich schwach aussehen lassen. Schwäche kann ich mir nicht leisten, nicht jetzt.*

Mit einem tiefen Seufzer stehe ich auf und gehe zum Fenster. Draußen liegt die Akademie still und friedlich im Abendlicht, als wäre nichts geschehen. Aber in mir tobt ein Sturm, der alles zu zerstören droht, wofür ich so hart gearbeitet habe.

Ich muss eine Lösung finden. Schnell. Bevor alles auseinander fällt. Aber vor allem muss ich herausfinden, warum Livia eine solche Macht über mich hat. Und was ich tun kann, um diese Macht zu brechen, bevor ich mich selbst verliere.

Genervt trete ich mit dem Fuß gegen einen Stuhl, der umkippt und krachend auf den Boden fällt. »Verdammt nochmal!«, brülle ich und schlage mit der Faust gegen die Wand. Der Schmerz durchzuckt meine Hand, aber es ist ein willkommener Schmerz. Er lenkt mich ab von dem Chaos in meinem Kopf.

Meine Hände ballen sich zu Fäusten, während ich auf die Landschaft starre. Livia. Sie ist der Schlüssel zu all dem Chaos, das mich ergriffen hat. Ihre Präsenz bringt das Schlechteste in mir hervor und ich kann es nicht zulassen, dass sie meine Kontrolle untergräbt. Sie muss *weg.* Es gibt keinen anderen Weg.

Ein dunkles Lächeln spielt um meine Lippen. Ich weiß, was ich tun muss. Ich werde Livia auf Abstand halten, sie von der Akademie verscheuchen. Ihre Anwesenheit hier ist eine Bedrohung für alles, was ich erreichen will. Wenn sie fort ist, wird sich alles wieder normalisieren.

Ich drehe mich um und lasse meinen Blick durch mein Zimmer schweifen. Die Entscheidung gibt mir eine seltsame Befriedigung. *Ja, das ist der richtige Weg. Livia wird gehen müssen. Sie wird keinen Platz mehr in meinem Leben haben. Ich werde sicherstellen, dass sie keine andere Wahl hat, als zu verschwinden.*

Meine Methoden werden nicht sanft sein. Ich werde die dunkelsten Teile meiner Natur nutzen, um sie zu vertreiben. Livia wird verstehen, dass sie hier nicht willkommen ist. Ich werde sie brechen, wie sie mich beinahe gebrochen hat. Es ist die einzige Möglichkeit, um meinen Weg zum Thron zu sichern und meine Kontrolle zurückzugewinnen. Mit einem Gefühl der Entschlossenheit verlasse ich mein Zimmer und gehe den Korridor entlang. Jeder Schritt hallt in der Stille wider und verstärkt mein Gefühl der Macht. Livia wird bald wissen, wozu ich fähig bin und ich werde sicherstellen, dass sie niemals vergisst, warum es besser ist, sich von den Montallis fernzuhalten.

»Oh, oh, Livia. Scheint als hättest du deinen ersten Feind an der Akademie. Glückwunsch!«

- Cedric

Kapitel 30

Dorian

In den tiefsten, geheimnisumwitterten Hallen der Drachenreiter-Akademie, verbirgt sich ein Raum, bekannt nur den Mutigsten. Die Wände sind aus dunklem Marmor und das flackernde Licht der Drachenfeuerfackeln wirft unheimliche Schatten, welche den Raum in eine Aura aus Respekt und Bedrohung tauchen. Dieser Raum, mit einer imposanten Tür aus schwarzem Holz, welche mit verzierten Gravuren aus vergangenen Zeiten geschmückt ist, verbirgt Geheimnisse, die nur die Mutigsten zu lüften wagen.

Da treffe ich auf meine engsten Verbündeten und ebenso auf meine stärksten Rivalen: meinen Bruder Cole, Cedric, Sirius und Lorenzo. In diesem Raum werden Pläne geschmiedet, Allianzen geschlossen und Feindschaften gepflegt. Jeder von uns trägt seine eigenen Hoffnungen, Ängste und Ambitionen in sich, die uns sowohl verbinden, als auch auseinander reißen könnten.

Der massive Tisch vor mir, dessen polierte Oberfläche das unstete Licht widerspiegelt, scheint die Macht zu bündeln, welche von jedem von uns ausgeht.

Wir sind durch Geheimnisse und die Verbindung zur Akademie und ihren Drachen geformt. Unsere Haut trägt die Narben vergangener Kämpfe wie Ehrenzeichen. Als die Tür hinter uns mit einem leisen Knarren ins Schloss fällt, breitet sich ein erwartungsvolles Schweigen aus. Das Klacken der Tür verriegelt nicht nur den Raum, sondern auch die Welt da draußen. Hier drinnen sind wir abgeschottet, fernab von neugierigen Blicken und neugierigen Ohren. Die Stille wird nur durch das entfernte Grollen der Drachen und das leise Knistern der Fackeln unterbrochen.

Schließlich durchbricht Cole mit seinem typischen schelmischen Grinsen die Stille »Meine Herren«, beginnt er, seine Stimme ein Mix aus Amüsement und Herausforderung. »Ich habe Neuigkeiten, welche einige von euch brennend interessieren könnten. Livia wird uns auf der Souls Night beehren.«

Ein Raunen geht durch die Runde. Cedric und Sirius tauschen wissende Blicke aus, ihre Augen funkeln vor Vorfreude. Die Souls Night, eine Zeremonie von großer Bedeutung, offenbart die tiefsten Geheimnisse und Mächte der Akademie. Dass Livia, eine widerspenstige Schönheit, Teil dieses Ereignisses sein wird, wirft ein neues Licht auf die kommenden Geschehnisse.

Lorenzo jedoch wirkt weniger erfreut. Seine Stirn legt sich in Falten und er wirft Cole einen missbilligenden Blick zu, der von stillem Widerspruch zeugt. »Das ist dumm«, sagt Lorenzo kühl. »Ihre Anwesenheit könnte Probleme bringen.«

Ich lehne mich zurück und lasse meinen Blick über die Anwesenden schweifen. Cole, der Provokateur, Cedric und Sirius, die Zuschauer im Spiel, und Lorenzo, der ewige Skeptiker. Jeder hat seine Rolle in diesem Netz aus Rivalitäten, doch welche Position nehme ich ein?

»Komplikationen«, wiederhole ich. »Oder Möglichkeiten. Livia, die außergewöhnliche Novizin, bei der Souls Night, das ist, was wir brauchen.«

Ich erinnere mich an das erste Mal, als ich Livia sah.

Ihr Auftreten war unerschrocken, ihr Blick durchdringend. Sie trat in die Akademie ein, als gehörte ihr der Platz schon immer.

Es war offensichtlich, dass sie nicht nur wegen ihres Aussehens auffiel: es war etwas in ihrer Art, wie sie sich bewegte, sprach und die Welt um sich herum wahrnahm. Eine innere Stärke, die über ihre äußere Schönheit hinausging und die sie von den anderen Novizinnen unterschied. Lorenzo lehnt sich entschlossen vor, seine Augen ein Sturm aus Zorn und Herausforderung. »Wage es nicht, deine *sadistischen* Spielchen mit ihr zu treiben«, knurrt er, jede Silbe ein Gewitter, das loszubrechen droht. »Sie ist *mehr,* als nur eine Schachfigur in unserem Spiel.«

Ich bemerke das Glitzern in seinen Augen und das leichte Zittern in seiner Stimme. Seine Besorgnis ist echt, doch sie trifft bei mir auf taube Ohren. Ich stehe zu meinen Vorlieben, zu dem Spiel der Macht und Kontrolle, das wir hier alle betreiben. Eigentlich glaube ich, dass Lorenzo das Ganze auch genießen würde. Er traut sich einfach nicht. Doch in dieser Akademie überlebt man nicht, indem man schwach ist oder sich von Gefühlen leiten lässt. Und Lorenzo sollte das wissen.

»Lorenzo«, beginne ich ruhig, doch meine Stimme trägt einen Hauch von Stahl, »Es ist nicht deine Aufgabe, meine *Methoden* zu hinterfragen. Jeder von uns hat seine eigenen Wege, seine Ziele zu erreichen.«

Ich lehne mich vor, meine Augen fest auf Lorenzo gerichtet. »Du kennst meine Methoden und du weißt, dass ich immer das große Ganze im Blick habe. Livia wird ihren Teil spielen und ob du es gut heißt oder nicht, ist irrelevant. Wir alle hier sind Teil dieses Spiels und jeder von uns hat seine Rolle zu erfüllen.«

Cole grinst breit, sichtlich amüsiert von der Auseinandersetzung. Cedric und Sirius beobachten aufmerksam, jeder von ihnen mit seinen eigenen Gedanken und Plänen. Doch in diesem Moment bin ich fest entschlossen, meine Position zu verteidigen. Livia ist mehr als nur ein Mittel zum Zweck, sie ist ein entscheidender Teil des Puzzles. Eine Möglichkeit für mich meine Persönlichkeit zu testen und zu kontrollieren. Doch meine wahren Beweggründe wird er niemals erfahren.

»Also ja«, sage ich abschließend, »Ich werde meine Spielchen mit ihr treiben. Aber das bedeutet nicht, dass ich sie nicht respektiere oder ihre Fähigkeiten unterschätze. Ganz im Gegenteil. Ich erkenne ihre Stärke an und werde sie entsprechend einsetzen.«

Ein eisiges Schweigen senkt sich über den Raum, doch ich lasse mich nicht beirren. Lorenzo mag seine Zweifel haben, aber er wird sich fügen müssen. In dieser Akademie gibt es keinen Platz für Schwäche oder Unsicherheit.

Lorenzos Miene verhärtet sich, seine Augen funkeln gefährlich. Doch bevor er antworten kann, meldet sich Cedric zu Wort. »Es gibt auch noch andere Mädchen an der Akademie.« Seine Stimme klingt gleichgültig, als wolle er die Bedeutung Livias herunterspielen, doch ein unterschwelliges Interesse ist unverkennbar. Ein Besitzanspruch, den Cedric ganz für sich allein beanspruchen möchte.

Sirius, dessen Präsenz oft wie ein leises Raunen in den Schatten wirkt, neigt den Kopf leicht zur Seite. »Aber sie ist wirklich interessant«, merkt er an, seine Stimme sanft, doch durchdrungen von einer seltenen Intensität. »Es gibt etwas an ihr… einen Funken, der nicht zu ignorieren ist. Ich stimme Dorian zu.«

»Du meinst ihre scharfen Kurven und die giftgrünen Augen?«, scherzt Cole und nippt an seinem Kelch. Seine Worte sind unangebracht, aber typisch für ihn. Er liebt es, zu provozieren und seine Bemerkungen sind oft grenzüberschreitend, um die Reaktionen der anderen herauszufordern. Doch diesmal geht er zu weit.

Lorenzo ballt die Fäuste, seine Muskeln spannen sich unter dem dünnen Stoff. »Halt die Klappe!«, fordert er wütend und stemmt sich polternd auf dem Tisch ab. Die Spannung im Raum ist greifbar, wie ein Drahtseil, das jeden Moment zu reißen droht.

Cole kann sich ein breites Grinsen nicht verkneifen. »Siehst du, wir finden sie alle interessant. Warum sollten wir sie nicht genießen?« Seine Provokation ist offensichtlich, fast zu leichtfertig angesichts der greifbaren Spannung im Raum. Die Worte scheinen wie Giftpfeile durch die Luft zu schwirren.

In diesem Moment spüre ich eine unerwartete Regung. Ein Gefühl, das tiefer geht als die üblichen Machtspiele und Intrigen der Souls Night. Das unwillkommene Gefühl des Besitzanspruchs keimt in mir auf. Livia hat in diesem Netz aus Macht und Einfluss einen Platz gefunden, der sie unerwartet in den Mittelpunkt katapultiert hat. Diese emotionale Regung überrascht mich – es ist ein besitzergreifender Schutzinstinkt, den ich nie empfunden habe. Wenn die anderen sich einmischen, wird es für mich schwieriger, mein Ziel zu erreichen. Lorenzo würde bei der ersten Gelegenheit einen Keil in die Sache treiben.

Meine Hand ballt sich zur Faust, unbewusst. Die Erkenntnis, dass auch die anderen ein Auge auf sie geworfen haben, weckt in mir den Drang, sie zu *beschützen*. Auch wenn sie niemandem gehört, am wenigsten mir. Doch vielleicht ist sie tatsächlich der Schlüssel zu etwas, das wir noch nicht begreifen.

Mir fällt wieder ein, wie ich sie vor einigen Tagen in einer Trainingseinheit beobachtet habe. Ihr Umgang mit dem Mann auf der Matte war furchtlos und intuitiv. *Ich würde töten dafür, dass sie mir diese Seite von sich zeigt.*

»Livia mag interessant sein, ja. Aber wir müssen auch daran denken, was für unsere Ausbildung zählt, ihr Idioten. Wir haben einen Ruf zu verlieren. Die Souls Night wird zeigen, was mit ihr passiert«, sage ich schließlich, meine Stimme ruhig, aber bestimmt.

Tief in mir reift der Entschluss, Livia genauer zu beobachten.

Was ist dein Geheimnis, Kleine?

Warum streiten wir uns deinetwegen?

CEO

Getarnt und unbemerkt lausche ich dem Gespräch, meine Sinne geschärft. Die Spannung im Raum ist wie ein Drahtseil, das jeden Moment reißen könnte. Lorenzo ballt die Fäuste, seine Muskeln spannen sich unter dem dünnen Stoff. »Halt die Klappe!«, faucht er wütend und stemmt sich polternd auf dem Tisch ab.

»Siehst du, wir finden sie alle interessant. Warum sollten wir sie nicht genießen?« Coles Worte sind Gift, und ich spüre, wie sie sich in meinen Geist bohren.

Dann höre ich die Wörter: *Souls Night*.

Ein kalter Schauer durchfährt mich. Panik steigt in mir auf. *Wenn Livia da hineingezogen wird, verliere ich die Kontrolle.* Meine Hand ballt sich unbewusst zur Faust. Der Gedanke, dass auch die anderen ein Auge auf sie geworfen haben, weckt in mir einen ungewohnten, besitzergreifenden Schutzinstinkt.

Livia... Sie darf nicht in diese Welt geraten.

KAPITEL 31

LIVIA

Das Morgenlicht dringt in das Klassenzimmer der Drachenreiter-Akademie und taucht den Raum in ein sanftes, goldenes Leuchten.

Um mich herum sitzen Novizen, wie ich im ersten Jahr, einige aufgeregt plaudernd, andere still in ihre Notizen vertieft. Die Wände sind mit alten Tapisserien geschmückt, auf denen Drachen in allen erdenklichen Formen und Farben abgebildet sind – ein ständiger, faszinierender Anblick, der mich immer wieder in seinen Bann zieht.

Ich finde einen Platz in der Mitte des Raumes und lasse meinen Blick über die aufgereihten Holztische und die von Hand geschnitzten Stühle schweifen. Jedes Möbelstück erzählt eine Geschichte, von Generationen von Novizen, die hier gesessen und das Geheimnis der Drachen zu ergründen versucht haben.

Die Lehrerin, *Frau Delara*, betritt den Raum mit einer Würde, die ihre tiefe Verbundenheit zu den Kreaturen, über die sie lehrt, widerspiegelt. Ihr langes, silbernes Haar ist zu einem kunstvollen Zopf geflochten, der ihre gelehrte Ausstrahlung noch unterstreicht.

»Guten Morgen, Klasse«, beginnt sie mit einer Stimme, die relativ sanft, aber durchdringend ist. »Heute werden wir uns mit einem der faszinierendsten Aspekte der Drachenkunde beschäftigen – den verschiedenen *Spezies* und ihren einzigartigen Fähigkeiten. Ich hoffe ihr seid vorbereitet auf eine ziemlich intensive Lektion.«

Während Frau Delara spricht, wandern ihre Hände über eine große, detaillierte Karte an der Wand hinter ihr, die die Verbreitungsgebiete der Drachenarten zeigt. »Wie ihr wisst, sind Drachen nicht nur majestätische Geschöpfe der Luft. Jede Spezies ist einzigartig angepasst an ihre Umgebung und besitzt Fähigkeiten, die ihr Überleben sichern.«

Ich bin ganz Ohr, fasziniert von den Erzählungen über diese Geschöpfe, deren Welt so nah und doch so fern scheint.

Neben mir nimmt ein Mädchen mit leuchtend rotem Haar Platz. Ihre Augen funkeln vor Neugier.

Da ich mir vorgenommen habe, mich besser in der Drachenreiter-Akademie einzuleben, beschließe ich, den ersten Schritt zu machen. »Ich bin Livia Berylla«, flüstere ich ihr zu, ein Lächeln umspielt meine Lippen.

»*Arya Riordan*«, antwortet sie mit einem warmen Lächeln, das ihre Sommersprossen noch deutlicher hervortreten lässt. »Schön, dich kennenzulernen, Livia. Du bist neu hier, oder? Also gar nicht von hier?«

Während Frau Delara damit fortfährt, die Komplexität der Drachensprache und die Bedeutung der Bindung zwischen Drachen und Reiter zu erläutern, flüstern Arya und ich uns zu. Ich erfahre, dass sie aus einer Familie von Drachenreitern stammt und schon seit ihrer Kindheit davon träumt, selbst eine zu werden. Ihre Begeisterung ist ansteckend und ich fühle, wie sich zwischen uns eine Freundschaft zu weben beginnt.

Frau Delara deutet als Nächstes auf eine komplexe Grafik an der Tafel. »Die *roten Drachen*, beispielsweise, sind bekannt für ihren Feueratem und ihre Hitzebeständigkeit, eine beeindruckende Kombination für Drachen, die in vulkanischen Gebieten leben. Hierbei unterscheiden wir den Feuerzorn, eher spezialisiert auf seinen Feueratem und die Hitzebeständigkeit, und den Magmafürst. Atemberaubende Wesen, deren Körper mit glühenden, magischen Runen bedeckt ist, die ihre Macht verstärken.«

Ihre Worte hallen durch den Raum, während sie mit einem Stab auf die roten Linien zeigt, die zu den Kreaturen führen. Nach diesen Informationen müsste Ruadhan ein Magmafürst sein. *Notiz an mich selbst: Rennen, sobald seine Runen beginnen zu leuchten.*

»Dann haben wir die *blauen Drachen*«, fährt sie fort und deutet auf eine andere Gruppe von Drachen in der Grafik. »Einige dieser Drachen können elektrische Stürme erzeugen und sind wahre Meister des Himmels. Eine Untergattung trägt den Namen Donnerherz. Ihre Flügel sind so konzipiert, dass sie auch bei den wildesten Stürmen standhalten können, und ihre kristallartigen Klauen sind in der Lage, elektrische Ladungen zu kanalisieren und speichern. Auf der anderen Seite haben wir die Sturmflügel. Das feine Gewebe ihrer Schuppen besitzt die Fähigkeit, Energie zu speichern und somit ihren Körper unter Spannung zu setzen.«

»*Thalessa...*«, assoziieren meine Gedanken.

Mein Blick folgt ihren Erklärungen, während neben mir Arya aufmerksam mit schreibt. »Hast du schon einmal einen blauen Drachen gesehen?«, flüstere ich ihr zu.

»Einmal«, antwortet sie, »Es war, als hätte ich einen lebenden Blitz gesehen. Einfach unglaublich.«

Der Gedanke, dass blaue Drachen weniger kontaktfreudig sein sollen, lässt mich schmunzeln. Ich fühle mich geehrt über die Beziehung, die ich zu Thalessa führe.

Unsere Lehrmeisterin wendet sich nun den schwarzen Drachen zu. »Die *schwarzen Drachen*, auch bekannt als Schattenschlund und Dunkelklinge, sind atemberaubende Kreaturen. Diese Drachen haben eine besondere Affinität zur Dunkelheit. Ein Dunkelklinge ist in der Lage, seinen Atem zu einer ätzenden Säure zu kanalisieren, und sie sind hauptsächlich nachtaktiv. Hingegen sind schwarze Drachen der Schattenschlund-Gattung in der Lage, auf eine gewisse Distanz *Schatten* zu wirken und tragen eine verbesserte Sicht in der Dunkelheit.«

Ich stelle mir vor, wie es sein muss, auf einem solchen Drachen durch die Nacht zu gleiten, unsichtbar und mächtig. Arya scheint ähnliche Gedanken zu haben, denn ihr Blick ist verträumt und weit weg des Klassenzimmers und der Realität, als Frau Delara anfängt die Besonderheiten der grünen Drachen vorzustellen. Im Gegensatz zu Arya versuche ich meinen Kopf freizumachen, um mehr über die Gattung der grünen Drachen zu erfahren. Je mehr ich weis, desto sicherer ist es für mich

»Die *grünen Drachen*, auch Waldwächter und Giftzunge genannt, sind kleiner, wendig und leben in tiefen Wäldern, wo sie sich von Pflanzen ernähren. Ihr Gift kann sie vor den meisten Gefahren schützen.«

Im Klassenraum brechen rege Konversationen aus. Wünsche für zukünftige Drachen-Bindungen und ihre Charakteristika sind dabei das Hauptthema.

»Ruhe bitte«, ermahnt Frau Delara die Klasse. »Ich bin noch nicht fertig. Uns fehlt noch eine Rasse.« Augenblicklich hat Frau Delara die komplette Aufmerksamkeit auf sich gezogen.

Alle Novizen im Raum verkörpern denselben Gesichtsausdruck wie ich: Fassungslosigkeit.

»Ich dachte, es gibt nur vier Drachenarten«, flüstert Arya mir fassungslos zu.

»Das dachte ich auch. Nirgendwo habe ich von einer fünften Rasse gehört«, antworte ich Arya ein wenig zu laut.

»Richtig, Frau ... wie heißen Sie nochmal sogleich?«, fragt mich Frau Delara freundlich, doch was mich nervöser macht, sind die vielen Augenpaare, die mich anstarren.

»L-Livia. Livia Berylla«, stottere ich weniger selbstbewusst vor mich hin.

»Ah, danke. Ja, Frau Berylla hat recht. Die fünfte Rasse ist tatsächlich nur den Wenigsten bekannt, denn es ist schon lange her, dass zuletzt ein Drache dieser Gattung gesichtet wurde«, erklärt Frau Delara geduldig. »Es handelt sich um die seltene Gattung der *weißen Drachen*.«

»Weiße Drachen?«, rufen mehrere Novizen gleichzeitig, ihre Stimmen erfüllt von Neugier.

»Kennst du diese Rasse?«, frage ich Arya, meine Verwunderung kaum verbergend.

»Ich kannte sie nur aus den Geschichten meiner Großmutter. Mehr nicht«, antwortet sie, scheinbar in Gedanken versunken.

Ich wende meine Aufmerksamkeit erneut Frau Delara zu, begierig darauf, mehr zu erfahren.

»Die weißen Drachen, liebe Novizen, sind außergewöhnlich selten. Sie unterscheiden sich in ihre Arten – Frostwyrm und Nebelschleicher. Frostwyrm zeichnen sich durch ihren eisigen Atem und ihre besonderen Affinität zur Kälte aus. Nebelschleicher hingegen besitzen eine der seltensten Gaben überhaupt: sie können sich und ihren Reiter, im Gegensatz zu Schattenschlunds, auch am helllichten Tag *verbergen*, indem sie sich mit heraufbeschworenem Nebel verschmelzen«, fährt Frau Delara fort. Ihre Erklärung zieht uns in ihren Bann.

»Das Besondere an den weißen Drachen ist, dass sie *nicht* einfach durch die Vereinigung zweier weißer Drachen entstehen. Vielmehr ist ihre Existenz das Ergebnis der Fortpflanzung zweier außergewöhnlich mächtiger Drachen *verschiedener* Farben. Die Farbe der Elterndrachen ist dabei irrelevant. Entscheidend für die Geburt eines weißen Drachen ist daher nicht die Farbe seiner Eltern, sondern die außergewöhnliche Harmonie ihrer magischen Energien. Diese einzigartige Konvergenz magischer Kräfte, gepaart mit einer seltenen Reinheit der magischen Aura der Elterndrachen, schafft die Möglichkeit, dass aus ihrer Verbindung ein weißer Drache hervorgeht. Nur unter diesen seltenen und speziellen Bedingungen kann ein weißer Drache geboren werden, ein Wesen von unvergleichlicher Macht und seltener Schönheit. Diese Geschöpfe bilden die Spitze aller Drachen.«

Ein leises Murmeln breitet sich im Raum aus, während Frau Delara spricht. Einige Novizen tauschen verstohlene Blicke und beginnen zu flüstern. Ich lausche ihren Gesprächen und fange Fetzen von aufgeregten Stimmen auf:

»Ich habe gehört, dass ihr Anführer ein weißer Drache ist...«

»*Erendyll*, ja. Ein mächtiger Drache, aber niemand hat ihn je gesehen.«

»Sie sagen, er sei das reine Herz und die Seele aller Drachen...«

Die Namen und Geschichten hallen in meinem Kopf wider. Erendyll, ein mächtiger weißer Drache, von dem viele glauben, dass er nur eine Legende ist. Doch die Art und Weise, wie die anderen Novizen über ihn sprechen, lässt mich glauben, dass es mehr als nur Geschichten sein könnten. Ist es wahr? Existiert auf unserer Welt ein Drachen-Anführer, welcher vor uns versteckt gehalten wird?

»Erendyll«, flüstert Arya neben mir, ihre Augen weit vor Staunen. »Ich habe von ihm gehört. Er soll unglaubliche Kräfte besitzen und der Anführer aller Drachen sein. Aber es gibt keine Aufzeichnungen darüber, dass je ein Mensch ihn gesehen hat.«

»Vielleicht ist es nur eine Legende«, murmle ich, doch die Vorstellung eines solchen Drachen lässt mein Herz schneller schlagen. »Aber was, wenn er wirklich existiert?«

Arya nickt nachdenklich. »Wenn er existiert, wäre es eine unglaubliche Ehre, ihm zu begegnen. Aber gleichzeitig... eine große Verantwortung.«

Ich versinke in Gedanken über die Geschichten und Möglichkeiten, die uns Frau Delara offenbart hat. Die Existenz eines so mächtigen Wesens, das in den Schatten verborgen ist, gibt mir ein Gefühl der Ehrfurcht und Faszination. Die Vorstellung, dass ein weißer Drache wie Erendyll vielleicht wirklich existiert, weckt in mir eine tiefe Neugier und den Wunsch, mehr über diese außergewöhnlichen Kreaturen zu erfahren.

Diese Offenbarung hinterlässt ein Staunen in den Gesichtern der Novizen. Die Geheimnisse der weißen Drachen, mit ihren einzigartigen Fähigkeiten und ihrer mystischen Entstehung, faszinieren und inspirieren uns gleichermaßen. Der Unterricht ist eine Mischung aus Staunen und dem Durst nach Wissen.

Während Arya und ich uns gelegentlich zuraunen, spüre ich, wie meine Aufregung für die bevorstehende Souls Night wächst. Meine Gedanken schweifen ab, als ich an die Einladung denke, welche vor einigen Tagen bei mir eingetroffen ist.

Eine kunstvoll verzierte Schriftrolle lag auf meinem Schreibtisch, sorgfältig versiegelt mit einem schwarzen Wachssiegel. Mit leicht zitternden Fingern hatte ich das Siegel gebrochen und das Pergament entrollt. Die elegante, geschwungene Handschrift verkündete:

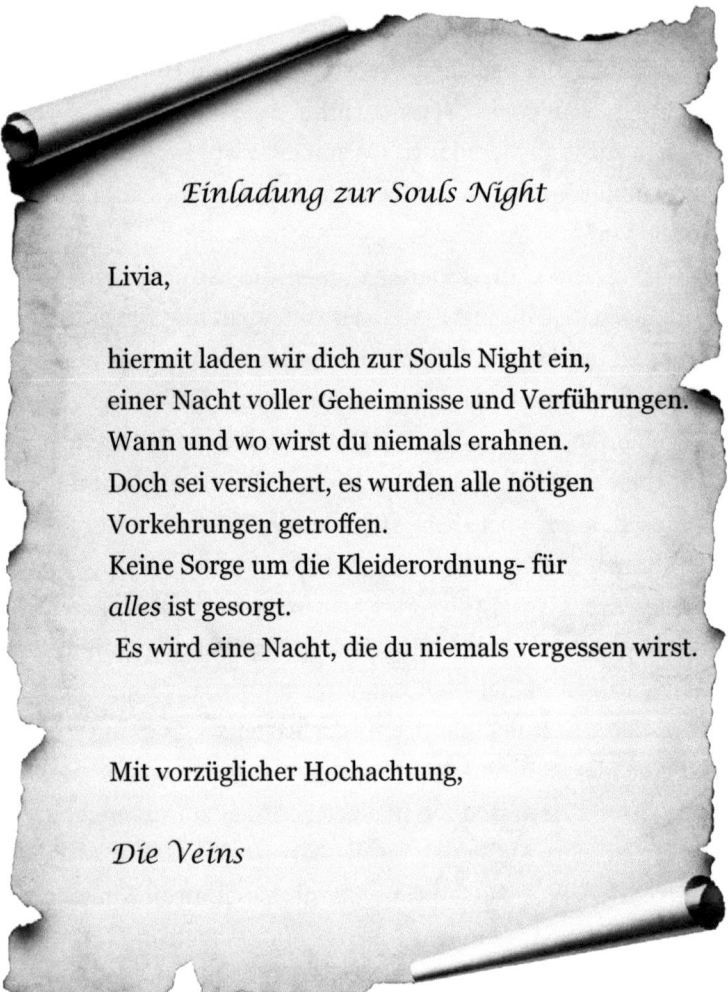

Einladung zur Souls Night

Livia,

hiermit laden wir dich zur Souls Night ein,
einer Nacht voller Geheimnisse und Verführungen.
Wann und wo wirst du niemals erahnen.
Doch sei versichert, es wurden alle nötigen
Vorkehrungen getroffen.
Keine Sorge um die Kleiderordnung- für
alles ist gesorgt.
 Es wird eine Nacht, die du niemals vergessen wirst.

Mit vorzüglicher Hochachtung,

Die Veins

Das Versprechen einer unvergesslichen Nacht ließ mein Herz schneller schlagen und eine Gänsehaut lief mir über den Rücken. Die Worte auf dem Pergament waren wie ein flüsterndes Versprechen, das mich in eine Welt der Dunkelheit und Verführung lockte, wo Geheimnisse und Sehnsüchte ineinander verwoben waren. *Was für Geheimnisse werden mir dort enthüllt? Welche Drachen werde ich sehen? Geht die Souls Night überhaupt um Drachen? Und wer sind die Veins?*

Die Stunde vergeht wie im Flug und als die Glocke läutet, stehen Arya und ich auf. Wir verlassen das Klassenzimmer und ich kann meine Neugier kaum zurückhalten. »Hast du von der Souls Night gehört? Ich wurde eingeladen«, beginne ich, unsicher. Nicht sicher, was mich erwartet oder ob es schlau ist, mit einem Mädchen darüber zu sprechen, das ich kaum kenne.

Aryas Begeisterung weicht sofort einem ernsten Ausdruck. »Du wurdest zur Souls Night eingeladen?« Ihre Stimme ist getränkt von tiefer Besorgnis und ich bin mir unsicher, in was ich hineingeraten bin. »Livia, das ist eine große Ehre, aber... es ist auch gefährlich.«

Ich bin überrascht. Ich habe etwas wie ekelhaft, frauenfeindlich oder ähnliches erwartet. Aber nicht gefährlich. »Gefährlich? Wie meinst du das?«

Arya sieht mich direkt an, ihre Stimme wird leiser, fast als würde sie ein heiliges Geheimnis teilen. »Die Souls Night... sie ist das Herzstück der Machtspiele, die in der Schattenwelt der Elite stattfinden. Sie herrschen über diese Nacht. Unter den Novizen nennen wir sie die *Veins*.«

Ich schlucke. Der Spitzname »*Veins*« lässt eine düstere Faszination in mir aufkeimen. »Wer sind denn die Veins?«, frage ich interessiert.

Aryas Augen weiten sich in Überraschung über meine Frage. »Du weißt nicht, wer die Veins sind?« Ihr Tonfall ist geprägt von Verwunderung, als hätte ich mein Leben lang hinter dem Mond gelebt. »Livia, die Veins, das sind Cole, Dorian, Cedric, Sirius und Lorenzo. Sie sind die fünf Anwärter des Gremiums und zählen zu den mächtigsten und einflussreichsten Persönlichkeiten unserer Welt. Vor allem für ihr Alter. Jeder von ihnen prägt auf seine Weise das Schicksal der Elite. Sag nicht, du wusstest nicht davon? Lebst du hinter dem Mond? Wie konntest du sowas nicht wissen!«

Ich spüre, wie meine Augen größer werden. *Diese fünf Bastarde regieren unsere Gesellschaft? Eine komplette Akademie mit den wohl mächtigsten und einflussreichsten Nachkommen unserer Welt?* »Aber... warum nennt ihr sie *Veins?*«

Arya lehnt sich etwas näher zu mir. »Weil sie wie die *Lebensadern* der Macht sind, die durch die gesamte Gesellschaft fließen. Sie sind überall und nirgends, Livia. Ihre Entscheidungen beeinflussen Seelen, Leben, sogar das Gremium, obwohl sie noch Anwärter sind. Und sie tun dies alles aus dem Schatten heraus, verborgen vor den Augen der Öffentlichkeit.«

»Das klingt, als wären sie fast... unantastbar«, murmle ich, meine Stimme gefüllt von mehr Furcht, als mir lieb ist.

»Genau das sind sie auch«, nickt Arya ernst. »Und genau deshalb ist die Souls Night so gefährlich. Sie ist eine Nacht, in der die Veins ihre Macht spielend zur Schau stellen, wo sie die Grenzen derer, die eingeladen werden, auf die Probe stellen. Es ist ein Spiel, Livia, aber eines, das sehr reale Konsequenzen haben kann.«

Die Schwere von Aryas Worten sinkt langsam in mein Bewusstsein. Diese Männer, die Veins, die ich so verabscheue, sind nicht nur einfache Persönlichkeiten der Elite. Sie sind

Meister eines gefährlichen Spiels, das in der Verführung der Nacht gewoben ist, einer Nacht, zu der ich eingeladen wurde.

»Aber warum ist es gefährlich? Es klingt… verlockend.«

Arya zögert, dann fährt sie fort. »Es ist verlockend, Livia, und genau das ist das Gefährliche daran. Die Nacht beginnt mit einer geheimen Fahrt zu einem abgelegenen Anwesen. Niemand weiß, wo es sich befindet, denn die Teilnehmer werden mit verbundenen Augen dorthin gebracht. Die Spiele, die sie veranstalten, sind entworfen, um zu verführen, zu testen… um die Teilnehmerinnen emotional und physisch zu entblößen.«

Meine Neugierde wächst mit jedem Wort. »Was für Spiele?«, frage ich wie aus dem Bogen geschossen.

»Niemand spricht offen darüber, aber es wird gemunkelt, dass diese Spiele darauf abzielen, deine tiefsten Wünsche und Ängste zu offenbaren. Es ist eine Prüfung deiner Grenzen, Livia. Und dann gibt es den Pakt… Jeder Teilnehmerin wird ein Pakt angeboten. Ein Pakt, der Macht, Einfluss oder die Erfüllung eines tiefsten Wunsches verspricht. Doch die Gegenleistung… sie kann verlangen, dass du einen Teil deiner Seele, deiner moralischen Integrität, den Veins überlässt.«

Die Schwere von Aryas Worten lastet auf mir. »Und die, die zustimmen? Was passiert mit ihnen?«

»Sie werden in ein Netz aus Intrigen gezogen, das weit über eine einzige Nacht hinausreicht. Einige sagen, es sei ein Weg, um wahre Macht zu erlangen. Andere… nun, sie haben die Akademie verlassen und leben in den Schatten dieser.«

Trotz Aryas warnenden Worten spüre ich eine dunkle Faszination. »So schlimm kann es nicht sein, oder? Vielleicht ist es eine Chance. Komm, lass uns hingehen. Zusammen.« Meine Worte sind teils Frage, teils Herausforderung.

Arya sieht mich lange an, ihr Blick mischt sich mit Sorge und einer Spur von Bewunderung für meinen Mut. »Nur du, Livia«, antwortet sie zögerlich, »Ich wurde nicht eingeladen. Aber du musst vorsichtig sein. Niemand hat bis jetzt eine *persönliche* Einladung erhalten.«

Während wir unseren Weg fortsetzen, vertieft sich unsere Diskussion. Wir tauschen Theorien über die Natur dieser geheimen Spiele aus, spekulieren über die möglichen Prüfungen, die die Veins vorbereitet haben könnten, und überlegen, welche Strategien man anwenden könnte, um sich in einer solchen unbekannten Umgebung zu behaupten. Arya teilt Geschichten von vergangenen Teilnehmerinnen, von denen einige mit neu gefundenem Ruhm und andere mit gebrochenen Ambitionen zurückkehrten. Jedes Wort, jede Erzählung fügt ein weiteres Stück zum Puzzle der Souls Night hinzu, lässt meine Vorstellungskraft wild kreisen und meinen Entschluss nur noch fester werden.

»Was denkst du, was sie von mir wollen?«, frage ich, während wir durch die hallenden Gänge der Akademie gehen. Für mich ist es einfach nicht schlüssig, dass sich die Veins, ausgerechnet, die unvorbereiteste Drachenreiterin, der kompletten Drachenreiter-Akademie aussuchen. Vielleicht in ganz Darilorn.

Aryas Blick wird nachdenklich, ihre Antwort bedächtig. »Vielleicht haben sie etwas in dir gesehen, Livia. Etwas, das sie nutzen oder herausfordern wollen. Sei es deine Stärke, dein Potenzial oder vielleicht sogar deine Unbekümmertheit. Was auch immer es ist, sie haben dich nicht ohne Grund ausgewählt.«

Ihre Worte hinterlassen einen Nachhall von Stolz, aber auch von Besorgnis in mir. Die Idee, dass diese mächtigen, geheimnisvollen Veins, ich kann mich noch immer nicht an diese Bezeichnung gewöhnen, etwas in mir gesehen haben könnten, verleiht mir einerseits Mut, wirft aber auch tausend Fragen auf. *Was genau sahen sie? Und wichtiger noch, bin ich bereit, mich dieser Herausforderung zu stellen?*

Arya legt mir eine Hand auf die Schulter. »Das wird schon.« Ihre Worte sind ein Balsam für meine aufkeimenden Zweifel. Ein Teil von mir weiß um die Gefahren, doch die Aussicht auf eine Nacht, gefüllt mit Macht und Geheimnissen, ist unwiderstehlich.

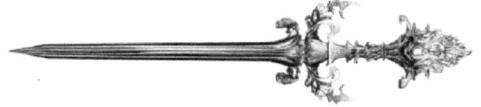

Die anderen Novizen mustern mich mit abfälligen Blicken und tuscheln. Die Elite behandelt mich seit meiner Ankunft schlecht, aber heute ist es schlimmer als je zuvor. Flüstern, hämische Kommentare und böse Blicke verfolgen mich durch die Gänge. Jede Begegnung, jeder Schritt wird zu einer knallharten Prüfung.

Gestern hatte ich Arya von der Einladung zur Souls Night erzählt. Sie war die Einzige, die ich eingeweiht hatte, in der Hoffnung, dass sie sich mit mir freuen würde. Aber jetzt frage ich mich, ob sie mich verraten hat.

Heute, auf dem Weg zur ersten Stunde, sehe ich die Auswirkungen. Die Nachricht hat sich anscheinend, wie ein Lauffeuer verbreitet. Arya muss sich bei ihrer Zimmergenossin verplappert haben und nun wissen es alle. Warum sollten sonst alle aufmerksam werden auf mich? Das macht doch gar keinen Sinn. Frustriert greife ich die Riemen meines Rucksacks fester und schlendere mit Arya weiter durch die Gänge.

»Was ist nur los mit denen?«, frage ich kühl zu Arya, als wir eine Gruppe von Novizen passieren, die mich mit höhnischen Blicken mustern.

»Es ist bestimmt wegen der anstehenden Souls Night«, murmelt Arya zurück, als wäre nichts geschehen.

Ein Lehrmeister passiert uns, doch er sagt nichts, als ein Novize mir ein Bein stellt. Ich stolpere, fange mich gerade noch rechtzeitig und höre das höhnische Lachen hinter mir. Arya greift meine Hand, aber ich ziehe sie abweisend weg und gehe alleine weiter.

»Kopf hoch, Livia. Lass sie nicht sehen, dass es dich stört. Sie suchen nur nach Schwäche.«

Ich nicke gekränkt, schlucke den Frust hinunter und konzentriere mich darauf, meine Würde zu bewahren. Aryas Unterstützung wäre hilfreich gewesen, aber ihr Verrat sitzt tief.

»Wir freuen uns auf dich, meine Kleine.«

- Cole

KAPITEL 32

LIVIA

Geschichte der Drachenreiter. Ein Fach, das mich seit jeher fasziniert. Die alten Legenden und Geschichten, wie Menschen und Drachen eine unzerbrechliche Bindung eingingen, sind mehr als nur Märchen. Sie sind ein Beweis für die Tiefe der Verbindung zwischen den Spezies.

Professor *Elarion*, ein Mann mittleren Alters mit einer Vorliebe für lebhafte Erzählungen und dramatische Pausen, ist mitten in einer seiner leidenschaftlichen Lektionen.

»... und so stiegen die Drachenreiter von Darilorn, auf ihren mächtigen Gefährten, den Winden entgegen, als Einheit verbunden durch ein Band, das stärker war als der härteste Stahl. Diese Bindung, liebe Novizen, war das Geheimnis ihrer Macht. Und es ist ein Beweis dafür, dass die wahrhaft stärksten Verbindungen diejenigen sind, die auf gegenseitigem Vertrauen und Respekt basieren.«

Seine Stimme hallt durch den alten Klassenraum, gefüllt mit antiken Büchern und Artefakten, die Zeugnisse der vergangenen Ära der Drachenreiter sind.

Neben mir kämpft Arya, fast am Einschlafen, mit ihrer Aufmerksamkeit. Ich kann ein leises Gähnen nicht überhören, trotz ihres verzweifelten Versuchs, es hinter einer geschickt platzierten Hand zu verbergen. Aber ich? Ich hänge an Professor Elarions Lippen, sauge jedes seiner Worte auf, schließe jede Geschichte in mein Herz. Die Idee, so tief und wahrhaftig mit einem anderen Wesen verbunden zu sein, weckt eine Sehnsucht in mir, von der ich nicht wusste, dass ich sie hatte.

Plötzlich, inmitten einer besonders mitreißenden Beschreibung eines legendären Luftkampfes zwischen Drachenreitern und Dubhcor, spürte ich einen scharfen Stich in meinem Bewusstsein. Eine Stimme, die nicht durch Worte, sondern durch reine Gedankenübertragung zu mir spricht.

Thalessa.

»Livia!«

Ihre Stimme, wenn man es so nennen kann, ist durchdrungen von einer Dringlichkeit und Panik, welche ich von ihr nicht kenne.

»Es ist ein Notfall. Komm sofort zum alten Eichbaum am Rande des Akademiegeländes!«

»Aaah!« Ohne es zu merken, stoße ich einen Schrei aus, der den gesamten Raum in Stille hüllt. Professor Elarion bricht mitten im Satz ab und alle Blicke richten sich auf mich. Arya fährt erschrocken hoch, ihre Müdigkeit augenblicklich verflogen.

Ohne zu zögern, springe ich von meinem Platz auf und renne zur Tür, meine Bücher und Notizen in völliger Unordnung auf meinem Tisch zurücklassend.

»Fräulein Berylla! Wo glauben Sie hinzugehen?«, ruft Professor Elarion, seine sonst so ruhige Stimme erfüllt mit Verwirrung und einem Anflug von Ärger.

Arya ruft hinter mir her, eine Mischung aus Sorge und Erstaunen in ihrer Stimme. »Livia, was ist los?«

Ich kann nicht antworten, nicht jetzt. Die Stimme von Thalessa, so klar und doch so verzweifelt, treibt mich voran. Ich höre die weiteren Proteste von Professor Elarion, seine Warnungen, dass dies Konsequenzen haben würde, doch nichts davon erreicht mich wirklich. Mein Herz hämmert in meiner Brust, meine Gedanken überschlagen sich. *Was ist passiert? Ist Thalessa in Gefahr?*

Die Flure des Akademiegebäudes, normalerweise voller Leben, scheinen in meiner Panik leer und endlos. Meine Schritte hallen wider, während ich renne, schneller, als ich je zuvor in meinem Leben gelaufen bin. Thalessa hat mich noch nie zuvor gerufen, hat noch nie so eine dringende Notwendigkeit in ihrer Stimme gehabt. Während ich renne, kann ich nicht anders, als über die Bedeutung dieser Situation nachzudenken. Thalessa, die Weise und Mächtige, die mich in die Geheimnisse meiner seltenen Gabe eingewiesen hat, braucht meine Hilfe.

Die Hilfe eines Menschen.

Womit kann ich ihr als Novizin im ersten Jahr schon helfen? Meinen Gedanken verbiete ich, sich das Schlimmste auszumalen. Pessimismus ist in dieser Situation alles andere als hilfreich.

»Bitte sei in Ordnung«, flüstere ich, mehr zu mir selbst als zu irgendjemand anderem. Thalessa hat mir in den letzten Wochen so viel beigestanden und ich weiß, dass ich mit dem Verlust von liebgewonnenen Menschen, jetzt anscheinend auch Lebewesen, nicht besonders gut umgehen kann. Die Türen zur Akademie fliegen an mir vorbei, bis ich schließlich das Haupttor erreiche und in das helle Licht des späten Nachmittags hinaustrete.

Außer Atem erreiche ich schließlich den alten Eichbaum am Rande des Akademiegeländes, den Ort, den Thalessa und ich für unsere Treffen auserkoren haben. Dort steht sie, majestätisch und erhaben, ihre Augen durchdrungen von einem ernsten Glanz, der mir sofort verrät, dass die Lage ernst ist.

»Thalessa, was ist passiert? Wie kann ich helfen?«, keuche ich panisch, während ich versuche, meinen Atem zu fangen. Trotz meiner Trainingseinheiten bei der Akademie hat die hastige Flucht meine Kondition auf eine harte Probe gestellt und ich stelle fest, dass ich definitiv an meiner körperlichen Verfassung arbeiten muss.

Thalessa sieht mich mit einem besorgten Blick an. »*Livia, ich benötige deine Hilfe.*«

Ich blinzele, überrascht und ein wenig eingeschüchtert. »Aber ich... ich weiß nicht, wie ich dir helfen kann, Thalessa. Ich bin doch nur...«

»*Du bist stark, Livia. Mehr als du dir selbst zugestehst. Und ich glaube, dass du tatsächlich die einzige Person bist, die uns in dieser Situation helfen könnte. Du meintest vor nicht allzu langer Zeit, dass du deine Gabe für Gutes nutzen möchtest. Ich brauche dich.*«

Ihre Worte durchfluten mich mit einer Wärme und einem Vertrauen, das ich nicht ganz verstehe, aber tief in meinem Herzen spüre ich, dass dies mein Weg ist. Dies ist der Moment, für den ich bestimmt bin. Ich bin keine kleine, hilflose Heilerin mehr. Nein. Ich bin eine Drachenreiterin und ich werde mich auch so verhalten.

»Ich... ich werde es tun. Sag mir, was zu tun ist.« Thalessa nickt.

»*Du musst mit mir fliegen, Livia. Nur so können wir schnell genug dorthin gelangen, wo wir gebraucht werden.*«

Das Fliegen mit Dubhghall damals war traumhaft, keine Frage, dennoch fliege ich jetzt das zweite Mal ohne das nötige Grundwissen, Ausbildung und Training ins Ungewisse, und diese Situation lässt mein Herz vor Aufregung und ein wenig Furcht schneller schlagen.

Thalessa senkt sich, um es mir zu ermöglichen, aufzusteigen, und mit einem tiefen Atemzug schwinge ich mich auf ihren Rücken, halte mich an den großen Schuppen fest, die härter und wärmer sind als die von Dubhghall. *Ist der Grund dafür die Anspannung von Thalessa?* Ich atme genervt aus und versuche, nicht allzu verbissen darüber nachzudenken, wie wenig ich über Drachen weiß, aber zum zweiten Mal auf ihnen reite. Das ist in jeder Hinsicht lebensmüde und ich muss unbedingt mehr lernen, mehr Informationen sammeln, um auf solche Überraschungsmissionen vorbereitet sein zu können.

Bevor wir uns in die Lüfte erheben, prüfen wir die magische Verbindung. Die warme Energie fließt durch meinen Körper und verankert mich fest im Sattel. Das leise Summen der Magie beruhigt meine Nerven und vermittelt mir das Gefühl, untrennbar mit Thalessa verbunden zu sein.

Mit einem kraftvollen Absprung steigen wir in die Luft und für einen Moment höre ich nur den Wind, der an meinen Ohren vorbeirauscht. Als wir an Höhe gewinnen und uns stabilisieren, öffne ich langsam die Augen und wage einen Blick nach unten. Die Welt unter uns breitet sich aus wie ein lebendiges Gemälde, so weitläufig und wunderschön, dass mir der Atem stockt. Bereits einmal habe ich die Welt aus diesem Blickwinkel sehen dürfen. Trotzdem weiß ich nicht, ob ich mich jemals an diese Schönheit gewöhnen werde. Während wir fliegen, wechselt die Landschaft unter uns immer wieder von dichten Wäldern zu offenen Ebenen. Ich sitze fest im Sattel, spüre das gelegentliche Ziehen der Schwingen unter mir, als Thalessa aufsteigt und sinkt, angepasst an die unsichtbaren Strömungen der Luft.

Die Sonne beginnt langsam zu sinken und ich merke, dass es Zeit ist, eine Rast zu machen. Wir landen in einer kleinen, geschützten Mulde inmitten des ausladenden Waldes. Thalessa legt sich nieder, während ich beginne, unser Lager für die Nacht vorzubereiten.

Nachdem wir unser Lager aufgebaut haben und das Feuer knistert, lasse ich meinen Blick über die flackernden Flammen schweifen und wende mich an Thalessa. Ihr leuchtendes, blaues Schuppenkleid wirft Schimmer auf die umliegenden Felsen.

»Thalessa, was denkst du, wie viele haben vor mir schon diese Route genommen?«, frage ich, während ich ihr eine Hand auf die breite Nase lege.

Thalessa blickt mich mit ihren tiefen, goldenen Augen an, in denen sich das Feuer spiegelt. Sie brummt tief, eine Melodie, die mehr Empfindung als Worte trägt, und entfacht eine wohlige Wärme in meiner Brust.

»*Nicht viele*«, scheint sie zu sagen, »*Und keiner so wie du.*« Ich lächle und lege einen weiteren Ast auf das Feuer. »Ich frage mich, was die Sterne über uns denken. Glaubst du, sie sind neugierig auf unsere Geschichten, so wie wir auf ihre?«

Thalessa lässt ein sanftes, zustimmendes Grunzen hören und legt ihren gewaltigen Kopf dicht neben mich, sodass ihre Wärme die kühle Nachtluft vertreibt.

»Sie müssen Geschichten voller Mut und Abenteuer lieben«, füge ich hinzu und streiche über ihre rauen Schuppen. »Geschichten wie unsere.«

Thalessa nickt langsam und ich spüre, wie ihr Vertrauen und ihre Zuneigung durch unsere Verbindung fließen. Trotz des wunderschönen Augenblicks merke ich aber auch ihre tiefe Anspannung. *Was beschäftigt sie? Und inwiefern kann ich ihr helfen?* Auch wenn meine Gedanken nach weiteren

Informationen lechzen, entscheide ich mich zu schweigen. Ich werde schon früh genug erfahren, was auf mich wartet.

»Wir sollten schlafen«, sage ich schließlich.

Thalessa grunzt zustimmend.

Unter dem Sternenhimmel, eingehüllt in die Wärme des Feuers und der Anwesenheit von Thalessa, fühle ich mich sicher und geborgen. Die Welt um uns herum schläft, aber die Verbindung zwischen Thalessa und mir bleibt wach und lebendig, ein stilles Gespräch, das weitergeht, bis wir in den Schlaf gleiten.

Der nächste Tag bricht an und bald sind wir wieder in der Luft, Thalessas mächtige Flügel schneiden durch die Morgenluft. Während des Fluges habe ich Gelegenheit, mehr über ihre Gedanken zu erfahren.

»Thalessa, ich habe bemerkt, dass du in letzter Zeit etwas angespannt wirkst. Was beschäftigt dich?«, frage ich und lehne mich vorsichtig vor, um ihre Reaktion zu beobachten.

Sie antwortet mit einem leisen, aber bestimmenden Brummen. *»Es gibt Dinge, die du wissen musst, Livia. Dinge, die uns auf dieser Reise erwarten. Ich wollte dich nicht unnötig beunruhigen.«*

»Ich verstehe«, sage ich sanft, »Was auch immer es ist, wir werden es zusammen durchstehen. Wohin genau fliegen wir?«

»Nach Südwesten«, antwortet sie schließlich. *»Dort liegt ein Geheimnis verborgen, welches für unsere Zukunft von großer Bedeutung ist.«*

Ich nicke nachdenklich. »Und wie lange werden wir noch unterwegs sein?«

»*Einige Tage*«, brummt Thalessa, ihre Stimme beruhigend und doch bestimmt.

Ein Gefühl der Entschlossenheit durchflutet mich. »Dann sollten wir, denke ich, das Beste aus der Zeit machen und unsere Kräfte sparen. Ich werde auf dich achten, Thalessa.« Sie brummt zustimmend und für einen Moment fühle ich, wie unsere Verbindung stärker wird.

Wir fliegen weiter, während die Landschaft unter uns vorbeizieht, jeder Flügelschlag ein weiterer Schritt in Richtung unserer unbekannten Zukunft. In der Stille des Fluges denke ich über unsere Reise und die bevorstehenden Herausforderungen nach. Doch mit Thalessa an meiner Seite fühle ich mich unbesiegbar. Gemeinsam werden wir jedes Hindernis überwinden.

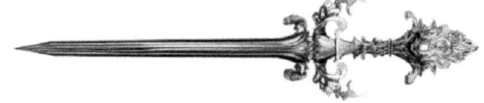

Wir fliegen eine Weile durch den frischen Wintermorgen, die Landschaft unter uns wechselt schließlich zu einer Bergkette, die einen Kreis bildet. Mein Herz schlägt schneller, als mir klar wird, wo wir uns befinden.

Dhombor.

Die Provinz, in der mein Vater auf einem Einsatz verschwunden ist. Ein kalter Schauer läuft mir über den Rücken und eine Welle der Panik überflutet mich. Mein Vater... dieser Ort war das letzte, was er gesehen hat, bevor er verschwand, so sagen es alle. Alle, die damit abgeschlossen haben, dass mein Vater je wieder kommen würde. *Habe ich die ganzen Jahre an einer leeren Hoffnung gehangen? War ich so naiv und zu schwach, die tatsächliche Situation zu begreifen?* Alle Gefühle, die ich geschafft habe, in den letzten Jahren hinter Gitter zu sperren, bahnen sich ihren Weg an die Oberfläche. Dicke Tränen bilden sich in meinen Augen. »Thalessa, ich… ich kann nicht«, presse ich hervor, meine Stimme überschlägt sich vor Angst. »Das ist Dhombor. Mein Vater…«

Thalessa spürt meinen inneren Aufruhr sofort. »*Livia, atme. Du bist bei mir, sicher und geschützt. Ich werde dich nicht etwas ausliefern, von dem ich nicht der Meinung wäre, dass du es schaffen könntest. Du muss mir das bitte glauben, Livia. Meine Möglichkeiten sind begrenzt.*« Zögernd ergänzt sie: »*Genauer gesagt: Es gibt für mich überhaupt keine Alternative. Also bitte beruhige dich.*« Ihre Worte versuchen, mich zu erreichen, doch die Panik hält mich fest im Griff. Ich kann nichts dagegen machen und ich fühle mich so hilflos, wie ich mich noch nie in meinem Leben gefühlt habe.

In einem Versuch, mich zurück in die Realität zu holen, setzt Thalessa ihren Körper leicht in Schock, ein sanftes, aber bestimmtes Signal, das mich daran erinnert, wo und mit wem ich bin. Ihre mächtigen Flügel bewegen sich rhythmisch und beruhigend, während sie sanft spricht, ihre Stimme eine feste Verbindung zur Gegenwart. »*Livia.*«

Ich zwinge mich, meinen Blick zu heben, mich auf ihre Stimme zu konzentrieren.

»*Du bist hier, mit mir. Deine Angst ist real, aber sie darf dich nicht beherrschen. Lass sie zu, erkenne sie an, aber lass sie nicht über dich herrschen.*«

Ihre Worte dringen langsam durch den Nebel meiner Panik. Ich atme tief ein, dann aus, und wiederhole den Vorgang, bis mein Herzschlag sich beruhigt und die Angst nachlässt. Unter Thalessas geduldiger Anleitung finde ich langsam zurück zu mir selbst. Die Panikattacke klingt ab und hinterlässt eine tiefe Müdigkeit und eine neue Bewunderung für die Stärke, die Thalessa in mir sieht – eine Stärke, die ich erst noch vollständig anzuerkennen lernen muss.

»Danke, Thalessa. Ich wusste nicht, dass ich das überwinden konnte. Ich hatte sowas noch nie in meinem Leben. Eigentlich habe ich immer alles weggesperrt.«

»Du hast eine Stärke in dir, Livia, die selbst du noch nicht ganz begreifst. Vertraue darauf und vertraue auf mich. Zusammen sind wir mehr als die Summe unserer Teile.«

CEO

Wieder ist sie weg.

Verdammte Scheiße!

Ich kann mittlerweile gar nicht mehr zählen, wie oft Livia zu ihren spontanen Rettungsmissionen aufbricht. Auf jeden Fall komme ich nicht mehr hinterher.

Gerade, als ich nach Luft ringend auf dem Vorplatz der Drachenreiter-Akademie angekommen bin, erblicke ich noch ein weit entferntes Aufblitzen blauer Schuppen am Himmel.

Ich stemme meine Hände auf die Oberschenkel und lege meine Stirn in Falten.

Super, und jetzt?

Gequält blicke ich zur großen Turm-Uhr. Kurz vor 11:00. Mein Auftraggeber wird in Kürze aufbrechen. *Und ich?*

Ich jage einem Mädchen hinterher, das ich wieder einmal verloren habe.

KAPITEL 33

LIVIA

Als wir uns der Bergkette weiter nähern, diesmal mit einem neuen Gefühl der Entschlossenheit in meinem Herzen, kann ich nur erahnen, was Thalessa mich sehen lassen wollte.

Meine Unsicherheit verwandelt sich in Staunen, als wir über die Gipfel aufsteigen und das Versteck, das sich darunter verbirgt, zum Vorschein kommt. Was ich sehe, als wir über das Tal fliegen, raubt mir den Atem. Teilweise zweifle ich sogar daran, ob das wirklich passiert, ob das die Realität ist. Es ist, als ob wir in eine andere Welt eingetreten wären, eine Welt, die von der zeitlosen Magie der Drachen beherrscht wird, ohne den Einfluss eines einzigen Menschen.

Die *Brutstätte* aller Drachen von ganz Darilorn – ein Ort, so heilig und unberührt, dass die Luft selbst zu vibrieren scheint mit der Energie und dem Erbe, das hier verwurzelt liegt. Ich frage mich, ob jemals ein Mensch diesen Ort betreten hat, und doch wird mir diese seltene Ehre zuteil, ihn aus der Luft zu betrachten, getragen von Thalessa.

Unter uns breitet sich ein Tal aus, das von den steilen Bergwänden wie von schützenden Händen umfasst ist. Es ist ein natürliches Amphitheater, das Leben in einer solchen Fülle und Vielfalt beherbergt, wie ich es noch nie gesehen habe. Die Landschaft ist übersät mit leuchtenden Blumen in tausenden von Farben, deren Düfte selbst aus dieser Höhe wahrnehmbar sind, und mit üppigen, grünen Wiesen, die von kristallklaren Bächen durchzogen sind. Inmitten dieser natürlichen Schönheit liegen Nester, kunstvoll aus Ästen und Magie zu einem Heim geformt, jedes groß genug, um die Präsenz der künftigen Bewohner zu erahnen.

Überall fliegen Drachen, ihre Schuppen schillern in der Sonne in allen erdenklichen Farben, von tiefem saphirblau, über glühendes rubinrot, bis hin zu strahlendem smaragdgrün und schimmerndem pechschwarz. Sie fegen durch die Luft, ihre Bewegungen voller Anmut und Kraft, ein Schauspiel, das mehr einem Traum als der Wirklichkeit gleicht. Ihre Rufe erfüllen die Luft, eine Symphonie aus Tönen, die gleichzeitig fremd und wunderschön ist, eine Sprache dieser Geschöpfe, die nur sie verstehen können.

Am beeindruckendsten ist jedoch die Harmonie, die den Ort durchdringt. Jeder Flügelschlag, jedes Brüllen scheint in perfekter Symbiose mit der umgebenden Natur zu stehen. Es gibt hier keine dunkle Dominanz, wie sie durch Kilead zieht, nur ein tiefes, gegenseitiges Verständnis zwischen Drachen und Land.

In der Mitte des Tals thront ein riesiger, majestätischer Drache, dessen Schuppen in einem *schillernden Weiß* leuchten, das das Sonnenlicht reflektiert und sich in alle Richtungen bricht. Seine Augen, tief und weise, scheinen jedes Geheimnis der Welt zu kennen. Bei seinem Anblick bleibt mir der Mund offen stehen. Um ihn herum spielen *junge Dragonets*, deren ungestüme Energie und Freude das kühlste Herz erfüllen könnten. Er gehört zu der seltensten Drachenart in ganz

Darilorn. Seit Ewigkeiten hat keiner mehr ein Wesen seiner Spezies gesehen und hier sitze ich auf dem Rücken einer mächtigen Drachen-Dame und sehe einen. Vor allem einen so alten, weisen Drachen. *Wie alt er wohl sein mag?*

»Frag ihn doch«, antwortet mir Thalessa amüsiert auf meine unausgesprochene Frage.

»Thalessa, das ist unglaublich«, flüstere ich, immer noch überwältigt von der Pracht, die sich vor mir entfaltet. »Wie konnte dieser Ort so lange unentdeckt bleiben?«

»Alte Magie«, antwortet Thalessa leise. *»Ein uralter, mächtiger Nebel schützt diese Brutstätte. Nur Drachen können ihn durchdringen. Nicht willkommene Menschenaugen sind ihm gegenüber blind und selbst Drachen müssen von denen hier willkommen geheißen werden, um hin durchzukommen.«*

Während wir uns dem Tal nähern, spüre ich die magische Energie des Nebels, der uns umhüllt. Es ist, als ob wir durch eine flüssige Barriere gleiten, die meine Haut prickeln lässt und mein Herz mit Ehrfurcht erfüllt. Der Nebel selbst scheint zu wissen, dass ich keine Bedrohung bin.

Thalessa gleitet sanft über die grünen Täler, und die Stille wird nur von den sanften Rufen der Drachen und dem leisen Plätschern der Bäche unterbrochen. Ich betrachte die majestätische Weite des Tals unter uns, den weichen, moosigen Boden, der in der Ferne wie ein Teppich wirkt. Die Luft ist erfüllt von einer Mischung aus frischen, blumigen Düften und der würzigen Note des Waldes.

»Kann mich jemand kneifen?«, denke ich mir, unfähig, die Pracht dieses Anblicks zu fassen.

»Willkommen, Livia, in der Wiege der Drachen«, sagt Thalessa, ihre Stimme voller Stolz und Wehmut. *»Dies ist der Beginn von allem, der Kern unserer Existenz. Bewahre dieses Geheimnis wohl, denn es ist das Herz von Darilorn.«*

Ich verliere mich in Ehrfurcht vor der Schönheit und der tiefen Magie dieses Ortes. Jedes Detail, jede Farbe und jeder Klang brennen sich unauslöschlich in mein Gedächtnis ein, ein lebendiger Traum, der für immer in mir weiterleben wird.

Thalessa neigt ihren mächtigen Kopf und ihre Stimme hallt in meinem Geist wider, sanft, doch mit einer Resonanz, die jedes meiner Sinne erreicht. *»Bevor ich dir zeigen kann, wofür ich deine Hilfe brauche, muss ich dich ihm vorstellen.«*

Die Landschaft unter uns verändert sich, als wir uns einem besonders prächtigen Teil des Tals nähern.

Die kleinen Dragonets, die zuvor in fröhlichem Chaos um einen gigantischen, blendend weißen Drachen herumgetollt haben, ziehen sich zurück und verschwinden, wie Schatten im Nebel.

Ihre Rückzugsbewegungen sind synchron und geordnet, als würden sie einem unsichtbaren Kommando folgen.

Als wir näherkommen, kann ich den weißen Drachen in seiner vollen Pracht sehen. Er ist majestätisch, größer und eindrucksvoller als jeder andere Drache, den ich bislang gesehen habe. Seine Schuppen glänzen wie Perlen im Licht der untergehenden Sonne und seine Augen, tief und durchdringend, bergen das Wissen von Jahrhunderten.

»Dies ist Erendyll, der Weise und Mächtige, ein seltener und alter Drache«, spricht Thalessa mit Ehrfurcht.

Seine Anwesenheit erfüllt die Luft mit ruhiger Autorität. Erendyll verkörpert Frieden und Geborgenheit. Erendylls Blick richtet sich auf mich und ich spüre, wie eine Welle der Ruhe über mich kommt. Es ist wie eine Begrüßung, ein herzliches Willkommen. Seine Stimme, tief und resonant, scheint direkt aus dem Herzen dieses Tals selbst zu kommen.

»Livia, sei willkommen in der Wiege der Drachen. Ich danke dir für deine selbstlose Hilfe und dein mutiges Herz. Es ist

selten, dass wir unsere Heimstätte mit Menschen teilen, doch deine Gabe und dein Geist sind hier hoch angesehen und stets willkommen.«

Seine Worte lassen eine Wärme in mir aufkeimen, die alle meine Ängste und Unsicherheiten überstrahlt. Erendyll fährt fort, während er majestätisch seine gewaltigen Flügel ausbreitet, als wolle er mir die Größe und Tiefe seiner Welt zeigen.

»Deine Ankunft hier ist kein Zufall, Livia. Deine Verbindung zu Thalessa und deine Fähigkeiten haben dich zu uns geführt. Du bist willkommen, als Freundin und als Verbündete.« Sein Blick wird ernster und ich spüre die Schwere seiner nächsten Worte. *»Die Welt, in der du lebst, und unsere Welt sind durch feine, aber starke Fäden miteinander verbunden. Was du hier siehst, ist das Herz unserer Kultur und unserer Stärke, aber auch ein Ort, der Schutz benötigt. Wir Drachen sind Hüter alter Magie und alter Wahrheiten, die nicht in die falschen Hände geraten dürfen.«*

Ich nicke, tief berührt von seinem Vertrauen und der Ehre, die mir zuteil wird.

»Ich verstehe«, sagte ich. »Und ich bin bereit zu helfen, so gut ich kann und soweit es in meiner Macht steht. Was genau ist es? Wie kann ich helfen?« Erendylls Augen funkeln vor einem undefinierbaren Wissen.

»Das wirst du gleich erfahren. Für den Moment genieße die Ehre unserer Gegenwart und sammle deine Kräfte. Die Aufgabe, die vor dir liegt, wird all deine Stärke und all dein Verständnis erfordern.«

Als Thalessa und ich uns Erendyll noch ein Stück nähern, bemerke ich einen stillen, nachdenklichen Austausch zwischen den beiden Drachen. Ihre Blicke treffen sich, geladen mit einer Tiefe an Emotion, die sowohl Trauer als auch eine gewisse Entschlossenheit ausstrahlt.

Erendyll wendet sich dann langsam wieder zu mir. Seine Stimme ist dennoch ruhig, aber in seinen Worten schwingt ein leises Zittern mit. *»Es gibt einen Drachen, der geheilt werden muss, Livia. Es ist eine schwierige Aufgabe, vielleicht sogar gefährlich, aber wir müssen es versuchen. Diese Aufgabe ist von unschätzbarem Wert für alle Drachen von Darilorn.«* Thalessa gibt ein tiefes, zustimmendes Brummen von sich, bevor sie sich zu mir umdreht.

Ihr ganzes Wesen ist verändert.

Ansonsten zeigt sie sich von ihrer selbstbewussten Seite, doch heute, vor allem im Schutz des Horts, ist sie verletzlich. *»Komm, ich werde dich zu ihr bringen.«* Mit diesen Worten führt sie mich weg von Erendyll, hinunter in die Tiefen des Tals, zu einer unscheinbaren Bruthöhle.

Die Höhle selbst scheint von außen nicht bemerkenswert zu sein, doch als wir eintreten, offenbart sich ein wunderbares Schauspiel. Das Innere funkelt mit *blauen* und *schwarzen* Kristallen, die sich an den Wänden entlang und über die Decke der Höhle erstrecken. Das glitzernde Licht der Kristalle wirft ein schimmerndes Netz aus Lichtern, das den Raum in eine andere Welt zu verwandeln scheint. Während ich die Kristalle betrachte, erinnere ich mich an meine Lektionen in Spezienkunde zurück.

»Wenn Drachen sich paaren, bilden sich Kristalle in der Höhle in den Farben der Drachen, die sich vereinen«, hatte *Fräulein Delara* erklärt.

Die Farben hier – blau und schwarz – mussten von zwei sehr mächtigen Drachen stammen, so hell, wie sie die finstere Höhle erleuchten können. Und dann realisiere ich erschrocken, um wen es sich handelt.

Langsam gehe ich mit Thalessa tiefer in die Höhle, meine Augen gewöhnen sich an das spärliche Licht, und aus der Dunkelheit werde ich plötzlich von goldenen Augen empfangen. »Dubhghall«, flüstere ich.

Der Drache vor mir, dessen Augen in der Dunkelheit glühen, lässt ein tiefes, beruhigendes Grollen hören. »*Schön, dich zu sehen, Drachenspross*«, sagt er mit einer Stimme, die sowohl Wärme als auch eine gewisse Wehmütigkeit ausstrahlt, was für den mürrischen Drachen unüblich ist. Während er spricht, haucht er eine kleine, warme Wolke auf mich, die meinen Körper sanft umspielt und mich in eine beruhigende Wärme hüllt.

Es ist eine Geste, die einer wohltuenden Umarmung bei uns Menschen ähnelt und ich fühle mich geschmeichelt.

Ich trete näher. Was genau mich erwartet, weiß ich immer noch nicht genau, lediglich, dass ich ein verletztes Drachenweibchen heilen soll und dass ihre Heilung für den ganzen Hort von unschätzbarer Bedeutung ist. Grimmig beiße ich auf meiner Unterlippe. »*Wenn es sonst nichts Weiteres ist*«, denke ich mir in dieser unüberschaubaren Situation.

Doch eins ist klar. Ich habe mir vorgenommen, nicht untätig rumzusitzen, und wenn mir eine Gabe in die Wiege gelegt wurde, dann werde ich sie nutzen und so gut es geht unserer Welt beitragen. »Dubhghall, ich bin hier, um zu helfen, so gut ich kann.«

Seine goldenen Augen funkeln leicht, als er nickt.

Normalerweise hätte er bestimmt einen selbstgefälligen Kommentar zu meiner nervösen Haltung abgegeben, doch gerade scheint er nervöser zu sein als ich. *Das macht mir eine unfassbare Angst.*

»Ich weiß, Livia. Deine Anwesenheit hier ist kein Zufall. Deine Verbindung zu den Drachen hat dich zu uns geführt.

Wir vertrauen darauf, dass du das tun kannst, was nötig ist.« Etwas abfällig fügt er hinzu: *»Und ich weiß, dass ich danach wieder einmal in deiner Schuld stehe, aber darüber werden wir ein anderes Mal verhandeln.«*

Unsere Blicke treffen sich und ich meine einen kleinen Funken Freude in seinen Augen zu erkennen, obwohl die Situation für ihn genauso schwer scheint, wie für Thalessa.

Diese scheint die Dringlichkeit der Situation zu spüren und gibt mir einen sanften, aber bestimmten Schubs mit ihrem großen Kopf gegen meinen Rücken, der mich weiter in das Innere der Bruthöhle treibt.

»Ist okay. Ich habe verstanden, Thalessa«, beruhige ich sie, bevor ich noch über meine eigenen Füße stolpere.

Ihr Blick trifft sich kurz mit Dubhghalls, ein Austausch voller Unsicherheit und Sorge, aber auch ein stummes Einverständnis.

Ein Einverständnis, das nicht freiwillig, sondern aus der Not heraus getroffen wurde.

Dubhghall nickt langsam, bevor er seinen massiven Körper beiseite bewegt und mir den Blick auf etwas freigibt, das ich niemals erwartet hätte.

Hinter dem großen, pechschwarzen schimmernden Drachen enthüllt sich ein aufgeplatztes Drachenei, die Schalen in den gleichen tiefen Farben wie die Kristalle, die die Höhle schmücken und in ein atemberaubendes Leuchten tauchen.

Doch es war nicht das Ei, das meinen Atem stocken lässt, sondern das *Wesen*, das davor liegt.

Ein kleines Dragonet, *schneeweiß* und mit einer Aura, welche fast greifbar in der schummrigen Höhle leuchtet. Heller als all die kraftvollen Kristalle der Höhle zusammen. Ihre Augen, leuchtend und neugierig, fixieren mich, als sie sich langsam und etwas unsicher auf ihre kleinen Beinchen erhebt.

In diesem Moment verstehe ich die wahre Bedeutung dieses Drachen. Dieses Drachenweibchen, so unschuldig und neu in dieser Welt, würde die Zukunft von Darilorn bedeuten nach Erendyll. Es ist mehr als nur ein Nachkomme: sie ist ein Symbol der Hoffnung, ein Zeichen des Wandels und der Fortdauer.

Und noch überraschender für mich, ist die Erkenntnis, dass dieses Dragonet das Ergebnis der Vereinigung von Thalessa und Dubhghall ist. Ihre Farben, so verschieden und doch ihre Mächte vereint in diesem kleinen Wesen, erzählen eine Geschichte von Einheit und der Möglichkeit neuer Anfänge.

Es erstaunt mich zutiefst, dass diese beiden unfassbar starken Drachen, mir so sehr vertrauen, dass sie mir ihr zerbrechliches Dragonet vorstellen.

Thalessa tritt näher, ihr Blick weich und voller Zuneigung, nicht nur für mich, sondern auch für ihr kleines Dragonet vor uns. *»Sie ist der Grund, warum wir deine Hilfe benötigen, Livia. Dieses kleine Wesen, unser Sprössling, trägt das Gewicht einer ganzen Welt auf ihren noch so zarten Schultern. Sie muss beschützt, gepflegt und auf ihre zukünftige Rolle vorbereitet werden.«*

Ich knie nieder, um mich dem Dragonet auf Augenhöhe zu nähern und strecke vorsichtig meine Hand aus. Das Drachenmädchen schnuppert daran, bevor sie eine kleine, warme Wolke aus ihrem Maul auf mich richtet, ähnlich der Geste, die Dubhghall zuvor gezeigt hat und diese Geste lässt mein Herz schmelzen. Es ist ein Zeichen des Vertrauens, ein Geschenk von unschätzbarem Wert.

Das wohl wertvollste Geschenk, das einem Menschen in unserer Welt zuteil werden kann.

»Sie wird die Brückenbauerin zwischen den Welten sein«, fährt Thalessa fort, *»Nicht nur zwischen Drachen und Menschen, sondern innerhalb der Drachengemeinschaft*

selbst. Ihre Existenz verkörpert die Einheit, die wir alle anstreben. Die Einheit, die aus dem Schatten und in die Öffentlichkeit treten soll.«

»Ich werde mein Bestes geben, um euch zu helfen, sie auf diesen Weg vorzubereiten. Sie verdient es, in einer Welt aufzuwachsen, die sie annimmt und schätzt, für das, was sie ist und was sie sein wird.«

Dubhghall tritt heran, seine gewaltige Präsenz eine beruhigende Kraft in der Höhle. *»Danke, Livia. Dein Herz und dein Mut sind das, was Darilorn in diesen Zeiten braucht. Das, was Thalessa und ich brauchen.«*

In dieser kleinen, magischen Höhle, umgeben von den leuchtenden Farben und der Wärme der Drachenfamilie, spüre ich, wie sich mein Schicksal auf eine Weise verwebt, die ich mir nie hätte vorstellen können. Ich bin nicht nur eine Freundin der Drachen geworden, sondern auch eine Hüterin ihrer zukünftigen Hoffnung, verbunden durch ein Band, das stärker ist als jedes vorherige Versprechen. Und in diesem kleinen, strahlend weißen Dragonet sehe ich das Versprechen einer neuen Ära für Darilorn.

Inmitten der erhabenen Schönheit der Bruthöhle und der Gegenwart dieser außergewöhnlichen Drachenfamilie, erkenne ich, dass das kleine weiße Dragonet, das vor mir liegt, meine Hilfe benötigt. Ihre kleinen Augen sind sowohl interessiert als auch flehend. Dieses Gefühl treibt mir die Tränen in die Augen.

Thalessa, die sanft neben mir steht, erklärt die Situation mit einer ruhigen, aber besorgten Stimme. *»Unser kleiner Spröss-ling leidet unter einer seltenen Drachenkrankheit, die wir Perlenschwund nennen«*, beginnt Thalessa. *»Es ist eine Krankheit, die die Vitalität und das magische Potenzial junger Drachen beeinträchtigt. Ohne Behandlung wird sie nicht die Kraft haben, ihre Rolle in Darilorn zu erfüllen. Bisher wurden* *diese Drachen ihrem Schicksal überlassen, doch da wir von dir wussten* ...«, Thalessa bricht für einen Moment ab und scheint sich innerlich zu sammeln, »... *wir mussten es einfach versuchen.*«

Perlenschwund.

Von dieser Krankheit habe ich bereits in der Heiler-Fraktion im ersten Jahr gehört.

Diese Krankheit ist besonders tragisch, weil sie die innere Magie eines Drachen verschleiert, was dazu führt, dass ihre lebenswichtigen Funktionen und ihre Verbindung zur alten Magie ihrer Ahnen geschwächt werden.

Für einen gewöhnlichen Drachen ist das nicht weiter schlimm, doch für einen Drachen, der dazu bestimmt ist, die Zukunft einer ganzen Welt zu prägen, ist diese Krankheit nicht nur eine persönliche, sondern eine potenzielle Katastrophe für das gesamte Reich.

Ich knie mich neben das kleine Dragonet und sehe in ihre leuchtenden Augen, die trotz ihrer Krankheit ein funkelndes Vertrauen und Neugier ausstrahlen. Eine Stärke, die mein Herz berührt.

»Ich werde mein Bestes tun«, verspreche ich, während ich meine Hand vorsichtig auf ihre kleine, schimmernde Stirn lege.

Meine bisherigen Erfahrungen mit der Heilung von Drachen sind begrenzt, doch Thalessa versichert mir, dass meine Verbindung zu den Drachen und meine eigene innere Magie der Schlüssel zur Heilung sein könnten.

»*Ich habe einen Vorschlag.*« Dubhghall positioniert sich langsam neben mir und das kleine Dragonet beäugt interessiert seinen Vater. »*Es gibt eine alte Technik, die in Darilorn praktiziert wurde, eine Art energetische Übertragung, die darauf abzielt, die gestörten magischen Stränge im Körper von Drachen zu harmonisieren.«*

Er blickt mich direkt an, seine goldenen Augen durchdringen die Halbdunkelheit mit einer Intensität, die eindringlich war. *»Bist du bereit, Livia?«*, fragt er, seine Stimme voller Ernsthaftigkeit. *»Dies ist keine leichte Aufgabe und sie erfordert mehr als nur Wissen – sie verlangt ein tiefes Verständnis und eine Verbindung, die über das Sichtbare hinausgeht.«*

Bevor ich antworten konnte, geschieht etwas Außergewöhnliches. Dubhghall lässt mich durch *seine* Augen sehen. Es ist, als würde sich ein Fenster zu einer anderen Zeit und einem anderen Ort öffnen.

Ich sehe einen alten Mann, dessen Gesicht von Falten durchzogen ist, die von vielen Jahren der Weisheit und des tiefen Verständnisses für die magischen Künste zeugen. Er kniet neben einem jungen, roten Drachen, dessen Schuppen stumpf und leblos wirken. Der alte Mann beginnt die Heilung, indem er mit seinen Händen sanft eine schimmernde Rune auf die Stirn des Drachen zeichnet.

Freiheit.

Das ist die Freiheits-Rune.

Mit jedem Schnörkel präge ich mir die Rune so gut es geht ein. Ich kann die Visualisierung der Energieströme fast spüren, die leuchtenden Pfade, die durch den Körper des Drachen fließen und durch das Runen-Zeichen.

Er arbeitet behutsam.

Jede seiner Bewegungen ist bedacht und zielgerichtet, darauf ausgerichtet, die gestörten Muster zu korrigieren, Blockaden zu lösen und den natürlichen Fluss der Energie wiederherzustellen.

Ich beobachtete, wie der alte Heiler die Kernenergie des Drachen stärkt, die Vorstellung einer leuchtenden Kugel im

Zentrum, die allmählich an Intensität zunimmt. Er umrandet sie langsam, immer wieder, bis sie komplettiert ist. Der Drache beginnt, lebendiger zu wirken, seine Augen glänzen mit neuer Kraft, und seine Schuppen beginnen zu glänzen, ein Zeichen dafür, dass die Heilung wirkt.

Als die Vision endet und ich wieder in der Höhle bei Dubhghall stehe, fühle ich eine neue Tiefe des Verständnisses und der Verbundenheit. Das Gefühl, dass ich etwas verstanden habe und endlich in der Lage bin, wahrhaftig eine Hilfe zu sein, macht sich in meiner Brust breit. Das Gefühl zu nützen.

»Ja, ich bin bereit«, antworte ich fest entschlossen. »Ich verstehe jetzt besser, was erforderlich ist. Ich werde mein Bestes geben, um dieser Kleinen zu helfen, so wie der Heiler es getan hat.«

Dubhghall nickt zufrieden. »*Sehr gut, Livia. Deine Bereitschaft, zu lernen und dich zu öffnen, macht dich zu einer wertvollen Verbündeten in dieser heiligen Aufgabe. Lass uns beginnen.*«

Mit geschlossenen Augen und einem tiefen Atemzug konzentriere ich mich darauf, meine eigene Energie zu sammeln. Ich visualisiere die Freiheits-Rune auf der Stirn des kleinen Drachen und spüre, wie meine Energie durch meine Hände fließt und in das kleine Dragonet übergeht. Ich stelle mir vor, wie mein Licht ihre dunklen, trüben Ströme von magischer Energie durchdringt, diese reinigt und stärkt.

Es ist ein anstrengender Prozess und mehr als einmal spüre ich, wie meine Kräfte nachlassen. Aber der Gedanke, dass dieses kleine Wesen, so unschuldig und entscheidend für die Zukunft, auf meine Hilfe angewiesen ist, gibt mir die Stärke, weiterzumachen.

Langsam beginnt die Atmosphäre in der Höhle zu vibrieren, ein Zeichen dafür, dass die alte Magie auf unsere Bemühungen reagiert. Als das Licht nachlässt und ich meine Augen wieder öffne, sehe ich nicht nur das kleine Dragonet vor mir, sondern auch eine vertraute Gestalt, die aus den Schatten tritt.

Es ist *Erendyll*.

Doch etwas ist anders: seine Schuppen, die soeben noch in majestätischem Weiß strahlten, beginnen zu verblassen und enthüllen allmählich einen *tiefblauen* Farbton.

»Erendyll?«, sage ich ungläubig. »Was ist hier los?« Erendyll gibt ein leises, verständnisvolles Brummen von sich, als er sich vollends in Dubhghalls Nähe begibt. Dubhghall senkt respektvoll seinen massiven Kopf und es wird mir plötzlich klar. Erendyll war ein *Wächter*, dessen wahre Existenz durch eine magische Illusion verborgen blieb. Die weiße Erscheinung war eine Maske, eine Form, die er annahm, um Darilorn zu beschützen, bis die rechtmäßige Erbin erscheinen würde.

»Das war dein wahres Wesen die ganze Zeit?«, frage ich still, den Blick auf Erendyll gerichtet.

Er nickt.

Plötzlich spüre ich eine Veränderung in der Luft und mein Blick wandert zu dem kleinen weißen Drachenweibchen, zu dem ich mich nun noch verbundener fühle als zuvor. Ihre makellosen Schuppen beginnen sich zu verändern. *Grüne Adern* ziehen sich durch ihren Körper, pulsieren und dehnen sich aus. Die Magie durchströmt sie und breitet sich über ihre Flügel und Klauen aus. Eine Welle von Macht umhüllt sie und erfasst auch mich. Die Luft vibriert und meine Sicht verschwimmt.

Eine Vision überkommt mich.

Ich sehe mich selbst in einer Einöde, mein Körper liegt leblos am Boden.

Neben mir liegt ein Mann mit schwarzen Haaren, sein Gesicht ist unerkennbar, doch die Verzweiflung in seiner Haltung ist offensichtlich.

Dann sehe ich einen anderen Mann. Halb Mensch, halb Drache, über die beiden Körper steigend. Ein Drachenschwanz peitscht unter seinem schwarzen Mantel.

»Wir sehen uns, Schwester.«

- ENDE BAND 1 -

DANKSAGUNG

Bevor ihr wütend das Buch gegen die Wand werft (bitte nicht, das Buch kann nichts dafür), möchte ich mich kurz entschuldigen: Ja, es gibt einen Cliffhanger. Und nein, es tut mir nicht leid, dass ihr jetzt sehnsüchtig auf den nächsten Teil warten müsst. Schließlich macht Spannung das Leben erst interessant, oder?

Mein erstes Dankeschön geht an die Liebe meines Lebens: *Matteo*. Dein Verständnis für meine Leidenschaft, dein unerschöpflicher Vorrat an Kaffee und dein liebevoller Zuspruch haben dieses Buch überhaupt erst möglich gemacht. Du hast mir immer zugehört und mir wertvolle Tipps gegeben. Ohne dich wäre ich vermutlich immer noch irgendwo zwischen Kapitel 1 und einer Panikattacke.

Ein riesiges Dankeschön geht auch an meine beste Freundin *Sidney*. Deine ehrliche Meinung und dein Glaube an mich und meine Geschichten sind einfach unbezahlbar. Wer sonst hätte die Geduld, sich meine spontanen Einfälle um Mitternacht anzuhören?

Last but not least, danke ich meiner wunderbaren Lektorin: *Jule*, meinen Multi-Talenten: *Jenni & Steffi*, meinen Testleserinnen: *Laura, Lea, Sidney, Wiki & Yvonne* und meinen Blogger-Feen: *Ana, Angelina, Katharina, Katrin, Kerstin, Lena, Melanie, Morgana, Ronja, Sina, Sophie, Stephanie & Tammi*. Ihr seid die wahren Heldinnen hinter den Kulissen, die sich durch meine ersten Entwürfe gekämpft haben und mich mit euren Feedbacks immer wieder auf den rechten Weg gebracht haben. Eure Unterstützung und Begeisterung für meine Geschichten bedeuten mir die Welt!

Danke an euch alle – ohne euch gäbe es dieses Buch nicht. Und jetzt: Atmet tief durch, gönnt euch eine Pause und freut euch auf die Fortsetzung! <3

Hinweis:

In meinem Buch verzichte ich bewusst auf die Erwähnung von *Verhütungsmitteln*, um die Handlung nicht zu unterbrechen und die Geschichte flüssig zu gestalten. Im echten Leben sind Verhütungsmittel jedoch von **größter** Bedeutung. Ich möchte betonen, wie **wichtig** es ist, Verantwortung zu übernehmen und Verhütung ernst zu nehmen.

TRIGGER-WARNUNG:

- Spott und Demütigungen
- Manipulation
- Mobbing
- Verfolgungen
- Emotionaler Missbrauch
- Explizite Sprache
- Nicht einvernehmliche Berührungen
- Explizite sexuelle Szenen
- Gewalt
- Psychische Folter
- Angstzustände
- Depressionen
- Messerspiele

S. K. Hallow, hinter diesem geheimnisvollen Pseudonym verbirgt sich eine 22-jährige Autorin, aus einem kleinen Dorf in Hessen. Ihre lebenslange Leidenschaft für kreatives Schaffen erstreckt sich von Häkeln über Design bis zur Web-Programmierung und prägt ihre Geschichten mit lebendiger Intensität. Neben der Informatik, gehört ihre zweite Leidenschaft den dunklen, verbotenen Themen, die sie in ihren Büchern erkundet. Wenn man sie fragt, warum sie Autorin wurde, könnte sie antworten:

»In jedem von uns schlummern Sehnsüchte, welche im Verborgenen bleiben müssen. In meinen Büchern gebe ich diesen einen Raum, gefährlich, verführerisch und völlig jenseits der Grenzen des Erlaubten.«

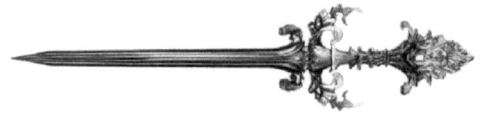